Liberté
Egalité
NOUVELLES HEURES AVEC LES ANCIENNES
Unité
Fraternité.

N & K

Hansjörg Betschart

UNRUH

ROMAN

Nagel & Kimche

Der Autor dankt der Schweizer Kulturstiftung
Pro Helvetia, den Kantonen Basel-Stadt
und Basel-Land sowie dem Künstlerhaus Cismar
für ihre freundliche Unterstützung.

1 2 3 4 5 06 05 04 03 02

Herstellung: Meike Harms und Hanne Koblischka
Satz: Meike Harms
Druck und Bindung: Friedrich Pustet
Printed in Germany
ISBN 3-312-00303-2

Versucht's, ihr Sterblichen,
macht euern Zustand besser –
ihr werdet arm im Glück,
im Reichtum elend bleiben.

Albrecht Haller, *Die Alpen*

Hastige Vorbemerkung

Madame, wo immer Sie – scheinbar – auf diesem Planeten sitzen oder stehen und lesen, was ich gerade niederschreibe, tun Sie es in angemessener Eile! Sie werden mit diesem Buch nicht nur unfaßbar schnell um den Erdball geschleudert, sondern ebenso halsbrecherisch mitsamt unserem Planeten um die Sonne gewirbelt – mit über einundachtzigtausend-dreihundertelf englischen Meilen pro Stunde! Nicht hinzugerechnet die Ausdehnung des Alls mit nochmals fünfhundertneunzigtausend Meilen. Und ein Ende der Hektik ist nicht abzusehen!

Lassen Sie ruhig für einen kurzen Augenblick die Augen von diesen Zeilen ab und in Ihre Nachbarschaft schweifen. Zweifeln Sie noch, daß alles um Sie herum mit hoher Geschwindigkeit unterwegs ist? Vom Tag in die Nacht und vom Winter in den Sommer stürzen Sie mitsamt der Milchstraße und ihren Sonnen durch das All. Madame! Auch wenn Sie auf dem Nordpol sitzen und lesen und sich nicht rühren, nicht einmal, um sich eben vor dem Iglu die Beine zu vertreten – Sie werden doch in fast jede Richtung durchs All geschleudert. Ist es da nicht erstaunlich, daß Sie bei dem allgemeinen Gesause überhaupt in einem Buch blättern wollen?

Falls Sie wirklich eine Reise zu tun gedenken, die Sie in Gedankenschnelle etwa zum Vega-Nebel hinaus und wieder zurück führen könnte, wenn wir nur in der Lage wären, die Länge der Gedanken in einer geraden Linie auszurollen, so gestatten Sie mir, daß ich, um Tinte, Papier, Reiserouten,

Aussichtspunkte, Erlebnisse, halsbrecherische Begegnungen und tollkühne Sensationen bemüht, erst zu Papier bringe, was sich heute morgen und in den nächsten sechzehn Jahren abspielen wird.

Sie brauchen, Madame, während Ihrer waghalsigen Lektüre vielleicht viermal gut zu essen und einmal zu fasten, während ich derweil Hunderte kärgliche Mahlzeiten verzehren, ein halbes Dutzend Kinder zeugen und tausendfach meinen Bart abrasieren muß. Und so sehr ich mich auch beeilen möchte, geschwind zu schreiben, das Geschriebene zu drukken, zu binden und Ihnen zuzutragen, ich werde doch die schreibende Schildkröte bleiben, die zu einem hoffnungslosen Wettlauf gegen die lesende Häsin antritt. Während ich bei Ihrer Rückkehr von Ihrem unausdenkbar schnellen Ausflug um mehr als ein Dutzend Jahre gealtert am Ende der Geschichte angelangt sein werde, haben Sie nicht mehr als etwa ein Osterwochenende hinter sich zu bringen, jene Zeit eben, deren es bedarf, um dieses Buch zu lesen und in der Geschwindigkeit der Gedanken zum Vega-Nebel und wieder zurück zu finden. Und obwohl die Ereignisse weit zurückliegen, wird es Ihnen doch vorkommen, als würden sie sich in nächster Nähe um Sie herum abspielen. Bitte, wollen Sie sich, während ich aufschreibe, was sich täglich in rasender Geschwindigkeit abspielt, entspannt zurücklehnen und ganz auf die Aussicht konzentrieren? Keine Angst. Sie sind bereits unterwegs. Und – Madame! – achten Sie auf Ihre Frisur!

Das Federhaus

Am 14. Juli des Jahres 1786 wird in der Nähe von Gurteren bei Bern ein Kind geborgen. Der Gerber, der den lächelnden Balg bei einer Furt aus der freiburgischen Saane fischt, weiß nicht zu sagen, wie das Kind in den Wasserlauf geraten sein könnte, und ich weiß es auch nicht – aber lange Zeit kann es dort nicht geschwommen sein; nicht einmal ein erwachsener Mann hält es zu dieser Jahreszeit länger als vierzig Atemzüge in dem kalten Wasser aus.

Die herbeigeeilten Marktleute starren gebannt in die gelben Augen des Findlings. Keinem jedoch fällt der gleichbleibende Rhythmus seines Pulses auf. Niemand vermag im sonoren Herzton des Neugeborenen die Taktfrequenz eines Pulsars zu erkennen. Keiner der Bewohner von Gurteren hätte einen Zusammenhang mit dem schwarzen Loch des Sagittarius A oder mit dem Vega-Nebel hergestellt, mit Sternen also, die den Astronomen im Kloster schon vor dem Auftauchen des rätselhaften Kleinen bekannt waren und 1054 nach Christi Geburt als ein merkwürdiges Glänzen in jenem Teil des Himmels festgestellt wurden, an dem sich der Sternennebel befindet. Keiner der Bewohner von Gurteren würde die exakt 0,864 Sekunden zu messen vermögen, die zwischen den Herztönen des seltsamen Wesens verstreichen. Wie auch? Der Kirchenuhr von Gurteren genügt, wie allen Kirchenuhren der Umgebung, ein einziger Zeiger. Die gutgläubigen Christen im Dorf teilen die Tageszeit in zweimal zwölf Stunden ein, wie es seit den Babyloniern Brauch ist unter den Menschen.

Kaum einer der Zeugen vermag eine Ähnlichkeit des Kindes mit einem Einwohner der nahe liegenden Dörfer auszumachen. Nur die Melkerin fragt, ob nicht der Pfarrer exakt die gleiche Stirnlocke trage. Der Pfarrer selbst weist das zurück und besteht darauf, in den abstehenden Ohren zweifelsfrei den jüdischen Schneider zu erkennen. Die Küsterin glaubt im Lächeln des kleinen Jungen gar deutlich das Abbild des zahnlosen Dorftrottels zu sehen, und eine Zigeunerin liest in den Handlinien des Findlings deutliche Anzeichen einer Leberschwäche der unbekannten Mutter.

Die Gurterer, die das Kind am Markttag begutachten, sind sich darin einig, daß die Eltern Hiesige nicht sein können. Gelbe Pupillen habe man hier in der Gegend nie gesehen. Und daß der kürzlich von ihnen gegangene Trubschacher Gerdi am Gelbfieber verstorben sei, könne kein Beweis sein wofür auch immer. Nach allgemeiner Beratung wird dem Pfarrer aufgetragen, sich in christlicher Pflichterfüllung mit der Küsterin um den Findling zu kümmern.

Die junge Amme, die der Pfarrer für das Kind bestellt, reicht, vom eigenen Kindbett noch etwas geschwächt, dem schweigenden Jungen, so wird später im Dorf erzählt, drei Nächte lang zärtlich die Brust, es sei ihr aber schlecht bekommen. Sie selbst habe während dieser Tage nicht mehr essen mögen oder das Gegessene wortlos wieder von sich gegeben. In der dritten Nacht habe sie schließlich den Jungen mitten im Säugen unter Schluchzen von sich gestoßen und sei mit einem schauerlichen Schrei aus der Pfarrstube gestürzt, die Bluse noch ungeknöpft.

Es ranken sich um das weitere Wirken des mysteriösen Findlings bald die eigenartigsten Legenden. So wird behauptet, wer zum Markttage dem durchdringend grüngelben Blick des Kindes versucht habe standzuhalten, dem sei anderntags Haut und Lebensmut merklich gewelkt! Der

Kürschner will am Sonntag sogar graue Haare am Kopf und an einem Körperteil entdeckt haben, der damit zum ersten Mal in der Kirchengeschichte des freiburgischen Fleckchens in einem geistlichen Dokument festgehalten wird. Der Küsterin will aufgefallen sein, wie ein Schwarm Bergdohlen, die man hier um diese Jahreszeit sonst nicht sieht, aufgescheucht vom Hof flatterte, als die Amme zum Tor hinaus und in den Wald hinauf geradezu geflogen sei! Der Mann der jungen Frau, der Wanntenknecht, so steht es später in den Chroniken, suchte sie dort oben während Wochen und wurde schließlich fündig: Mit nichts als einer einzigen abgeschnittenen Frauenbrust sei er nach Hause zurückgekehrt, habe seine Sachen gepackt und sein Haus angezündet, bevor er mit finsterer Miene nach Amerika auswanderte. Der Leichnam der jungen Frau wurde bis heute nicht gefunden.

Am 15. Juli jeden Jahres kann man allerdings in jenem Waldstück ein Klagen hören, das entfernt an das Heulen eines jungen Wolfs erinnert, und viele wollen noch Jahrzehnte später den angstvollen Schrei der Amme über dem Pfarrhaus hören, wenn der Bussard am Abend in die Ackerfurchen niederfährt, um sein Revier gegen die Krähen zu verteidigen.

Der Junge wird am Abend nach dem rätselhaften Verschwinden der Amme auf Geheiß des Pfarrers in ein Kloster bei Murten verbracht. Dort soll er im Geiste Christi erzogen werden. Die Brüder gehen die ungewohnte Aufgabe gelassen an, zumal der Pfarrer jeder Herbeirufung einer Amme enträt. So schläft der Junge bald bei den Fratres und trinkt die Ziegenmilch, die sie ihm hinstellen. Wenn sie beten, zählt er, wenn sie fragen, verstummt er. Wenn er rechnet, hören sie schweigend zu.

Wo der Bub sich das Verständnis der Zahlen angeeignet hat, entzieht sich der allgemeinen Kenntnis. Bekannt ist lediglich, daß er seit dem ersten Augenblick seines Eintreffens im Kloster murmelnd Zahl an Zahl reiht, als gebe er die Namen geheimnisvoller Wesen preis, die er in den Winkeln der Kreuzgänge entdeckt. Dabei benutzt er keineswegs die Reihe der natürlichen Zahlen, die Ihnen, Madame, nach Adam Riese bekannt ist. Vom ersten Augenblick an flüstert er Primzahl um Primzahl vor sich hin! Außerdem wiederholt er nie auch nur eine einzige Zahl, es sei denn, um Rechenoperationen auszuführen oder um Ereignisse zu zählen: wie etwa das Auftauchen der Sonne, das Fallen der Äpfel, den dritten Mordversuch am Dorfmeier oder die Vaterunser des Pfarrers. Er zählt Ereignisse, als wolle er sie fein säuberlich numerieren und einordnen, und macht dabei keinen Unterschied, ob sie heidnischer oder katholischer Natur sind.

Es entgeht den Mönchen nicht, daß der Junge die Sprache der Gegend wohl versteht. Wörter artikuliert er allerdings keine und antwortet auf alle Fragen mit präzisen Berechnungen, die sein Gemüt zu erheitern scheinen. Ansonsten bleibt seine Miene bekümmert. Auch die witzigsten Grimassen der Mönche vermögen ihn zu keinem Lächeln zu bewegen. Selbst der Abt, der mit seinen Fratzen im Kloster noch jeden Mönch, ob der nun will oder nicht, zum Lachen bringen kann, scheitert mit seiner Kunst an dem Jungen.

Nur die Zahlen erheitern den Buben, und die Mönche gewöhnen sich bald daran, ihm anstatt das in der Gegend übliche «Luegs Buebli!» ein «Elf!» oder «Siebensiebensieben!» oder einfache Zahlenreihen zuzuflüstern, um ihn kichern zu hören. Die Grundlagen der Trigonometrie scheinen ihn ebenso zu amüsieren wie Brüche, berechnet er doch gerne die Winkel der Fachwerkbauten im Klosterinnern.

An ein Wunder mag allerdings keiner der Mönche so recht glauben, und sie beschließen, über die seltsame Art des Jungen vorerst Stillschweigen zu bewahren. Man wolle nicht, so man sich irre, in einem Atemzug mit Winkeltrisektierern und Zirkelquadratoren genannt werden, die aus jeder geraden Zahl eine göttliche Eingebung machen! Man werde statt dessen ordentlich Nutzen aus dem Jungen ziehen, wenn die Berechnung des Getreidespeicherneubaus in zwei Jahren anstehe. Ansonsten möge sich erst einmal erweisen, ob der kleine Hosenscheißer auch ein Kräuterbeet zu pflegen wisse. Also lauschen die Mönche den Formeln des Jungen in frommer Demut.

Unruhe entsteht erst, als der Abt, ein stiller, bleicher Mann mit sanftem Lächeln, eines Morgens am Klosterbrunnen sitzt und zittert und weiter nichts als eine Formel flüstert: «Gott ist rund.»

Die Mönche vermuten einen Anfall hitzigen Fiebers, wie es in jenen Tagen umgeht, applizieren Rhabarberwickel und verabreichen Fencheltee. Keiner von ihnen wagt das plötzliche Altern des Abtes in Zusammenhang damit zu bringen, daß der Junge häufiger die Nacht in der Zelle des Vorstehers verbringt. Der Abt seinerseits besteht darauf, seine Kammer nicht wieder betreten zu wollen. Vorerst verdächtigen die frommen Brüder einige Pilgerinnen des Teufelsbundes. Erst als Pater Bruno, der in der folgenden Nacht den Jungen hütet, im Morgengrauen nackt und völlig geistesverloren den Wandelgang mit demselben Ausruf kreuzt: «Gott ist rund!», werfen die Gottesleute den Balg entsetzt vor die Tore des Klosters und behaupten später, es sei deutlich zu sehen und riechen gewesen, wie der Junge sich sofort aufrappelte und hinkend in die Büsche schlug, einen merklichen Schwefelgeruch hinter sich lassend.

Eine Woche später taucht in der Region Gruyère bei einem schweigsamen Bauern, dessen Frau schon drei Mädchen das

Licht der Welt erblicken ließ, ein redseliger Wanderknecht auf, der behauptet, er habe da einen Jungen im Saaneschilf nahe bei Gsteig die Halme zählen sehen und sich seiner erbarmen müssen, er wisse auch nicht, warum. Sicher sei nur eins: Ernähren könne er ihn nicht! Er sei selber schon alt, und in diesen Zeiten sei es schwieriger, ein hungriges Maul mit ehrlicher Arbeit zu stopfen, als vom Zinseszins eines Louisdor in Saus und Braus zu leben. Er wolle ihn deshalb abgeben. Der Bauer soll den Bub an Sohnes Statt annehmen. Er laufe bei einem Dingbub keine Gefahr, daß ihm die Frau im Kindbett sterbe. Der Junge könne bereits bis hundert zählen!

«Er wird dir bald den Haushalt auszurechnen wissen», drängt der Fremde den Bauern. «Wie der Stadtarzt Dr. Hirzel zu Zürich es den Landmännern empfiehlt. Denk daran, mit wieviel Gewinn du den Jungen später in fremde Heeresdienste verkaufen kannst. Keine Sau wird nach der Mast so viel abwerfen! Und verdient er als Soldat durch redliches Plündern ein weniges dazu, bringt er dir gar etwas nach Hause.»

Dem jungen Bauern kommt das Angebot zupaß. Er kann eine tüchtige Hilfe durchaus gebrauchen. Das Emd steht an. Und die Wolken türmen sich bereits hinter dem Juntehügel. Der Bauer winkt seine Gattin herbei und deutet auf den Kleinen. «Schau ihn dir an. Magst du ihn?»

Die Frau will dem Jungen das Haar aus dem Gesicht wischen. Der fährt zurück und zischt, als hätte er eine Kopfnuß erhalten.

«Ob ich ihn mag?» fragt sie zögernd.

«Wie einen Sohn halt», drängt sie ihr Gatte. Aber die Frau kann ihre Abscheu nur schlecht verhehlen. «Nein. Lieber noch ein Kindbett im Fieber, als so einen ...»

«Versündige dich nicht!» fährt der Bauer sie an und schickt sie hinaus. «Hol du mit den Mädchen das Gras ein!»

Dann schiebt er dem Wandersknecht ein Säckchen Mehl über den Tisch. «Hier, nimm das. Mehr kriegst du nicht.»

«Eine Hampfel Mehl? Mehr ist euch der Handel nicht wert?»

«Der Junge muß erst ordentlich gefüttert werden, ehe er einen starken Arm hat.»

«Arm? Denk Er an mich, wenn Er den Jungen in ein paar Jahren zum Berner Viehmarkt treibt, wo die Offiziere Neapels und Frankreichs, Roms, ja des Zaren erscheinen und ihre jährlichen Kontingente unter den eidgenössischen Jünglingen anwerben. Dann winkt Ihm ein ordentlicher Gewinn von zwölf Sack feinsten Mehls, und Er ist ein reicher Mann!»

Mit diesen Worten stampft der Kerl wütend mit dem Holzschuh, packt den Beutel Mehl, wirft ihn fluchend an den Granitstein über der Wegbeuge und verschwindet hinkend talwärts in der gelblichen Staubwolke unter der Felswand, die bis in unsere Tage Teufelsbrocken genannt wird, weil die Faserung im Gestein manchen an den Gehörnten erinnert.

Der Bauer ist zufrieden mit seinem Erwerb, führt den Knaben in die Stube und ruft seine Frau und seine drei Töchter unter dem schmucklosen Kruzifix zusammen.

«Vergeßt das Emd!»

Er fordert die Mädchen auf, den Jungen mit kniffligen Fragen zu prüfen. «Wir wollen sehen, was unser Knechtlein alles kann.»

Aber anstatt Fragen zu stellen, flüchten sich die drei Mädchen auf die Ofenbank. «Pfui! Was ist das denn», ruft Louise und zieht die Wollstrumpfhose bis unter die Achseln hoch. «Ei! Ist der häßlich!» schreit Hedvige und drückt sich hinter die Älteste. «Ist das Haut, oder hat der Lederschuhe im Gesicht?» flüstert entsetzt die Kleinste, Claire. «Wie heißt der?»

Als der Bauer erwidert, er wisse es selbst noch nicht und

man werde ihm wohl einen Namen geben müssen, donnert es draußen ins Emd.

«Soll der immer bei uns bleiben?» quiekt Louise empört.

«Wo soll der Lederschuh denn schlafen?» fragt Hedvige.

«Wo Vaters Schuhe auch schlafen: im Stall», schlägt die Kleinste vor.

«Einverstanden», brummt der Vater. «Wenn er euch eine von drei Fragen, die ihr euch ausdenkt, nicht beantworten kann, dann wird er in der Gerümpelkammer schlafen.»

Ehe die erste Frage gestellt wird, ist es beschlossene Sache unter den Mädchen, daß sie den Kleinen ‹Lederschuh› nennen, und sie machen sich daran, ihn mit drei Fragen aus dem Zimmer fernzuhalten. Die beiden Älteren stecken lange die Köpfe zusammen, ehe sie die allerschwierigste Frage vortragen, die in der Bauernstube je gestellt wurde.

«Nun, so sag: Wie viele Brotkrümel liegen in dem Zimmer, wenn in jeder der vier Ecken einer liegt und ...», die Mädchen lehnen sich in der Gewißheit des nahen Triumphs genüßlich zurück, «jedem gegenüber drei liegen?»

Viermal klopft der Lederschuh, ohne auch nur eine Sekunde zu zögern, auf die Stuhllehne. Der Vater sucht verblüfft den Blick seiner Frau.

«Richtig.»

«Leider.»

«Zu einfach.»

Die Mädchen stecken erneut die Köpfe zusammen, bevor Louise als nächstes fragt: «Wenn in einem Korb fünf Birnen liegen. Wie muß man sie an fünf Familienmitglieder so verteilen, daß zum Schluß eine Birne im Korb liegt?»

Jetzt rechnet man mit einer längeren Bedenkzeit. Aber der Junge schnappt gleichgültig den Eierkorb vom Tisch und gibt jedem ein Ei. Nur Louise gibt er ein Ei samt Korb, während draußen das Gewitter in das Schnittgras fährt.

«Richtig.»

«Leider.»

«Zu einfach.»

Also dauert es jetzt bereits eine Brotzeit, bis die nächste Aufgabe, diesmal von Hedvige, vorgetragen werden kann.

«Wie viele ‹Und›-Zeichen braucht es, um mit den Zahlen von 1 bis 9 die Summe neunundneunzig zu erzielen?»

Die Neunundneunzig ist den Mädchen eine schier unfaßbare Größe, und sie entspannen sich, da die Lösung ohne Zweifel längere Zeit in Anspruch nehmen wird.

Sechsmal scharrt der Kleine mit dem Fuß, und es scheint fast, er lächle Louise zu, als sie triumphierend von ihrem Zettel abliest: «Falsch, falsch! Sieben! Sieben ist richtig! 9+8+7+65+4+3+2+1 ergibt 99!»

Der Lederschuh streicht ein Pluszeichen und ordnet die Zahlen vor Hedvige so: 9+8+7+6+5+43+21 = 99. Jetzt glänzen seine Augen beinahe liebevoll.

Es dauert eine Weile, bis die Mädchen diese Variante durchgerechnet haben, auch der Vater bekundet mit dem Zählrahmen Mühe. Nur die Mutter lauscht bekümmert dem anschwellenden Rauschen vor der Tür.

«Richtig.»

«Leider.»

«Zu einfach. Mist!»

Die Tassen klappern im Geschirrschrank, als der Vater im Donner verkündet: «Also schläft er bei uns im Zimmer.»

Aber Louise will lieber noch einmal drei Fragen stellen. Hedvige möchte den Findling der Ziege zum Spielen geben. Claire hingegen beobachtet den Kleinen mit wachsender Bewunderung. Die Mutter mahnt, draußen peitsche der Regen ins Emd. Man werde im Winter nicht wissen, wie die Kuh zu füttern sei. Die Mädchen gehörten zu Bett. Es sei besser, sie würden gleich lernen, sich vom Schlaf zu ernähren.

«Sollen doch die Kühe vom Blitz erschlagen werden! Mädchen, holt die letzten Kerzen aus dem Schrank!» tobt der Alte und fordert die Frau auf, schwierigere Fragen zu stellen.

Wie viele Hufe haben siebzehntausend Vierbeiner? Wie viele Scheffel Gries füllen sieben Tassen? Wie viele Schritte muß man setzen, um siebzig Ar Allmend zu begehren? Der kleine Gast wird des Rechnens nicht müde, selbst die vertracktesten Aufgaben löst er mit Eleganz. Und immer wieder heißt es:

«Richtig.»

«Leider.»

«Zu einfach.»

Sein Blick ruht sanft auf den schlafenden Mädchen, denen längst die Köpfchen auf die Tischplatte gesunken sind, während der Bauer mit dem Zählrahmen die Resultate zu überprüfen versucht. Nachdem die zweite Kerze angezündet werden muß, erwägt der Bauer fassungslos die Eröffnung einer Präzisionsrechenstube für die ganze Umgegend.

«Dieser Findling kann den blöden Bauern alles berechnen!»

Die Bauersfrau, bemüht darum, die Mädchen nicht zu wecken, zischt dagegen: «Was soll der Junge denn den armen Bauern berechnen? Wie sie ihre Familie ernähren sollen? Wieso ihr Hof zu klein ist? Der Boden zu karg, die Äcker zu steil, die Stunden zu lang, die sie im Winter unter der Decke verbringen müssen, um einander zu wärmen. Wenn eine Familie zu viert zwölf Monate lang arbeitet und nur für acht Monate Nahrung erlöst, wie lange muß die Familie dann arbeiten, bis sie sich für ein Jahr ernähren kann? Rechne! Na los! Soll er den Bauern beweisen, daß das Jahr zum Fressen nur sechs, zum Arbeiten aber sechzehn Monate haben muß?»

«Ach was! Die beiden Kerzen hier brennen jetzt seit zwei

Stunden! Die längere brennt für gewöhnlich dreieinhalb Stunden und die dickere fünf. Jetzt frag mal den Jungen: Wieviel war die eine anfangs kürzer als die andere?»

«Ich will nur wissen, wie wir morgen früh wach werden sollen und die Kuh melken.»

Damit sinkt auch der Frau der Kopf auf den Tisch, und sie schläft ein.

Der Findling kritzelt die Lösung auf den Schiefer, und der Bauer liest die Ziffern so: «Die erste Kerze war fünf Siebtel mal so lang wie die zweite. Brennt doch die erste pro Stunde um zwei Siebtel herunter und die zweite in der gleichen Zeit um ein Fünftel, so sind von der einen nach zwei Stunden vier Siebtel und von der anderen zwei Fünftel abgebrannt. Es bleiben also von der einen drei Siebtel und von der anderen drei Fünftel. Teufel auch! Die erste Kerze war fünf Siebtel mal so lang wie die zweite. Richtig! Leider. Zu einfach.»

Der Bauer, zugleich verwirrt und entzückt, schenkt sich einen Selbstgebrannten ein und gerät immer mehr in Hitze.

Schließlich ist alles im und ums Haus herum berechnet. Auch der Inhalt der Güllengrube ist in tausendfaches Wasserlösen eingeteilt. Noch vor Sonnenaufgang sind auch die Tage gezählt, die verstreichen müssen, bis der junge Mann gegen gutes Geld an einen Offizier für den fremden Heeresdienst verkauft werden kann.

«In genau zweitausendvierhundertsiebenundzwanzig Tagen werden wir dich also mit gutem Gewinn wieder verkaufen! So die Kuh heuer wirft, werden wir vier Stück Vieh zu Markte bringen können. Du kannst selber wählen, bei welchem Heer du anheuerst! Und was wird geschehen, wenn du in einer Schlacht auf andere Eidgenossen in gegnerischem Sold triffst? Werdet ihr einander in die Arme fallen? Nein! Ihr werdet euch gegenseitig niedermetzeln! Wie es sich gehört. Wie wir gegen die Habsburger gingen!»

Den letzten Satz plärrt der Bauer so laut, daß seine Gattin neben der Schnapsflasche aufschreckt und sie hinter dem Brennholz versteckt. Dann legt sie sich auf die Ofenbank, wo die Mädchen unterdessen eingerollt liegen. Nur der fremde Junge folgt aufmerksam den Reden des Bauern.

«Da du nicht mein leiblicher Sohn bist, sondern Dingbub, wird der Offizier dich freikaufen müssen. Rechne! Bis dahin gehörst du zum Hof, wie der Ochse, die Frau und das Butterfaß. Also gib dir Müh. Und wachse geschwind.»

Das Donnergrollen ist längst müde in der Ferne verhallt, als der erste Sonnenstrahl durch die Türritze dringt und der Bauer ermattet auf die Tischplatte vornübersinkt. Tatsächlich scheint der Junge bereits etwas älter, als der Alte ein letztes murmelt: «Wie heißt du eigentlich?»

Als die Frau vor die Tür tritt, scheint das Emd schon im Morgentau zu faulen, der Mann seit Wochen zu schlafen, die Sonne steht höher als sonst zu dieser Tageszeit, und die Kuh schreit danach, gemolken zu werden, als sei ihr seit Tagen keiner mehr an die Zitzen gegangen. Überhaupt scheint alles merkwürdig aus der Zeit gerückt.

Der Junge sitzt lächelnd auf dem Stubentisch und starrt hinaus ins Sonnenlicht, das den schnarchenden Bauern an der Nase kitzelt.

Die Frau stupst ihn am Arm. «Willst du nicht aufstehen?»

«Wozu? Haben wir Land, Heu, Vieh, Geld? Nein. Aber Zeit. Zeit zum Verschwenden. Also verschwende sie», entgegnet der Bauer brummend.

Die Zeit aber, so scheint es, hat sich seit diesem Tag gegen den Hof verschworen. Erst wirft die Ziege ihr Junges zu früh. Dann ist der Apfelwein innert Minuten schon sauer. Die Kuh brüllt morgens um vier nach dem Melkeimer. Die Töchterchen wollen nachmittags um drei schon zu Bett. Der Bauer verliert jede Lust auf Arbeit zur Tagzeit und rennt neuerdings nachts auf das schwarze Feld hinaus. Er mäht bei Kerzenlicht mit der Sense das Heu im Schober. Oder er rührt mit der Mistgabel im Butterfaß. Oder hackt auf dem Melkschemel Brennholz. Sogar für seine Frau verliert der Mann jede Zärtlichkeit.

Der Junge zählt derweil unaufhörlich, was in der Familie durcheinandergerät: 171mal Kühe gemolken; sieben Flaschen Weinbrand getrunken, davon vier vom Bauern selbst, drei von der Bäuerin und eine den Ziegen verabreicht; 312 Kopfnüsse an Claire; 241 Ohrfeigen an Hedvige; drei Tracht Prügel für Louise, die von allen die Tapferste scheint; in einem halben Jahr zählt der Findling bloß eine kurze – und wütende – eheliche Pflichterfüllung der Gatten.

Der Bauer führt in flammenden Reden den Seinen vor Augen, daß mit Berechnung alle Handarbeit zu ersetzen sei, daß eine Kuh präziser gefüttert, eine Fuhre Heu exakter geladen werden könne. Er weist ihnen sogar nach, daß es gelingen muß, das Wasser, das sinnlos ins Tal rinnt, zu sammeln, um seine Kraft zu nutzen.

Der Bäuerin entgeht über all der Verwirrung, daß der Junge schneller wächst als die Mädchen, ja daß die Tage insgesamt auf dem Hof in einem anderen Takt zu vergehen scheinen als andernorts, seit der Junge auf dem Stubentisch sitzt. Der Bauer selbst kümmert sich kaum noch um Claire oder Hedvige und schickt Louise immer häufiger nach dem Hochprozentigen ins Dorf, wo sie den Männern eigentümlich unanständige Handreichungen macht, und keiner verübelt es ihr, auch nicht der Küster, wenn sie ihn an den Sack faßt, ist sie doch noch ein Kind.

«Die menschliche Hand», wettert der Bauer zu Hause, «vermöchte so vieles, wenn ihr die Vernunft nicht so schwach beiseite stünde!»

Die Reden des Bauern wider die Arbeit der Hand enden immer öfter mit einer Art Verkündung eines europäischen Reichs der Kopfarbeiter. Im Verlauf des Winters verfällt der Bauer in einen rätselhaften Trübsinn und ist auch im Frühling nicht davon abzubringen, daß ein Reich kommen werde, fürchterlicher, als ein Mensch es beschreiben könne.

Im Dorf hat man von der Unordnung auf dem Wälchi-Hof bald Kenntnis und berät, wie man den Zauber von dem Haus bannen könne. Der Apotheker diagnostiziert zweifelsfrei einen unheilvollen Einfluß von Wasseradern. Man müsse das Haus abreißen und fünfzig Meter entfernt wiederaufbauen. Die Kräuterhändlerin schlägt vor, der Familie vierzig Rinderhufeisen in den Keller zu hängen. Damit könne der unheilvolle Kreuzpunkt entmagnetisiert werden. Der Pfarrer will von all dem Hokuspokus nichts hören und bietet statt dessen dem Wälchi-Bauern an, ihm eine Stehuhr in die Stube stellen zu lassen, damit die Zeit wieder wisse, wo Gott hockt.

Also beschließt man, die Pendeluhr des Pfarrers auf den Wälchi-Hof hinaufzutragen. Die kleine Delegation, die den sarggroßen Uhrenkasten den Hang hinaufwuchtet, wird vom Pfarrer angeführt, der mit einem Eimerchen Weihrauch und Gebeten «der Familie den Weg zurück zur Kirche weisen» will. Vier Ministranten tragen den schaukelnden Uhrenkasten. Ein kleines Stück Wegs führt die Prozession durch den Wald, dann schlängelt sich der Pfad über die verwahrlosten Berganger des Bauern. Die spiegelnde Glastür der Uhr wirft von weitem schon kleine Lichtblitze zum Wälchi-Hof hinauf, wo der Findling von einer merkwürdigen Unruhe erfaßt wird: Das Klingeln und Hallen des Uhrengeläuts dringt aus dem Tal wie eine geheimnisvolle sphärische Musik empor und scheint den Jungen zu plagen. Er rennt vor dem Haus auf und ab, berechnet die Abstände der Echos und scheint jeden einzelnen Ton der Uhr auffangen zu wollen.

Schließlich gelangt die Prozession zum Wälchi-Hof. Als erster erscheint schnaufend der Pfarrer. In respektvollem Abstand folgen die Kräuterhändlerin und der Apotheker mit der Wünschelrute. Der Bauer will erst von dem Teufelswerk, wie er die Uhr nennt, nichts wissen. Wie er aber das Entzücken des Jungen sieht, lädt er die Delegation ein, doch näher zu treten. Die Meßdiener, allesamt Jünglinge aus gläubigen Familien, berichten später mit unterschiedlicher Ausschmükkung, drei Mädchen, in ärmlich kurzen Nachthemdchen gekleidet, seien von der Ofenbank aufgesprungen, als sie die Stube des Bauern betraten, und hätten um Hilfe gefleht, und eine jede, insbesondere die Jüngste, habe deutlich von einem eigenartigen Rauschen gesprochen, welches des Nachts zu hören sei.

Es habe außerdem in der Stube nach Exkrementen gestunken und eine unbeschreibliche Unordnung geherrscht, daß man nicht gewußt habe, wo man die Stehuhr wohl absetzen könnte, hätte nicht der Findling auf das einzige sichtbare Stück Diele neben sich gedeutet.

Man habe die Uhr also aufgestellt, das Pendel eingehängt, die Feder aufgezogen, und kaum sei das erste Ticken erklungen, habe der Junge geweint, und es sei allen erschienen, als weine er vor Glück, und sie hätten auch geweint. Die Mädchen hätten sich ins Bett gelegt und schluchzend zur Nacht gebetet, und der Bauer sei wortlos aufgestanden, habe zur Axt gegriffen und sie dem Pfarrer ohne weiteren Kommentar vor den Zehen neben die Lederschuhe in die Dielen gehauen mit den Worten: «Und jetzt verschwindet!»

Dann habe er beim ersten Stundenschlag der Uhr begonnen, das Gemüsebeet umzugraben, in dem die Bohnen eben blühen wollten. Mehr, so versichert der Pfarrer, sei wohl an diesem Nachmittag nicht zu verrichten, und fordert die Kräutersammlerin und die Meßdiener auf, für die Familie zu beten und mit ihm wieder ins Tal zu steigen.

Alle berichten später außerdem einmütig vom merkwürdig veränderten Wesen der Bauersfrau. Sie scheint sichtlich gealtert, ihr Gesicht ist gerötet und die Nase fast blau. Der Schmied behauptet, das komme, weil sie den Kirsch vom Glugg-Bauern trinke, der die Steine mit den Früchten brenne. Er selber würde nicht einmal einer Kuh das Euter damit einreiben.

In den ersten Tagen gibt die Schlaguhr neben dem Stubentisch zumindest den Mädchen des Wälchi-Bauern den Tagesrhythmus zurück. Sie schlafen zur Tagesneige ein und stehen im Morgengrauen auf, und fast scheinen sie mit dem Findling versöhnt. Nur Claire macht aus ihrem Abscheu weiterhin keinen Hehl und versucht zu jeder Tages- und Nachtzeit, in sein Wasserglas zu spucken, ihm Kuhdung in die Schuhe zu stopfen oder rote Ameisen unters Hemd.

Auf den Findling übt das stete Ticken der Stehuhr eine geradezu magische Wirkung aus. Gebannt lauscht der Junge jedem Einschlagen des Pendels, jedem Nachrucken eines Zahnrädchens, dem Einhaken von Sprungfedern, dem Abschnellen von Stundenwellen, er zählt mit, berechnet Verhältnisse, extrapoliert Entwicklungen und murmelt und rechnet und zählt unablässig alles zusammen und übersetzt es in Formeln und scheint kein Ende seines Vergnügens zu finden. Er versinkt in den Takt der Sekunden, als hinge er an der Mutterbrust.

Hat der kleine Junge vor Auftauchen der Uhr kaum seinen ersten Schritt gewagt, springt er schon Tage später in der Stube umher. Er zählt seine Schritte, addiert Ellen und subtrahiert die gerannten Distanzen von den im Gehen zurückgelegten. Man findet im Umkreis keinen glücklicheren Jungen als ihn. Keinen hört man häufiger lachen. Eins aber bleibt merkwürdig: Bei all seinem Entzücken ist sein Gesicht verledert, es huscht nie ein Lächeln darüber, und selbst wenn er hörbar lacht, bleibt der verdrießliche Ausdruck in seiner Miene und erinnert zunehmend an die Lötschentaler Maske, die der Gurnel Edi von seiner Wanderung nach Italien heimgebracht hat.

Immer häufiger setzt sich der Lederschuh für seine Berechnungen neben Claire auf die Ofenbank, trägt ihr den Wassereimer, wenn er ihr zu schwer wird, hilft ihr im Keller die Käselaiber zu wenden, und je gemeiner sie ihn hänselt, desto mehr Walderdbeeren legt er ihr heimlich auf ihr Tellerchen; je boshafter sie ihm Streiche spielt, desto zärtlicher berechnet er ihre Haaresbreite, ihre Schrittlänge oder ihren Zahnabstand.

Auf den Bauer selbst übt die Uhr keine heilende Wirkung aus. Nach wie vor zerrt er nachts den Ochsen vor den Pflug und gräbt seinen Acker um, obwohl er doch am Tag zuvor erst gesät hat, oder er sitzt zur Mittagszeit mit der Angelrute vor dem Miststock und fischt Hirschkäfer. Den Schlaf sucht er nach seiner eigenen Zeitordnung, Tag und Nacht nicht beachtend, ähnlich der ostindischen Mimose, die, unabhängig vom Sonnenstand, ihre Blüte etwa alle siebeneinhalb Stunden öffnet, auch wenn man sie in totale Finsternis sperrt, als ob sie sich an den Siebeneinhalbstundentag eines fernen Planeten halten müsse.

Der Stundenschlag der Uhr raubt auch der Frau den restlichen Schlaf. Bald genügt ihr ein Gläschen Gebranntes nicht mehr, um sich zur Nachtzeit einzuschläfern. Aus einem werden zwei Glas, und aus zwei Glas werden drei Flüche. Bald gesellen sich zu den Dämonen der Nacht noch die Geister der gebrannten Wasser, ein Geist aber vertreibt den anderen nicht.

Mit wüstesten Flüchen verbannt sie eines Nachts den Bauern aus dem ehelichen Schlafzimmer und schimpft ihn einen Schwanzsieder, der seinen Steifen jetzt bald in jedes Lebewesen des Hauses gesteckt habe, so es Löcher zeige! Sie wolle ihn nicht mehr in sich haben, schreit die Verzweifelte und wirft den Schlüssel zum Schlafzimmer ins Tobel hinunter.

Bald hockt der Bauer auch nachts am Tisch unter dem Kruzifix und zählt mit dem Jungen die Stunden, die er vor dem verriegelten Ehebett verbringt. Hoffnungsleer schlägt er schließlich seiner Gattin vor, nach dem Pfarrer zu schicken.

Der geistliche Herr sieht nur eine Rettung: Der Junge sei unverzüglich zu taufen! Der Teufel bringe leicht Elend über ein Haus, so eine Heidenseele darin Zahlen murmle statt Gebete. Er selbst habe von einem Offizier gehört, der seine drei Töchter erstochen und anschließend gebraten und mühevoll aufgefressen habe, nur weil er einen Sasanenjungen als Stiefelknecht in Dienst genommen habe, der nicht zu beten wußte!

Der Junge solle Laurentius heißen, nach dem römischen Märtyrer, das helfe gewiß, sagt der Pfarrer und legt den Taufgottesdienst auf den nächstfolgenden Sonntag fest.

Als es soweit ist, erscheint der Bauer, allein und ohne Schuhe, vor dem Taufstein und verlangt, zuvörderst all seine Sünden zu beichten. Gesündigt habe er viel, wenn auch nicht in Werken, sondern bloß in Worten. Und so verbringt der Sünder vier Stunden im Beichtstuhl, und der Pfarrer muß sich zweimal Wasser reichen lassen, um die Hitze zu kühlen.

Madame, da im Beichtstuhl geflüstert wird, kann ich Ihnen den Wortschwall des Bauern nicht wiedergeben. Weil ich mich jedoch in allem ganz an die Wirklichkeit halte, Madame, wie Sie sie lieben, und Ihre Zeit nicht verschwenden will, schätze ich doch den Aufwand, eine vierstündige Beichte zu lesen, nicht gering ein, will ich hier mit dem Aufschrei des Bauern fortfahren, mit dem er schließlich aus dem Beichtstuhl stürzt, er habe seinen Schwanz nie in ein anderes Loch gehalten!, und das Weite sucht, noch ehe der Pfarrer die Hand zur Absolution erhoben hat.

Drei weitere Sonntagsgottesdienste verstreichen, ohne daß die Familie mit dem Findling zur Taufe ins Tal steigt. Schließlich schnauft der Pfarrer am fünften Sonntag persönlich bei Tagesanbruch zum Hof hinauf und führt den Mann, die Frau, die drei Töchter und ihren Ziehbruder unter den Augen des ganzen Dorfes zur heiligen Messe. Sechshunderteinunddreißigeinhalb neugierige Augenpaare zählt der Junge unterwegs.

Alle wollen den Findling sehen, der mit dem Teufel Zwiesprach hält! Alle verfolgen mit Schaudern, wie die einst blühende Frau, deren Bewegungen so viel Anmut und Frömmigkeit zeigten, sich durchs Dorf schleppt: eine grobschlächtige, böse Vettel, die ihren Töchtern bald so oft eins langt, wie ihr Mann das Vieh prügelt.

Der Bauer hält seinen Blick gesenkt. Er beachtet die Zurufe, er habe sich da ein schlechtes Geschäft eingehandelt, nicht, nicht die Häme, mit der allgemein über den Lederschuh gelacht wird: Ob daraus je ein großer Stiefel werde? Er hätte ihn besser gleich vergraben, wie man es mit einer verfressenen Rübe auch tue!

Der Junge selbst tappt hinter der Familie her und läßt sich nur von Claire bewegen, schneller zu gehen, wobei er nicht seinen Schritt beschleunigt, sondern im gleichen Takt längere Schritte mißt, und in den gelben Augen, die nach einem Blick von Claire suchen, leuchtet ein seltsames Feuer.

Sein Gesicht erregt allgemein Abscheu. Nur wenige halten seinem Blick stand. Niemand wagt ihn anzusprechen, außer dem Küstersohn, der sich direkt vor den Lederschuh hinstellt und ihn unter allgemeinem Gejohle zur Rede stellt: «Na, du Bastard! Scheust das Weihwasser nicht? Dann bist du doch kein Teufel. Nur ein Schuh!» Aber auch er wagt es nicht, den Jungen zu berühren, als der ihm die Hand reichen will. Die Bäckerin muß sich sogleich hinsetzen und soll den ganzen Tag bis tief in die Nacht im Fieberwahn nach einem Papst verlangt haben.

Dreimal muß der Priester zum Taufgelübde ansetzen, bis endlich die ganze Familie gemeinsam um den Taufstein und den Jungen herumsteht, und da sich im Dorf niemand finden ließ, der dem Jüngling Pate stehen wollte, übernimmt der Pfarrer selbst dieses Amt. Die beiden älteren Mädchen gähnen, die Mutter schimpft, der Vater knurrt, und der Pfarrer träufelt dem Jungen das Weihwasser auf Stirn und Scheitel und spricht den Segen über ihn. Der Dingbub läßt alles mit äußerster Gleichmut über sich ergehen, nickt, wenn er gefragt wird, und zählt, wenn er unbehelligt bleibt. Et spiritu sanctu. Laurentius. Amen.

Als Laurentius rülpst, und es klingt wie ein «Amen», erreicht das Erschauern der Anwesenden seinen Höhepunkt. Erst als Louise kichert: «Amen», und die Tochter des Schmieds bei ihrem «Amen» husten muß, und dem Huldbauer der Hut aus der Hand fällt, «Amen», schlägt das Entsetzen plötzlich in Erleichterung um, und bald lachen und prusten die Christen in der Kirche. Er ist kein Teufel! Er ist eine arme Kreatur Gottes! Er ist ein gewöhnlicher Krüppel!

Laurentius reibt mit seinem Fäustchen das Weihwasser von der Stirn und sucht mit seinem gelben Blick einen Halt, und findet ihn nicht beim Pfarrer und nicht bei der Bauersfrau und nicht beim Altarbild der heiligen Maria, sondern bei Claire, und als das Weihwasser in den Augen getrocknet ist, legt er seinen Kopf an Claires Schulter und errechnet, daß, bei normalem Wachstum von täglich drei Zehntel Zoll und bei einer Dichte von zwölftausend Haaren pro Quadratzoll, es zehn Jahre dauern würde, bis man ein blondes Haar von ihr zusammensetzen und um die Erde legen könne – eine Strecke zu Fuß, wie sie ein Mensch in einem halben Leben kaum zurücklegt. Claire greift nach Laurents Hand, legt sie in ihre und zieht ihn zu sich: «Amen!»

Zuletzt, so wird am Abend in der Schenke behauptet, habe der Junge zu dem Auge der Dreifaltigkeit über dem Altar gestarrt, Winkelberechnungen von gleichschenkligen Dreiecken gemurmelt, und alle Anwesenden wollen gehört haben, wie er dem Pfarrer zugeflüstert habe: Gott schlafe wahrscheinlich. Der Pfarrer findet weder hierfür eine Erklärung noch dafür, warum das Weihwasser sich in einem eigenartig glitzernden Nebel auflöste, als er Gott bei seinen drei Namen anrief.

Nach der Taufe kehrt der Bauer trotzig zu seinem ungeregelten Alltag zurück. Laurent, wie er Laurentius nennt, folgt ihm auf Schritt und Tritt und berechnet ihm, was sein Herz begehrt, und auch, was es nicht begehrt. Bald sieht der Bauer in allen Dingen Zahlen, und die restliche Welt wird ihm immer fremder. Seine Frau nennt er «Einunddreißig Zoll Türausschnitt». Seine älteste Tochter ruft er «He! Dreifünftel Zentner Lebendgewicht! Her mit dir!» und die jüngste: «Sieben Krug Saft. Du gehst melken!» Das Vieh zählt er an den Hufen und teilt das Resultat durch vier. Die Tage verbringt er damit, Brennesselstengel pro Quadratfuß Boden zu erfassen und daraus Hochrechnungen für den Kanton, das Land, ja den gesamten Erdball anzustellen. Er rechne mit etwas über siebenundvierzig Milliarden Doppelzentnern Brennesseln auf der ganzen Erdkugel in zwei Jahren, was den Weltuntergang bedeutet. Die Menschheit werde bald einsehen müssen, wie nützlich der Junge sei! Mit jeder Berechnung des Jungen, die doch das Weltbild präzisieren will, und mit jeder Ordnung, die der Kleine in das Chaos bringt, wächst gleichzeitig die Verzweiflung des Bauern: Es soll endlich Schluß sein mit der Aufräumerei. Die Bauern sollen aufhören, Energie zu verschwenden und ihre Ställe zu misten! Sie würden damit nur die Erde aufheizen und das Chaos vergrößern und nicht die Ordnung! Auch vom Himmel sei nichts Gutes zu erwarten: Wenn allein pro Stunde sechs Sternschnuppen auf die Erde fallen, dann ergebe das, auf die Erdoberfläche berechnet, etwa 10 Millionen Sternschnuppen – täglich dürften es einschließlich der teleskopischen Sternschnuppen mehr als fünfmal die neunte Potenz über der Zehn sein – was einen täglichen Massezuwachs der Erde von ca. einer Tonne bedeute! Und je größer die Kugel werde, desto mehr fehle ihr das Wasser und desto wärmer werde sie. Man habe das schon letzten Sommer erfahren müssen!

Laurent berechnet dem Bauern jede seiner Ausführungen auf das genaueste und liefert ihm Beweis um Beweis für seine Weltschau. Immer mehr will der Bauer berechnet sehen, immer schneller will er die Resultate hören, bis er schließlich von Laurent verlangt, er möge ihm die Geschwindigkeit eines Gedankens berechnen, andernfalls er ihn prügeln werde!

Welche Strecke legt ein Gedanke zurück? Wieviel Zeit braucht er dazu? Was kommt danach? Und was, wenn nichts mehr kommt? All dies fragt der Bauer, während er den Holzstock im Takt seines Herzschlags auf dem Rücken des Jungen wüten läßt, bis Laurent wimmernd im Strohhaufen bei der Ofenbank niedersinkt, nicht ohne die Summe fünfhundertdreiundneunzig geflüstert zu haben – die Anzahl der Stockschläge, die über ihn gekommen sind an diesem Tag.

Am nächsten Morgen bringt Claire, die für gewöhnlich als erste das Tagwerk auf dem Hof beginnt, zum ersten Mal dem Jungen ein Schälchen Wasser auf die Ofenbank. Er schaut sie mit müden Augen an.

«Tut es weh, Laurent?»

Nie zuvor hat sie ihn bei seinem Namen genannt. Sie legt ihm die kühlende Hand auf die Schwielen. Dann rennt sie lachend davon. In den nächsten Tagen sucht sie häufiger seine Nähe, legt ihm ein Stück Brot neben das Wasser und versüßt es ihm sogar mit etwas Milch.

«Ich finde, du ...», beginnt sie nach einigem Zögern. Mit einer abrupten Bewegung wirft sie ihre Haare vors Gesicht, um die Schamesröte zu verbergen, und zieht ihren Hemdzipfel über die Knie. Wenn sie sich so einkugelt, reichen ihr die blonden Haare bis zu den Knöcheln. Sie ist von den Mädchen am sichtbarsten gereift, und unter dem Tuch knospen zwei Brüste, die selbst die Älteste, Louise, nur neidvoll mit den eigenen vergleicht.

Claire möchte etwas Nettes sagen. Da streift ihr Blick das Kruzifix neben dem Fenster, wo der vernarbte Gipsjesus seine genagelten Füße verschränkt, die sie immer nur mit Abscheu betrachten kann, und so entfährt ihr nur: «Du hast häßliche Füße, Laurent.»

Er zuckt zusammen, als sie ihm die Hand auf die Narben seines Fußes legt, steht auf, verläßt die Stube und wird während dreier Tage und Nächte nicht mehr gesehen. Am vierten Morgen findet der Bauer ein Wort auf die zweiflügelige Stalltür gekritzelt. Des Lesens kaum mächtig, betrachtet er die Buchstaben eingehend.

P E N D E L

Je länger er auf die Zeichen starrt, desto schneller kippen vor seinen Augen die Bedeutungen hin und her. Ende. Pendel. Ende. Pendel. Ende. PENDEL.

Das ist Laurents Antwort auf die Frage, wie schnell die Gedanken sind! Der Bauer starrt über eine Stunde auf das Doppelwort, bis ihm ganz wirr im Kopf wird und er seine Einunddreißig Zoll Türausschnitt herbeizitiert. Er zwingt sie, ebenfalls das Wort an der Tür zu lesen, ja sogar das Dreifünftel Zentner Lebendgewicht, das Buchstaben gar nicht entziffern kann, soll auf die Tür glotzen. Da hat man's! Da sieht man, wie schnell die Gedanken sind! Man braucht bloß das eine Wort lesen zu wollen, und man erfährt die Geschwindigkeit der Gedanken sofort!

PENDEL! Schaut hin! Und versucht, beim PENDEL zu verweilen, ohne das ENDE zu lesen, oder umgekehrt, das ENDE zu sehen, ohne vom PENDEL erfaßt zu werden!

Alle stieren. In der Stube tickt die Uhr. PENDEL. Dann hebelt der Bauer mit einem einzigen Griff die schwere Eichentür aus den Angeln, zerrt Frau und Tür und Töchter mit sich über das Feld, hinter der Waldbiegung auf den Weg bis zur Abzweigung hinüber, Richtung Gurteren. Als die Familie samt Tür auf dem Marktplatz ankommt, richtet der Bauer das geheimnisvolle Menetekel auf, und bald sammelt sich allerlei Volk um das seltsame Grüppchen.

Es mögen jene vortreten, fordert der Bauer die Umstehenden auf, die die beiden Worte sehen können, ohne bei jedem Herzschlag in einen anderen Gedanken zu kippen.

«Was will er uns damit beweisen?» fragen die Marktgänger mißtrauisch. «Hat er das von dem Krüppel gelernt?»

Keiner aber tritt vor. Der Apotheker bestätigt bloß, daß seine Gedanken pendeln.

«Eben! Wie ein Herz, nur unendlich schneller!» brüllt der Bauer, schwingt sich auf den Brunnstock und fordert alle Anwesenden auf, ihrem Herzen zu lauschen.

«Spürt ihr es schlagen ...?» Keiner kann das leugnen. «Und die Gedanken? Spürt ihr die?»

Ehe sich Zweifel daran regen, ob es sinnvoll sei, Gedanken zu spüren, zieht der Bauer selbst seine Schlußfolgerungen aus der erkennbaren Geschwindigkeit des Denkens. Es läßt sich so unendlich viel schneller nach Bern gelangen! Da liegt das Übel der Bauern. Daß sie nicht denken! Wie schnell könnten sie dann auf Erdäpfel umstellen.

Jetzt regt sich ein erster Widerspruch. «Wir fressen keine Dreckwurzeln!» Ob denn die Stäfer deshalb im letzten Jahr nicht gehungert hätten? Und hätten doch brav dem Doktor Hirzel, dem Stadtarzt von Zürich, gehorcht. Nur weil der Hirzel von den großen Geistern gelesen werde, brauche man den Zürcher Stadtarzt in der Erdapfelfrage noch lange nicht zu unterstützen. Ob der Wälchi etwa auch Gülle in die Felder gießen wolle, wie die Zürcher?

Aber der Bauer ist jetzt in Fahrt geraten: In je drei Pulsschlägen fordert er für die Molkerei eine Maschine. Für die Drescherei eine Mechanik! Für die Butterei eine Zentrifuge! Wenn auch nur in Gedanken. Und will auch nicht aufhören zu denken, denn die Leere vor und nach dem Denken ist das ewige Leben. Das Denken aber ist die Hölle!

Es vergehen elf Herzschläge, bis die Kürschnerin die Obrigkeit herbeigerufen hat. Neunhundertzweiunddreißig, bis der Gendarm auftaucht. Vierundzwanzig, bis er den Ketzer vom Brunnstock entfernt hat. Und elf weitere, bis er ihn samt Eichentür, Töchter, Gattin und Krüppel vor das Stadttor gesetzt und unter Gejohle und tätiger Hilfe der Marktteilnehmer vertrieben hat. Ohne einen Gedanken über die Geschwindigkeit des Denkens zu verschwenden, brüllt man «Laveri» und «Löli», «Laueri», und «Glünnggi» hinter der armseligen Familie her und kehrt, mit sich selbst zufrieden, in die Marktschenke ein, wo noch lange darüber diskutiert wird, ob es gesundheitsschädigende Folgen hat, wenn einer lesen kann, und sei es nur ein einziges Wort.

Seit diesem Tag findet der Bauer für keine drei Herzschläge mehr Ruhe. Man sieht ihn immer gehetzter über seinen kleinen Acker stapfen und Gedankenlängen messen und Zahlenfolgen murmeln. Alles in der Absicht, sein Handeln zusätzlich zu beschleunigen. Und ebenso eilig, wie er sich in der siebten Nacht entscheidet, seine Frau in seine Gedanken nicht weiter einzuweihen, beschließt er schließlich in fieberhaftem Tempo, den Ziehsohn vom Hof zu entfernen, und stürzt mit Laurent, Jahre vor der Zeit, da dieser das Alter der Offiziersgehilfen erreicht hat, zum Haus hinaus, hinunter ins Tal, die achtzehntausendsiebenhundertvierunddreißig Fuß Weges nach Bern, und schleppt ihn dort vor den erstbesten Werbeoffizier und bietet seine Dienste der Soldateska an, ganz wie er sich oben auf seinem Acker gedacht hat.

«Dieser Junge ist zu verkaufen.»

Ein genuesischer Offizier mustert den kleinen Kerl.

«Ist das ein Junge? Nicht vielleicht eher ein zwergwüchsiger Greis?»

«Das mag sein, ich will ihn nur loswerden», brummt der Bauer.

«Ei denn, wann? Ist er doch jung!»

«Sofort!»

«Der bringt mir noch nicht einmal einen Stiefel an den Fuß, geschweige denn einen Sattel aufs Pferd!»

Auch sonst interessiert sich kaum ein Offizier für den Jungen. Der eine weiß Kinderdienste nicht zu schätzen. Der andere sucht einen Späher. Oder einen Boten. Einen Stiefelknecht. Keiner wünscht sich den schwarzhaarigen Bub als Zugehjunge. Zu jung. Zu schmal. Zu hager.

Nur ein eleganter spanischer Leutnant faßt Laurent wohlwollend unter das Kinn. Er legt die Stirn in Falten und streicht Laurent mit dem Zeigefinger über die Zähne. Der

Junge habe eine zarte Haut und ein gesundes, kräftiges Gebiß. Ob er denn seine Hände feinfühlig zu gebrauchen wisse? Falls ja, könne er ihn in den zarten Diensten schulen und dem spanischen König zum Geschenk machen. Er solle bedenken, welchen Weg er dem Jungen als Kammerdiener eröffne, am spanischen Hof!

Der Bauer zerrt Laurent von dem Spanier weg und flucht so laut, daß man es bis zum Zähringer Tor hören kann:

«Einen Jungen verschenken, der das Weltenrätsel enthält! Lieber schleppe ich ihn wieder nach Hause!»

Aber bereits in der Nähe des Schlachthofs überfällt den Mann die feigste Verzweiflung, und zehn Schritte weiter, beim Münster, beugt sich der Bauer zu Laurent, faßt seinen ledernen Kopf zwischen die großen Hände und flüstert ihm fast zärtlich zu:

«Junge, lieber, kluger, allwissender Junge. Was kann ich denn noch tun für dich? Nichts. Ich bin kein großes Licht und kann dich nicht einmal ernähren. Also müssen wir uns trennen. Sorg bitte du für Frau und Kinder, und ich – geh davon.»

Er küßt den Jungen zweimal auf die Stirn, schiebt ihn Richtung Wälchi-Hof die Kramgasse hinunter, kassiert beim erstbesten Werber Pension und Handgeld, und siebenhundertvierunddreißig Herzschläge später befindet er sich als Reisläufer im Sold eines malukkischen Offiziers auf dem Marsch über die Winterthurer Furt zur Donau hinauf, Richtung Konstantinopel. Noch im Kaukasus hat der Bauer nicht verstehen wollen, warum die Soldaten immer nur auf zwei zählen wollten.

Laurent drückt sich an der Mauer eines dreistöckigen Hauses entlang. Wie anders sich in einer Stadt die Welt zeigt. Alles riecht nach Zahl und Maß. Laurent atmet tief ein, als er sich durch die Gemüsestände in den Arkaden zwängt. Er streichelt die Stachelschweinborsten. Er streift die Flachsbündel. Er zählt die Ziegel des Speicherdachs. Er berechnet die Quersummen der Hausnummern. Er subtrahiert Menschen, die die Straße durch den Zytglogge-Turmbogen verlassen, und addiert jene, die sie beim Bärengraben betreten. Er berechnet ihre Einkaufswege. Er dividiert ihre Kaufkraft. Er zieht von der Gesamtmenge der Erdenbewohner die Restmenge der Berner ab.

Er hat Hunger. Das heißt: Er verspürt die Lust, fünf Äpfel zu verspeisen oder eine Rösti mit einundachtzig Speckwürfeli, oder vierzehn Teigtäschchen, oder ...

Madame! Die Zeit, die wir nun bereits gemeinsam verbracht haben, ermutigt, ja drängt mich zu einem Geständnis: Ich habe ob all dem Erzählen vergessen zu essen! Es mehren sich nun die Anzeichen der Gedankenflucht, und ich laufe Gefahr, mitten in der Schilderung vor Erschöpfung kopfüber auf meine eigenen Zeilen zu stürzen und vielleicht sogar sinnfrei vor mich hin zu sabbern, in der Art der Politiker, die in diesen Wahltagen in Bern gern die Öffentlichkeit suchen.

Gestatten Sie mir also, daß ich Sie für einen kurzen Augenblick Ihrem eigenen Schicksal überlasse, oder besser, begeben Sie sich schon dorthin, wo wir die Geschichte fortsetzen werden, zurück nach Gurteren. Ich werde Ihnen folgen, sobald ich wieder bei Kräften bin.

Ich will Ihnen allerdings gerne etwas mit auf die Reise geben (ich selbst nehme auf lange Reisen immer etwas zum Denken mit):

Eine Mahlzeit im ‹Falken› ist derzeit nicht unter etwa acht Batzen zu haben. Wenn Sie nun bedenken wollen, Madame, daß der Preis für einen gutgebauten Neger mit gesunden Zähnen auf dem Markt von St. Louis zur Zeit bei fünf englischen

Pfund liegt, zuzüglich Transport, so brauchen Sie in der Schweizer Hauptstadt bloß siebzehnmal auf ein Essen im ‹Falken› zu verzichten, mit einem Sonnenwirbel-Salat, einem Welschen Hahn à la Fricassée mit Spinat, einem Salami von der Waldschnepfe, einem Hecht an einer weißen Soße, einem Pomeranzen Compote, einem Artischobödli à Krebs, einem Mandelring mit Creme und einem Crocanttli, samt dem Käse, und Sie können für das Ersparte einen gutgebauten Neger erstehen, der Ihnen Ihr Buch trägt oder die Seiten darin umblättert.

Oder bedenken Sie etwa folgendes: Wenn Sie am Mittwoch die Wahl hätten zwischen den Zeitungen vom Montag und jenen vom Dienstag (in der die Zeit weiter fortgeschritten scheint!), welche würden Sie wählen? Wenn aber die letzteren über die Eröffnung der Blumenausstellung und die ersteren über den Kriegsausbruch berichten würden?

Wer in diesem Moment die Tür zum ‹Falken› aufstößt, dem drängt sich ein Menschenknäuel entgegen, in dessen Mitte ein Bündel zappelt: Es ist Laurent, der sich duckt und dabei die Füße zählt, die sich um seinen Kopf sammeln.

Die Wirtin des ‹Falken› reißt das Fenster auf und brüllt hinter dem Zechpreller her.

«Für drei Batzen hat er in der Gaststube gefressen. Jetzt soll er zumindest für soviel draußen spucken!»

Laurent versucht nicht, Kopf, Bauch und Nieren vor Fußtritten zu schützen, sondern zählt nur Schuhe, Zoccoli und Holzsandalen, teilt sie ein in aufsteigende Klassen, ebenso wie Fäuste, Schuhe und Weidenruten, die auf ihn niedergehen. Elf davon treffen die Fußsohlen, sieben die Niere, einundzwanzig den Hals, vierunddreißig den Rücken, zweiundzwanzig den Bauch und etliche andere empfindliche Stellen.

Nach einundsiebzig Schlägen läßt man ihn liegen.

«Jetzt weiß er, was es kostet, wenn man essen will und nicht bezahlen kann!»

Ein Mädchen, das im Schutz der Arkade die Randale verfolgt hat, bleibt bei Laurent zurück, als die Rotte sich johlend davonmacht.

Das Mädchen klaubt einen Zahn aus den Kopfsteinrillen und streckt ihn ihm samt einer Rübe hin:

«Essen?»

Er faucht, und das Mädchen zieht seine Hand erschrocken zurück.

Madame, manch eine Liebesgeschichte hat anders angefangen. Aber diese hier beginnt genau so:

«Blöder Hund», murmelt Marie Grossholtz trotzig und glaubt, es sei ein Schnupfen oder eine ungewöhnlich heiße Abscheu, die ihre Wangen derart erhitzt. Sie bringt das heftige Klopfen des Herzens nicht mit dem kecken Nackenschwung des Jungen in Verbindung, der just in diesem Augenblick nach ihr spuckt. Und ein zweites Mal. Und noch fünfmal. Und eben will sie ihm zornig die Faust ins Gesicht schlagen, da tritt, ehe sie sich's versieht, die Liebe in ihr Leben, und sie erkundigt sich spöttisch: «Sieben? Ist das dein Name? Ganz schön fischig!»

Madame, wenn Sie unterwegs einen Halt einlegen, parlieren Sie französisch, wie es der Berner liebt, wenn er besonders weltgewandt auftreten will. Auch wenn das Franzmännische, das heute jedermann bei jeglicher Gelegenheit in seine Rede flicht, Ihnen als eine Verrohung der Sprache erscheint, zeigen Sie sich nicht indigniert. Keine Fisimatenten! Dingue! Bravo! Die Menschen wollen nichts als à jour sein, weil der Zeitgeist es verlangt. Und wenn Sie selbst etwas essen wollen, denken Sie daran, wir befinden uns im Jahr der Hungersnot. Es gibt in Bern keine Restaurants, in denen man sich mal eben schnell eine gegrillte Wurst reinpfeifen kann oder was Spaghettiähnliches rübergeschoben bekommt!

«In welcher Hand du nur eine Münze hast und in welcher zwei? Fragst du mich das?»

Laurent bedeutet Marie, sie solle ihm die Anzahl der Geldstücke in der rechten Hand verdreifachen, jene in der linken verdoppeln und beide Zahlen anschließend addieren und ihm die Summe nennen. Dann deutet er mal auf die rechte Hand, mal auf die linke, nie aber auf die falsche. Marie lacht, flucht gleicht darauf. Versucht es erneut und verliert wieder, und das siebenmal hintereinander!

Eine Fischhändlerin wird darauf aufmerksam und will ihr Geld auch vermehren. Laurent zeigt auf die Rechte. Rechnet. Zeigt auf die Linke. Die Fischhändlerin sieht ihr Erspartes, das sie Männern in der Unterstadt aus dem Hosensack gezogen hat, bald auch in der Tasche des verstrubbelten Kerlchens verschwinden. Es dauert nicht lang, da lacht und kreischt abwechselnd auch die Spitzenklöpplerin vor Ärger.

Marie Grossholtz wird von der Versammlung der Marktweiber abgedrängt und verfolgt nun auf der anderen Seite der Münstertreppe die Szene aus sicherer Distanz. Sie reckt den Hals und sucht mit bewundernden Augen die Fingerbewegungen des seltsamen Jungen. Wie er auf die linke Hand deutet. Und es stimmt! Wie er die Rechte rät. Richtig! Marie zieht bei jedem Triumph des Wettkönigs mit stolzem Blick die Nase hoch. Es entgeht ihr kein Augenklimpern des Jungen, kein Grinsen, kein Nicken, keine Finte und kein Täuschungsmanöver. Auch nicht, wie er bei jedem erfolgreichen Spiel seine schwarzen Haare stolz in den Nacken wirft und verstohlen versucht, über die Köpfe hinweg zu ihr hinüberzuschauen.

Die Bewunderungsrufe der Frauen hallen immer lauter über den Markt. Auch Frau de Meuron, die ihren Gatten zum Wahltag nach Bern begleitet, läßt mit eleganten Bewegungen ihren Häkelbeutel aufspringen, spreizt ihre Hand, zupft an ihrem Spitzenhandschuh und fischt eine Münze aus ihrem Häkelbeutel.

Marie stellt sich auf der Münstertreppe vergeblich auf die Zehen. Der kleine Wettkönig ist kaum zu sehen. Nur, wie höflich er sich verabschiedet. Dann tritt er aus dem Kreis der Damen. Das Geld klingelt in seinem Beutelchen, als er die Treppe zur Münsterterrasse hinaufsteigt und Marie auf dem Treppenabsatz neben ihn tritt.

«Was für ein dämlicher Trick, Sieben!»

Laurent, überrascht sie so plötzlich wiederzusehen, steckt seine Fäuste in die Taschen und senkt trotzig den Blick.

Marie, die weder Erfahrung im galanten Gespräch noch im verschämten Senken der Augen oder im Lächeln besitzt, verpackt ihre Zuneigung eher in rohe Beschimpfung.

«Hast dir die Dümmsten in der ganzen Stadt ausgesucht! Wäre viel schwieriger, den Namen eines Menschen richtig zu raten. Wäre eine Münze wert, Sieben! Na, und? Rätst meinen Namen? Ich bin nicht so blöd wie andere!»

Da es auch für Laurent das erste Liebesgespräch ist, neigt er ebenfalls nicht zu Zartheiten, sondern sagt nichts, und dies ziemlich lange, und wüßte auch nicht, welche Zahl ihm dazu einfiele, während er heimlich jedes Trippeln der Mädchenfüße unter seinem Blick mit fünf Zehen multipliziert.

«Da schluckst die Zunge! Hast etwa keinen Nachnamen, um dich mir vorzustellen?»

Maries Frage streicht gänzlich ungenutzt vorüber. Laurent hätte ihr gewiß seine Lieblingszahl entgegnen können. Aber er blickt nur besorgt nach oben zum Treppenabsatz, wo eine

Horde von Kindern auf die beiden aufmerksam geworden ist. Die beiden ältesten Jungs schieben ihre Köpfe bäuchlings über die Balustrade und erzählen den anderen grinsend, was das Paar unten macht.

«Meinen errätst du nie!» sagt Marie mit allem Hochmut der Welt. «Weißt du, wie alt ich bin? Rat mal. Mutter war zwölfmal so alt wie ich, da war sie vierundzwanzig. Und jetzt ist sie dreimal so alt wie ich!»

Marie kann nicht ahnen, daß sie mit dem Rätsel in die tiefsten Herzenswinkel Laurents dringt. Und nur, wer die erste Liebe kennt, ahnt, welche Verheerung Maries Aufgabe im Zahlenleben Laurents anrichtet, als er zehn und einen Finger aufstreckt und gleich wieder die Fäuste ballt.

«Klar bin ich elf!» gesteht sie schnippisch. «Dazu mußt du nicht einmal bis hundert zählen können!»

Laurents Blick sucht den Treppenabsatz über ihnen. Dort drücken sich zwei Jungs an der Mauer entlang, klauben Steine und zerren Stöcke aus dem Schnittholz, während Marie ihn auffordert: «Aber zähl mal bis hundert und rechne alle Zahlen zusammen! Das mach mal im Kopf! Darauf verwette ich meinen!»

Laurent schweigt lange. Als wolle er zu den ganzen auch noch die natürlichen, die negativen und die reellen Zahlen addieren.

«Nur die ganzen Zahlen, Idiot.» Marie trippelt ungeduldig hin und her, in der Meinung, die Aufgabe sei unlösbar für einen Jungen.

Laurent errötet und vereint die erste Zahl der Reihe mit der letzten, die zweite mit der vorletzten, und dies immer so fort, Vereinigung nach Vereinigung, lauter innige Paare bildend mit der Summe Einsnulleins, fünfzigmal.

«Wieviel macht das?»

Wenn sie ihn dazu auffordern würde, die Summe von eins

bis eins hoch neun zu bilden, er würde es tun! Er würde für sie eine halbe Milliarde Paare bilden à neunhundertneunundneunzig Millionen neunhundertneunundneunzigtausendneunhundertneunundneunzig, deren Ziffern immer das Produkt von neun mal neun, also einundachtzig, ergäben! Außer der vollen Milliarde, die alleine bliebe. Es würde also genügen, die halbe Milliarde mit einundachtzig zu multiplizieren, eine halbe Milliarde Mal und noch eine eins hinzuzuzählen. Warum fragt sie ihn nicht danach? Er würde jubeln, er würde tanzen! Statt dessen kratzt er fast enttäuscht ‹5050› in den Sand zu seinen Füßen. Marie sieht Laurent plötzlich mitleidig an.

«Kannst du nicht sprechen?»

Er läßt langsam den Kopf sinken, als wage er nicht zu antworten. Aber ehe Marie sich das richtige Wort einfallen läßt, werden die umliegenden Gebüsche auseinandergerissen. Mit Ruten bewaffnet, stürzt die Kinderbrut hervor, wirft sich auf den Wettkönig und sucht dabei nicht lange nach Worten.

«Kupfer her! Geld!»

Madame, wo einer sein Geld verdient, und es will scheinen, nicht im Schweiß, sind die Neider nicht weit. Die Bande knufft Laurent nieder. Marie setzt sich nur kurz zur Wehr, bevor sie sich der Übermacht ergibt. Aber die Fischerjungen interessieren sich nicht für sie, sondern knien bereits über Laurent. Der Wortführer ist ein Patriziersohn aus der Oberstadt, der seine Eltern nur zur Abendmahlzeit sieht und ansonsten sich selbst oder seinem Kindermädchen überlassen ist.

So schnell, wie sie einen Fisch ausweiden, so gezielt finden die Fischerkinder das Geld bei Laurent.

«Ist da nicht mehr?»

Die Großen lassen bereits von ihm ab, und nur ein kleiner Blonder drischt weiterhin mit der Rute auf Laurents Oberschenkel ein, als Marie, mittlerweile außer Reichweite, schreit: «He, ihr Nasenbohrer. Er wird euch euer Geld verdoppeln, wenn ihr ihn loslaßt!»

Madame, ich bin selbst versucht, dem Jungen zu Hilfe zu eilen, aber die Aufgabe des Berichterstatters verpflichtet mich zu strengster Neutralität. Statt dessen tritt Marie jetzt wieder neben ihren neuen Freund.

«Er will es verdoppeln? Wie denn?»

Marie gibt Laurent ein Zeichen. Er nickt ihr zu, rechnet kurz und nickt noch einmal. Dann sagt sie: «Wer ihn mit dem Geld über die Brücke begleitet, der erhält auf der anderen Seite das Doppelte.»

«Das Doppelte?»

«Ja. Und zwar sooft ihr wollt. Und dann laßt ihr ihn laufen.»

Nur sollen sie ihm auf dem Rückweg jeweils ein weniges, sagen wir fünfzehn Batzen, zurückerstatten, für seine Kopfarbeit.

Die Knaben aus den Patrizierhäusern, die im Multiplizieren flink sind, schlagen die Bedenken der Fischersöhne, die im Subtrahieren ungebildet, aber im Fesseln geübt sind, in den Wind: Der Handel soll gelten. Wenn der Kleine ihnen ihr Kapital oft genug verdoppelt, dann wird er freigelassen.

Der kräftigste Junge hat es eilig. Er schnappt sich als erster die vierzehn Batzen, die die Jungs zusammengelegt haben, läßt sich an Laurent fesseln und rennt los. Wie versprochen verdoppelt ihm Laurent auf der andern Uferseite sein Kapital, nachdem er Laurent fünfzehn Batzen Spesen als Aufwandsentschädigung für die Kapitalverwaltung abgegeben hat.

Der nächste Junge wartet schon gierig am Ufer. Er nimmt die restlichen Batzen entgegen und geht mit Laurent wieder hinüber. Laurent verdoppelt ihm den Betrag und verlangt wiederum nur fünfzehn Batzen an Spesen. Bald stürzt der nächste mit ihm los und der nächste, und alle kehren unter Gejohle mit losen Fesseln und verdoppeltem Kapital zurück und wollen kaum warten, bis sie noch einmal den gewinnbringenden Gang machen dürfen, und auch die weiteren Touren werden von siegessicheren Jubelrufen begleitet. Erst als der letzte schließlich mit fragendem Blick und leeren Händen über die Brücke zurückkehrt, haben die Fischerkinder subtrahiert, und es nützt ihnen alles Multiplizieren der Patrizierjungs nichts mehr: Was eben so wundersam vermehrt schien, ist nun wieder gänzlich im Beutel des häßlichen kleinen Kerls verschwunden.

«Er hat sein Versprechen gehalten! Jetzt ist die Reihe an euch, das eure auch einzulösen und ihn freizulassen», ruft Marie. Aber keins der Mattenkinder will einsehen, warum, und anstatt dem Jungen nun die Freiheit zu lassen, lassen sie die Fäuste sprechen. Bald knien die Stärksten wieder auf ihm und halten Laurent und ihr Versprechen auf ihre Art.

«Gib uns unser Geld wieder!»

Aber ehe Laurent zum dritten Mal verprügelt werden kann, wirft sich Marie beherzt in das Fäusteknäuel, greift nach dem Geldbeutel, packt die Münzen und läßt sie mit einer weit ausholenden Bewegung über die Treppe regnen. Da glitzern die silbernen Fürstenköpfe und kupfernen Gräfinnengesichter und Messingblumen, Ziffern, Königsbilder und Zinkringe wie ein Nieselregen im Abendlicht, und bald schnappen die Fäuste nicht mehr nach Laurent, sondern haschen nach den kullernden Geldstücken auf der Münstertreppe.

Als Laurent sich aufrappelt, ist Marie verschwunden.

Der Zeiger

In der Zeit, da sich der Conseil Souverain versammelt, bevölkern fast ausschließlich Parlamentarier die Restaurants der Stadt Bern. Die Herren lassen ihre Frauen in der Eidgenossenschaft zurück, um sich einmal im Jahr vollkommen ungestört dem Regieren widmen zu können. Da geschieht es selten, daß eine Frau den ‹Falken› betritt, es sei denn eine jener Damen, die den Politikern ihre Dienste anbieten – gegen Barzahlung.

Die junge Frau Grossholtz schaut in die Herrenrunde, als suche sie jemanden. Die Parlamentarier blicken ihrerseits nur verstohlen zurück und geben sich den Anschein schwieriger politischer Auseinandersetzung. Nur der alte Curtius, der ehemalige Uhrwart, begrüßt die junge Frau mit einem Krächzen.

«Seid Ihr gekommen, um mich zu wählen?»

Und ein junger Mann auf der Eckbank mustert die Dame unverhohlen, während er unschlüssig eine Münze in der Hand dreht: kein Berner Pfund, kein Genfer Florin, kein Luzerner Schilling, kein Angster oder Gulden oder Croisat – einen Reichstaler hat er da und weiß offenbar nicht, wieviel Wein er dafür noch verlangen darf, nachdem er schon eine ganze Mahlzeit vertilgt hat.

Es ist zwar nicht das erste Mal, daß von Bonstettens Hauslehrer im ‹Falken› ißt. Die Einheimischen stupfen sich dennoch mit den Ellenbogen, als die Fremde den Fremden anspricht: «Hat dem Herrn der Citronensalat geschmeckt?»

Die Fältchen um Augen und Mund verleihen dem Gesicht der jungen Frau einen Zug von Wehmütigkeit. Das geschnürte Brusttuch hebt kunstvoll hervor, was es dem Blick eigentlich verbergen sollte, und übt eine anregende Wirkung auf die versammelte Männerschar aus: Die Politiker streiten merklich lauter als zuvor, werfen ihre Hände ungezügelt in die Luft und verlangen nach neuem Wein.

Nur der häßliche Alte bei der Ofenbank teilt die Aufregung nicht. Er schaut unter seinen vernarbten Augenbrauen hinaus auf die Kramgasse, wo im Schein der Fackeln die hüpfenden Schatten der Kopfsteine kaum von den Ratten zu unterscheiden sind.

Der deutsche Lehrer räuspert sich schamvoll.

«Schmeckt.»

Die junge Frau nickt höflich und beugt sich zu ihm hinab.

«Ist Ihnen vielleicht ein Mädchen aufgefallen, mit langen schwarzen Haaren? Und einem blauen Kleid? ... Aus Straßburg?»

«Sie sind aus Straßburg?»

«Ich und meine Tochter Marie.»

Ihre Stimme zittert, als sie sich nach kurzem Zögern zu dem jungen Herrn setzt und zu erzählen beginnt.

Am Vorabend des Piemont-Krieges hatte sie, verliebt bis ins Mark, einem hoffnungsvollen Soldaten aus dem Bistum Basel die Ehe versprochen. Schon im Aufbruch begriffen, gelobte ihr der junge Soldat, mit reicher Beute und als Korporalleutnant nach Straßburg zurückzukehren. Danach hörte sie fünf Monate lang nichts mehr von Johann Joseph Grossholtz. Als sie schon die schwarzen Kleider ihrer Mutter anzuziehen begann, stand er plötzlich vor der Tür: ein heruntergekommener, bärtiger Landstreicher, der ohne Fortune auf den Schlachtfeldern Norditaliens und Flanderns herumgeschickt worden war und an allen Fronten Prügel bezogen hatte, ohne je bei einer zünftigen Plünderung zugelassen worden zu sein. Ein Etappenhund, der glanzlos und ohne einen Gulden Beute heimkehrte, verarmt und verwundet, und seine Braut erkannte ihn kaum wieder.

«Johann?»

«Die Wunde rührt von der Schlacht bei Rossbach», murmelte er und ging auf seine Braut zu, die ihm ihre Arme erst entgegenstreckte, als er bereits ins Haus gestolpert war.

Sein Bart war bald wieder rasiert, die dreckigen Füße gewaschen und die Fingernägel geschnitten, und wie die Ehe versprochen war, wurde sie auch geschlossen: schmucklos und rasch. Aber die Kriegsverletzung des Johann Joseph war derart, daß ein Mann darüber gern Stillschweigen wahrt – mehr soll nicht verraten sein, als dies: Die Verstümmelung betraf nicht die Hand, nicht das Bein, nicht den Fuß, nicht die Brust, nicht die Schulter. Eher die Nase. Die aber auch nicht so richtig! Hätte der Bräutigam seine eitrige Wunde vor der Hochzeit nicht verborgen gehalten, wer weiß, ob die junge Anne ihm das Ja-Wort gegeben hätte.

In der Hochzeitsnacht waren aus der Dachkammer des jungvermählten Paares merkwürdige Schreie zu hören. Das Winseln des Mannes mischte sich mit dem Wutkreischen der Frau, und manche behaupten, sie hätten ein trockenes Klatschen gehört. Am Straßburger Münster soll außerdem in jener Nacht eine Kreuzzinne abgebrochen sein.

Am nächsten Morgen hängte die Braut, wie es Sitte ist, ein weißes Bettlaken mit einem Blutfleck aus dem Fenster und ging mit traurigem Blick zum Markt. Der Fleck auf dem Laken schien mancher Neugierigen zu dunkel und an den Rändern zu gelb, zu reichlich verteilt und im Geruch zu säuerlich.

In der Folgezeit ließen die nächtlichen Schreie aus der Stube des jungen Paares nicht nach, und es schien, Joseph nehme seine ehelichen Pflichten sehr ernst. Während er sich nachts bei Anne um Erfüllung bemühte, erlernte er tagsüber das redliche Handwerk, das der Tradition der Familie Grossholtz seit vielen Generationen zugehörte: das Amt des Scharfrichters.

Der Beruf des Henkers verlangt große Geschicklichkeit und gezielte Muskelbildung, und nur wenige Kandidaten erfüllen bei der Prüfung sämtliche Voraussetzungen. Als guter Henker gilt der, dessen Opfer ohne große Widerrede zum Holzblock schreitet, sich den Hals freilegen läßt und bevor die Axt niedersaust, noch ein «Amen» seufzt. Die Straßburger Henkermeister waren bekannt für ihre Präzision. Sie hätten niemanden in ihre Zunft aufgenommen, der nicht mit dem vorgeschriebenen Schwung, der exakt berechneten Gewalt und graziler Eleganz seine Aufgabe auch vor einem großen Publikum erfüllt hätte. Denn wer bei sich im Keller, vielleicht aus berechtigter Wut, seinen Mitmenschen erschlägt, sei es auch mit Schwung, Gewalt und grazilster Eleganz, der wird es so nicht Woche für Woche unter neugierigen Augen zu einem präzisen Zeitpunkt wiederholen können, es sei denn, er habe es gelernt. Es gehört mehr dazu, Henker zu sein, als nur die Mords-Prüfung der Zunft zu bestehen.

Bekanntlich hat Handwerk goldenen Boden, und bald hörte man die allnächtlichen Schreie aus einem kleinen Haus unten an der Bruche, das Johann Joseph mit seiner Braut bezogen hatte. Es fehlte dem Paar nicht viel zu seinem Glück. Aber wem nicht viel zum Glück fehlt, dem fehlt schließlich doch das ganze.

Der Henker wollte keine Ruhe geben, ehe nicht ein halbes Dutzend Kinder am Tisch säßen, und bald quälte sein nächtliches Schreien und Würgen und Mühen und Rackern und Pressen seine junge Frau mehr als ihn selbst. Kein Wunder, daß Anne begann, auf Hilfe zu sinnen. Als sie hörte, ein Doktor Philipp Wilhelm Curtius sei aus Bern eingetroffen und konsultiere in der Pension Rindlin, war sie entschlossen, ihm ihre delikate Angelegenheit anzuvertrauen. Also buk sie einen ihrer berühmten Gugelhopfe und trug ihn zu dem Fremden.

Doktor Curtius' Zimmer lag auf die Bruche hinaus, und er war eben im Begriff sich zu Bette zu legen, als es an seiner Tür klopfte.

Curtius war ein gutaussehender Mann. Außerdem wußte er seine Worte wohl zu setzen, wenn er auch Wörter mit S-Lauten tunlichst vermied, litt er doch seit Kindesbeinen an einem unvorteilhaften Zungenschlag. Auch verzieh man ihm in Straßburg seinen Berner Akzent leichter als in Paris, wo der Schweizer allgemein Anlaß zur Belustigung gibt, sobald er den Mund auftut in einer Sprache, die für ihn nicht vorgesehen ist. Curtius war außerdem ein leidlicher Physiognom und konnte auf Jahrmärkten das Abbild einer Zwiebelbinderin genauso naturgetreu in Wachs nachformen wie das eines Hufschmieds. Er bat die junge Frau einzutreten und an seinem Nachthemd keinen Anstoß zu nehmen. Für eine kranke, zumal schöne Frau nehme er sich immer Zeit.

Im Zimmer des Arztes stand nichts als ein Stuhl, ein Köfferchen, ein Wachskopf – das genaue lebensschöne Modell des Mannes selbst –, eine Kerze, deren flackernder Schein den Zügen des wächsernen Antlitzes noch mehr Lebendigkeit verlieh, und ein aufgeschlagenes Bett.

Wer hätte sich beim Anblick des wächsernen Kopfes nicht sogleich unsterblich in ihm vergessen? Wie hätte Anne Grossholtz wissen sollen, daß es zu dieser Zeit in Bern gar keine medizinische Fakultät gab! Daß jeder, der sich berufen fühlte, den Titel eines Arztes annehmen durfte und hierzu nur zwei Anatomen zu nennen brauchte, die ihm eine Empfehlung aussprachen. Wie hätte Anne ahnen sollen, daß, wer in Bern studierte, dort zwar nicht Arzt werden, es aber doch sein konnte! Wie hätte sie wissen wollen, daß der Mann Kürschner war, Sohn des Uhrwartes von Bern?

Kaum hatte der junge Mann der jungen Frau den Puls gefühlt und sich tief in ihren Augen ein Blutbild gemacht, kaum hatte er die Lage all ihrer inneren und äußeren Organe ertastet, den Urin gesichtet und nach Zucker gekostet, schon befanden sich die beiden in einer Konsultation, und noch ehe der Gugelhopf angeschnitten war, lag ein Milchkrug verschüttet, und die erste ärztliche Diagnose war beendet. Wie er denn der jungen Frau helfen könne, wollte der Arzt wissen, als er in den Gugelhopf biß, und erfuhr, sie brauche mehrere Kinder.

Der Arzt schluckte den Gugelhopf, und es kam sofort zu einer zweiten ärztlichen Behandlung. Der Honigwein tat das seine zur Lockerung der Atmosphäre.

Frau Grossholtz erklärte dem Doktor, es läge nicht an ihr, daß sie bis heute noch kein Kind geboren habe, sondern ihr Gatte sei ebenda, wo andere Männer das dafür vorgesehene Organ besäßen, kurz vor der Heirat in der Schlacht am Rossbach verwundet worden, eine langwierige, eitrige Sache, und er weigere sich seit der Hochzeitsnacht, einen Arzt aufzusuchen, da er fürchte, es müsse nicht nur der Eiter restlos entfernt werden.

Und als die Frau weinte und nicht mehr trockenzulegen war, und gar fragte, ob sie das Wachsbild des Anatomen in Dankbarkeit küssen dürfe, so widerstand der Arzt zum dritten Mal nicht und führte in aller Stille eine ganz sanfte Behandlung durch.

Während die beiden den Gugelhopf gründlich vertilgten, näherte sich der Henker der Pension, wo all dies stattfand, hatte er doch gespürt, daß etwas Ungewöhnliches in der Luft lag.

Die Henker gehören nicht umsonst zu den sensibelsten

Menschenkennern, müssen sie doch die Kunst, Menschen zum Sterben zu überreden, besser beherrschen als ein Priester diejenige, das ewige Leben zu predigen. Der Henker blickt in die taumelnde Menschenseele wie kein anderer. Er ist das Maß der Zeit. Er kennt alle letzten Fragen und Stoßseufzer, den letzten Tabaksrauch und die letzten Wünsche eines jeden Menschen.

Da nun der Henker das Zimmer eben betrat, als Frau Grossholtz aufbrechen wollte, ergab das eine Mißverständnis das andere, und bald geschah, was zu erwarten war: Der Henker drang auf den Arzt ein und wollte dem alten Henkerswort, daß einer das Zeitliche segne, zur Geltung verhelfen, indem er mit bloßen Händen Verhaftung, Verurteilung und Hinrichtung in einem vornehmen wollte, derweil seine Gattin ihn bestürmte, er möge von dem Herrn Doktor ablassen, sie sei nur hier, um Hilfe für ihren guten Ehemann zu erflehen! Er wolle doch auch ein Kind!

Ehe der Hahn zum dritten Mal krähte, lag der Henker im Morphiumrausch unter dem Messer des Doktors, der nicht zugeben mochte, daß er kein richtiger Arzt sei, und wohl oder übel entfernte, was den Gatten plagte – wenn auch nicht mit den Kenntnissen eines Chirurgen, der am richtigen Ort aufschneiden kann, sondern mit jenen eines Kürschners, der Lederhaut kunstfertig zu verarbeiten weiß.

Die Wunde des Henkers war schnell verflixt und zugenäht und die Gattin glücklich. Der Anatom erhielt sein Honorar, und Anne durfte den Wachskopf des Wohltäters mit nach Hause nehmen. So schienen alle auf ihre Rechnung gekommen. Denn nach einem Monat konnte Frau Grossholtz ihrem Gatten mitteilen, daß sie schwanger sei. Grossholtz dankte Gott für die Gnade, küßte seine Frau, und die Schreie in der Grossholtzschen Dachkammer wurden seit jenem Tag nicht mehr gehört.

Aber wie die Zeit bekanntlich Wunden heilt, läßt sie auch neue entstehen. Es hatte sich unter den Mördern, Pferdedieben und Wegelagerern in der Umgebung Straßburgs herumgesprochen, daß sich zu den Exekutionen des Johann Joseph Grossholtz in Straßburg mehr Schaulustige einfänden als zum Spektakel der Feuerspucker und Schwertschlucker am Pfingstmontag! Es war nämlich ein offenes Geheimnis, daß Johann Joseph Grossholtz nicht die Begabungen seiner Vorfahren geerbt hatte. Nicht nur fehlten ihm die Argumente, mit denen sich die Delinquenten zu gelassenem Hinscheiden überreden lassen. Es mangelte ihm auch an der notwendigen Handfertigkeit. Genau diese Kombination ließ das Volk in Scharen auf den Richtplatz ziehen: ein Henker, der sein Geschäft nicht verstand!

Eine perfekte Hinrichtung ist in der Regel geisttötender als eine Vorstellung in der Comédie-Française, in der der Hauptdarsteller bloß routinierte Rührung zeigt, wenn er neben seiner toten Geliebten auf die Knie fällt und dabei zwei Alexandriner herunterrattert, ehe er leblos vornübersinkt. Johann Josephs Hinrichtungen hingegen entwickelten sich bald ganz nach dem Geschmack der Marktfahrerinnen zu wahren Volksaufläufen. Je mehr Straßburger den Hinrichtungen beiwohnten, desto nervöser wurde Grossholtz und desto mehr Fehler unterliefen ihm. Einmal hieb er einem Pferdedieb erst einen Arm ab, ehe er ihm mit der Axt das Genick zerteilte. Von manchen Enthauptungen wurde noch Jahre später berichtet. Der Verurteilte war meist ungenügend vorbereitet, seine Augen mehr schlecht als recht verbunden, die Kappe saß schief auf dem Kopf, er mußte seinen Lendenschurz selbst halten und flennte bereits, wenn er auf den Platz gefahren wurde, oder kreischte, wenn man ihn zum Hackklotz führte. Manch ein Enthaupteter war bald berühmter als der katholische Sieger des Septemberschwimmens im Rhein.

Kein Wunder also, daß bald ein jeder Halunke nach Straßburg drängte, um unter dem Beifall eines riesigen Publikums auftreten zu dürfen. Wer so prominent sterben durfte, verzichtete gern auf das bißchen Leben im anonymen Abseits. Wer es zu einer Exekution durch Johann Josephs Axt brachte, dem wurde ewiges Leben zuteil. Die zur Abschreckung vorgesehenen Hinrichtungen stellten zunehmend eine Ermunterung für geltungssüchtige Verbrecher dar, das Gesetz nicht nur zu übertreten, sondern es gründlich zu brechen. Bald reisten sie aus Paris an, um bei Straßburg Kartoffeln zu stehlen, Salz zu schmuggeln oder Gott zu lästern. Die Armut im Land war der Sache nicht eben hinderlich. Manche Wegelagerer erklärten sich bereit, anstatt Geld zu rauben Geld zu geben für eine besonders dramatische und massenwirksam mißlungene Hinrichtung.

So geschehen bei Doktor Curtius, der nach drei Monaten Aufenthalt in Straßburg als Dieb entlarvt wurde und sich weigerte, auf das Podest zu steigen. Er schrie und wimmerte und vermaledeite und biß und tat das Seine zur allgemeinen Ergötzung. Er habe nichts gestohlen! zeterte er, und wolle auch niemandem der Anwesenden die Zeit stehlen! Gnade!

Der schwangeren Frau Grossholtz war weder die Entlarvung noch die Verhaftung und Verurteilung ihres Wohltäters entgangen. Sie bekniete in den Nächten vor der Hinrichtung ihren Gatten und flehte ihn an, dem falschen Berner Arzt einen gnädigen Tod zu bereiten. Wenn er ihn schon nicht am Leben lassen könne, habe er ihnen doch ein Leben geschenkt.

Der Henker vernahm ihr Flehen mit einem merkwürdigen Glanz in den Augen und ließ sich nicht erweichen, sondern verlangte im Gegenteil mehrmals, sie möge ihm die Wunde mit Kampferöl einreiben und gut massieren, sie scheine ihm so hart und steif, und sie tat es, kühl und sachlich und ohne das geringste Mitgefühl.

So kam es, daß am Dienstag morgen der Henker den Curtius mit wütender Entschlossenheit zum Podest zerrte, während seine Gattin sich weinend in die erste Reihe der Gaffenden schlich.

Je lauter der Verurteilte jammerte, desto frenetischer bejubelten ihn die Zuschauer. Es war so recht nach dem Geschmack des Publikums, daß man den Mann an den Füßen zum Podest schleifen und auf die Knie zwingen mußte. Drei Henkersgehilfen mußten ihn auf dem Hackklotz festhalten. Und waren doch nicht kräftig genug, so daß die Axt, die Grossholtz endlich auf seinen Wohltäter niederfahren ließ, den Hals verfehlte, im Rücken steckenblieb und nur mit vereinten Kräften aus dem wild um sich schlagenden Übeltäter herausgestemmt werden konnte.

Als Grossholtz erneut ansetzte, vergaß man, den Verurteilten festzuhalten – auch wenn die Axt diesmal traf, so daß der Kopf sauber getrennt vom Rumpf fiel, plumpste er doch nicht in den dafür vorgesehenen Korb, sondern kullerte mit einem häßlichen Geräusch über die Podesterie in die Zuschauer hinein, die mit entsetztem Aufschrei zurückweichen wollten. Da es aber zuviele waren und sie gedrängt standen, trampelten sie sich gegenseitig nieder und verpaßten dabei fast das Wichtigste, das nur wenige ohngefähr so gesehen haben wollen:

Der Rumpf nämlich des armen Curtius, den die Gehilfen festzuhalten vergessen hatten, war nicht zur Ruhe gekommen, sondern stolperte wie ein betrunkener Matrose bei stürmischer See kopflos die Stufen des Podests hinunter durch die kreischende Menge Richtung Stadttor und wankte dort hautnah an den andächtig lauschenden Mädchen vorbei, die mit verbundenen Augen das ungeheuerliche Schauspiel nicht sehen durften, aber wenigstens hatten anhören wollen, Richtung Rhein. Beim Brückenkopf warfen sich die sterblichen Überreste des Betrügers schließlich direkt in den Fluß hinunter und sollen, mit den Armen rudernd, noch lange gesehen worden sein, ehe sie in den Fluten verschwanden. Allen blieb in Erinnerung, wie das Blut noch beim Schwimmen in hübschen Fontänen aus dem Rumpf spritzte und dabei eine vielblättrige rote Blume in das bräunliche Rheinwasser zeichnete, wie sie in einem Straßburger Studentenlied besungen wird, das mit dem Trinkspruch endet, daß sich zur Not auch ohne Kopf gut leben läßt. Der Kopf des Flüchtigen aber blieb verschwunden.

Am Abend der Hinrichtung trat der Henker fast heiter in die Wohnstube, und es schien ihn auch nicht mißtrauisch zu stimmen, daß seine Gattin inmitten ihrer Tränen lächelte.

«Jetzt ist ein Unheil aus unserem Leben. Und ein Kind habe ich auch», brummte er zufrieden.

In den folgenden Tagen hörte man zum ersten Mal ein Lachen aus der Grossholtzschen Wohnung, und wie im Leib seiner Gattin ein neues Leben, keimte auch in Johann Joseph neue Zuversicht und Liebe für seine Anne. Leider hielt das Glück nicht lange an. Joseph Grossholtz, dem bis dahin keine Zweifel an seiner Vaterschaft gekommen waren, begann Fragen zu stellen. Warum Anne versucht habe, für den Betrüger Curtius ein Gnadengesuch bei Gericht zu erwirken? Was der falsche Arzt genau gemacht habe an seiner Wunde? Wie es denn zu der Empfängnis habe kommen können? Wo eigentlich der Wachskopf geblieben sei? Er würde dem Halodri gerne noch einmal den Schädel einschlagen!

Während Grossholtz den Fehler machte, den Fragen immer neue hinzuzufügen, beging Anne jenen, sie beim Schlafengehen nicht zu beantworten. Je weniger der Henker erfuhr, was er wissen wollte, desto mehr ahnte seine Frau, was er erraten hatte, und als Joseph Grossholtz eines Abends nach getaner Arbeit die Axt nicht in den Keller trug, um sie wie üblich dort zu waschen, sondern in die Küche, und sie neben seiner Gattin an die Ofenbank lehnte, floh Anne Grossholtz in die Nacht hinaus.

«So bin ich nach all der Zeit nach Bern gekommen, in der Hoffnung, ich könnte meine Tochter Curtius vorstellen ...»

Der Qualm der Tabakspfeifen senkt sich zwischen die beiden, als er seine Hand auf ihren Arm legt.

«Und Ihre Tochter?», fragt der junge Mann in schwäbischem Dialekt.

Anne wischt die Krümel vom Tisch.

«Wie hätte ich es meiner Tochter erklären sollen? Ihr Vater hat vielleicht eine Familie! Es kann einen angesehenen Mann an seiner empfindlichsten Stelle treffen, wenn plötzlich eine fremde Frau mit seinem Kind vor seiner Tür steht. Deshalb habe ich Marie unten warten lassen.»

«Wie wollten Sie Curtius wiederfinden, wo er doch ...»

«... ohne Kopf lebt?»

«Er lebt?»

«Davon spreche ich doch die ganze Zeit!»

Sogar de Meuron am Nebentisch läßt sich für einen kurzen Augenblick aus seinem Wahldisput reißen, als Anne Grossholtz ihre Antwort durch den ‹Falken› ruft.

«Er lebt nicht halb so kopflos wie die Mutter seiner Tochter», fährt sie flüsternd fort. «Was man ihm abgehauen hat, war sein Wachskopf! Ich habe mich am Vorabend der Hinrichtung mit der Wachsmaske in den Turm geschlichen. Dann habe ich Curtius geholfen, sie unter die Henkersmütze zu binden, so daß es aussehen mochte wie ein echter Kopf, und ein mit Blut gefüllter Schweinedarm besorgte den Rest.»

Anne Grossholtz glättet die Serviette in ihrer Hand und nickt heftig, um ihre Tränen zu überspielen. Mit den Fingern der anderen Hand streicht sie zärtlich über eine Ledermaske, die sie aus einem Leinenbeutel zieht. Es ist eine bis ins Detail modellierte Gesichtsschale: Die Augen sind bis in die Lider ausgezogen, die Wimpern mit feinen Härchen ins Leder gesetzt, sogar ein kleiner Leberfleck ist in die Lederhaut geritzt. Alles wirkt so lebendig, als stecke noch das Leben der jungen Frau Curtius darin, und es läßt sich nicht sagen, ob die Züge von einer Frau oder von einem schönen Jüngling stammen.

«Und Ihr Gatte hat wirklich nicht bemerkt …?»

«Nein. Er hat es nicht bemerkt. Aber ich hätte ahnen müssen, daß er danebenhauen könnte …»

«Ist denn Curtius nach Bern zurückgekehrt?»

Anne Grossholtz senkt ihren Kopf und läßt, in Erinnerungen versunken, mit der Antwort auf sich warten.

«Sein Vater lebt hier», flüstert sie schließlich.

Der Hauslehrer nickt und weist mit dem Kopf in Richtung des Alten auf der Ofenbank.

«Ich würde Ihnen raten, den Herrn dort hinten zu fragen. Aber ich glaube nicht, daß es klug ist, ihn auf seinen Sohn anzusprechen.»

»Das ist der Vater von Curtius?»

«Das ist er.»

Beide schauen zu dem Alten hinüber, der alleine beim Ofen sitzt, in die Runde flucht, nach einer Fliege schnappt und ruft: «Curtius in den Conseil Federal!», ehe er wieder mit dem Holzlöffel auf den Tellerrand trommelt.

Der alte Curtius lernte als Kind einer Kürschnerfamilie früh die Kunst, feinste Leder vom Murmeltier, dem Wolf oder Fischotter zu gerben. Zu den Kunden der Kürschner gehörten viele Italiener, unter ihnen Sartori, der Ledermasken für die Commedia dell'arte herstellte. Curtius zeigte sich gelehrig und geschickt, und bald beherrschte er selbst die Fertigkeit, Tierhäute über Holzformen zu ziehen. Nur die Begabung, ein Gesicht nach der Natur aus Holz zu schnitzen, fehlte ihm. Er schnitzte wohl einige Köpfe, aber sie gerieten ihm meist zu Fratzen.

Um so tiefer traf ihn eines Tages die Schönheit einer Langnauer Gerberstochter. Ihre vollendeten Wangenknochen, die geschwungene Nase, die sanft aufgeworfenen Lippen und der weiche Zug um ihren Mund verliehen der jungen Frau ein Geheimnis, in das sich Curtius unrettbar verlor. Sie heirateten auf der Stelle. Noch am Tag der Hochzeit begann er, das Lächeln ihrer Unschuld vor dem Zerfall zu bewahren; er schnitzte und raspelte und hobelte ihr hölzernes Ebenbild. Aber wie sehr er an seinem Stück Holz auch feilte, Wachs auflegte und die vollendeten Formen nachzuahmen suchte, es wollte ihm nicht gelingen, das geliebte Gesicht zu verdoppeln.

Ehe er das Pfirsichlächeln seiner Frau auch nur annähernd festnageln konnte, schenkte sie ihm einen Sohn und verdoppelte sein Glück. Leider aber zwang das Kind durch eine schwere Geburt die Mutter in ein unheilbares Schwitzfieber und halbierte das Glück des Vaters – und ein halbes Glück ist oft ein ganzes Unglück: Kaum hatte sie den Säugling noch gesehen, erlosch ihr eigenes Lebenslicht.

Curtius verwand den Verlust seiner Frau nicht. Drei Tage und drei Nächte blieb er reglos an ihrem Totenbett und starrte auf ihr Gesicht, das noch im Tod in seiner ganzen Schönheit leuchtete. In der vierten Nacht stieg der Witwer in seine Werkstatt hinab, holte Werkzeug, fettete das Gesicht der Toten mit Leinöl ein und nagelte das feinste Leder darüber. Kaum hatte er die Ledermaske von der Form gezogen, ließ er seine Gattin begraben und übertrug die Erziehung seines Sohns einer Magd, die das Zimmer des Kindes nur in der wunderschönen Maske der Mutter betreten durfte.

Der alte Curtius vergrub sich in seinen Gram. Er litt an einer seltenen Eiterpustel, die langsam sein Gesicht zerfraß, und wenn man ihn auf der Straße sah, dann nur mit tief in die Stirn gezogenem Schlapphut. Curtius wurde auch immer einsamer. Mehr und mehr erinnerte ihn der Anblick seines heranwachsendes Sohnes an die Zartheit seiner verstorbenen Gattin, und je ähnlicher der Sprößling seiner Mutter wurde, desto heftiger entbrannte im Vater erneut die Liebe zu seiner verstorbenen Frau.

Als die Berner für ihre städtischen Uhren einen Aufzieher suchten, der ihnen nachts die Zeiger in Gang hielt, vertrauten sie dieses Amt, das sonst immer einem Schlosser vorbehalten war, dem menschenscheuen Witwer an. Die nächtliche Tätigkeit als Uhrenwart zeitigte indessen einen eigenartigen Nebeneffekt. Die Witwen und alleinstehenden Frauen, die entlang seiner Uhrenroute wohnten, ließen ihm nachts bald die Hintertüren unverschlossen. Von Frauenmund zu Frauenohr ging das Gerücht, daß, wenn man das Vergnügen genießen wolle, vom Fell eines Mauswieselchens an der Rückseite des Oberschenkels gestreichelt zu werden, man dem Uhrenwart die Tür öffnen solle, und bald war hinter vorgehaltener Hand in der Berner Damenwelt noch von anderen Ekstasen die Rede, die das Pfirsichgesicht betrafen.

Um so finsterer wirkte der Gerber tagsüber, und die Beschäftigung mit den fühllosen Uhrwerken machte ihn zusätzlich verbissen. Er glaubte, untrüglich feststellen zu können, daß der Mond einen magnetischen Einfluß auf feinmechanische Apparate ausübe. Es galt ihm als gewiß, daß der Mond ganze Meere bewegt, und wie die Gezeiten würden auch die Uhren von Mondkräften beherrscht. Nur Uhren, die auf derselben Höhe angebracht sind, können auch gleich gehen! Das gilt für ausnahmslos alle Uhren – Taschenuhren, Pendeluhren, Federuhren –: Wenn man vermeiden will, daß die Uhren oben am Berg anders gehen als unten und Verwirrung zwischen den Oberstädtern und Unterstädtern stiften, dann, so verlangte Curtius, muß der Zytglogge-Turm zwei Meter gekürzt werden!

Die Kenntnisse der Mechanik, die er sich nach und nach aneignete, nährten seinen Hagestolz weiter, und er stellte den Antrag, in die Gilde der Schlosser aufgenommen zu werden. Aber die Adeligen der Zunft zum Schlüssel verwehrten dem Gerber den Beitritt.

Das traf den Mann zutiefst. Curtius wollte nicht begreifen, warum man adelig sein muß, um Mitglied einer Zunft zu werden, und sann auf Rache. Während er sein häßliches Äußeres tagsüber in der Werkstatt verbarg, schnitzte er aus einem Birkenast eine Art Nase, zog ein besonders feines Leder von der Form ab und zog damit nachts durch die Gassen. Curtius zog die Uhren auf, und nicht nur die Zeit hielt er in Gang, sondern auch Witwen und alleinstehende Frauen, fand sogar den Weg zu den adeligen Zunftmeistergattinnen und ins Bett manch eines Zunftmeistersohns! Als immer mehr Türen offenstanden, und die Zeit für den Wächterdienst kaum mehr reichte, richtete er die Uhren danach, ließ die Nachtstunden länger und die Tagstunden kürzer dauern, und es entging den Städtern, die sich nach den öffentlichen Uhren richteten, daß er ihnen ihre Tageszeit stahl und dafür die Nachtstunden in die Länge zog. Was er den Männern tagsüber entwendete, erstattete er deren Gattinnen nachts vielfach zurück.

So wurde der Tag in Bern immer kürzer. Wer nicht hetzte und peste und raste und jagte, der schaffte es nie, sein Tagwerk zu vollenden. Allmählich gerieten die Berner in den Ruf, sie seien ein langsames Volk! Da sie den Markt zu spät eröffneten und nie zu Mittag ihre Morgenandacht vollendet hatten. Oder sie lachten am Sonntag über den Witz, den ihnen ein Fremder am Samstag erzählte. Erst schoben die

Berner alles auf den Lauf der Natur, denn es ging auf den Winter zu. Aber der Uhrwächter ließ sich auch im Frühjahr die Nächte bei den Bernerinnen immer länger gefallen. Er öffnete hier eine Haarlocke, schnürte dort ein Haarband, und bald hetzte kein Verheirateter mehr ungehörnt durch die hektische Stadt. Die Berner hätten vielleicht noch heute den Ruf, langsam zu sein und sich immer ein Hintertürchen offenzulassen, wenn nicht die Gatten mißtrauisch geworden wären und gerne von ihren Gattinnen erfahren wollten, warum sie sich mit ihnen langweilten, statt ihnen die Nächte zu verkürzen. Der Zunftmeister zerrte als erster seine Gattin auf den Marktplatz und verlangte von ihr, daß sie mit dem Finger auf den Kurzweiler zeige, der ihr die Nächte kurz gemacht habe, damit er ihn um einige Zoll kürzer mache!

Es geschah, was geschehen mußte. Als die Zunftmeisterin dem jungen Curtius, der in den Jahren zu einem jungen Mann herangereift war, auf dem Zwiebelmarkt gegenüberstand, sein Pfirsichgesicht in der Schönheit seiner Mutter leuchtete, brach die Zunftmeisterin in Tränen aus und deutete mit dem Finger auf ihn. Und nicht nur sie! Wollte man all den ausgestreckten Fingern glauben, gäbe es mehr gehörnte Ehemänner in der Stadt Bern als Rindviecher auf der Thuner Allmend!

«Es ist der junge Curtius!»

Die Berner Zunftleute wollten den Unschuldigen schon niederschlagen, auf den die Finger gerichtet waren, und ihn über den Markt zerren und ihn dort ans Rad eines Marktwagens flechten, da gelang es dem jungen Kerl zu entkommen, und er zählte eins und eins zusammen. Er verstand, warum er zu Hause die Pfirsichmaske immer dann nicht an ihrem Ort gefunden hatte, wenn der Vater ausgegangen war, «die Uhren aufzuziehen», wie er sagte.

Der junge Mann nahm die Pfirsichmaske seiner Mutter, floh aus der Stadt, wandte sich beim Zähringer Tor aber noch einmal um und brachte einen fürchterlichen Fluch auf seinen Vater aus. Eines Tages werde dieser Kopf zurückkommen.

Der häßliche Vater lachte darüber nur, bedachte aber folgendes nicht: Die Hintertürchen der Berner Gattinnen blieben ihm von nun an verschlossen. Die Berner Obrigkeit führte überdies die mittlere Sonnenzeit ein, wie sie im Freistaat Genf bereits mittels der Zeitgleichung errechnet und für gültig erklärt worden war. Der Tagesanfang wurde auf Mitternacht und die Tagesmitte auf Mittag und die Dauer der Stunde unverrückbar festgelegt. Die Stunden waren wieder alle gleich lang. Trotzdem seufzt noch heute manche Gattin, wenn ihr nachts die Stunden länger erscheinen, leise den Namen des Uhrwächtersohns.

Der Uhrwart selbst wurde kurz darauf aus seinem Dienst entlassen.

Der ‹Falken› hat sich mittlerweile mit allerlei vornehmem Wahlvolk gefüllt. Anne Grossholtz schaut unruhig in die Nacht hinaus. Die Berner Altstadt ist verwirrend eng, und die Arkaden der Zähringer erleichtern nicht die Orientierung.

«Wo mag meine Tochter jetzt sein?»

Die Wahlmänner debattieren über die Bestimmungen der anstehenden Ersatzwahl: Es sind in diesem Jahr immerhin siebzehn abgehende Mitglieder des Conseil Souverain zu ersetzen. Ganz zu schweigen vom Großen Rat der Stadt! Da nur alle zehn Jahre gewählt wird, die Wahlmänner also entsprechend selten in Bern weilen, gibt es viel zu besprechen. Die Regierungsmitglieder können in Bern nicht nach ihren Verdiensten gewählt werden, sondern der Proporz der wohlhabenden Familien muß aufrechterhalten werden. Die Zahl der

Heiraten in den Patrizierfamilien hat in den letzten Jahren um ein Sechstel abgenommen. Im letzten Jahr blieben von zweihundert Mitgliedern des Großen Rates siebenundfünfzig ohne Nachkommen. Neunzig hatten nur einen einzigen Sohn. Dementsprechend schwierig ist es, eine passende Ratsvertretung aus den einheimischen Patrizierfamilien zu gewinnen.

Wie menschlich es auch in dieser Aristokratie zugehen mag, die Machtintrigen und der Nepotismus europäischer Fürstentümer sind nichts gegen die Kombinationen, die hier unter den Berner Adeligen gefunden werden müssen, nach Ort, Kantonsteil, Sprache, Konfession und Zunftzugehörigkeit. Zuvörderst am Vorabend der Ergänzungswahl. Hier will ein Zunftvater seinen Tochtermann, der das größte Heiratsgut einbringt, ernannt sehen, dort will ein welscher Sohn seinen Onkel, der ihm sein Landgut vererben will, gerne öfter in der Stadt besuchen. Sie alle treffen sich dieser Tage im ‹Falken›.

Die Familie de Meuron okkupiert den Tisch beim Kachelofen bereits gänzlich und vermeldet die ersten Sitzansprüche. Die von Bonstettens sind noch nicht vollzählig eingetroffen und wollen erst die Herbeikunft ihres Onkels de Graffenried abwarten, der seinerseits Forderungen zu stellen habe. Immerhin erkundigt sich von Bonstetten, wie denn die de Meuronschen Ansprüche seien. Er erhält prompte Antwort:

«Wir wollen dasselbe wie Ihr auch. Einen Sitz mehr!»

Der junge Hauslehrer weicht dem Blick von Anne Grossholtz aus, als er seine Hand vertrauensvoll auf ihren Unterarm legt.

«Ein Gast, der in einer Gaststube sitzt und nichts verbraucht außer Zeit, ist nicht gern gesehen. Wollen Sie etwas trinken?»

«Darf ich dem Herrn Hegel die Brennesselcreme zum Dessert bringen?» fragt gleich darauf die Wirtin.

«Nein, aber bitte der Dame.»

«Danke sehr.» Anne schüttelt den Kopf.

«Doch, verdammt.»

Friedrich Hegel nickt Anne zu, räuspert sich wieder und nestelt an seinem Hemdsärmel. Anne beobachtet belustigt seine kindliche Unruhe.

«Haben Euch die Kinder der reichen Leute sehr zugesetzt, Herr ...»

«Friedrich.»

Der Hauslehrer streicht seine strähnigen Haare glatt.

«Sehe ich mitgenommen aus?»

«Nein, nein.» Als würde sie ihr Kompliment gleich wieder zurückfordern, setzt sie hinzu: «Ich sage das nur, weil Ihr mir jung scheint.»

Der Blick des Studenten verfinstert sich.

«Sie hingegen scheinen Routine darin beweisen zu wollen, einen jungen Mann herauszufordern.»

«Ich weiß, wie Kinder sein können», erklärt sie errötend.

«Ich will Ihre Tochter davon ausnehmen, aber ich sage es Ihnen frei heraus: Es sind die Mädchen giftige Frätze und die Buben verwöhnte Wichtigtuer! Hätte ich genügend Geld, ich würde noch heute nach Tübingen zurückkehren. Aber so habe ich zum Bleiben zuwenig.»

Wieder läßt er den Taler über den Daumennagel schnippen.

«Zum Teufel mit den kleinen Ungeheuern!»

«Allmächtiger!»

«Wenn es ihn denn gibt.»

«Versündigt Euch nicht!»

«Wenn ich den Teufel bezweifle, will ich damit nicht Gott beweisen. Würde sich Ihr Verhalten ändern, wenn es ihn nicht gäbe?»

«Schweigt!» unterbricht sie ihn scharf, legt dann aber sanft ihre Hand auf seine. «Ihr trinkt zuviel Wein.»

Er greift mit einem leeren Lächeln nach dem vollen Weinbecher und trinkt ihn in einem Zug aus.

«Ich trink soviel Wein, bis er mir Durst macht und ich schließlich das Wasser genießen kann! Alles und eins. Prost!» murmelt der junge Mann und rückt seinen Stuhl brüsk vom Tisch und von der jungen Frau ab.

Jetzt tritt der alte von Bonstetten durch die Tür, ein wuchtiger, breitschultriger Hüne. Er nickt dem jungen Mann fast unmerklich, aber freundlich zu, sieht sich unter dem Wahlvolk nach seinem Konkurrenten um und wendet sich zu den Wahlmännern. Den greisen Curtius, der ihm entgegenkräht: «Wer mich nicht wählt, verrecke!», übersieht er geflissentlich.

De Meuron, das Oberhaupt der rivalisierenden Patrizierfamilie, steht vom runden Tisch auf und tritt seinem Konkurrenten entgegen, der ihn um fast zwei Köpfe überragt.

»Sagt mir nur, ehe Euch der Wein in den Kopf steigt, wie die Wahl diesmal ausgehen soll.»

«Setzt Euch erst und trinkt – auf meine Rechnung, von Bonstetten.»

«Auf Eure Rechnung? Dann wollt Ihr etwas von mir?»

«Sonst wären wir nicht hier!»

«Wie viele Sitze wollt Ihr uns streitig machen?»

«Einen.»

«Und was wäre dazu der Grund?»

«Das werdet Ihr hören, wenn uns der Sitz gehört. Zum Wohl!»

Damit klingen in der Runde die Gläser, und die Männer setzen sich zu ihren Familien, während der alte Curtius wieder sein «Wer mich nicht wählt, verrecke!» brüllt und die Stühle näher an die Tische gerückt werden.

«Gott entzweit sich?»

Die junge Straßburgerin versucht das Gespräch mit dem jungen Mann wiederaufzunehmen, das sie mit ihrer Bemerkung so abrupt beendet hat.

«Alles entzweit sich», brummt der junge Mann.

«Indem Chronos statt seines Sohnes einen Stein aß, kam Zeus an die Macht. Aber damit war nicht die Zeit bezwungen. Damit war nur ihrem Vergehen ein Ziel gesetzt: Die geistige Subjektivität trat auf den Planus Orbis. Scheinbar! Denn wer herrschte weiterhin über die Zeit? Moira, die Göttin des Schicksals!»

Damit winkt der Lehrer ungeduldig nach neuem Wein und überläßt Anne ihren Gedanken.

«Und jetzt ärgert mich nicht weiter.»

«Ich habe Euch gereizt. Verzeiht.» Sie legt ihre Hand erneut auf seine, um ihm ein kleines Geständnis zu machen, doch sieht sie in diesem Moment durch das Fenster ihre Tochter. Mit einer geflüsterten Entschuldigung verläßt sie den ‹Falken› und dreht sich auch nicht um, als ihr die Wirtin ihren Beutel nachtragen will.

Die Patrizierfamilien am Nebentisch haben nun ausgemacht, was ihr Anspruch sei. Von Bonstetten erhebt sich von seinem Stuhl und meldet an, die Rechnung sei einfach: Man wolle keinen Sitz an die de Meurons abgeben, vielmehr einen zusätzlichen ergattern.

«Damit hätte unsere Familie ebenso viele wie Eure.»

«Gleichheit will Er? Und vergißt, daß zum Regieren eine Mehrheit erforderlich ist? Nein, nein! So wollen wir es sehen: Gebt Ihr mir einen Eurer Sitze, so gehören meiner Familie noch einmal so viele als Eurer! Und damit herrscht Mehrheit, und uns soll's recht sein, daß wir sie haben!«

Hier nun gewinnt die Debatte an Hitze.

Jeder spekuliert auf das heftigste darüber, was der Handel

der de Meurons zu bedeuten habe. Einmal heißt ein Sitz mehr: die Hälfte, und dann heißt es: das Doppelte. So muß wohl jeder zwei Sitze mehr begehren, dann hat der eine alles und der andere nichts! Damit Gerechtigkeit herrscht, soll jeder kriegen, was er schon hat. Am besten bleibt alles beim alten. Und bald stehen nicht nur von Bonstetten, de Meuron und Sinner, sondern alle Wahlmänner von den Tischen auf und schütteln ihre Fäuste oder schlagen auf die Tischplatte, so daß die Gläser bald heftiger tanzen als beim jährlichen Wimmet-Wettrinken. Schon fordert der alte Bichler ein neues Wahlrecht. Der junge von Tavel verhöhnt die Berner Gesetze. Einer modernen Regierung steht es nicht wohl an, derart lächerliche Vorschriften zu erlassen wie etwa die das jährliche Halsweh betreffende! Oder das Trockenlegen kleiner Kinder!

Was man denn in der vergangenen Legislaturperiode mit den Anweisungen zur Rettung Gehängter, Erfrorener oder Erstickter politisch bewirken wollte? Auch wird das Rauchen, das Trinken, Spiel, Tanz, Hochzeitsgeschenke, Schmuck, Haartracht und jeder Aufwand in Samt und Seide reglementiert, aber keiner handelt danach, außer den armen Schluckern, die sowieso keinen Tand vermögen, geschweige denn etwas zu fressen. Bloß Gras en masse statt foie gras, ha-ha!

Im allgemeinen Gläserklirren erhält auch der junge Hegel auf Wink einen weiteren Schoppen Champagner, läßt ihn sich aber bloß noch zum zehnten Bruchteil füllen. Dann starrt er hinein und entdeckt langsam den Beweis, daß allem ein Widerspruch innewohnt.

«Habe ich nicht erst einen ganzen Krug, dann einen halben, dann einen Viertel, dann einen Achtel zu mir genommen? Und spüre die Wirkung allmehr!»

Er prostet laut in die Runde und spricht: «Je weniger ich im Laufe eines Abends trinke, desto betrunkener werde ich.

‹Wo der Vogel des Sees über die Gipfel fliegt, schwingt sich über den Fluß, wo er vorbei dir glänzt, leicht und kräftig in die Brücke, die von Wagen und Menschen tönt …› Ich will nach Hause.»

Die Wahldebatte scheint nun dem Siedepunkt nahe. Mittlerweile will man einfach das Parlament vergrößern! So kann jeder mehr Sitze erhalten, auch die Opposition. Das scheint den einen ein würdiger Kompromiß. Andere halten dagegen: Wie weit man denn das Parlament erweitern müsse? Ob man denn alle Einwohner der Stadt ins Parlament zerren will! Ob es denn da nicht bald mehr Sitze zählt, als die ganze Stadt Einwohner hat? Am Ende wird man noch Fremde herbeikarren müssen, damit überhaupt eine Regierung zustande kommt! Und wo soll dann bitte das Volk sein, das diese Regierung regiert?

Da stehen sie und schütteln die Fäuste und lassen sie auf die Tische fahren, und die Gläser tanzen, und man ist sich darin einig, daß ein besonders kluger Mann not tut, um die Frage zu entscheiden.

Es wird ein Schiedsrichter gesucht und rasch ist einer gefunden: den Gelehrten aus Tübingen.

«Der junge Herr hat die Juristerei studiert und kommt aus dem Schwabenland und wird uns raten können, wie man's unter aufgeklärten Köpfen hält.»

Hegel starrt, noch immer ganz benommen von seiner These, daß er desto besoffener sein wird, je weniger er trinkt, in seinen Becher und bittet um Bedenkzeit.

Nach einer Weile steht er auf und ruft:

«Ich sage ja!»

«Ach? Wozu?»

«… und sage nein, und in beidem wohnt das andere, wenn erst das eine ausgesprochen ist!»

«Ach.»

Man schweigt. Man staunt. Man ist beeindruckt. Und man gratuliert ihm zu seiner Weisheit, will aber doch Zahlen hören.

«Zahlen sind genauer, als Worte es je sein können, junger Herr.»

Wieviel denn nun der eine habe und der andere ergattern wolle? Der junge Georg Wilhelm Friedrich mag ahnen, daß, wer als Ausländer zwischen zwei Eidgenossen schlichten will, bald beide gegen sich aufbringt, als er das Ungefähre benennt.

«Meine Herren, die Zeit bietet uns weit häufiger Gelegenheit, Fehler zu begehen, als solche, selbige wiedergutzumachen. So gesehen ist es einleuchtend, daß die Ordnung in der Welt nicht zu-, sondern abnimmt, je mehr wir uns bemühen, sie herzustellen. Wenn Sie aber nur lange genug streiten und sich widersprechen, so wird in jeder Lösung der nächste Widerspruch und in jedem Widerspruch die Lösung verborgen für den nächsten Widerspruch, und hierin wieder die Lösung für den nächsten und so weiter, bis in alle Unendlichkeit, die aber die schlechte genannt zu werden verdient. Aus diesem verwirrenden Schwanken allein resultiert die gute Unendlichkeit nur durch die Aufhebung im absoluten Geiste!»

Bei diesen letzten Worten sinkt der junge Hauslehrer über den Tisch und schnarcht bereits, als die Herren noch applaudieren.

«Bravo!»

Das sei eine demokratische Salomonie, würdig der Hauptstadt! Und man nahm sie zum Anlaß, noch eine Runde Weißen zu bestellen, ähnlich den Spartanern, die jeden ihrer Parlamentsbeschlüsse, die sie in nüchternem Zustand gefaßt hatten, anderntags noch einmal prüften, allerdings sternhegelvoll, denn, was dem Trunkenen nicht vernünftig erscheint, das kann auch nüchtern betrachtet keinen Sinn ergeben. Et inverso.

Die Fäuste fliegen, die Gläser tanzen, die Pfeifen rauchen, der Qualm der Brüderlichkeit hängt unter den schwarzen Deckenbalken und dämpft den Zwölferschlag vom Zytglogge, als man die Zauberformel für die Aufteilung unter den drei großen Familien gefunden hat: «Ein Halbes, ein Drittel und ein Neuntel!»

Da öffnet sich die Tür, und ein eisiger Hauch zieht durch den Raum. Die Kerzen flackern, die Worte verstummen. Die Männer starren sich gegenseitig an, und keiner traut sich, durch eine Bewegung aufzufallen. Als der Schreck sich Luft machen will, bricht die Runde in ein vielstimmiges Gelächter aus, und das Verhallen des letzten Turmuhrschlags ist kaum mehr zu hören.

«Was ist denn das für einer?»

Im Luftzug der Nacht steht ein Zwerg in zerschlissenen Kleidern in der Tür. Er hält etwas in der rechten Hand, so daß er leicht zur Seite gebeugt mit gesenktem Kopf aus dem Dunkel zu der Gästeschar hinaufschielt, durch strähnige Haare, als fürchte er Prügel. Er zieht seinen Atem heftig, aber gleichmäßig durch die geschwollene Nase und beißt sich auf die blutigen Lippen. Es ist – Laurent.

Wie er da in der Tür steht, im Wuchs eines Jungen, mit weißen Zähnen, glatten Ohren und feinen Händen, erinnert sein Gesicht mit den ledrigen Falten und den gelben Augen doch eher an einen Greis.

De Meuron stößt seinem Tischnachbarn einen Ellbogen in die Seite.

«Kommt das Bettlervolk jetzt schon in den ‹Falken› und wühlt nicht mehr hinterm ‹Schwanen› in den Küchenabfällen?»

Eine andere Stimme murrt: «Schmeißt ihn raus!»

Nur der alte Curtius kräht: «Der wird mich wählen! Komm herein, Junge!»

Daß der Kobold an diesem Tag schon einmal hinausgeschmissen wurde, wird erst erkannt, als er ins Licht tritt, der Wirtin acht Batzen auf den Tisch zählt und einen neunten dazu. Frau Sinner bedankt sich höflich für die Zeche und tischt Laurent einen Krug Wasser auf.

«Er ist gekommen, um zu zahlen.»

«Der Balg kann rechnen ... Der hat heute unten an der Aare unsere Frauen übers Ohr gehauen.»

Für einen Moment flattert die Neuigkeit wie eine aufgescheuchte Fledermaus unter den Deckenbalken.

«Was will er?»

«Soll er uns ein Parlament ausrechnen!»

Es scheint allen ein guter Jux. Wenn der Junge so ein gewiefter Rechner ist, kann er wohl die Sitze gerecht aufteilen! Eine Mahlzeit soll ihm gewiß sein.

Man weiht Laurent ein in den Schlüssel zur Verteilung der Sitze und findet zu folgenden Bedingungen: eine Hälfte der Sitze sind der klügsten, ein Drittel der zweitklügsten und ein Neuntel der dümmsten Familie zu verkaufen! Die Anzahl der zu vergebenden Sitze ist hierbei seit alters festgelegt: siebzehn.

Man trinkt eine Runde auf den Spaß und ist wieder heiter, während der Junge überlegt. Und während er überlegt, kritzelt er Zeichen und Zahlen, und nur der wieder erwachte Herr Hegel weiß sie zu deuten, wenn er sie auch nur langsam über die schweren Lippen bringt.

«Ich verstehe das so: Wer die siebzehn Sitze zuerst so einteilt, daß kein Sitz geteilt werden muß, der ist der Klügste. Er erhält die Hälfte der Sitze. Der zweite kriegt ein Drittel. Wer aber nicht zu rechnen imstande ist, dem soll das Regieren verboten werden. So soll man es vernehmlassen.»

Laurent nickt, und Hegel setzt sich wieder.

Die Männer der Runde lächeln dem Jungen mißtrauisch zu. Da aber jeder glaubt, er sei klug genug zum Regieren oder zumindest die anderen dazu zu dumm, setzen sich alle wieder auf ihre Stühle und fangen an zu rechnen, und eine demokratische Stille verbreitet sich in der Wirtsstube.

Erst als die Becher nach dem dritten Vollaufenlassen wieder leer werden und auch die klügsten Köpfe unter den anwesenden Adeligen aus siebzehn nicht sinnvoll eine Hälfte, ein Drittel oder gar ein Neuntel zu trennen vermögen, wächst der Unmut. Zu Beginn auf die Hauslehrer, die einen nicht lehren, was man zum Leben brauchen kann, dann auf die Ratsherren, des weiteren auf die Wissenschaften, schließlich auf die Verfassung und den teuflischen Jungen, und endlich ist jeder mit allen im Raum derart zerstritten, daß man gerne ein wenig die Fäuste an den Zähnen der anderen schleifen möchte und schließlich alle über Laurent herfallen. Wäre nicht die Wirtin dazwischengefahren, wäre es dem kleinen Kerl übel ergangen.

«Was seid ihr bloß für Männer! Nicht klug genug, eine Rechenaufgabe zu lösen, die euch ein Junge stellt, aber an der Spitze des Staates wollt ihr stehen. Schämt euch! Und macht eure Hausaufgaben! Wenn nur der Junge die Aufgabe lösen kann, dann ist er wohl der einzige, der uns regieren sollte!»

Das fährt den Männern ein! Nur von Bonstetten will nicht klein beigeben, kein Wunder, bei seiner Größe, und greift sich Laurent und zieht ihn fäustlings ganz nahe unter seine Nase hinauf, in deren Flügeln die Härchen vor Wut zittern, und bläst ihm ins Ohr:

«Du rückst mir jetzt sofort die Lösung raus, Klugscheißer! Sonst müssen wir ein wenig auf das Berner Recht zurückgreifen, das Kinderarbeit nicht untersagt! Und den Kindstod nicht bestraft! Es ist unter den Berner Richtern eine gute

Gewohnheit, eine Tat gern als Recht aufzufassen, wenn der Täter aus einer besseren Familie stammt! Also mach schon. Sonst hast du heute zum letzten Mal warm in die Hose gebrunzt!»

Er zerrt Laurent in die Mitte der Stube und neben den Hauslehrer.

»Ihr beide werdet uns die Sache entwirren!»

Der Hauslehrer kann seinem Herrn nicht widersprechen und verlangt einen starken Kaffee. Ohne seinen Blick zu heben, sagt er mit leiser Stimme, was er Laurents Zeichen entnimmt.

«Er begehrt einen Sitz im Parlament!»

Alles hat man erwarten dürfen, das aber nicht!

«Einen Sitz?» – «Der da?» – «Von welcher Geburt?» – «Zu jung!» – «Über die siebzehn zur Verfügung Stehenden hinaus?»

«Ja.»

«Einen achtzehnten Sitz für einen ... Fremden?»

Dies läßt nun das Blut der Männer wieder wallen, und aller Spaß verfliegt. Einige Fäuste ballen sich bereits wieder zur nächsten Runde. Wie? Was? Das Parlament soll nun doch vergrößert werden? Einem Bettlerbalg soll eine Stimme geschenkt werden? Da kann man gleich das ganze Volk ins Wahlrecht aufnehmen! Und wieder ist es die Wirtin, die die Gemüter beruhigt.

«Was? Alle sind sie zu dumm zum Rechnen und wollen auch keinen einzigen Klugen im Parlament? Soll er seinen Sitz haben!»

Der Widerstand legt sich erst, als der Hauslehrer hinzufügt, der Fremde werde den Sitz sogleich zurückgeben.

«Was Teufels? Wozu will er ihn dann?»

Man ernennt Frau Sinner, die eine gläubige Christin ist und eine geübte Rechnerin, zur neutralen Beobachterin. Keiner hat je in ihrem Lokal eine Schuld beglichen und hätte nicht einen Leckerbissen dafür genossen. Also teilt man unter aller Augen die siebzehn plus einen Sitze in eine Hälfte, ein Drittel und ein Neuntel, so daß der größten Familie neun, der mittleren sechs und der kleinsten zwei Sitze zufallen, und – tatsächlich –: Es bleibt am Ende ein Sitz übrig.

Man rechnet die Sache fassungslos noch einmal und kommt auf keine andere Lösung, als daß für Laurent ein Sitz im Parlament bleiben muß.

«Soll er seinen Sitz haben!»

Die Mehrheit hält allerdings dagegen. Wenn man etwas weggibt, aufteilt, und es dann doch behalten soll, da steckt nichts Gutes dahinter. Der leere Stuhl ist womöglich ein Geschenk des Teufels! Man soll ihn verbrennen! Oder verkaufen, wie die anderen Parlamentssitze auch. Aber ehe man ihn an einen der neureichen Handwerker verhökert, will man lieber zusätzlichen Gewinn aus dem Verkauf der Musterungsrechte der europäischen Generäle schlagen und beschließt, in Zukunft einen leeren Stuhl im Parlament stehen zu haben, der an den Kompromiß des heutigen Tages erinnert.

Es ist, als ob seit diesem Tag ein unsichtbarer Geist im Berner Parlament Platz nimmt. Die Berner Verwaltung zeigt in den folgenden Jahren keine glückliche Hand: Erst lassen die Berner Aristokraten auf dem Freiburger Markt die Revolte der Hungernden niederschlagen, dann lassen sie den Anführer der Rebellen, Chenaux, durch einen betrunkenen Scharfrichter vierteilen. Und nicht genug damit, auch braten! Und schließlich die verkohlten Hände und den Kopf ans Freiburger Stadttor nageln! Zum besseren Beispiel für aufmüpfige Untertanen. Dann weigern sich die aristokratischen Berner Zunftleute beharrlich, in ihrem jurassischen Herrschaftsgebiet die Leibeigenschaft aufzuheben, wogegen manche Unruh entsteht. Und als die Feinmechaniker von Le Locle weiters dem Ruf Friedrichs des Großen folgen wollen, für ihn in Preußen Stahl zu polieren, da sie doch in ihrem eigenen Land kein Auskommen finden, da verbietet es die Berner Verwaltung und hält Hunderte von Uhrmachern im Hunger gefangen. Als kurze Zeit später derselbe König die Berner auffordert, den Jurassiern ihre Kornspeicher zu öffnen, um die verhungernden Nachbarn vor dem Tod zu retten, gibt man auch diesem Ansinnen Preußens nicht statt. Lieber verkauft Bern das eigene Korn zum drei- und vierfachen Preis an die wohlhabenden Schwaben. Und importiert billiges Getreide aus Italien und Amerika.

Man läßt die Jurassier bei den Franzosen um Brot betteln, die nicht großzügig sind damit, dafür aber mit ihren Ideen. Und die Jurassier fressen die Ideen der Franzmänner wie Brot: Gleichheit. Freiheit. Brüderlichkeit! Wen wundert es, daß bei den Untertanen bald das Gerücht gehen wird, auf dem Stuhl in der Berner Verwaltung habe der Teufel persönlich Einsitz genommen – der kleine Ausflug in die Zukunft soll hier allerdings nicht täuschen: Die kommende Zeit, Madame, muß uns weitestgehend verborgen bleiben, da wir uns in der Zeit hauptsächlich (auch aus gesundheitlichen Gründen!) nur in eine Richtung bewegen sollten! Auch wenn die Physiker behaupten, es sei durchaus denkbar, auch andere Zeitrichtungen einzuschlagen, ohne gegen *alle* physikalischen Gesetze zu verstoßen. Wir wollen uns vorerst streng an die Gegenwart halten. Sie ist ungesund genug.

Als man nämlich im ‹Falken› nach dem auswärtigen Jungen sucht, bleibt er unauffindbar. Niemand bemerkt, wie er unter einem Tisch verschwindet. Jeder will schwören, er hat sich in Luft aufgelöst! Nur dem Hauslehrer entgeht nicht, daß Laurent nach dem Beutel der Anne Grossholtz greift und sich hinter der Ofenbank versteckt. Dann schläft Hegel über seinem leeren Becher ein.

Der Junge nestelt die Ledermaske aus dem Sack und setzt sich das Pfirsichgesicht auf. Während nun jedermann im ‹Falken› nach dem häßlichen Kobold Ausschau hält, übersehen alle den wunderschönen Jüngling, der neben dem Ofen steht, und niemandem fällt im Getümmel sein zartes Pfirsichlächeln auf. Der junge Mann richtet seine seidigen Haare und überfliegt scheu die Versammlung, als der alte Curtius das Antlitz wiedererkennt und mit einem gewaltigen Aufschrei hochfährt. Wie eine Erscheinung schwebt die bezaubernde Geliebte in den Zügen der Maske vor ihm. Er schnappt nach Luft und greift mit zitternder Hand in den Dunst vor seinen Augen und krächzt: «... Heiliger Geist!»

Curtius weiß, was es bedeutet, wenn der Kopf zurück ist, von dem er angenommen hat, er sei in Straßburg begraben worden. Der Tote ist zurückgekehrt, um sich zu rächen!

In blankem Entsetzen langt der Alte nach seinem Hut, bahnt sich einen Weg, entschuldigt sich tausendmal, deutet nach dem lächelnden Gesicht, will schreien und kann nicht, japst statt dessen nur und fragt nach der Uhrzeit, jener in Genf festgelegten mittleren Sonnenzeit, aber will sie nicht hören, sondern berechnet sie selbst: «Die Arbeit ruft. Der Sohn ist gekommen, um den Vater ans Kreuz zu nageln!», und mit unverständlichen Worten stürzt er zur Tür hinaus, ohne die Erscheinung noch eines Blickes zu würdigen, und verschwindet glucksend im Berner Dunkel, sein Nachtwerk zu vollenden.

Mit gehetztem Gesichtsausdruck steigt der Alte, die Pfeife noch im Mund, im grauenden Morgen auf den Zytglogge-Turm, ölt keine Ketten, hängt keine Gewichte um, sondern verbiegt dort, immer wieder die Zeitgleichung rufend, den Uhrenanker und bittet, die Augen halb geschlossen, Gott dabei um Verzeihung. Er will die Zeit nicht anhalten, nicht überholen, nur umkehren! Dann beginnt er im dritten Turmzimmer die Gewichte abzuhängen, Federn zu entspannen und jene Räder zu verhaken, die er früher in Gang gehalten hat – in einem Bruchteil der Zeit, die sein Londoner Kollege benötigt, um das Glockenspiel St. Paul's aufzuziehen. Dann hört man oben im Turmdach noch, wie Curtius Gott anfleht, er möge seinen Sohn von dem Fluch befreien. Er selbst, der Vater, sei es gewesen, der in Bern den Männern die Nächte geraubt und sie den Frauen verkürzt habe!

Dann zieht sich der Alte an den Dachzinnen noch näher zum Himmel, krabbelt im Zwiegespräch mit Gott ganz hinauf zur Turmspitze und stürzt sich mit einem herzzerreißenden Stoßgebet – in dem von fallenden und stehenden Uhren, die nicht gleich gehen können, die Rede ist, denn was falle, sei anderen Schwerkräften ausgesetzt, als was stehe – vom Turm auf den Platz hinunter.

Von den beiden Frauen, die später behaupten, es habe sich zwischen zwei Kopfsteinen ein Höllenschlund geöffnet, der Curtius erst verschluckt und dann unter dem Glockenturm wieder ausgespuckt habe, wird berichtet, sie vertrügen den Wein nicht und keine Nacht ohne Schlaf und schon gar nicht drei Runden Kirsch.

Laurent hat sich derweil fast unbemerkt aus dem ‹Falken› entfernt. Nur die Wirtin glüht für einen Augenblick auf, als sie das Pfirsichgesicht sich entfernen sieht, und lacht für den Rest der Nacht auffallend schrill.

Der Junge setzt draußen auf der Kramgasse gemessen seinen Schritt. Er würde mit dem schönen Pfirsichgesicht gerne Marie begegnen, so herausfordernd, so aufrecht wirft er sich in die Brust. Aber seine Augen suchen hinter der Maske vergeblich nach dem Mädchen. Statt dessen folgt er – aus purer Neugier – dem alten Curtius, wie er die Kramgasse hinunterhetzt und den Mattensteig hinaufkeucht, in der Herrengasse verschwindet und über den Bärenplatz rennt. Er bleibt, als der Alte im Turmtürchen der Zytglogge verschwindet, unten stehen und klopft, während über ihm die Tragödie ihren Lauf nimmt.

Als das Gesicht des Greises Laurent entgegenschießt, erkennt der Junge im Bruchteil eines verzerrten Lidschlags die Reue des Alten. Er sieht in Curtius' brechenden Augenspiegeln ein ganzes Leben vorbeirasen und als die Hand des Alten im Todeszucken hilflos nach der Pfirsichmaske greift, versteht er dessen letzten Wunsch, stülpt ihm mit zärtlicher Gelassenheit die Pfirsichmaske über das entstellte Gesicht und deckt es anschließend mit Annas Leinenbeutel zu.

Die Männer im ‹Falken› erfahren von dem tragischen Unglück erst, als die Gattin des Kanzlers in die Schenke stürzt: «Die Uhr ...! Die Uhren ... helf Gott ... sind stehengeblieben», ehe der zugedeckte Curtius in die Stube getragen wird und sich weitere Schaulustige durch die Tür in das Wirtshaus drängen.

Unter den Neugierigen befinden sich fast nur Frauen. Auch Anne Grossholtz hat von dem Tod des Curtius erfahren und zerrt ihre Tochter durch die Menschentraube. «Laßt mich zu ihm! Laßt ein Kind zu ihm!» ruft sie und bahnt sich einen Weg zu dem Toten.

Keine Frau hat sich bisher getraut, den zerquetschten Kopf des Greises anzuschauen, und manche hätte es doch gerne getan, sieht man doch selten einen, der von so hoch oben in den Stein gehauen wird.

Anne Grossholtz tritt mit unruhigem Blick näher. Sie hält ihre Tochter fest an sich gepreßt. Die Anstrengung, das Mädchen stillzuhalten, läßt sie Fassung bewahren, als sie vor den Leichnam tritt und langsam nach dem Tuch über dem Gesicht des Greises greift.

Marie preßt die Augenlider fest aufeinander und bleibt mit einer Grimasse vor dem Körper stehen.

Anne Grossholtz zögert, bevor sie das Tuch lüftet, beugt sich zu ihrer Tochter und flüstert ihr etwas ins Ohr. Marie schüttelt, ohne die Augen zu öffnen, den Kopf und flüstert: «Ich will nicht!» Sie preßt ihre Lider so fest aufeinander, daß hinter ihnen die Farben tanzen. «Hast den gekannt?»

Sie versucht mit aller Kraft, sich aus der Faust ihrer Mutter zu befreien, als die sich erneut hinabbückt und ihr ins Ohr flüstert: «Dein Großvater.»

Anne versucht vergeblich, ihre Tränen zurückzuhalten, als sie nickt. Sie läßt nur ungern die Hoffnung fahren, der Tote könne ihr vielleicht noch etwas über den Aufenthaltsort ihres Geliebten verraten.

Die anderen Frauen drängen jetzt hinter den beiden nach vorn und wollen wissen, wer die schöne Straßburgerin ist, die als erste an der Leiche des Alten weint.

«Kennt die ihn?»

Marie duckt sich noch tiefer und preßt ihre Augen noch heftiger zu und auch noch den Mund, als ihr etwas in den Nacken tropft. Sie fährt zurück, reißt die Augen auf, sieht über ihr im Gesicht der Mutter die Tränen und will sie trösten.

«Also gut. Ich mach's. Nicht weinen. Vielleicht hast du ja recht, und er ist mein Großvater.»

Sie lüftet langsam die Decke, sieht aber keinen Greis und keinen zerquetschten Kopf, sondern ein Pfirsichgesicht, und glaubt ihren Augen nicht, während neben ihr die Mutter mit einem Entsetzensschrei zurückfährt. Da liegt ihr geliebter Curtius! Der Vater ihres Kindes!

«Philipp!»

Das Herz scheint Anne Grossholtz zerspringen zu wollen. Wie rosig und warm sein Gesicht aussieht! So lebendig und wach! Als würde er gleich seine Augen aufschlagen. Auch die anderen Frauen beugen sich vor, und jede reagiert auf ähnliche Weise: Erst hält sie entzückt, dann empört den Atem an und stößt schließlich in einem traurigen Seufzer die Luft aus, dann senkt eine jede ihren tränenden Blick und hebt ihn nicht wieder, als schäme sie sich vor den anderen, und tritt zurück in die Menge. Ehe eine der Anwesenden begreifen kann, was die Straßburgerin über dem greisen Curtius seufzt, streichelt sie zitternd und wie im Wahn dessen Antlitz, will es mit zarten Küssen bedecken und faßt seinen Schädel, da fällt ihr das Gesicht des Toten aus den Händen, als hätte sie nach einer verfaulten Melone gegriffen, und ihr Herz macht einen gewaltigen Sprung.

Die junge Frau bäumt sich vergeblich auf und greift in die Luft, spreizt ihre Finger und fällt mit einemmal wortlos, fällt und fällt und könnte von keinem Kirchturm tiefer fallen, und als sie neben der Ledermaske ihres Geliebten zu Boden sinkt und aufschlägt, ist ihr Herz gebrochen und sie segnet auf der Stelle das Zeitliche.

Die Stille, die sich im ‹Falken› breitmacht, ist gespenstisch. Die einzige Anwesende, die sich jetzt noch bewegt, ist Marie. Sie tritt langsam zu ihrer Mutter, beugt sich über sie, schaut tief in ihre leere Augen, neigt ganz sachte den Kopf an ihre Wange und verharrt so einige Atemzüge, als lausche sie einem letzten Flüstern, und löst mit sanften Bewegungen die Pfirsichmaske aus den Fingern ihrer Mutter, erhebt sich und flüstert, die Maske in der Hand: «Ich werde ihn finden, deinen Geliebten und meinen Vater», öffnet die Tür und schlüpft mit der Maske hinaus, ohne daß einer der Anwesenden sie daran hindern möchte.

Jetzt haben auch die Männer im ‹Falken› begriffen, wer da vom Uhrturm gefallen ist. Das Pfirsichgesicht! Der Spermienteufel. Der Eheschänder!

Die Patrizier, die selbst die Restaurierung der Uhr mehrmals hinausschieben ließen, verlangen spontan die umgehende Reparatur der Zytglogge-Uhr. Man werde im Rat eine Motion einreichen! Die Liberalen halten dagegen, man habe schon vor Jahren mehrmals höchstselbst im Großen Rat vor maroden Treppen gewarnt, deren es in Bern reichlich gebe, und sei von den Patriziern nicht gehört worden. Außerdem sei das Dach baufällig und das Gebälk feucht und glitschig. Der Greis werde wohl ausgerutscht sein! Ob denn immer erst einer zu Tode kommen müsse, bevor sich in Bern etwas ändere!

«Der Alte hat Zeit sparen wollen!»

«Wozu?»

Nach einem kurzen Augenblick der Stille bestehen die Liberalen, die mit den amerikanischen Republikanern sympathisieren, darauf, daß der Uhrwart nicht zum Zweck auf den Turm gestiegen sei, Zeit zu sparen, sondern Zeit in Gang zu halten!

«Zu Fuß hätte der Weg ihn viel mehr Zeit gekostet!»

«Er besitzt hinreichlich physikalischen Verstand. Er hat sehr wohl um die verheerende Wirkung einer derart schnellen Fortbewegung – insbesondere nach unten! – gewußt!»

«Er war ein guter Läufer. So schnell wie er ist noch kein Berner den Turm hinaufgekommen.»

«Hinauf schon! Aber hinunter ...»

Wieder schweigt man betroffen. Aber die Liberalen wollen so kurz vor der Wahl nicht lockerlassen: An diesem Beispiel kann man ersehen, wo der Zeitdruck endet. Die Zeit gehört allen. Wie die Luft. Jeder Berner hat das Recht, sie zu nutzen oder zu verschwenden, zu sparen, so schnell und so langsam, wie es ihm behagt, in alle Ewigkeit!

«Es lebe Benjamin Franklin und die Unabhängigkeitserklärung!»

Die Patrizier halten dagegen.

«Gott hat die Zeit am ersten Tag erschaffen!»

«Ach! Und wann hat er sich den ersten Tag geschaffen?»

Indes, die Anstrengung der Wahlnacht läßt die Männer jetzt auf die Bänke zurücksinken, als hätten sie eben selbst die Welt erschöpft. Nur de Meuron steht noch in der geschafften Runde.

«Dann sage mir einer: Wer soll denn die Zeit gemacht haben, wenn nicht Gott?»

Wieder wird es still im ‹Falken›, und die Männer wissen keine Antwort, sondern denken an morgen.

«Wer zieht jetzt unsere Uhr auf?»

Die Frage bleibt unbeantwortet im Tabaksrauch hängen.

Die Unruh

Als anderntags ein Jüngling den Hang zum Wälchi-Hof hinaufkeucht, tritt die Bäuerin erschrocken vom Fenster zurück. Der unregelmäßige Schritt, die schlenkernden Arme, der gelbe Blick. Es ist Laurent! Die Bluse, die sie ihm mit auf den Weg gegeben hat, ist aus den Nähten geplatzt, und er ragt daraus hervor wie eine Kröte aus einer Kinderfaust. Er ist in Bern um zwei Fuß gewachsen! Und die Milch, die der Mann vor der Abreise in die Felskammer getragen hat, ist noch nicht sauer!

Laurent legt wortlos den Tabaksbeutel des Wälchi-Bauern auf den Tisch.

«Hat er dich verkauft?»

Laurent schüttelt kaum merklich den Kopf. Er beziffert Dachziegel. Er zählt Fensterkreuze. Reiht Zwiebelzöpfe aneinander. Fausthiebe. Wegkreuzungen. Er findet jede Ziffer und keine Worte. Auch nicht, als die Bäuerin ihn packt. Auch nicht, als sie ihn schüttelt und schlägt und zu Boden wirft und auf ihn einprügelt.

«Bist du geflohen? Ist der Bock in Bern geblieben? He? Und läßt uns hier im Stich! Mit dem Teufel unter einem Dach! Wer soll jetzt den Hof machen? Ich werde dir zeigen, wer …», schreit die Mutter und stürzt hinüber in den Stall.

Die Mädchen stehen vergelstert unter dem schmucklosen Kreuz im Stubeneck und wollen nicht glauben, daß ihr Vater sie einfach so im Stich gelassen hat, und flehen die Mutter an, den Jungen nicht zu töten. Die beiden jüngeren Schwestern weichen ängstlich vor dem wimmernden Bündel zurück. Nur Louise faßt sich ein Herz, greift dem Findling in die Taschen und findet nichts als einen flachen Aarestein.

«Wir sollten Vater suchen. Weit kann er nicht sein.»

Die Mutter kehrt mit dem Zaumzeug für den Ochsen zurück und legt Laurent das Geschirr an.

«Ich werde schon dafür sorgen, daß er euch den Vater ersetzt», knurrt die Mutter und zurrt die Ledergurte fest. «So! Jetzt wollen wir den Teufel lehren.»

Ohne eine Träne über ihren Gatten zu vergießen, legt sie sich in die Zügel und weist ihre Töchter an, dem Bastard die dringendsten Verrichtungen zu nennen, die es ums Haus zu erledigen gilt.

«Aber erst wascht ihn mit Ziegenbrunz! Er stinkt nach Mensch!»

Claire, die Jüngste, will den schüchternen Kerl nicht anfassen, sondern ihren Vater zurück. Die beiden anderen zerren Laurent am Geschirr zu der Jauchegrube. Hedvige schließt die Augen, zieht den Jüngling fast ehrfürchtig aus und betet weinend das Ave-Maria. Louise schöpft einen Eimer Ziegenpisse aus der Jauchegrube und wartet mit weit aufgerissenen Augen darauf, dem Teufel gegenüberzustehen. Als Hedvige die Augen öffnet, findet sie alles an dem Teufel gerade gewachsen. Keinen Huf und auch keine Haare als auf dem Kopf, und weiter nichts Außergewöhnliches, bis auf eine winzige Merkwürdigkeit, die der Ältesten, Louise, ein unbändig schrilles Kichern entlockt. Das Geschlechtsteilchen des Jünglings zeigt nicht die geringsten Anzeichen des anderweitig bemerkenswerten Wachstums, sondern erinnert in Form, Farbe, Größe und Gestalt demjenigen eines Neugeborenen!

Hedvige will schaudernd nach seinem Zipfelchen greifen, während Laurent unablässig Zahlen flüstert und – sichtlich erschöpft – bei der Zahl 2 305 843 009 213 693 951 innehält, der einundsechzigsten Potenz der Zwei – minus eins! –, einer Primzahl also. Wie eine dunkle Bedrohung steht die Zahl den Mädchen gegenüber, während sie dem Jungen einige Erleichterung zu verschaffen scheint, dessen Herz schlägt im gleichbleibenden Takt jenes Sternenhaufens, den die Mönche Vega-Nebel nennen.

Die Mutter holt das gebrannte Obst aus dem Wandschränklein ihres Gatten und kratzt einen Strich fingerdick unter dem Pegel ins Glas. Dann treibt sie Laurent im Ochsengeschirr aufs Feld hinaus.

«Bevor der Kirsch beim Strich steht, wirst du uns die Ochsenweid wenden», zischt sie und nimmt einen kräftigen Schluck.

Die Uhr, die der Pfarrer aus dem Dorf hat auf den Hof schaffen lassen, tickt schon seit Wochen nicht mehr. Der Bauer sah es als seine Pflicht, am letzten Sonntagabend eines jeden Monats erst die Uhr aufzuziehen und danach zu seiner Gattin ins Schlafzimmer zu steigen, um dort seine andere – die eheliche – Pflicht zu erfüllen. Da der Bauer aber dieser letzteren an seiner Gattin nur unregelmäßig nachkommen mochte, geriet auch die erstere in Vergessenheit, und die Uhr zeigt seitdem eine einzige Zeit, die aber beharrlich: sieben nach drei.

«Was eine Stehuhr ist ...», rief der Bauer, «steht! Also geht und laßt mich in Ruhe damit!»

Die Mutter schnauft zurück ins Haus, zieht die Uhr auf und flucht.

«Pro Ochs rechnet man jährlich mit drei Fuder Heu! Und kauft man ihn um einundvierzig Gulden ein, so verzehrt er in zehn Wochen Mastzeit eineinhalb Fuder Heu, halb soviel wie ein Pferd, verrechnet mit acht Gulden, so bleiben beim Verkauf des gemästeten Ochsen für sechsundfünfzig Gulden drei Gulden für die Arbeit, ungefähr!»

Rechnen könne Sie auch. Dazu brauche sie keinen Ratschlag eines Jakobs aus Wermatswil.

Sie trinkt einen Schluck, schaut schnell auf die Uhr, rennt wieder hinaus, sieht Laurent, wie er steht, und eilt wieder zur Uhr. Sie ist weitergerückt und rührt sich doch nicht! Und Laurent? Je schneller die Frau hin- und herschaut, desto weniger bewegen sich die Uhr oder Laurent. Sondern nur sie allein! Auch das Kruzifix an der Wand bewegt sich nicht. Alles steht still. Trotzdem ist der halbe Acker schon umgegraben, als die Sonne erst über der Rottanne steht, und der kleine Zeiger steht auf der Sechs, ohne daß sie ihn auch nur einmal hätte sich regen sehen! Das läßt der Mutter keine Ruhe. Ihr Blick jagt hin und her. Wollten Sie, Madame, mitten im Lesen blitzschnell auf Ihre Uhr schauen und gleich wieder auf die Zeilen, würde sich der Zeiger der Uhr regen? Oder sind etwa die Zeilen geruckt? Nun, was hat sich denn nun mehr bewegt, in ein und demselben Augenblick? Und wenn die Mutter nun tausend derart blitzesschnelle Augenblicke hintereinander täte? Sie würde tausendmal nichts anderes sehen als Stillstand. Für die Mutter steht außer Zweifel: Der Teufel hat die Zeit angehalten. Nicht die Zeit, sondern sie bewegt sich!

Die Frau blickt entsetzt hinaus zum jungen Mann in der Ochsenweid und immer schneller auf die Uhr und zurück und auf ihr Glas, und ehe der Schnaps den zweiten Strich auf der Flasche erreicht, hat Laurent sein übermenschliches Werk vollbracht. Hedvige kichert, als er zerschunden in die Stube zurückkehrt.

«Los, Kinder, erteilt dem Teufel neue Aufträge!» schreit die Mutter.

Louise möchte gerne sehen, wie er einen Baum fällt, und Hedvige will, daß er den Misthaufen verzettelt, und nur die Jüngste, Claire, will, daß er nach dem Vater sucht.

«Ehe der Kirsch bis zum Strich verdunstet ist, sollst du fertig sein!»

Während Laurent den oberen Acker umgräbt, die Esche fällt, den Mist hinüber auf den dürren Kartoffelacker trägt und das gespaltene Holz an der Holzwand stapelt, trinkt die Mutter Kirschwasser bis zum Strich und macht erst einen neuen, als Laurent seine Aufträge erledigt hat. Sie nimmt drei weitere Schlucke aus der Flasche.

Je tiefer der Spiegel in der Schnapsflasche sinkt, desto weiter liegen die Striche voneinander entfernt, und desto unsinniger werden die anbefohlenen Arbeiten, bis die Mutter schließlich grölt: »Ich will den Wald gerodet sehen. Ehe die Flasche leer ist! Also beeil dich!»

Laurent verrichtet unermüdlich, was ihm aufgetragen. Kratzt er sich auch die Hände blutig, wird ihm doch der Atem nie kurz. Im größten Schmerz und unter der unmenschlichsten Anstrengung schlägt sein Herz nie langsamer und nie schneller als in jenem immer gleichbleibenden Takt des Vega-Nebels! Kein Schweiß rinnt ihm über den zerschundenen Rücken, keine Träne füllt seine gelben Augen. Auch wenn er nur humpelt, er wuchtet mit gleichbleibender Energie im Dunkel der Nacht die Baumstämme nieder und teilt sie in Stücke.

Die Töchter sitzen in der Stube und hören frierend das Krachen und Bersten der fallenden Bäume aus dem Tobel. Die Mädchen flehen die Mutter an, es werde nichts Gutes bringen, einen Menschen so zu schinden.

«Was zum Teufel schwätzt ihr?»

Die Mädchen versuchen, Laurent die Zeit länger werden zu lassen, indem sie heimlich Wasser in den Zeitmesser der Bäuerin gießen, als aber der Pegelstand sich nicht der Neige nähern will, kommt ihnen die Mutter dahinter.

«Steckt ihr mir mit dem Bocksfuß unter einer Decke?»

Sie prügelt die Mädchen mit dem gebogenen Stock für die Waschbürste. Am ärgsten trifft es Claire, die immer noch ihren Vater suchen will, er liege vielleicht unten im Wald, dürste und brauche Labung.

Als Laurent in den Türrahmen kriecht und eine Zahl ins Holz kratzt – 23 –, stürzt die Mutter zur Tür und sieht, daß der ganze Tobel-Wald in der aufgehenden Sonne im Koben liegt, jeder der dreiundzwanzig Rottannen und Lärchen ist geschnitten, gespalten und gestapelt.

«Mädchen, richtet die Stehuhr des Pfarrers präzis nach der Kirchuhr. Und verratet niemandem im Dorf, daß der Teufel bei uns wohnt! Wir wollen doch sehen, ob wir dem Satan nicht Herr werden mit der Himmelszeit!»

Sie schluckt den letzten wässerigen Kirsch.

In Gurteren will man nicht glauben, daß der Wälchi-Bauer Frau und Kind im Stich gelassen habe und in den Krieg gezogen sei. Der Schmied vertritt die Meinung, der Wälchi hat wahrscheinlich den gfürchigen Zählhannes mit gutem Gewinn veräußert und will dem Vogt und dem Ammann und der Gemeinde die Musterungssteuer nicht abgeben und liegt statt dessen im Berner Mattenquartier in Daunen gebettet und hat an einem der jungen Fräuleins einen Narren gefressen. Auch der Wirt vertritt die Meinung, die Fräuleins haben während der Session der eidgenössischen Räte alle Hände voll zu tun, steht doch neben den Ersatzwahlen außerdem die Musterung der Europäer bevor! Wo so viele Männer auf den Beinen sind, bietet sich den Demoiselles viel Gelegenheit, ein glückliches Händchen zu beweisen …

Wenn dem Wälchi erst einmal das Geld bei den Fräuleins ausgegangen ist, wird er zurückkehren. Wenn er dann reumütig dem Pfarrer alles gebeichtet hat, wird man auf dem Umweg über die Küsterin alles im Detail erfahren. Auch wenn der Pfarrer Namen und Tatort und Tatzeit vertauscht, hat er noch nie eine ehrliche Beichte für sich behalten, daß ihm die Küsterin nicht darauf gekommen wäre, was vorgefallen sei. Und sollte der Wälchi alles abstreiten, wird man an spannenden Lügen ebensoviel Vergnügen finden wie an einer faden Wahrheit.

In Gurteren verfolgt man die Kriege, die draußen in Europa geführt werden, mit größter Neugier. Hört man von Feldzügen, werden sie maßstabsgetreu auf dem Wirtshaustisch rekonstruiert. Aufmarsch, Stoßrichtung und Nachschubwege der Schlachten werden aufs genaueste nachgestellt, und der Pfarrer, der Metzger und der Ammann des Dorfes lassen sich hierzu von der Wirtin Apfelwein in Bechern und eine Schlachtplatte mit Sauerrüben auftragen.

Gerne laden sie einen zurückgekehrten Kriegsteilnehmer ein, deren es in der Eidgenossenschaft nicht wenige gibt, verteilen Wurst und Sauerchabis nach dessen strategischen Angaben auf die Teller, lassen so Vorhut, Nachhut, Artillerie und Kavallerie der Kontrahenten auf dem Tisch aufmarschieren, und los geht's! Bei komplexem Schlachtgetümmel werden die Vorgänge auf dem Tischblatt zusätzlich mit Töpfen, Schöpflöffeln und Rüstbesteck aus der Küche illustriert, zu Land und zu Wasser! Die Befestigungslehre, die Geländekunde, die Lehre von der Truppen- und Heerführung finden dabei ebenso ihre Anwendung wie die Kunst, eine Leberwurst anzustechen, ohne den Nachbarn vollzuspritzen. En Guete! Ob Vorpreschen der linken Avantgarde, Aufrücken der Kavallerie, Einsatz von schwerem Geschütz, Einbruch von Spähtrupps in die Flanken, unkontrollierter Abzug oder gar wilde Flucht: Es wird heftig analysiert, debattiert und widerlegt, und meist hängt der Qualm der Bieler Zigarren dicker in der Wirtshausstube als je Geschützrauch im Herbstnebel über einem Schlachtfeld draußen in Europa, und es soll manch ein Gemetzel im Wirtshaus zu Gurteren ein anderes Ende gefunden haben als draußen im wirklichen Krieg.

Besonders dicht wird der Qualm in der Stube meist im Winter, wenn mangels aktueller Neuigkeiten die historischen Schlachten der Eidgenossen rekonstruiert werden, etwa jene zu Sankt Jakob oder die schreckliche zu Sempach. Dann verschwinden die Disputanten im Stumpenrauch der Uneinigkeit und geraten dabei nicht selten in Hitze, und es soll in mehr als einem Fall die Wirtin in der Küche unter argen Artilleriebeschuß geraten sein.

Die Aufgabe, die Kirchenzeit in die Bauernstube zu tragen, erweist sich für die Mädchen teuflischer, als ein Gutgläubiger auf den ersten Blick vermuten darf. Da der Wälchi-Hof vom Dorf abgewendet liegt, ist der Blick auf die Kirchuhr durch den Greili-Grat verdeckt. Wie sollten die Mädchen so die Kirchturmuhrzeit sehen können? Sie hören sie ja nicht einmal schlagen!

Als die drei versuchen, sich über vier Teilstrecken mit Rufen vom Dorf her zu verständigen, sind ihre Stimmen zu zart. Der Wind trägt sie davon wie Pusteblumensamen im Frühjahr. An eine präzise Zeitübermittlung ist so nicht zu denken, und die Mutter schickt Hedvige los, die flinkste der drei. Sie soll sich unten im Dorf die Uhr merken und schneller nach Hause eilen, als die Zeit vergeht. Aber wie hurtig auch Hedvige zurückkehrt, es vergeht Zeit.

«Schneller!»

Hedvige rennt erneut. Und ist wieder nicht schnell genug. Und noch einmal treibt sie die Mutter aus dem Haus. Gott werde dafür sorgen, daß dies das letzte Mal sei. Claire und Louise sehen noch, wie Hedvige talwärts stürzt, kaum Boden unter den Füßen, und schneller als je hinter dem Grat verschwindet, und es ist das letzte Mal. Sie kehrt nicht mehr zurück – und als sie nach ihr rufen und sie suchen, finden sie sie nicht, nicht vor dem Eindunkeln, nicht in der Nacht, und erst im Morgengrauen liegt sie tot vor Erschöpfung im Bölchenstutz, die Beine weit von sich geworfen, als wäre sie in vollem Lauf angehalten worden, die Händchen noch wie zum Gebet gefaltet.

«Wenn sie allein nicht halb so geschwind sein will wie der Teufel, dann rennt ihr zu zweit doppelt so schnell!» befiehlt die Mutter und schickt die beiden verbliebenen Schwestern los. Als aber die Jüngste, Claire, mit tränenverschwommenen Augen nach dem Brückengeländer greifen will und den Holztritt am Saanesteg verpaßt, züngeln die Fluten im Sturzbach nach ihr, zerren sie mit sich und geben sie nicht wieder her und lassen sie erst unten im Fribourger Gorge in einer Astgabel hängen wie ein Stück gewrungene Wäsche.

Es hilft kein Flehen und Hadern und Grollen der Mutter. Bei Sonnenaufgang sind zwei der Töchter tot und Tage vergangen, und Gott bringt sie ihr nicht zurück. Die Kirchenzeit tickt noch immer nicht auf dem Wälchi-Hof. Louise fleht die Mutter an, die Zeit doch den Teufel holen zu lassen. Und sich doch wieder nach der Sonne zu richten, wie ehedem! Sie stehe doch am Himmel viel näher bei Gott als die Kirche unten im Dorf. Aber die Mutter bleibt unerbittlich und befiehlt der Tochter: «Trag die verdammte Pendeluhr ins Dorf!» Dort wird sie sich leicht nach der Kirchuhr richten lassen. Sie muß sie nur in Gang halten und wieder den Berg heraufschleppen.

«Wie soll ich sie stillhalten können auf dem steilen Weg? Das Pendel bewegt sich nur, wenn die Uhr stillsteht, und das Uhrwerk geht nur, wenn das Pendel regelmäßig hin und her schwingt.»

«Dann lauf ins Dorf und leih eine Uhr, die nicht stillsteht, wenn man mit ihr geht!»

Louise ist noch nicht losgerannt, da bedenkt die Mutter, daß man sich im Dorf daran erinnern könnte, daß die Stehuhr der Pfarrgemeinde gehört.

«Bleib! Der Teufel hol die Neider unten im Dorf! Trag die Uhr tags hinunter und in der Nacht wieder herauf!»

Louise schuftet und wuchtet und zerrt und kriegt die Uhr nicht vom Fleck. Nur das Pendel bewegt sich darin, die Hämmerchen des Schlagwerks klingen und übertönen das Schluchzen des Mädchens. Die Mutter treibt das arme Ding an. Immer verzweifelter wirft es sich gegen die große Uhr, als wäre sie das Tor zum Leben, das nur aufgestoßen werden muß. Erst als Louise ermattet vor der Uhr zusammensinkt, versteht sie, daß die Tür zum Leben sich ihr nie mehr öffnen wird, und flüchtet vor der Mutter in den Kartoffelkeller.

«Du dummes Luder! Bleib hier!»

Das Schlagwerksklingen verhallt. Das Pendel schwingt aus, und es wird still im Haus, und nur das leise Wimmern Laurents ist zu hören, der angekettet in der Kuhtränke liegt. Erst am nächsten Morgen findet die Mutter Louise im Keller neben der Kartoffelhurde. Das Mädchen muß sich noch vor dem Einnachten halsüber in den Rutenhobel gestürzt haben, nicht ohne sich zuvor mit rohen Rhabarberblättern zu vergiften, jenem Gemüse, das ennet der Rha aus dem Land der Barbaren stammt, und das in der Ostschweiz oft fälschlich im Frühsommer als Süßspeise verabreicht wird, dabei schmeckt es vorzüglich mit Frühlingszwiebeln in Butter und Honig gebraten und einem Eßlöffel gesalzenem Rindsud. Wer mag, gibt noch eine Handvoll Johannisbeeren dazu.

Als die Mutter die Tochter derart zweigeteilt in ihrem Blut entdeckt, netzt keine Träne ihre Augen. Der Haß läßt ihre Wangen trocknen, als sie den Allmächtigen verflucht. Wenn das Zeitholen all meinen drei Töchtern das Leben gekostet hat, sagt sie sich, so wird es dem gelbäugigen Teufel seins auch wert sein! Sie schickt Laurent los, die Stehuhr zu richten.

Laurent nickt der Bäuerin fast dankbar zu und erledigt es in einem: Er setzt die Stehuhr, ehe er losspaziert, in Gang, richtet sie auf Punkt zwölf, schlendert am Saumpfad hinüber zum Greili-Grat, von wo aus man den Kirchturm gut sieht, schlendert ebenso gemächlich zurück, errechnet nach der Stehuhr, wieviel Zeit vergangen ist, seit er das Haus verlassen hat, und addiert die Hälfte der Zeit, die er zum Schlendern brauchte, zu der Uhrzeit der Kirchuhr dazu, denn der Weg hin war genau gleich lang wie der Weg her, und er hat sie beide gleich schnell zurückgelegt, als sei er ein Pendel gewesen, und stellt so die Zeiger präzise auf die Zeit der Kirchenuhr.

Er legt sich lächelnd auf die Holzbank in der Küche.

Bald ranken sich um die Bäuerin und den jungen Mann und die drei toten Töchter in der Umgebung eigenartige Gerüchte. Der Bäcker will gesehen haben, wie die Bäuerin ihr letztes Huhn in den Wald hinuntergejagt hat, weil es ein Ei nicht pünktlich legte. Die Taube hat sie erwürgt, weil sie nicht regelmäßig gurrte, und hat sie zu Mitternacht gebraten und verspeist, ohne dem Jüngling auch nur ein Rippchen anzubieten. Es liegt außerdem bei Tagesanbruch häufig ein eigenartiges Leuchten über dem Haus da oben. Der Apotheker will einen Geruch von Schwefel über der Lichtung ausgemacht haben. Es stinke im Haus unerträglich nach Verwesung.

Als dem Pfarrer zu Ohren kommt, die Bäuerin habe die Leichen ihrer Töchter nackt auf dem Stubentisch aufbahren lassen, und keiner dürfe die Mädchen sehen außer ihr und dem Gelbäugigen, bricht er mit dem Totengräber zum Wälchi-Hof auf.

«Was will der Mann Gottes?» stellt sich die Bäuerin ihm entgegen.

«Wenn es stimmt, daß Eure Töchter tot sind, dann verdienen sie das letzte Sakrament. Die Zeit schreitet auf Erden voran und die Verwesung auch.»

«Wenn der Herr Pfarrer kommt, um mir zu beweisen, daß die Zeit verrinnt, dann soll er mir gleich begründen: wohin denn? Wohin!»

Als der Pfarrer keine Antwort weiß und der Totengräber mit Blick auf Laurent nur stammelt: «Halt, wer da?!», als gelte es, den Hamlet zu schützen, weist die Frau den Männern die Tür.

«Stehlt mir nicht die Zeit!»

«Wollt Ihr Eure Töchter nicht in geweihter Erde zur ewigen Ruhe legen?»

Ewig? Welche Ewigkeit denn der Herr Pfarrer meine? Und ob diese Ewigkeit einen Anfang habe? Wenn der Herrgott sie geschaffen habe? Ob denn etwas unendlich sein könne, das einen Anfang habe? Ehe ihr der Papst nicht plausibel erklären könne, wohin die Zeit mit ihren Töchtern zerrinne, solle ihr kein Pfaff mit der Ewigkeit kommen!

Daraufhin habe sie den Pfarrer samt Totengräber wieder hinunter ins Dorf gejagt und dem Gelbauge befohlen, die verwesenden Leichen mit Kirschwasser einzupinseln, wie sie es mit der Sonntagszüpfe früher auch gemacht hat! Der Kirsch wird die Verwesung aufhalten. Auch kehrt er jedem die Zeit um, der ihn in ausreichendem Maß zu sich nimmt. Mit diesen Worten schluckt sie selbst mehrere Becher und schwört darauf, der Zeitumkehrung schon nahe zu sein.

Als die Kunde in Gurteren eintrifft, in der Gegend des Schwarzen Meeres solle ein Soldat aus den Fluten der Rha gefischt worden sein, der behauptet habe, nichts rase schneller als ein Gedanke, auch ein unnützer, will man erst nicht glauben, daß es der Wälchi sei. Er habe ausgesehen wie ein Greis, sein Bart sei mehrere Ellen lang gewesen, er habe mit der Stimme eines Knaben gezetert, und trotzdem hätten ihn die Freiburger, die ihn retten wollten, zweifelsfrei als Gurtener erkannt. Nicht am Bart, nicht an der Haarfarbe, nicht an seinem Zipfel – sondern an der Art, wie er die Zwei als Zwööei aussprach.

Er habe sich an einen Baumstamm geklammert, gänzlich unbekleidet, habe andauernd auf drei gezählt und geflucht und gezittert und sich dabei endgültig am Wasser verschluckt, sei er doch mit seinem Fuß an eine Messingkanone gekettet gewesen.

«Ääs, zwööei ...»

Es wird berichtet, er sei – noch nackt – aus den Armen der Retter auf das Gesicht gefallen und habe nicht mehr geatmet, aber zuletzt noch gehaucht: «Der letzte Gedanke ist auch nicht langsamer als alle anderen! Sondern schneller ...!», und habe den Kopf ein letztes Mal wie ein Pendel hin und her geworfen, «äääs, zwööei ...», und noch vor der Drei das Zeitliche gesegnet.

Daß man ihn an seinem «Zwööei» identifiziert, mag Sie erstaunen, Madame, nicht aber den Simmentaler, der es als «zwöö» ausspricht, ja, es reden in der Eidgenossenschaft kaum mehr als dreitausend Menschen denselben Dialekt und nicht viel mehr dieselbe Sprache. Es ist ein leichteres, die Herkunft eines Schweizers an seiner Zunge zu erkennen als an den Münzen, die er bei sich trägt. Wandern Sie ruhig einmal von Dorf zu Dorf durch die Eidgenossenschaft, und Sie werden in jedem Städtchen, in jedem Dörfchen, ja in jedem Weiler einen anderen unverwechselbaren Dialekt hören. Sogar unter den Stadtzürchern, die mehr als vierzehntausend Bürger stellen, sprechen die Rennweger etwa das R gutturaler als das lingual gerollte Zürichberger R und die Niederdörfler das ‹Oder?› unverwechselbar breiter als die Seefelder. Ganz zu schweigen von den zugewanderten Simmentalern, Gersauern, Vallbrollesen, Disentisern, Poschiavern, Lausannois, Parpanern und Bitsch-Zmattern, die in Zungen aus aller Herren Länder daherreden.

Dies verleiht den Eidgenossen nicht nur ein eigensinniges Herz, sondern auch militärische Unangreifbarkeit. Gibt es etwas Unüberwindlicheres für einen siegreichen General, als Kapitulationsbedingungen in dreißig Sprachen zu diktieren? Wer verkündet schon gern in unzähligen unterschiedlichen Idiomen: «Jedwede Bewaffnung verstößt gegen die Waffenruhe!», um sich dabei der Lächerlichkeit preiszugeben? Nur der Papst segnet in mehr als einundvierzig Sprachen.

Bald ist der Kirschvorrat der Wälchi-Bäuerin restlos aufgebraucht. Der Gelbäugige trägt die letzte Habe auf Geheiß der Bäuerin zum Tausch ins Dorf, und man tauscht es gern gegen Selbstgebrannten ein. Ein Spitzentuch. Einen feinsilbernen Ring. Und die letzte Hose ihres Mannes. Bevor die Dürre die letzten Brombeerhecken vertrocknet hat, der Müller den Wälchi-Acker gegen zwei Flaschen Vogelbeerschnaps in Zahlung nimmt, der Tuchhändler für die letzte Wälchi-Ziege eine Flasche Trester bietet, der Landvogt ihr den Tisch pfändet und ein Dieb ihr schließlich den Messingschlüssel zur Haustür klaut, ist die Wälchi-Bäuerin eine obdachlose Trinkerin. Sie habe in einer einzigen Woche eine ganze Metze getrunken, behauptet der Vogteigehilfe, und in der Dorfschenke will man sich beim Honigwein nicht einig werden, welche Metze gemeint sei, die hannoveranische, die ein vierundzwanzigstel Malter wäre, oder eine bayerische, die ein sechstel Schäffel darstellt, oder eine österreichische zu einem dreißigstel Muth!

Die Bäuerin hat längst die Hoffnung aufgegeben, daß der Alkohol ihr die Zeit umkehren und die Kinder wieder lebendig machen werde, und als ihr nicht einmal mehr die leeren Flaschen auf dem Hof gehören, zerrt sie Laurent aus dem Haus. Die Krähen, die der Gestank der Verwesung angelockt hat, fliegen empört in die umliegenden Wipfel, als das ungleiche Paar Richtung Mittelland ins Tal stolpert.

Keine Lampe brennt im Dorf. Nicht einmal das ewige Lichtlein der Kirche spendet einen Schein. Die Menschen liegen in St. Ivers mit offenen Augen in den Betten und warten auf eine Wolke, die endlich Regen bringen möge. Seit Wochen schenkt der Himmel kein Wasser. Seit Monaten geben die Böden kein Brot. Bei den Christen mehren sich die Stimmen, die behaupten, Gott wolle die Vaterunser des Pfarrers nicht hören. Und immer mehr Menschen bleiben der Kirche fern.

Seit die Uhrenmanufaktur Jacquet-Droz Aufträge an die Iverner verteilt, können wenigstens die handwerklich Geschickten sich ihr Brot verdienen, und im Zusammenwirken der Familien findet jede noch so kleine Hand ihr Auskommen. Die Bauern entwickeln mit dem filigranen Handwerk ein ganz neues Fingerspitzengefühl, und wer so präzise mit den Fingern feilt, der gibt sich mit groben Gedanken nicht ab. Wer im kleinen der Mechanik der Welt auf der Spur ist, der will auch das Weltgefüge präzise entdecken und begnügt sich nicht mit der göttlichen Fügung der Dinge.

Der Pfarrer sieht die Entwicklung mit Unbehagen. Wohl bringt die Uhrmacherei kärglichen Wohlstand auf die Höfe. Aber die Uhren öffnen die Stuben für neue Fragen: Was bewegt ein Pendel? Drehen sich die Sterne ewig? Wie lange ist eine Minute? Ist das All unendlich? Wie lang muß ein Pendel sein, damit es sich dreiundvierzigtausendzweihundertmal pro Tag hin und her bewegt?

«Nur Gott ist unendlich!»

Der Pfarrer wehrt sich dagegen, daß ein zweiter Zeiger an der Kirchenuhr anzubringen sei. Er verbietet die tragbaren Ognons. Während der Predigt soll Gott das Maß der Dinge sein und nicht das Ticken einer Mechanik!

Die Bauern errichten ihre Höfe immer weiter entfernt vom Dorf. Der einzige Bauherr, der am Dorfplatz ein neues Gebäude bezogen hat, ist eine Uhrenmanufaktur aus La Chaux-de-Fonds. Der Freimaurer Pierre Jacquet-Droz hat eine kleine Werkstatt für seine Uhrenschalen errichten lassen. Niemand sonst will mehr neben dem Pfarrhaus wohnen.

Das Laub der verdorrten Bäume begleitet die Bäuerin und Laurent wie ein gespenstischer Fledermausschwarm durch den Wald. In den Lichtungen tanzen die Blätter im trockenen Wind über ihren Köpfen davon. Erst unter dem frühen Morgenhimmel sinkt die Bäuerin ermattet zu Boden und zieht den Jungen gegen einen Baumstrunk. Die Frau entlädt in einem unruhigen Seufzer ihre Wehmut.

«Jetzt werden wir für immer schlafen!»

Laurents Kopf schaukelt wie eine Ankerboje auf ihrem wogenden Bauch.

Der Hall des Schmiedehammers dringt vom Dorf her in den Morgenhimmel. Sein Echo hängt bedrohlich über Laurents Kopf, wie eine überirdische Macht, die ihren Takt vibrierend in die feinsten Fasern der Natur hinausschickt, ehe es sich in den Felsen verliert und einer ungewissen Stille Platz macht. Die Halme wiegen sich vor Laurents Augen, und die rote Ledermütze des Schmiedes tanzt in der Ferne wie ein blühender Mohn über den dürren Stengeln. Ein Pferd wirft daneben den Kopf empor.

Laurent sieht den Hammer fallen, und erst einen Lidschlag später hört er den Knall. In seinen Ohren rauscht die

Zeit. Wieder holt der Hammer seine volle Wucht über dem Kopf des Schmiedes und fährt dann still hinab, und lautlos stieben Funken. Erst als die Funken erlöschen, einen Herzschlag später, folgt der Knall! Wie kommt das?

Die Mutter schläft und merkt nicht, wie Laurent hinunter in den Weiler rennt. Die dürren Gräser peitschen seine nackten Füße. Er wirft sich hinter der Tenne ins Stroh. Der Schmied beugt sich riesig über die Glut und stößt den Balg. Er klopft energisch auf den Hinterlauf des Tieres. Er tritt zur Glut, greift sich ein Eisen und formt es mit der Wucht des Hammers auf dem Amboß. Sein Gesicht lodert rötlich im Schein der Esse. Jetzt greift er mit der eisernen Zangenhand in die Flammen. Jetzt zischt das Eisen. Jetzt schwebt der Hammer und fährt herab. Der metallene Knall beißt sich im gleichen Augenblick in beiden Ohren fest! Das Pferd glotzt ängstlich in die Flamme. Schon rennt der Junge gleichen Wegs hinauf zur Bäuerin und zählt die Schritte und starrt von oben auf den kleinen Schmied und sieht, wie dieser hinter seinem Pferd verschwindet. Und lautlos fällt der Hammer. Und wieder tönt der Hammerschlag erst später!

Die Bäuerin seufzt.

Laurent berechnet Schlag und Klang und Zeit. Teilt die Herzschläge ein, die vergehen, bis das Echo von der Felswand zurückkehrt, schätzt die Distanz des Berges, peilt über den Daumen, dividiert gemäß Strahlensatz den Weg, als die Mutter ihn zum Pfarrhaus zieht.

«Um neun gibt's beim Pfarrer eine Supp!»

Auf einen ihrer Schritte nimmt er drei. Und addiert. Und ist nicht schneller. Und zählt den Pulsschlag ihrer Hand, die seine fest umklammert, als sie die Pfarrstube betreten. Er reicht dem Pfarrer nicht die Hand. Er beobachtet mißtrauisch, wie das dünne Licht der Butzenscheiben sich auf der verschwitzten Glatze des Priesters spiegelt.

«Was hat denn der Junge?» erkundigt sich der Geistliche, als er der Bäuerin die Finger zum Kreuz auflegt.

Die Frau wagt kaum zu antworten und entfernt die Hand des Gottesmanns von ihrem Bein.

«Weiß der Herr nicht, wo die Seele wohnt?»

Das Ausatmen des Priesters ist von einem seltsamen Knacken begleitet, als ob ihm die Luft durch die Kehle entweiche.

Die Köchin behauptet später, der Junge habe beim Pfarrer keinen Löffel angerührt. Er habe bloß zum Fenster hinausgestarrt, als ob er jemanden umbringen wolle.

«Komm, Herr Jesus, sei unser Gast, und segne ...»

Der Pfarrer legt seine Hand in die Öffnung der Bluse und streichelt mit den Fingern kleine Kreuze auf die trockene Haut unter den Brüsten der Bäuerin.

Als der Schmied in der Türe steht, mag es aussehen, als sei man ins Gebet vertieft. Laurent spuckt dem Schmied auf die Füße. Die Bäuerin löffelt schweigend ihre Suppe. Wie es kommt, daß die Frau später nackt auf dem Dorfplatz gesehen wird, daran kann sich der Pfarrer nicht erinnern. Man habe sich seines Wissens vor Gott nur zuschulden kommen lassen, die Teller nicht leer gegessen zu haben.

Die Würfel hüpfen auf den Tisch. Die Hände der Männer greifen in den Lederbecher und streuen die Glücksbringer auf die Tischplatte. Die Bäuerin möge ruhig mitspielen, auch wenn sie keine Münzen ihr eigen nenne. Sie trüge hinreichend Pfand am Leib!

Die Bäuerin will lieber Schnaps. Den soll sie kriegen. Nur soll sie erst würfeln. Sie will es nicht und tut es doch. Und nicht zu ihrem Glück: Das Schicksal legt der Frau keine guten Würfel. Erst verspielt sie ihr Kopfband, ihren Schuh, ihre Schnürsenkel, gewinnt noch eine Münze, verliert sie aber sofort im nächsten Bechersturz und stundet beiden Männerzungen bereits vier Küsse und muß den durchlöcherten Wollpullover abgeben, und schließlich gehört auch die Bluse dem Schmied. Der Pfarrer pfeift immer bedrohlicher durch die Nase, und das Knacken im Kehlkopf hört nicht mehr auf, als er um ihren Strumpf würfelt und sie eine dreifache Eins auf den Tisch legt.

Die Männer lassen die Würfel im Lederbecher tanzen. Der Gottesmann füllt zum dritten Mal das Glas der Frau mit Klarem und legt ihre Bluse auf den Ofen. Als die Würfel ihr zwischen die Beine kullern, öffnet die schwielige Faust des Hammermanns ihr sanft die Knie und beginnt unter ihrem Hemd einen Rosenkranz zu beten. Während die bleichen Finger des Pfarrers die Hand der Bäuerin in seine Hose führen und sie dort zum Gebet verschränken.

«Heilige Mutter Maria, gebenedeit …»

Laurent starrt auf die Schweißperlen, die auf der Stirn des Geistlichen wachsen. Er folgt dem klappernden Tanz der Würfelaugen auf dem Tisch. Er vergleicht die Abstände des knackenden Atems des Priesters, des Klopfens am Tischblatt, des röchelnden Hustens, des stöhnenden Schmatzens des Schmieds an ihrem Hals.

Wenn es in diesem Augenblick scheint, es könne noch jemand der Frau zu Hilfe eilen, Madame, und die Rettung klopfe in der Person des Küsters bereits heftig an die Tür des Pfarrhauses und verlange Einlaß und könne die beiden Männer von ihrem schändlichen Tun abhalten, so täuscht der Eindruck, denn auch der Küster will später kein Pfeifen des Pfarrers und kein Stöhnen des Schmieds gehört haben, sondern nur andächtiges Schweigen. Er habe, da der Pfarrer an einer Blutschwäche leide, die Tür erbrechen wollen, um ihm zu helfen, und habe wohl die Mittagsandacht unterbrochen, denn als die Tür aufgefallen sei, hätten der Schmied und der Pfarrer vor dem Tisch gekniet.

Zu dritt will man der betrunkenen Bäuerin Gelegenheit bieten, die gestundete Bluse zurückzugewinnen, und der Küster darf diesmal den Anfang machen, ist aber ein zaghafter Mann, und es hilft ihm auch nicht, daß er ordentlich trinkt, um seine Scheu zu vertreiben.

«Sie hat ja nur ihr Hemd zu setzen!»

«Ist eh voller Löcher!»

«Wird aber bald nackt dasitzen!»

«Hat sie sonst nichts zu setzen?»

«Dann nehmt halt den Jungen.»

So beschließen es die Männer. Die Bäuerin nimmt einen großen Schluck, setzt ihr letztes Pfand und setzt tonlos hinzu: «Gegen alles, was ich bis jetzt verlor und die Herren gewonnen haben!»

«Weil wir keine Unmenschen sind ...», damit läßt der Pfarrer einige Münzen auf den Tisch kullern, «eins, zwei, drei, vier von diesen Münzen.»

Die Würfel klappern. Der Becher fällt und schüttet das Schicksal aus, und es ist nicht das günstigste. Jetzt gibt es kein Halten mehr für die Männer. Laurent vermag wohl die Herren noch abzulenken, indem er die Würfel aufeinanderlegt und ihnen die Summe der verdeckten Augen aufschreibt. Und da die Eins zuoberst liegt, zeigt er zwei mal zehn. Und schaut man nach, so stimmt's. Aber überlegt man's genauer, ist's nicht, was man wollte.

«Her mit dem Hemd!»

«Es ist ja voller Löcher, ihr Herren!»

«Loch? Zeig her!»

Der Pfarrer kniet nieder, und der Schmied faltet der Bäuerin die Hände, und der Küster bittet um Erlösung.

Laurent klammert sich an der Bank fest. Das Schnaufen des Schmieds übertönt das Pfeifen des Pfarrers.

«Du schaust besser nicht hin, Junge», bläst er dem Knaben

ins Ohr. Er zerrt ihm die Hose von den zappelnden Beinen. «Schau besser hinaus! Siehst du den Wallach draußen vor der Schmiede? Er wartet darauf, beschlagen zu werden.»

Der Junge schnappt nach Luft. Der Schmied geifert ihm seinen Speichel ins Ohr und preßt mit schwarzer Pranke den kleinen Körper unter sich und das Gesicht gegen die Butzenscheibe. Drüben am Haus hebt das Wasserrad den Treibhammer. Spärlich rinnt das Wasser in die Schalen, drückt sie mühselig nach unten, bis Schale um Schale sich entleert und wieder nach oben gehoben, erneut gefüllt und nach unten gedrückt wird. Das Rad dreht die Achse und greift mit deren Zahnrad in die Zapfen der Schnecke und schraubt so den Hammer hinauf, bis er aus der Unwucht entlassen auf den Amboß fällt und von neuem von der Kraft des Wasserrades hochgeschraubt wird.

«Wasser fließt immer nach unten, Kleiner!»

Laurent spürt den Hunger nicht mehr, als ihn der keuchende Schmied unter seinem Stöhnen begräbt. Ein stechender Schmerz zerreißt dem Jungen den Darm, als er von hinten gegen die Butzenscheibe gepreßt wird. In der Schmiede drüben fügt das Wasserrad seine Holzzähne in die Nut der Schnecke, und immer von neuem fährt ein Zapfen in die Öffnung, greift ein Zahn in die Lücke, fällt der Hammer auf den Amboß, als ob ein gewaltiges Uhrwerk nicht mehr aufhören wollte zu schlagen, während in der Pfarrstube der keuchende Schmied und der pfeifende Pfarrer und der winselnde Küster im Gleichtakt an der ohnmächtigen Frau und dem Jungen ihre teuflische Andacht zu Ende beten.

Madame, hier wird nicht gegen die Rechte der Safran-Zunft verstoßen, die die Einfuhr von Gewürzen genau definiert. Auch die Salzrechte, deren Zollbestimmungen das Einführen von Salz genauestens regeln, werden nicht verletzt. Madame, es gibt keine einzige Bestimmung des Berner Rechtes, die die Haltung von Hunden, Vieh, Frau oder Kindern näher faßt, außer jener, die das Ende der Kindheit regelt: Mit einundzwanzig endet nämlich das Recht der Eltern, ein Kind zu verdingen oder anderweitig zu verkaufen. Und bis zu diesem Zeitpunkt ist die Hälfte aller Kinder nicht älter als fünf Jahre geworden!

Laurent hängt erschöpft über dem Fenstersims in der Pfarrstube und merkt kaum, wie der Küster hinter ihm sich bereit macht, an die Reihe zu kommen, und mir will schon scheinen, ich müsse ein Schicksal zu Ende schreiben, da scheint endlich Rettung im Anzug und das Elend findet sein Ende – in einem noch größeren Unheil!

Die Morgendämmerung hat die Nacht am Osthimmel endgültig aufgerissen, da dringt ein Stimmengewirr aus den Tiefen des Dorfs. Das Geschrei erfüllt schon den Kirchplatz, über dem das Gebrüll eines Rinds sich gewaltig Luft macht. Die Einwohner drängen aus den Gassen vor das Kirchenportal, eine Kuh in ihrer Mitte treibend. Das elende Vieh hält sein Gerippe nur unsicher auf allen vieren und stakst von Stöcken getrieben in die überfüllte Mitte des Platzes. Die Fäuste der Männer krallen sich fest in die Hörner des Tieres, das seinen knochigen Nacken unter den Stockhieben vorwärts windet und brüllt, als ob es sich selbst aus dem schaumgefüllten Rachen schreien möchte.

«Die Maulseuche!»

«Die Viehpest!»

Man habe die Gattin des Landvogts dabei ertappt, wie sie im Morgengrauen eine hungrige Kuh ihres Mannes aus dem Dorf habe schmuggeln wollen! Ihr Knecht habe schon letzte Woche fünf Kühe aus dem Dorf getrieben, und sie seien in

Neufchâtel elendiglich verreckt! Die Landvögtin solle ihren ganzen Bestand hier auf den Platz treiben!

«Schlachtet sie!»

Wenn die Tiere unter einem Dach eingepfercht bleiben müssen, ist die Luft erhitzt, und die Tiere ergießen sich über alles, so daß die Epidemie sich leicht ausbreiten kann. Selbst der Melker trägt die Seuche von Tier zu Tier. Jetzt hilft es nicht mehr, allen Kühen der Umgebung Holzapfeltinktur zu verabreichen. Bevor auch die restlichen Tiere im Dorf Schaum vor dem Mund tragen, soll der Pfarrer geweckt werden. Man hat gehört, daß im Pays de Gex schon zwei Tiere gesundgebetet wurden.

«Wo ist der Pfarrer!»

Aus den Gassen drängen aufgebrachte Einwohner hinzu und verlangen die Schlachtung von allem Gottlosen. Die Kuh wird über den Platz getrieben und bietet einen traurigen Anblick, wie sie sich im weißen Schaum, der von ihren Flanken tropft, gegen den Strick stellt.

«Schlachtet sie!»

Der hagere Leib des Rindes drückt die Frauen und Kinder an die Mauern des Kirchplatzes. Die Stöcke schwingen hoch über den Köpfen und fahren tief zwischen die Hörner nieder. Als die erste Axt über die Köpfe der aufgebrachten Menschen emporschwingt und über den Hörnern der Kuh innehält, erstarrt die Menge in einem Aufschrei, und plötzlich liegt ein fürchterliches Schweigen über der morgendlichen Ansammlung: Die verängstigte Kuh beugt ihren gewaltigen Hals wie in Demut und glotzt zu der Axt des Schmiedes empor, und die Landvögtin wirft sich auf die Knie und flüstert: «Betet, Christen, betet!»

Schon fährt das Beil auf den Nacken nieder. Schon knackt der Rückenwirbel der Kuh unter dem Schlag. Schon fließt das Seuchenblut über die Kopfsteine des Vorplatzes. Das

Vieh brüllt in Todesahnung und rutscht und windet sich und tritt nach den Menschen. Dutzendfach fahren die Hiebe der Äxte jetzt in den abgemagerten Leib, und blutrot färbt sich der Dorfplatz unter dem Fleisch des verendenden Tieres. Da laufen den hungrigen Menschen die Augen über vor lauter Freßwut.

Erst reißt hier eine Faust heimlich einen dünnen Fetzen Nuß aus der Flanke, dann schneidet dort ein Messer ein trockenes Huftstück herunter, dann trennt da eine Sense einen hageren Schinken ab, und schließlich trägt man gierig alles Eßbare nach Hause. Die Rinnsale suchen zwischen den Messern und blutigen Händen und Füßen ihren Weg über den Dorfplatz ins Bachbett im Unterdorf und färben den Dorfbach bis ins Flachland hinunter.

Da zerspringt drüben am Pfarrhaus das erste Fensterglas. Die Steine fliegen erst einzeln und prasseln dann in wütendem Hagel auf die Haustür des Pfarrers ein. Der Pfarrer habe nicht für die Kühe beten wollen, heißt es. Jetzt solle er herauskommen und wenigstens den Regen herbeibeten! Ein seltsamer Zug stapft aufgebracht durch das Rinderblut auf das Pfarrhaus hinter einem unsichtbaren Anführer her: dem Hunger.

«Heraus mit dem Pfaff!»

«In die Kirche mit ihm!»

Entschlossenheit steht in den gefurchten Gesichtern, als die Fußtritte die Tür des Pfarrhauses aus den Angeln kippen. Alle sehnen sie sich nach Erlösung: der Knecht, dem man seinen letzten Stolz geraubt hat. Die Frau, deren Kinder das Typhuswasser getrunken haben. Der Melker, dem das Pflugjoch den Hals gekrümmt hat. Die Dienstmagd, die ihre Hände in den Sandsteinen schwielig gewaschen hat. Und die Kinder, die vom Leben erst die Haselrute und den Birkenstock kennen – sie alle stehen in stiller Rührung in der

Pfarrstube. Seit Tagen hat keiner von ihnen gesehen, was auf dem Buffet des Pfarrhauses steht: eine volle, dampfende Suppenschüssel!

Die ganze Wut der Eindringlinge verstummt im Geifer ihrer staunenden Münder. Erst wagt keiner, einen Löffel zu berühren. Nur zaghaft betastet der Melker die gepökelten Seitenstücke auf dem Tisch, klaubt ein Kind verlegen an den Rinden des Brotes, streicht eine Frau ehrfurchtsvoll über die getrockneten Früchte, den geräucherten Schinken, die eingelegten Zwiebeln, das gesäuerte Kraut, den getrockneten Birnteig und all die Ziegenkäseriegel und Kuhkäseteller und Schafskäsetöpfchen.

Die helle Stimme eines Kindes schneidet wie ein Meßglöcklein in das Schmatzen in der Stube.

«Dürfen wir das anfassen?»

Vielleicht hätte die zahnlose Wäscherin, die in diesem Augenblick das Kind in ihren Armen wiegt, die Frage auch noch beantwortet, aber wie ein schreckliches Echo folgt dem Stimmchen des Jungen ein Schuß! Die Kugel platzt in das Gesicht der jungen Frau und erstickt ihren Schrei in einem Gurgeln. Im Nu gellt wie aus einem Hals das Entsetzen der Hungernden, bevor eine ganze Bleisalve Frauen und Männer und Kinder niederreißt.

Mitten unter ihnen Laurent.

Er wirft sich zwischen den einschlagenden Kugeln unter die Bank und verkriecht sich hinter einer Holzkiste. Er spürt nur einen Aufprall und ein leichtes Zittern. Er sieht, wie es dunkel wird über ihm. Er spürt, wie ihm durch die Ritze etwas auf die Wangen tropft. Ein süßlicher Geschmack füllt seinen Mund, ein wenig fruchtig und fast etwas bitter und zum Schluß etwas salzig und ungewöhnlich beißend. Selbst der Feinschmecker vermöchte in der ungemäßen Mischung von Essigzwiebeln, Räucherspeck, Ziegenkäse und Erdbeermarmelade kaum noch den salzig-schweren Geschmack des getrockneten Pökelfleisches herauszutüfteln, der mit einem Hauch Saueraal und der zarten Ahnung des ungesalzenen Stockfisches über der süßsauren Schwere liegt, die oft die Berner Zungenwurst kennzeichnet.

Wie lange es dauert, bis Laurent unter dem Tisch der Pfarrstube wieder zu sich kommt, ist schwer zu sagen. Er hört ein Schnaufen in der Pfarrstube, und als er den Kopf hebt, sieht er sich von einem Durcheinander von Eßwaren und Körperteilen umgeben. Der Erlöser am Kreuz hebt seine gipsernen Augen zum Himmel, und blutige Spritzer rinnen auf seinen Wangen. Nur das Schluchzen eines Kindes verrät noch das Elend, welches sich unter dem Kreuz eben abgespielt hat. Die Scheiben sind zerbrochen. Von draußen ist das Murmeln von Stimmen zu hören.

Die Berner Offiziere haben die Gendarmen ihr letztes Blei aus den Vorderladern durch die Fenster und Türen in den zuckenden Haufen schießen lassen und beschweren sich jetzt auf französisch über ihre Untergebenen: für heikle polizeiliche Aufgaben seien die Einheimischen nicht zu gebrauchen. Ein Schweizer prügelt sich leicht für fremde Armeen. Aber gilt es, einem Schweizer Dieb die Hand abzuhacken, wird er weibisch, als trachte man ihm nach der eigenen! In Le Locle sollen sich einheimische Gendarmen geweigert haben, einen Salzdieb zum Galgen zu schleifen, nur weil sie mit ihm auf der Kirmes vor elf Jahren Boule gespielt haben, und haben obendrein verloren! Man habe Auswärtige rufen lassen müssen. Und auch die seien als Leuteschinder aus dem Städtchen gejagt worden! Als Soldat tauge der Schweizer zu Hause nichts!

Madame, ach, dürfte ich doch in diesem Augenblick leibhaftig neben Sie treten, um Ihre Hand zu halten und Sie zu beruhigen! Leider verbieten mir Scham und die Verehrung Ihrer Privatheit (und nicht zuletzt mein Verleger) einen solch ungeheuerlichen Schritt. Außerdem müßte ich, um jetzt nach Ihrer Hand zu greifen, einige Gesetze der Physik aufs gröbste verletzen – etwa jenes der Beschleunigung der Masse oder das der Unumkehrbarkeit von Voraussetzung und Folge.

Egal in welche Richtung der Zeitpfeil zeigt, und unabhängig davon, unter welchen Umständen die Physiker ihn drehen können, muß ich trotz allem berichten, daß die drei Kinder, die in der Stube ihre Tage beenden, ohnehin nicht mehr als drei weitere Winter erlebt hätten, weil Julien, der kleinste der drei, den Unterschied zwischen Tag und Nacht am Spinnrad ohnehin nie kennengelernt hätte, denn er hätte trotz seiner Auszehrung tagnächtlich achtzehn Stunden einspringen müssen und hätte den nächsten Frühling ohnehin nicht mehr gesehen. Emile wäre seinen Eltern vielleicht noch einen Sommer lang zur Last gefallen. Man hätte sie drei Monate mit Weihrauchwickeln leidlich pflegen können. Dann wäre auch sie mit einem letzten Atemzug dem Hunger entkommen. Den ältesten, Grégoire, hätte sein Vater an den preußischen König verkaufen müssen. Der Sold hätte die Familie vielleicht einen Monat ernährt, und die Pension, die der Berner Landvogt für Grégoire hätte kassieren können, würde dessen Gattin Louise de Landeron immerhin eine kleine frivole Porzellanfigur eingebracht haben! Aber Grégoire selbst würde ein militärisch unnötiges Scharmützel im piemontesischen Hinterland nicht überlebt haben. Und so ist es eins, daß er statt dessen heute schon in der Pfarrstube des kleinen jurassischen Dörfchens St. Ivers mitten in Europa tot liegenbleibt, kaum weiter entfernt als ein heftiges Echo vom Berner Staatsschatz, der in jenen Tagen vierunddreißigtausendsiebenhundertzwölf Pfund Gold umfaßt. Und wir sind uns nicht sicher, was elender sei – ein kurzes Leben ohne Wissen von Glück oder ein langes in Unglück. Manch ein Sterbender vermag in dieser Zeit eher seinen sinnlosen Tod zu verstehen als ein Lebender sein sinnloses Überleben.

In der Menge fällt nur dem Ministranten auf, wie ein gelbäugiger junger Mann, die Hose um den Körper gewickelt, sich aus dem Pfarrhaus schleppt, und in den Fieberträumen desselben Ministranten taucht später auch eine Eva auf, zumindest habe sie ein derartiges Kostüm getragen, ohne Feigenblatt im Schritt, sondern blutige Fäden. Niemand sieht derweil, was wirklich geschieht: Der Schmied und der Küster schleifen unter Anweisungen des Pfarrers den Körper der entkleideten Bäuerin hinter die Kirche, öffnen die Tür zum Glockenturm und kippen die Bewußtlose unter die schmale Steintreppe, die zum Turm hinaufführt. Auch Laurent entkommt den beiden nicht. Sie verrammeln die Tür hinter ihm und machen sich aus dem Staub.

Laurent zittert. Alle Haut ist wund. Jede Bewegung schmerzt. Er weiß kaum, wie er sich neben die Bäuerin auf die Steintreppe setzen soll. Er wischt ihr den Schaum von den Lippen. Sein Blick sucht die Ziegel des undichten Turmdachs, wo die Löcher wie Sterne am Himmel gleißen. Er zählt die Glockenschläge. Mit sicherem Griff trocknet er der Bäuerin mit Strohresten den Schweiß, entfernt ihr das schmierige Gemisch von den Schenkeln und deckt sie mit seiner zerrissenen Hose zu. Er träufelt ihr etwas Speichel auf die Lippen, bis sie die Augen aufschlägt.

Dann schleppt er sie die schmale Steintreppe zum Kirchturm hinauf. Jede Stufe scheint jetzt unüberwindlich wie die Gurterenwand. Oben gibt das Sandsteingemäuer den Ausblick über die Dächer von St. Ivers frei. Das Schwungrad rasselt und die Kette rattert und die Hemmung knackt und das Zeigerzahnrad holpert hinter ihm, als er die kleine Maueröffnung erreicht.

Das Zifferblatt der Kirchuhr von St. Ivers stellt einen kunstvollen Lebenskreis dar. Über den goldenen Ziffern bebildern in Messing gehämmerte Reliefs den Kreislauf des Menschenlebens: Er führt über die Geburt des hilflosen Säuglings um zwölf zum gehenden Kind um zwei, zur tanzenden Jungfer um vier, zum aufrechten Bauern um sechs, zum besitzenden Bürger um acht, zur sorgenden Großmutter um zehn, zum bedürftigen Greis um elf, und endet mit dem ehrlichen Tod um zwölf am Geburtstag der Urenkelin und im Neubeginn.

Dort oben erlaubt eine Luke im Turmgemäuer den Zeiger der Uhr zu richten, falls die Herbststürme ihn verstellt haben. Laurent legt die Bäuerin bei der Öffnung nieder. Sie zwängt ihre Schultern durch die Gaube. Es würde genügen, wenn die Bäuerin sich jetzt abstoßen würde. Aber die Kraft reicht ihr nicht mehr fürs Leben, und so reicht sie ihr auch nicht für den Tod.

Was für ein Ausblick sich ihr bietet! Wie sanft die Jurahänge sich, von einem zarten Gelb überflort, ineinander verweben und im Horizont verlieren! Laurent zählt die dreiundfünfzig Rauchfänge des Dorfes. Der Rauch zieht aus den Feuerherden, die auch küchenseits eingeheizt werden, durch die Wölbung über der Küche in die Scheune hinaus, wo er die zur Saat bestimmte Frucht kräftig räuchert, verläßt dann durch den Schornstein über dem Korridor das Haus, in dem die Familien wohnen.

Laurent sitzt zwischen den Gewichten und Federn und Aufzügen des Uhrwerks. Er errechnet den Weg des Federgewichts, verfolgt die Kraft über das Hemmungsrad mit dem Anker zur Zeigerachse, errät den Übersetzungsgrad, die den

Hammer zum Mittagsschlag über der Glocke empordrückt. Gleich wird er fallen.

In schwindelnder Tiefe queren die Köpfe der Soldaten die Kopfsteine des Platzes. Kinder rennen davon, Verletzte taumeln zum Arzthaus und Hungrige schleppen sich durch den Schatten der Gassen zum Mittagsgebet. Im Innern des Turms kündet das Knacken des Uhrwerks den Glockenschlag zur Tagesmitte an. Für ein kurzes Gebet werden die Kinderhände im Umland von den Webstühlen getrennt. Dann lassen sie wieder die Schiffchen springen, und der Zeiger der Kirche zerteilt ihnen weiter den Tag.

Da geschieht, was Laurent vorausgesehen hat: Der Turm erzittert. Ein Schwarm Schwalben zischt zeternd durch das vibrierende Gebälk der Turmspitze davon. Im selben Augenblick, da die Frau fiebernaß die Augen über dem Abgrund öffnet und der Atem ihre Brust zum letzten Seufzer hebt, schickt das Uhrwerk den gewaltigen Zeiger auf seine Wanderung. Der Hammer will eben auf die Glocke fallen, da klemmt der Zeiger die Bäuerin fest, da rattert der Anker zurück, da stockt die Hemmung, da knirscht die Kette des Gewichts, da kreischt der Zapfen im Zahnrad des Zeigers mitten im Rucken, da steht alles still. Das Schlagwerk steht ineinandergekettet unter den Schemen der zuckenden Fledermäuse. Sinnlos greifen die Räder ineinander. Die Zähne bleiben reglos ineinander verkrallt. Das ganze Uhrwerk hält inne, und auch unten auf dem Platz verstummt jeder Schrei und erlahmt jeder Lauf, als der Zeiger kurz vor der Zwölf mit einem Ruck stehenbleibt.

Die Bäuerin schmiegt ihren schweißnassen Kopf wie zum friedlichen Schlaf an den kalten Stein. Der Wind spielt in ihren Wimpern. Der fahle Sonnenstrahl, der vor kurzem ihre Stirn berührte, wandert Haar um Haar, streift das Räderwerk der Turmuhr, als ob die Sonne durch die Ritze im Gebälk der eisernen Mechanik zeigen wolle, daß die Zeit dennoch unaufhörlich weiterschreitet.

Auf dem Kirchplatz starrt man zum Turm hinauf. Die Uhr steht, als wolle sie sich überlegen, in die andere Richtung loszurattern – ohne Uhrzeigersinn. Seit fünf Monaten hat es nicht mehr geregnet. Seit zweiundzwanzig Wochen dürstet die Natur und ächzt der Boden. Ein gewaltiger Windstoß reißt das Kirchportal auf. Die Türflügel knarren leise, und dann weht eine eiserne Stille aus dem Gotteshaus über den Platz.

«Ruft den Pfarrer!»

Zweihunderthändig wird der Pfarrer zur Kirche geschoben. Hundertmündig verstummt das Raunen in den steinernen Deckenbogen des Kirchenschiffs in St. Ivers, als er durch das Portal schreitet. Vierhundertäugig begleitet die Menge den Pfarrer, der zögernd im Mittelgang weit vor dem Altar stehenbleibt. Hundertfach drücken dort die ungebeichteten Taten den Priester zu Boden. Er schlägt auf der Höhe des Querschiffes das Kreuz vor der Brust, aber kein Gebet mag über seine Lippen.

«Beweis uns, daß deine Gebete erhört werden», raunt die Menge am Portal. Die Menschen trauen sich nicht, die Kirche zu betreten und fallen auf die Knie. Nur einer bleibt mit seinem Kind mitten im Portal stehen, wirft seine hellen Haare widerwillig in den Nacken. Niemand wagt, an ihm vorbei die Kirche zu betreten.

Mégevand ist ein Zugewanderter. Er lebt seit einigen Jahren in der Nähe des Dorfes und soll einer der geschicktesten Uhrmacher sein. Da man ihn selten im Dorf gesehen hat und nur einmal in der Kirche, ranken sich allerlei Gerüchte um ihn. Er soll mit den Republikanern im Cercle gemeinsame Sache machen. Andere halten ihn für einen Freimaurer, wie Voltaire. Besonders der Pfarrer hat nie einen Hehl daraus gemacht, daß er den Uhrmacher für einen Ketzer hält, und es soll zwischen ihm und Mégevand bei einer Predigt zu einem heftigen Disput gekommen sein. Als der Uhrmacher dazwischenrief, nicht nur Gott, auch das All sei unendlich, hat der Priester gerufen: «Das All weiß nicht, daß es uns gibt, Gott aber sehr wohl.» Die Bibel habe die Erde in die Mitte der Welt gestellt und in deren Mitte Gottes Sohn. «Das All hat keine Mitte! Wenn es eine hätte, dann würden die Sterne sich gegenseitig so anziehen, daß einer in den anderen abstürzen müßte und zum Schluß alle ineinander zusammenfallen würden, wie ein in Unordnung geratenes Uhrwerk!»

«Wieso kniet er nicht nieder? Glaubt er nicht?» hört man jetzt die Leute flüstern.

Der Junge am Arm des Vaters wispert dem Mädchen neben ihm zu: «Mein Vater kann auf den Kirchturm steigen und die Uhr richten.»

«Ein Ketzer?»

«Laßt ihn», beruhigt ein Kniender die Empörten. «Sein Kopf ist ein Uhrwerk!» – «Aber beten kann er nicht!» – «Aber er kann denken. Und besser als manch ein Pfarrer!» – «Der Pfarrer soll nicht denken! Er soll beten!» – «Du auch!» – «Psssst!»

Jetzt kniet die Pfarrköchin neben Mégevand nieder und zischt ihm zu: «Gott ist ewig!»

Man kann einem Menschen leicht das Wort verbieten. Aber schwerer das Denken. Durch den Widerspruch aus der Menge fühlt sich der Mann erst recht angestachelt, und er flüstert der Köchin zu: «Wir fliegen mit Tausenden Meilen durchs All ... Also betet schnell, Frau!»

Dann schwingt er sich auf die hinterste Kirchenbank. Der Lockenkopf klammert sich an seinem Vater fest und läßt seinen Blick stolz über die Menge im Portal schweifen, als wäre er selbst es, der mit kräftiger Stimme anhebt:

«Mitbürger! Es zieht jetzt die dritte Mißernte ins Land. Die

Speicher sind leer! Die Acker verdorrt! Die Kühe verhungern auf den ausgetrockneten Feldern! Was faltet ihr also eure Hände? Wir wollen die Sache anpacken!»

Ein Murren macht sich in der Menge breit.

«Will er das Beten verbieten?»

«Verbote habt ihr genug: Ihr dürft nicht tanzen! Ihr dürft eure Posamenter nur den Bernern verkaufen! Ihr dürft euch nicht mit den Franzosen treffen. Ihr dürft das Land nicht verlassen. Und hier werden freiheitliche Auffassungen mit Galeere bestraft! Die Obrigkeit verbietet euch die Schriften des Banquiers Voltaire! Ihr seid Eidgenossen und dürft nicht den ‹Dictionnaire philosophique› von Jean-Jacques studieren? Wie viele dürre Halme müßt ihr noch fressen, bis in euren Köpfen der Hunger nach Freiheit beginnt? Wollt ihr untätig zuschauen, bis auch die nächste Saat verdorrt? Eure Arbeit wird hier schlecht belohnt! Und wer ist schuld? Der Berner Landvogt, der euch mit dem Zehnten gezwungen hat, keine Erdäpfel anzubauen? Der preußische König, der eure jungen Männer ins Heer holt und euch seine Kriege bezahlen läßt? Nein. Wir! Nehmen wir unser Schicksal in unsere Hände. Unter der Berner Herrschaft werden wir verhungern!»

Die Gläubigen im Portal werden unruhig. «Die Berner werden keine Christen verhungern lassen!» – «Laßt uns jetzt beten!» – «Bringt den Ketzer zum Schweigen!»

Auch die Pfarrköchin fühlt sich berufen zu widersprechen und verkündet der Menge: «Er behauptet, die Erde rase mit Tausenden von Meilen durchs All!»

Die Stimme Damiens überschlägt sich vor Aufregung, als er ruft: «Mein Vater kann es beweisen! Er weiß, mit welcher Geschwindigkeit die Erde durch das All rast!»

«Ruhe!» – «Hier rast keiner durchs All!» – «Wir rasen nicht!» – «Ruhe!»

Aber Mégevand läßt nicht locker.

«Bürger! Die Erinnerung an den blühenden Apfelbaum mag verblassen! Aber nicht die Erinnerung an den Apfel! Wer hungert, vergißt nicht! Ich werde euch sagen, warum die Ernte ausfällt: Weil die Gebete unseres Pfarrers daran nichts ändern!»

«Laßt ihn beten!» – «Der Pfarrer soll beten, bis ihm der Regen aus den Augen fällt.»

«Christen und Bauern! Der Boden ist reich genug, um all die zugewanderten Freiburger Bettler, Saanenländer Vagabunden, Bieler Landstreicher und all die anderen Fremden hier bei uns zu ernähren! Wenn wir ihn nur bewässern. Pflügen und düngen! Wir können ...»

Die restlichen Worte des Uhrmachers verlieren sich im wütenden Zischen der Menge.

«Ruhe!» – «Bringt ihn zum Schweigen!»

Die Gläubigen klammern sich an die Mauerabsätze, halten sich am Portal, krallen sich an Vorsprünge im Gemäuer, und jeder sorgt für Ruhe, lärmt, brüllt, keift bald mehr als alle anderen, und es herrscht ein Durcheinander, als rase der Erdball mitsamt dem Kirchvorplatz von St. Ivers tatsächlich mit einer unfaßbaren Geschwindigkeit durch die Welt und drehe sich, und dies kopfüber!

Wo so viele Menschen sich so laut anbrüllen, ist es da nicht erstaunlich, daß ein Flüstern gehört wird? Aber es wird gehört! Und bläst mit einem eisigen Hauch durch die Kirche. Das Echo vervielfältigt eine knabenhelle Stimme unter den Deckenbogen in liturgischer Gleichmäßigkeit, mehr singend als sprechend, eine rätselhafte Gebetsformel von unbekannter Herkunft, die sich mit betörendem Klang ins Ohr der Menschen legt.

«Was ist das?» – «Hört ihr das nicht?» – «Es kommt von oben!» – «Was ist das für ein Flüstern?» – «Von oben!»

Wie ein schwärmendes Bienenvolk umlagern die Menschen das Portal und lauschen andächtig dem unwirklich wirklichen Flüstern. Der Priester wirft sich beim Altar auf den steinkalten Sandstein und winselt ein Vaterunser.

«Es spricht zu unserem Pfarrer!» – «Was sagt es?»

Ein jeder will später andere Zahlen gehört haben. Der Chluttli-Bauer hat deutlich sein Geburtsdatum gehört und ist noch gleichentags in den Benediktiner-Orden eingetreten und glaubt, der Heilige Geist habe ihn auserwählt. Die Pfarrköchin behauptet, sie habe damals die Zahlen gehört, die sie im Osterlotto auf den Hauptgewinn gesetzt hat, und wenn sie nicht die 18 mit der 81 verwechselt hätte – auch mit Erfolg. Und die Chröter-Kinder bezeugen steif und fest, sie hätten deutlich die Jahreszahl gehört, zu der den Juden ein Messias geboren werde, wußten aber nicht, welches Neujahrsfest gemeint war, ob das der Muselmänner oder das der Christen.

«Was sind das für Zahlen?»

Ein geheimnisvolles Echo erfüllt das Kirchenschiff, und erneut falten sich die Hände, lassen Fäuste die Knüppel fallen und greifen Finger fest ineinander. «Der Pfarrer soll sagen, was das bedeutet!» rufen die einen, und andere murren gegen Mégevand.

Wieder erklingt die Knabenstimme mit einer seltsamen Zahlenreihe. Die Gläubigen murmeln andächtig: «Es ist der Heilige Geist!»

Allen stehen die Nackenhaare zu Berge, als der Grundbauer sich plötzlich neben den Pfarrer wirft und mit verdrehten Augen und Schaum vor dem Mund flüstert: Gott will seinen Wein zurück! All den Wein, der in all den Jahren in Blut verwandelt worden ist! Der Antichrist soll hinaus auf den Platz und das Blut der Verdammten einsammeln, bevor es in die Luron geflossen ist. Der Pfarrer muß es wieder in Wein verwandeln. Ansonsten muß man ihn steinigen.

Es hilft auch nicht, daß die Grundbäuerin ihren Gatten beim Namen ruft. Er erkennt sie nicht wieder und nennt sie «die heilige Ruth» und greift nach einem Stein und zeigt ihn allen: Derjenige greife nach dem ersten Stein, der eigenhändig die neue Kirche baut! Eine Kirche, die aussehen muß wie eine Weinschenke! Und überall in den Dörfern sollen die Weinschenken in Kirchen und die Kirchen in Weinschenken verwandelt werden! Christus ist nicht der Messias gewesen, sondern nur der nette Wirt einer gutgehenden Weinkneipe! Ein Wiedersäufer! Der echte Messias spricht zweifelsohne aus dem hiesigen Kirchenschiff und verlangt nach seinem Blut!

Erst als die Grundbäuerin ihrem Mann das Altartuch umlegt und ihm verspricht, ihn aufs Hohepriesteramt zu führen, beruhigt er sich, verlangt aber, daß sie eine Flasche Schweineblut mitnehmen. Falls der Heilige Geist Wein trinken will.

«Still!»

Wieder hört man die Stimme im Kirchendach.

«Schreibt jemand mit?» – «Um Himmels willen! Das ist für die Menschheit!» – «Wir sind die Menschheit!» – «Gott ist in der Schweiz zu Besuch, und keiner schreibt auf! Wollt ihr euch denn vor aller Welt lächerlich machen?»

Alle werfen sich auf die Knie und schreiben auf, und nur der Uhrmacher bleibt in wirklicher Ehrfurcht stehen.

«Ich kenne die Zahlen.»

«Hört nicht auf den Ketzer!»

Der Uhrmacher schiebt seine Mütze aus der Stirn und tritt in die Kirche und murmelt gebannt: «Ich kenne sie!»

«Zieh die Kapp ab! Willst du uns alle unglücklich machen?» – »Was will der Antichrist!»

«Die Zahlen! Es sind die … allmächtiger Gott, die Progreß-Tabulen … vollendet!»

Jetzt kommt auch der Pfarrer wieder auf die Füße.

«Holt die Bibel! Es sind die Seitenzahlen aus der Bibel!»

«Welche Bibel? Die Hausbibel, die Meßbibel, die Handbibel, die lateinische Bibel, die ...»

Damien Mégevand sucht nach Stift und Schiefer, um die Zahlen zu notieren, und klammert sich fester an die Hand seines Vaters, der sich an die Christen wendet.

«So begreift doch! Es sind arithmetische Progreß-Tabulen, wie solche nützlich in allerlei Rechnungen zu gebrauchen sind und verstanden werden sollen! Wie Burgi sie begonnen hat. Wie Neper sie erfunden haben will. Mein Gott, merkt sie euch! Ihr Ungläubigen. Das sind Logarithmen!»

«Ketzer!» – «Die Zahlen kommen von Gott!» – «Die Zahlen bedeuten Regen!»

Wieder hebt eine Diskussion an, wenn auch nur im Flüstern, und weil diesmal alle in die Kirche geeilt sind, hallt das leiseste Gezischel bald wie ein gewaltiges giftiges Brausen über den Köpfen, und erst die Stimme aus dem Kirchendach unterbricht das Dröhnen.

«Nein», wispert die Stimme, diesmal mit einem deutlich weiblichen Timbre, «taub ist, wer es nicht deutlich versteht: Der Pfarrer soll auf den Turm steigen und der Schmied und der Küster! 2,30270 ... 2,7181.»

Die Menge schweigt andächtig.

Der Schmied und der Küster stellen sich betreten neben den Pfarrer, haben eine böse Ahnung und wollen nicht froh werden darüber, auserwählt zu sein, sondern würden lieber ein wenig Mégevand zuhören, wie er mittels der Logarithmen jede Multiplikation zweier Zahlen auf die Addition ihrer Exponenten zurückführt:

«Innerhalb des dekadischen Zahlensystems läßt sich jede Zahl als eine Potenz der Zehn ausdrücken, zum Beispiel die Zwei annäherungsweise als 0,30103, die Hundert als Zwei, die Tausend als Drei etc. So wäre zwei plus drei fünf und zehn hoch fünfhunderttausend. Mit einer Tabelle, diese Exponenten enthaltend, könnten mechanische Teile einer Uhr schneller berechnet werden ...»

«Die drei sollen zu mir kommen!» befiehlt die göttliche Stimme etwas unwirsch.

«Warum gerade wir drei?»

Die Christen wollen Gott nicht länger warten lassen und schieben den Pfarrer zur Turmtreppe. Der Geistliche weiß mit einemmal theologisch stichfeste Einwände vorzubringen, schwört, schreit und spuckt in die Menge.

«Und wenn es nicht Gott, sondern der Teufel ist – und nackt?» stößt er hervor. In den Augen des Priesters flackert eine gefährliche Verzweiflung: Ein drittes Mal darf der Hahn nicht krähen! Wir werden ohne Zweifel sterbliche Reste eines gefallenen Engels finden, mit Federn und abgebrochenen Flügeln! Und mit einem wirren Brabbeln, das dem Erleuchteten und dem Wahnsinnigen eigen ist, küßt der Pfarrer den Schmied und den Küster und schwört, er werde die Heilige mit den Fingernägeln im Boden verbuddeln.

«Betet für uns!»

Endlich machen sich die drei mit gesenktem Kopf auf und wollen durch die Treppentür nach oben verschwinden, da zupft die Tochter Grobet dem Pfarrer am Ärmel und haucht ihm ins Ohr: «Vielleicht will der Herr Pfarrer ihn fragen – er erinnert sich sicher, was ich ihm gebeichtet habe, daß ich schwanger bin – weil der Herr Pfarrer sich so genau hat zeigen lassen, was der Rupert mir gemacht hat, und der liebe Gott findet vielleicht ein Ohr ...»

Sieht nun Berthilde die Grobet so mit Gott flüstern, kommt ihr auch noch eine Frage: «Er soll Euch sagen, wohin unsere Katze nachts immer verschwindet!» Eine andere: «Und wann es regnet!» Und hat man erst einmal zu fragen begonnen, so will man nicht mehr aufhören. «Und ob es ein Mädchen wird!» fügt die schwangere Serline dazu. «Und wo mein Verstorbener seine Brille verlegt hat!» die Frau Grolliers. «Und wer uns immer den sauren Most aus dem Keller stiehlt?»

Madame, es hätte jede Christin noch eine Frage an Gott, und glauben Sie mir, wenn ich an dieser Stelle den Schmied nicht die Tür zur Treppe öffnen ließe, wo die drei die ohnmächtige Bäuerin abgeladen haben, dann stünden die St. Iverner noch in fünf Wochen unten am Kirchturm und würden beraten, was sie den lieben Gott noch alles fragen könnten, und Sie könnten lesen und lesen und lesen und kriegten doch nur Fragen und keine Antworten.

Der Rest ist nun schnell erzählt. Der Schatten hüllt den Kirchturm in ein schweigsames Dunkel, als die drei Männer oben bei der Luke ankommen. Das lautlose Flackern der aufgescheuchten Fledermäuse heischt weitere Ehrfurcht, als vom Dachhimmel die Worte Gottes erklingen: Der Pfarrer soll sich aus der Luke beugen und der Schmied und der Küster mit ihm, um den Zeiger zu richten. Die drei gehorchen ohne Widerrede. Als sie sich fest in den Zeiger Gottes verkrallt haben, so wird später berichtet, habe man gehört, wie das Rasseln und Knakken des Uhrwerks wieder einsetzte. Auch habe man ganz klar ein knabenhelles Lachen und ein Husten gehört. Der Pfarrer habe noch versucht, wieder durch die Luke hineinzugelangen, sei aber am Schmied abgerutscht, der schon halb draußen war und auch nicht habe stürzen wollen und sich an den Küster hängte, der beide abschütteln wollte, und der Pfarrer habe dem Schmied noch in den Finger gebissen, um ihn loszuwerden, aber es half nichts: Der Zeiger ging mit einem Ruck seinen gewohnten Weg durch den Lebenskreis, die Glocke tat ihren Schlag, und die drei seien, als schimpfende Dreiuneinigkeit, fest ineinander verkrallt, zappelnd und fluchend auf das Pflaster hinuntergedätscht. Der Küster habe, so wird gesagt, im schnellen Abwärts nur eine ganz unvernünftige Verwünschung zustande gebracht, ehe die Zeit aus ihm rann. Auch der Schmied sei gräßlich fluchend zerplatzt, und es kann nur eine Fügung Gottes sein, daß niemand aus der gaffenden Meute, die die drei Gottesgesandten von unten beobachtet, von dieser unheiligen Dreieinfaltigkeit erschlagen wird!

Den einen bleibt die Zeit stehen, den anderen fängt sie an zu ticken. Im Uhrwerk greift ein Zahn nach dem anderen. Ein Rad dreht träge das nächste. Eine Lücke öffnet sich der anderen. Alles ist in ächzender Bewegung und bleibt doch am Ort und tickt und klickt und wirbelt und dreht sich schließlich in jener gelassenen Betriebsamkeit, in der die Erde sich um sich selbst dreht und um die Sonne sich bewegt, angezogen und abgestoßen durch ihre Masse im unendlichen Raum, der unsere Phantasie so nachhaltig entzündet. Wie viele Uhrmacher sind durch die Sterne verführt worden, das ganze Universum in einem Uhrwerk festzuhalten? Die Chinesen haben dazu einen neunzig Fuß hohen und neunzig Fuß breiten Wasserturm mit einer hölzernen Uhr, die den Lauf aller Planeten exakt anzeigte, gebaut. Der Basler Nicolas Lippius ist im Münster zu Straßburg daran zugrunde gegangen, es ihnen in kleinerem Maßstab gleichzutun. Die Habrechts oder Burgis oder Stimmers werden ihm vielleicht folgen. Schon Augustinus hat die Vorhandenheit von Vergangenheit, Gegenwart und Zukunft bestritten. Es gebe nur eine Zeit, die Gegenwart von Vergangenem, die Gegenwart von Gegenwärtigem und die Gegenwart von Zukünftigem. Vielleicht rasen wir nur vorwärts, und dauernd wächst um uns herum Neues aus dem Vergangenen und ist in dem Augenblick, in dem es uns erscheint, bereits Vergangenheit und hätte ganz zuletzt auch gar keine Zukunft. Sondern es fände alles nur den Tod!

Wer weiß, vielleicht würden die Christen den Pfarrer auf der Stelle steinigen, wenn sie wüßten, was sich in der Pfarrstube abgespielt hat. So aber ereignet sich unter ihren Augen auf dem Dorfplatz von St. Ivers ein Wunder, das in der Kirchengeschichte einzigartig ist: Der Pfarrer soll, elend verbogen unten angekommen, selig lächelnd den Kopf gehoben und davon gesprochen haben, daß das Blut nun in Wein verwandelt werde. Er habe unter Raunen der Menge den Blick zum Portal gerichtet, die Finger dem Himmel entgegengestreckt, mit den Armen gewedelt und nach einem Becher verlangt. Die Menschen sollen erwartungsvoll in den gähnenden Kirchenschlund und zum Zifferblatt und zum Kreuz hinaufgestarrt haben, und der Himmel spiegelte sich in ihren offenen Mündern mit einemmal schwarz, und die Soldaten wollten eben die dampfenden Kadaver der Kühe auf einen Wagen heben, da habe ein Wind von Westen her das ferne Echo eines Donners zum Dorf herübergeweht. Hinter der Kirche seien regenschwere, schwarzgraue Wolkentürme emporgewachsen und hätten erste Tropfen auf die blutigen Steine geworfen!

Die Menschen sollen sich auf den Dorfplatz gelegt, die Regentropfen auf den Kopfsteinen geküßt und Gott gedankt haben. Als der Pfarrer ein «Lobet den Herrn» anstimmte, war sein Becher bereits voller Regen! Und er bot ihn den Durstigsten zur Labung an und rief: «Es ist Wein!»

Alle Anwesenden, sogar die Kinder, hören dabei deutlich ein grelles Lachen, ehe das Rauschen des Regens voll einsetzt. Wütend wirft der Dorfbach seine Wasser in die Schöpfer des Mühlrads, während oben auf dem Kirchdachgiebel Laurent jedes Ereignis multipliziert. Zahl um Zahl folgt er der Kraftübertragung auf die Schleifsteine und den Schmiedehammer und berechnet eine Übersetzung in den Grenzwert. All die Zahlen klingen auf seinen Lippen in diesen Sekunden wie ein einziges Gebet: Helfe Gott den Unschuldigen! Der schwere Schmiedehammer flattert wie ein Blatt im Wind über dem Amboß, bevor er erschöpft abbricht und in wilder Bewegung durch die lodernde Esse in die Schmiede zuckt und hinter den fröhlichen Mühlsteinen ins Tal hinunterspringt. Der Himmel über den Giebeln von St. Ivers öffnet sich, die Juraflüsse stürzen sich in die Dörfer und reißen Dämme ein, decken in Übermut das ganze Vallée mit Schlamm und Schutt zu, und es findet auf Jahrzehnte hinaus kein Flußlauf mehr seinen Weg ins alte Bett.

Schon hackt der Regen ins Holzdach, schon schießt der Hagelschrot in die dürren Blüten, schon treibt der Dorfbach Holzhaufen vor sich her in die Felder. Da wälzen sich die Wasser in einer gewaltigen Geröll- und Schlammlawine hinter der Kirche hervor, heben hinten im Friedhof Grabstein um Grabstein wie Spielklötze auf die vorderste Gischt und schieben mit gewaltiger Wucht die Friedhofsmauer weg, schwemmen all die geweihte Erde am westlichen Seitenschiff der Kirche auf, und wenn nicht alle Gläubigen auf ihren Knien Zeugen wären, wenn nicht alle Augen dasselbe sähen, nicht alle Zungen späterhin übereinstimmend gleiches schilderten, ich würde zögern, es zu berichten: Unter kreischendem Knabengelächter löst das Wasser die Kirche, wie einen riesigen Eisberg von seinem Festland und schiebt sie mitsamt Turm und Gemäuer und Dach und Glocken mit einem gewaltigen Ächzen langsam und völlig unversehrt von ihrem alten Platz, quer über den ehemaligen Friedhof, wo sie die restlichen Grabsteine erbarmungslos einebnet, mit ihren Toren die Friedhofskapelle umarmt und erst über den Leichen des Schmieds und des Küsters zum Stehen kommt, mit sternförmig verschobenen Bänken. Vor dem Altar im Zentrum liegen die Blumen zu Füßen der Männer von St. Ivers, denen Gott erschienen ist, den Schutzpatronen, die das Wasser so reichlich aus den Himmeln gefordert haben und die fortan ihren Namen der Kirche zu St. Ivers leihen. Der Schmied Pierre et Küster Paul.

Die gläubigen St. Iverner, die man in den folgenden Wochen zu den Wundern und der Katastrophe befragt, bezeugen es, wenn auch in unterschiedlichen Versionen, als sei es gestern gewesen: Als die Kirche sich über die Märtyrer gewölbt habe, sei der Pfarrer auf die Kanzel gestürzt und habe dort versucht, die eindringenden Wassermassen in Weihwasser zu verwandeln, und dabei sei ihm ein langer weißer Bart gewachsen, und er sei schließlich, ohne noch mit jemandem ein Wort gewechselt zu haben, unter dem Gewicht des schlohweißen Haares zusammengebrochen.

Eine päpstliche Delegation, die Wundertätigkeiten in aller Welt bewertet und erfaßt, weilt mehrere Tage im verlassenen Dorf, befragt den greisen Schuhmacher und die alte Melkerin, untersucht das Gemäuer der Kirche, den Lichteinfall, ja sogar in den Gewändern der Meßdiener wird nach Spuren des Allmächtigen gefahndet – ohne verbindliches Ergebnis. Bis heute bleibt das Wunder von St. Ivers in päpstlichen Kreisen umstritten. Bis auf einige kryptische Zahlen, die mit Verweis auf den Korinther-Brief oder die Bergpredigt oder einzelne Koranverse genannt werden, finden die Vermutungen keine Erwähnung in den Archiven des Vatikans. Um so hartnäckiger hält sich das Wunder in der Erinnerung der Bevölkerung jener Region.

In liberalen Kreisen wird behauptet, die Stimme habe – zweifelsfrei nicht auf lateinisch – die Uhrmacher aufgefordert, die Grenzen zu überschreiten. Jenseits werde die Zeit sie erleuchten. Es werde ein Bote Gottes kommen, dem Volk die

Berge trennen, und die Schweizer Flüchtlinge würden um politisches Asyl in Frankreich nachsuchen und fündig werden.

Die Bäuerin zerrt unter dem ersten Hagelkorn Laurent hinunter ins Tal, über den Strohstumpf hinweg, durch die dürre Ebene zum Mittelland hin, wo seit zwei Sommern die Sonne jeden Halm erbarmungslos niederbrennt, bevor auch nur ein Körnchen Weizen in der Ähre wachsen kann. Erst am Seeufer des Bielersees sinkt sie zu Boden, bindet sich vier große Steine in ihren Rock, verknotet ihn gut vor ihrem Schoß und starrt hinaus auf das glitzernde Wasser: Was bis gestern das Kirschwasser getan, bewirkt nun sein Fehlen. Die Berge auf der anderen Seite des Sees erscheinen ihr wie flimmernde Fische, die aus dem glimmenden Wasser springen, der Boden wankt unter ihrem Körper. Es erscheint ihr gar, das Wasser befinde sich unter der sengenden Sonne auf der Flucht vor ihr! Sie taumelt auf den Bootssteg hinaus, und wie sie sich von dessen Ende in ihre Tränen in den See hinunterstürzen will, öffnet sich an dessen tiefster Stelle nur mehr ein Sumpf. Die Steine im Rockschoß plumpsen neben die Frau in den Matsch und ziehen die Frau nicht ins Wasser. Sie klatscht gesichtunter in den trägen Morast. Langsam schließt sich der Schlick über ihr.

Laurent rennt los. Siebenhundertundelf Schritte, achtundneunzig Atemzüge, dreihundertzehn leere Herzschläge und Tausende von Gedankenfetzen später kniet er neben ihr und betrachtet die Luftblasen, die der Toten den Wangen entlang durchs Brackwasser tanzen. Er subtrahiert die Herzschläge. Seine Lippen beben leise. Die Zeit vergeht linear. Sekunde addiert sich mit Sekunde. Kann er sich die Zeit auch quadratisch oder wie den Raum dreidimensional vorstellen? Läßt die Zeit sich quadrieren? Verliert sie im Augenblick des

Todes nur ihre Richtung? Dazu bräuchte sie eine Geschwindigkeit? Welche? Die eines Pulsars?

Laurent wischt sich eine Träne von der Wange, greift gelassen in die Luft über der Toten, bildet mit seiner Hand eine Schale, als wolle er nach etwas unendlich Zartem, Wertvollem greifen, hält es eine Weile über ihr, haucht eine Zahl hinein und wirft es mit einer ungeschickten Bewegung über sich in die Luft, als wolle er es nur loswerden und keinesfalls verstehen – wer den Tod verstehen will, muß mit dem Leben bezahlen.

Wir wollen nun schnell nach Bern zurückkehren. Das heißt nicht, daß Sie einfach zurückblättern und dort lesen könnten, wie sich Marie Grossholtz zur gleichen Zeit auf die Suche nach ihrem Vater begibt. Sie würden zwar auf Seite 34 unweigerlich nach Bern gelangen – aber täuschen Sie sich nicht. Viele Menschen glauben, wenn sie ihr Leben noch einmal von vorne beginnen, es würde sich gleichzeitig alles um sie herum noch einmal ebenso abspielen wie zuvor. Aber so ist es nicht. Wenn Sie auf Seite 34 zurückblättern, werden Sie feststellen, daß sie zwar wieder in Bern ankommen. Aber das Zurückblättern böte auch Ihnen, Madame, nur einen Ausweg, wenn es mir gelänge, die betreffenden Ereignisse um Marie ab Seite 38 zu ändern. Ich müßte dazu erstens in den Besitz Ihres Exemplars gelangen, zweitens das Buch neu setzen, drucken und binden lassen. Ganz zu schweigen von dem enormen Widerstand, der vom Verleger zu erwarten ist, da er all die anderen Bücher dieser Ausgabe wieder in seinen Besitz bringen und sie anschließend allen Leserinnen unauffällig ins Gepäck schmuggeln müßte. Ein Leben ändern heißt die Welt ändern. Da doch alles, was sich scheinbar gleichzeitig abspielt, nur hintereinander geschieht. Wenn das An-zwei-Orten-gleichzeitig-Sein so einfach wäre wie

Zurückblättern, es herrschte bald ein arges Blättern auf der Welt.

Es verhält sich mit dem Zurück wie mit der Lawine. Nur ganz selten sieht man eine den Berg hinaufdonnern.

Also, Madame: Schnell zurück nach Bern.

Eine Montgolfière wäre uns hierzu dienlich, da sie uns ohne Zweifel rascher fortbewegt. Leider mangelt es uns für einen derartigen Ballon an Papier. Sie können sich die Zeitung gar nicht riesig genug vorstellen, die es dazu bräuchte. Und es fehlt uns auch die heiße Luft – mehr Luft, als in der größten Zeitung Platz findet. Ich werde trotzdem bemüht sein, Ihnen die Zeit nicht lang werden zu lassen, zumindest nicht länger als für eine Eintagsfliege, die die Sonne bekanntlich langsamer aufgehen sieht als die Schildkröte, da die Fliege die Sonne doch in ihrem ganzen Leben nur einmal untergehen sieht.

Der Aufzug

Marie findet die Wohnung des Vaters verwaist vor. Vom Riegel der Haustür blättert der Rost. Der Namenszug ‹Curtius› unter dem Klingelzug ist längst verblichen. Der Apotheker schüttelt nur ängstlich den Kopf, als sich Marie nach dem Mann mit dem Pfirsichgesicht erkundigt. Auch der Gewürzhändler im Erdgeschoß verweigert jede Auskunft. Die Korbflechterin im Nebenhaus ruft erst nach bedenklichem Zögern: «Curtius? Der Fellschneider? Der Aufschneider? Der Halsabschneider! ‹Gehenkte scheißen mit erhobenen Schwänzen in die Hose›, hat er behauptet, da brauche keiner zu studieren, um das zu sehen. Er hat die Toten vom Strick gelöst, hat sie ohne Ausnahme zerteilt, exartikuliert, um, wie er sagte, das Zeitliche zu erforschen, und hat sie dann verscharrt. Wo, weiß ich nicht.» Von der Tuchhändlerin Sellner erfährt Marie nur, der Curtius habe nichts Gutes von seinem Vater gelernt, und etwas Unheilvolles liegt in der Stimme der alten Frau. Dann wirft sie die Tür ins Schloß. Die Zugehfrau endlich erklärt sich bereit, dem Mädchen die Kürschnerwohnung zu öffnen.

Seit Curtius das Amt übernommen hatte, pflegte er kaum mehr Umgang mit Lebenden. Nur für Amputationen wurde er offenbar gerufen. Ansonsten forschte Curtius, legte die Körperteile der Exzisionen in Alkohol und verwendete den Titel eines Arztes nur Fremden gegenüber.

Marie tritt ängstlich in das Zimmer ihres Vaters. Aus den überfüllten Wandschränken quellen Leinenfetzen, von den Wänden hängen die Stoffdraperien. Auf dem Bett liegen mottenzerfressene Laken, und im Holz frißt der Hausbock. Über dem Schreibtisch stehen die Regale bis weit unter die Decke mit Gläsern voll, in denen Organe, Hirnteile und Nervenfädenknäuel schimmern, und es riecht entsetzlich nach Essigalkohol. Ein Buch liegt aufgeschlagen auf dem Schreibpult, die Feder steckt noch im Tintenfaß. Die Buchstaben auf der vergilbten Bütte enden in einer fahrigen Linie. Als die Zugehfrau die Zeile vorlesen soll, erbleicht sie, krallt ihre Finger in das Papier und zischt: «Der Teufel soll ihn holen! Er ist nach Paris gefahren. Kind ...»

Die Stimme der Frau klingt fast mild, als sie das Buch auf dem Stehpult schließt und es Marie in die Hand drückt. «Nimm es. Dein Vater hat ihn verehrt.»

Das Buch ist in feinstes Leder gebunden, und die geschwungene Schrift auf dem Umschlag glänzt golden. Marie schmiegt es an ihre Brust, und manchmal, wenn sie sich nach ihrer Mutter sehnt, blättert sie darin. Das ist alles, was Marie von ihrem Vater erfährt.

Maries Magen knurrt. Seit acht Tagen ist sie jetzt unterwegs. Wer in dieser Dürrezeit am Jurarand in die Berge steigt, findet Sauerklee, Löwenzahn und Melisse verdorrt. Gelb knistern die Wiesenränder. Was der Waldboden hergibt, ein Pilz, reicht eben aus, um Maries leeren Magen zu reizen: Sie dreht und wendet ihn in der Hand und traut sich nicht, ihn zu verschlingen, und als sie sich dazu entschließt, ist er bereits verdorben.

Marie folgt in den blauen Stunden der untergehenden Sonne bis in die kühle Nacht. Tagsüber ruht sie im Schatten der Tannen aus, bettet ihren Kopf auf den Leinenbeutel, den sie auf dem Rücken trägt. Die Ledermaske hat sie sorgfältig mit Leinöl eingerieben und das Buch ihres Vaters in ein Baumwolltuch geschlagen. Die Maske blickt hinter ihrem

Rücken zurück ins Dunkel, und manchmal, wenn Marie durch die sterbensstille Natur schnauft, hört sie hinter sich ein leises Wimmern. Wenn sie sich umschaut, meint sie ihren Vater vor seinem Haus in der Marktgasse zu sehen.

Die Zeit wird ihr nicht lang, nur der Weg. Wenn ihr die Beine schwer werden, setzt sie sich hin und blättert im Buch ihres Vaters. Sie vergleicht die Buchstaben, und da sie nicht weiß, wie sie klingen, erfindet sie ihre eigenen Laute und erkennt bald einen Sinn in den Sätzen, wenn auch jeden Tag einen neuen, und das macht ihr das Lesen nicht langweilig.

Der Col des Alpes sei nur ein Katzensprung entfernt, hat man ihr in Bienne gesagt, und tatsächlich ist er – auch mit Ersatzpferden und ohne Gegenverkehr – unter sechs Stunden nicht zu machen. Sechs Genfer Stunden! Nicht Kölner Tagstunden und schon gar nicht Fiorentiner, die den Tag sommers wie winters von Sonnenauf- bis -untergang in zwölf Stunden einteilen. All das kümmert Marie nicht. Das Ziel vor Augen verkürzt ihr die Reise, sie weiß, wo sie morgen sein wird, und sie hat keinen Sinn mehr für die Gegenwart, bis sie nur noch in der Zukunft lebt, und das Leben darin erscheint ihr bald wie früher die Gegenwart.

In der folgenden Nacht bemerkt Marie den Schein eines Feuers. Sie folgt dem Licht, hört Musik, und ein Geruch von würzigem Rindfleisch zieht unwiderstehlich durch die Bäume. Als sie nahe genug herangekommen ist, duckt sich Marie an einem Feldrand ins Unterholz.

Die Büsche stehen wie schwarze Soldaten mit angelegtem Gewehr, und erst nach angestrengtem Spähen erkennt Marie tatsächlich Füsiliere, die ihre Bajonette aufgepflanzt haben und versteckt im Unterholz lauern.

Unweit von ihr drängen sich zwischen den Gebäuden eines Hofes Frauen an einen reichgedeckten Tisch. Der Fackelschein läßt die Speckseiten und Bratenstücke auf den Platten noch begehrlicher aussehen, die sie an Kinder und Männer verteilen. Als ein wuchtiger Mann an eine Flasche klopft, hält die kleine Gemeinde inne. Es ist der Uhrmacher Mégevand, der die Stimme erhebt.

«Freunde! Frauen!» Die Menge verstummt.

«Schaut mit mir in die Sterne. Und schaut mit mir auf unsere Tische. Was hier auf unseren Tellern liegt, ist der Erlös der Arbeit aller, auch der Kinder, es sind die Früchte des Geistes von allen! Der preußische König hat uns mit Korn bezahlt, und ...», er dreht seinen Kopf in Richtung der Büsche, «... und nicht die Berner! Also eßt! Es lebe der freie Geist und das freie Handwerk. Mangez!»

Jetzt setzen sich alle an die Teller, die Gabeln klappern, und für einen Augenblick herrscht eine fast andächtige Stille. Aus den Dienstagstreffen der Uhrmacher ist in letzter Zeit häufig eine politische Versammlung geworden. Die Handwerker singen und trinken und tanzen, aber wer mit zwei Fingern mehr Brot aus der Arbeit erlöst als mit zwei Armen, hat Kräfte übrig und nutzt sie im Kopf.

«Vive l'égalité!»

Die Obrigkeit sieht die Gedankenflüge an den Dienstagabenden im Kabinett Mégevand nicht gern. Sie stellt unter Strafe, wer sich nach Sonnenuntergang vom Hof entfernt. Sie untersagt es, an Werktagen Musik zu spielen. Zuwiderhandelnde läßt sie verhaften. Die Teilnehmer dieser Versammlungen werden bei ihrer Heimkehr schikaniert, oft verschleppt, gefoltert, und Frauen tun gut daran, ihre Kinder zu verstecken. Die Vögte schrecken auch vor Vergewaltigung und Entführung nicht zurück, um den Geist des Fortschritts aus den Köpfen der Uhrmacher zu bannen.

Die Regierung läßt die Höfe bewachen, den Handelsverkehr verbieten, und sie registriert die Tauschgeschäfte mit den deutschen Grafschaften sehr wohl. Da die Uhrmacher offenbar der Ansicht sind, sie bräuchten der Berner Schutzmacht nichts von den preußischen Zahlungen abzugeben, da es vom König selbst stammt, schickt die Staatsmacht Berittene. Die Berner wollen nicht länger zusehen, wie die Untertanen den Zehnten verweigern, die Zölle nicht beachten, die Zünfte abschaffen – kurz: vorbereiten, was die Franzosen in Paris fordern.

«Vive la révolution!»

Der Ruf hallt über das Dach der Scheune in die Nacht hinaus und klingt in den Wipfeln über den Soldaten hundertfach wider. Die Landser oben am Waldrand zucken bei jedem lauten Ruf der Festgemeinde zusammen, spannen die Hähne ihrer Flinten, pressen sich ins Gestrüpp und beobachten angespannt die Bewegungen der Freiheitlichen im Schein des Feuers. Die meisten sind Männer aus den deutschsprachigen Kantonen oder gar königstreue Legionäre aus Frankreich, die keine Skrupel haben, gegen Einheimische zu gehen.

Als Marie sich entlang des Viehzauns duckt, fällt sie einem Berner Soldaten auf. Ehe sie über die Hecke klettern kann, die den Weiler umgibt, greifen vier uniformierte Arme nach ihr und zerren sie zurück in die Büsche. Marie strampelt und beißt nach Kräften, aber vergeblich. Die Rufe der Uhrmacher vom nahen Hof klingen zum Rascheln im Gebüsch wie eine höhnische Fanfare.

«Vive la liberté!»

Auf dem Hof hat man die Füsiliere sehr wohl bemerkt und lacht aus Trotz besonders laut. Die Frauen jubeln für ein Geburtstagskind, als gelte es einen Sieg über den eidgenössischen Adel zu feiern. Die jungen Handwerker wollen den Polizisten da draußen zeigen, wie fröhlich sie sein können, und lassen den Gratulanten hochleben.

Als man aus dem Dunkel Maries Hilfeschreie hört, eilen die ersten Uhrmacher mit Fackeln zum Wald hinauf und verlangen die Herausgabe der Gefangenen. Auch Mégevand ist sich nicht zu schade für Händel und fordert den Berner heraus.

«Ihr steht auf meinem Land, Offizier! Das will ich Euch durchgehen lassen, weil Ihr auf der Durchreise seid. Aber das Kind rückt Ihr heraus.»

«Was geht es den Herrn Mégevand an», entgegnet der Berner Leutnant dem Uhrmacher, «wenn wir eine Diebin fassen?»

«Was kann sie Euch auf meinem Land mitten in der Nacht gestohlen haben? Den Tag? Den könnt Ihr ihr schenken. Morgen früh bekommt Ihr einen neuen!»

Der Uhrmacher hat die Lacher auf seiner Seite.

«Sie hat Eure Kartoffeln ausgegraben!»

«Dann ist sie eine Wundertäterin, wenn sie bei der Dürre eine Kartoffel finden kann. Dann verstehe ich, daß Ihr sie entführen wollt», lacht Mégevand.

«Werden gleich sehen ...», und ehe der Uhrmacher es hindern kann, zerrt der Leutnant Marie hoch, brüllt sie an, sie solle herzeigen, und steckt ihr den Finger in den Mund. Marie würgt und erbricht schließlich vor die Füße des Leutnants.

Mégevand besieht sich den Schleim. «Was meint Ihr?» Er winkt den Berner, sich herabzubeugen. «Grüne Kartoffeln.» Er leuchtet mit der Fackel auf den Boden.

Der Leutnant beugt sich nonchalant über das Corpus delicti, als Mégevand ihm die Faust in den Nacken haut und den Leutnant kräftig zu Boden stößt, mit der Nase direkt in die Pfütze.

«Seht Ihr hier mehr als Hungerschleim?» zischt er und wendet sich an die Umstehenden. «Hier riecht es nach Hunger! Weil der Berner Vogt die Kartoffel verbietet! Vielleicht ist dem Mädchen deshalb die Galle hochgekommen?»

Die bewaffneten Männer rücken von beiden Seiten vor, hie die Berner Soldaten, da das angeheiterte Bauernvolk. Der Leutnant schnauft heftig über dem Erbrochenen und mag nicht antworten. Er richtet sich wütend auf, versucht aber, seine Erregung zu beherrschen. Er schluckt auch noch diese Behauptung des Uhrmachers: «Also laß Er das Mädchen in Ruhe. Sie könnte ja meine Tochter sein!»

Der Offizier gibt seinen Männern ein Zeichen und richtet sich an Marie. «Stimmt das?»

Marie wird von zwei Soldaten hochgezerrt und starrt in die Bärte über ihr. Sie bemerkt im Gesichtsausdruck ihres Retters ein Zwinkern, als der Berner seine Frage wiederholt.

«Ist er dein Vater?»

Marie schüttelt trotzig den Kopf. «Hab meinen Vater noch nie gesehen. Er könnte es also sein.»

Die Uhrmacher und Bauern lachen über die mutige Kleine.

Der Leutnant will die Stimmung nicht weiter aufheizen. «Seht her, seht her. Sie liebt die Wahrheit mehr als die Freiheit. Dann wollen wir sie springen lassen!»

Er winkt unwirsch seine Mannschaft zusammen und stapft, ohne sich noch einmal umzuwenden, Richtung Wald und schreit den ersten seiner Soldaten an: «Was gaffst wie ein Hornochs! Rückzug! Sie ist seine Tochter! Chauvesouri!»

Marie steht etwas verloren im Kreis ihrer neuen Freunde. Sie mustert den mächtigen Mann vor ihr. Seine Augen strahlen, und die fallenden Lider verleihen ihnen einen milden Ausdruck. Als Mégevand ihr durchs Haar fahren will, weicht sie erschrocken zurück, stürzt zur Scheune hinüber und verschwindet in die Tenne, wo sie sich hinter dem Koben ins Stroh wirft. Der Staub brennt in den Augen. Erst als eine kühle Schnauze an ihrer Hand schmatzt, merkt sie, daß ein Ferkel ihr das Salz von den Fingern leckt, und als das Mädchen kichert, scheint das Tierchen mitlachen zu wollen.

Die Menge draußen drängt unterdessen wieder an die Tische.

Damien Mégevand schreit «Vive la révolution!» zu den Soldaten hinüber und schleudert einen Stein ins Dunkel hinaus.

«Damien!»

Der Junge mit dem braunen Lockenkopf zuckt zusammen, als sein Vater ihn zurechtweist. Aber der Alte legt seinem Sohn den Arm auf die Schulter und sagt beruhigend: «Junge. Was ist das Entscheidende am Ticken einer Uhr? Die Pausen. Die Pausen entscheiden über die Genauigkeit, nicht das Ticken. So ist es mit den Worten. Ein Wort allein macht keine Revolution. Die Gedanken zwischen den Wörtern entscheiden. Also denke, bevor du eine Dummheit machst.»

Damien läßt verstohlen einen Kiesel in seine Hosentasche gleiten und schaut zur Tenne hinüber. Der Vater hält ihm zum Spaß die Faust unter die Nase, und als der Sohn sich an den gestreckten Arm seines Vaters hängt, zieht er ihn in die Höhe. Die Kinder jubeln. Mégevand läßt den Kleinen baumeln, als er sich an die Menge wendet.

«Freunde. Was hält dieses Kind zwischen der Erde und den Sternen? Es ist der Widerstand gegen die Schwerkraft! Das ist es, was uns aufrecht hält!»

Die Stirnader des Vaters ist fingerdick geschwollen, als er ruft: «Halt dich fest, Damien! Bis wir das Gelobte Land erreichen, bis wir in einem Land wohnen, wo alle ihre Steuern zahlen, alle die gleichen Rechte besitzen, wo die Bürger der Freiheit verpflichtet sind, werden wir Widerstand leisten. Freunde, Moses hat ein Meer zerteilt, um sein Volk in die Freiheit zu führen. Wir brauchen nur den Doubs zu überqueren, und schon sind wir unterwegs zu den Schiffen, die uns nach Amerika bringen!»

Die Familien an den Tischen jubeln und schauen vorsichtig hinüber zu den Bernern.

Noch immer hängt Damien am ausgestreckten Arm des Uhrmachers.

«Greift zu! Spart nicht am Wein! Ein Verbot werden wir heute gründlich brechen: Wir feiern, wann immer wir wollen! Vive la liberté ...!»

«Damien! Hol das Ferkel!» Mégevand läßt seinen Sohn wieder zu Boden. «Beeil dich. Du willst doch das Feuerwerk nicht verpassen.»

Damien nickt traurig, drängt sich durch die fröhliche Gesellschaft, duckt sich hinter den Bänken an der Scheunenwand entlang und öffnet widerwillig die Stalltür. Er hält das Ferkel seit vier Tagen vor den Bewohnern des Hofes versteckt, vor allem vor dem Ruppli-Knecht, der den Schlachtbolzen am liebsten zwischen die Augen der Wursttiere treibt. Soll er doch die Gans schlachten! Oder, wenn's denn unbedingt sein muß, halt das Lamm. Aber nicht seinen Filou!

Das Tierchen dankt es dem Jungen mit treuer Anhänglichkeit, läßt sich gerne herzen, und Damien will es lieber nicht als Wurst wiedersehen. Er tastet sich im Halbdunkel den Schweinekoben entlang, schnalzt, faßt im Stroh nach dem Strick und zerrt das Ferkel zum Pferdehafer. Es würgt, es schlingt und stopft in sich hinein, was es schlucken kann, und als Damien es in Sicherheit bringen will, findet er am Ende des Stricks nicht sein Ferkelchen wieder, sondern – Marie.

Obwohl wir das Mädchen aus Beschreibungen als ausnehmend zierlich kennen, sieht sie mit Halmen in den Haaren und geschwollenen Backen einem hübschen jungen Fräulein sehr unähnlich.

«Wo ist Filou?»

Marie zuckt mit den Schultern. Das nun folgende Handgemenge ist kein ziemender Anfang für eine langjährige Beziehung, und doch bringt sie das Knuffen, Puffen und Wälzen einander näher. Als der Ruppli-Knecht das Scheunentor aufreißt, um endlich das Ferkel zum Schlachten zu holen, werfen sich beide neben das Ferkel, schmiegen das Tierchen zwischen sich und halten es ruhig. Damien krault es am Ohr, Marie am Bauch, während der Knecht nach dem Ferkel ruft. Der schwere Schritt nähert sich schon bedrohlich, da fährt Marie hoch, richtet ihr Kleid, als hätte sie hier nur geschlafen, und wendet sich schamhaft ab. Der Knecht starrt hin, schaut dann verlegen weg, murmelt ein «'tschuldigung» und tritt den Rückzug an, ehe das Ferkel sich rührt. Das Scheunentor fällt zu, und die drei Verschwörer schnaufen erleichtert aus.

In der Zwischenzeit hat der mitgebrachte Marc die Berner Füsiliere, die oben im Wald lauern, mutig gemacht, und während sie darüber beraten, wie die Schmach von vorhin ausgemerzt werden kann, will eine junge jurassische Frau im Übermut einen Gendarmen zum Tanz verlocken. Der Uniformierte versieht gerne den Dienst fürs Vaterland, faßt sie um die Hüfte, wirbelt sie im Kreis, sie hüpft mit ihm einen Spreizschritt, und als er sie küssen will, haut sie ihm einen mit Gülle gefüllten Schweinedarm so über den Kopf, daß er platzt. In der plötzlich eintretenden Stille ist das Klicken eines Gewehrschlosses zu hören.

Auch Marie und Damien bekommen mit, wie draußen die Musik verstummt. Das Feuerwerk beginnt, wie Damien gleich aufgeregt erklärt.

«Geh nur hinaus», sagt Marie zu ihm. «Schau dir das Spektakel an. Ich paß auf das Ferkel auf.»

Als der erste Kracher zu hören ist und ein erster Feuerstoß durch den Holzrost die Scheune erhellt, beruhigen sie beide das Schweinchen. Damien redet, und Marie nimmt es in den Arm. Der Junge, noch linkisch im Umgang mit jungen

Damen, möchte sich entschuldigen für seine Grobheit und sagt: «Geh halt selber.»

«Geh du!»

Damien entfernt ihr mit seinem Hemdzipfel ein Haferkorn aus dem Mundwinkel. Seine Hand zittert ein wenig, als er ihr einen Halm aus dem Haar zieht. Erneut erklingt draußen ein Knall. Damien klaubt dem Ferkelchen Strohhalme vom Rücken. Marie bläst ihm kühle Luft auf die Kratzer am Hals. Damien küßt das Ohr. Marie streichelt die Schnauze. Das Schweinchen weiß gar nicht, welche Hand es lieber schlecken will, die salzige Damiens oder die süße von Marie, und so bohrt es beiden abwechselnd seine feuchte Nase gegen die Beine, und sie möchten alle am liebsten noch lange so sitzen und prusten und grunzen.

Bis das Scheunentor aufgerissen wird. Der Knecht hängt am Torflügel, schwingt mit, bevor er rückwärts torkelt, in die Strohhaufen plumpst und den Blick auf den Hof freigibt. Die Tische sind umgekippt. Ein Kind wimmert unter einer Bank. Ein Papierlampion kokelt an einem Ast. Filou scheint als erster zu begreifen, was vor sich geht, und beginnt unter Damiens Hand merklich zu zittern. Draußen flimmert der Tennplatz im Feuerzauber, und das Wasser, das durch die steinerne Rinne über den Hof läuft, färbt den Bach bis weit über Landeron hinaus rot.

Die Gerüchte von dem Massaker auf dem Hof Mégevand dringen nur spärlich zu den Freisinnigen und nach Bern. Der Held ist entkommen, sagen die einen. Man hat ihn verschleppt, munkeln die anderen. Im Berner Parlament setzt man anderntags eine Belohnung von dreißig Pfund auf den Kopf des Uhrmachers Mégevand aus. Man ernennt in den umliegenden Dörfern Spione. Bern ist entschlossen, gegen die Radikalen mit aller Härte vorzugehen.

Tatsächlich hält Mégevand sich versteckt, zeigt sich nur seiner Familie und scheint alle Lust am Auswandern verloren zu haben. Wenn die Freunde ihn treffen wollen, behauptet er, er habe viel zu erledigen, sitzt stundenlang neben seiner verletzten Frau am Bett, hält ihre Hand und lauscht ihrem hastigen Atem. Niemand will recht glauben, daß aus dem wütenden Anführer ein zögerlicher Mann geworden sein soll.

Der Boden der Felder ist spröde. Die Schollen haben seit Jahren keinen Weizen gesehen. Die Kornspeicher der Gegend stehen leer. Auch die gefürchtetsten Getreideräuber, der Landvogt und die Mäuse, haben freien Zutritt zu den offenen Holzhäuschen. Laurent findet jede Nacht mühelos einen offenen Schober zum Schlafen.

Die harte Erdkruste bringt nur kleine, harte Kartoffelknollen hervor, und wenn der Steuervogt sie nicht holt, fällt der Blatthornkäfer darüber her oder die Wildsau, oder – seit neuestem – hungrige Landarbeiterkinder.

Die Bauern bekämpfen das Ungeziefer erbarmungslos: tagsüber mit Brennesselsud, nachts mit Flinte und Schrot. Kaum knackt ein Ast, zerreißt kurz darauf ein Schuß die nächtliche Stille und es entfernt sich mit ein wenig Jagdglück ein Wimmern ins Gebüsch.

Laurent ahnt nicht, wie nah er Marie ist, während er, eine halbe Meile vom Mégevand-Hof entfernt, in der harten Erde wühlt. Erst beim siebenunddreißigsten Versuch stößt er auf eine Kartoffel. In diesem Augenblick klickt direkt vor seiner Nase der Hahn eines Gewehrs.

«Aufstehen!»

Laurent will, starr vor Schreck, gehorchen, als er schon mit einem Ruck hochgezogen wird.

«Kartoffel oder Rüben!» zischt die Stimme fordernd. Laurent zählt seine Topinambur in die fremde Hand im Dunkeln, dann wird er weggezerrt.

In der kleinen Uhrmacherstube der Familie Mégevand herrscht eine andächtige Stille. Die Kinder arbeiten geschäftig und lauschen gebannt dem rasselnden Atem der kranken Mutter. Mégevand sitzt im Zimmer über ihnen bei seiner Gattin am Bett. Er beugt sich über seine Pläne und gibt durch die Luftluke den Kindern knappe Anweisungen. Er verläßt das Schlafzimmer seiner Frau nur, um unten die Arbeit zu kontrollieren. Seinen Anweisungen gehorchen die Kinder stumm.

«Grégoire! Leg die Unruhwelle auf! Eveline, wo sind die Hebelscheiben? Wir brauchen vier Ankerräder. Wo ist Damien? Wo ist Marie?»

Die Stimme des Vaters wird durch den gewaltigen Kamintrichter vielfach verstärkt und hallt unten im Werkraum bedrohlich nach.

Die kleinen Uhrwerker feilen, raspeln, klopfen und beugen sich über die Uhrenteilchen. Ist ein Teil fertig, greifen sie sofort zum nächsten. Der Ledersack in der Bucht der leicht gerundeten Tische fängt Kupferspäne und Silberstaub auf. Die heruntergefallenen Teile glitzern in ihrem Schoß. Nur Grégoire, der am Tisch seines Vaters bei der Tür Aufsicht führt, Materialien verteilt und die Werkstücke einsammelt, bewegt sich von Tisch zu Tisch, korrigiert hier seine Schwester oder faßt dort mit der Klemmzange nach einer Achse und legt sie in eine Schale.

Als es an der Tür klopft, verändert sich innert Sekunden die ganze Szenerie. Alles verläuft nach einem genauen Plan. Seit die Berner haben verkünden lassen, so schnell könne kein Jurassier fliehen, wie das Berner Blei fliege, läßt Mégevand niemanden ohne Losung sein Haus betreten. Außer

Grégoire verstecken sich alle Kinder flugs in der Treppenkammer.

Die Stimme des Vaters klingt knapp und fordernd, als müsse er seine Angst vor sich selbst verbergen: «Die Losung?»

Im ganzen Haus ist nichts zu hören als der rasselnde Atem der Mutter und das Wimmern der kleinsten Schwester in der Kammer. Erst als Damien draußen antwortet: «Le temps nous attend», entspannt sich die Lage. Grégoire öffnet die Tür. Damien und Marie betreten den Raum, und ein seltsamer kleiner Mensch drückt sich hinter Marie an die Wand.

Die Kinder kriechen aus der Besenkammer und starren alle auf den unbekannten Gast. Sein Kopf ist nur spärlich behaart. Seine Augen sind zu Boden gerichtet, und doch scheint er zu grüßen, da sich sein Mund bewegt, ohne daß ein Laut über seine Lippen käme. Er ist kaum größer als die Jüngste, Eveline, und doch wirkt er wie ein gnomenhafter Mann. Die gelben Augen, die er zeigt, als er endlich scheu aufblickt, verleihen ihm zusätzlich etwas Unheimliches. Linkisch hebt er einen Stift vom Boden auf und legt ihn in die zugehörige Schale. Dann tritt er an eine Werkbank, greift nach einem Stift, kratzt eine Zahl auf einen Schiefer und tritt wieder zurück.

«847», liest Grégoire erstaunt ab und weiß nicht, daß damit die Anzahl der Stifte in der Schale gemeint ist.

«Er heißt Sieben!» erklärt Marie, und ihr kommt es nun vor, im Licht der Öllampen wirke Laurent älter und ledriger noch als vorhin im Dunkeln, wo sie ihn überrascht erkannte.

Die Schritte des Vaters lassen das Deckengebälk ächzen, als er oben von der Treppe fragt: «Sieben? Und was kann dieser Sieben?»

Noch ehe er eine Antwort erhält, steigt Mégevand herunter. Er richtet die Lupe über dem rechten Auge und beugt sich zu dem kleinen Gast. «Feilen? Sägen? Oder stanzen?»

«Er kann rechnen», erklärt Marie.

Mégevands Augenbrauen heben sich. Erst als er sich Marie zuwendet, wird der Lauf eines Gewehrs sichtbar, das er hinter seinem Rücken versteckt hält. Entschlossen wendet er sich wieder seinen Kindern zu und ruft: «An die Arbeit!», ehe er mit einem abwartenden Lächeln Laurent zunickt. «Beim Stehlen erwischt? Dann bist du hungrig.»

Laurent nickt, während sich die Köpfe der Kinder mit ihren Lupen wieder über die Schalen beugen und eilig nach den Teilchen suchen, die von bloßem Auge kaum zu sehen sind.

Mégevand führt Laurent zu einem der halbrunden Tische mit Lederfang.

«Zeig deine Hand. Du wirst einen Würfel feilen. Dann werden wir sehen, was dir das Rechnen hilft.»

Der Uhrmacher befühlt Laurents Fingerspitzen. Das dritte Auge über Mégevands rechter Braue blinzelt geheimnisvoll im Licht der Kerzen und klemmt das Lid darunter zu einem merkwürdig schläfrigen Blick zusammen. Er dreht sich zu seinem Sohn und murmelt: «Führ ihn herum. Er ißt heute bei uns.»

Dann steigt er wieder hinauf, um am Krankenbett seiner Frau zu wachen.

Damien stellt sich an die erste Werkbank vorne bei der Tür. Laut genug, daß auch Marie ihn hören kann, erklärt er Laurent die Werkstatt.

«Hier zieht Eveline die Zugfedern für Girard, dort poliert Huguette das Sperrad für Chopard, da das Kronrad für Audemars, hier wird ein Kleinbodenrad auf dem Trieb vernietet, dort entsteht Sekundenrad und Minutenrad für die Perregaux, eine Hemmung für die Piguets. Und die hier, die sind für den besten ...» Damien flicht eine Pause ein, wie sein Vater es früher getan hat, vergißt aber, Luft zu holen, und anstatt eine gedankentiefe Stille zu erzeugen, gerät er in Atemnot und muß husten, bevor er fortfahren kann: «... Jacquet-Droz, den Zauberer.»

Für einen Augenblick halten die Kinder den Atem an, als Damien den Namen nennt.

«Mein Vater ist der einzige hier in der Region, der für ihn arbeiten darf.»

Die Kinder wissen, mit welcher Eifersucht Jacquet-Droz die Geheimnisse seiner Uhrwerke hütet. Seit er erkannt hat, mit welcher Fertigkeit der alte Mégevand seine Teile feilt, hat er das Kopieren ganzer Werke untersagt und läßt die Komponenten über den ganzen Jura verteilt herstellen, um zu verhindern, daß die Uhrmacher seine Mechanik nachbauen. Spiralfedern in Le Locle, Hemmungen in Dellsberg, Minutenräder in Neufchâtel. Niemand soll deren Zusammenspiel verstehen. Keiner soll wissen, was sein Werkstück zum Funktionieren der Uhr beiträgt. Der Zusammenbau bleibt dem Meister selbst vorbehalten.

Voller Stolz zeigt Damien die Teile, die er in den letzten Monaten gesammelt hat. «Es fehlt noch eine Kronradwippe und ein Reduktionsrad. Dann wird mein Vater die ganze Uhr bauen können!» Stolz sucht er den Blick von Marie, als er die Schale auf den Tisch zurückstellt. «Mein Vater ist der Beste!»

Laurent bleibt stehen und mißt mit den Augen das Werkstück in den Fingern Maries. Damien stellt sich dazwischen.

«Wie lange du brauchst, um ein solches Teil zu feilen, will er wissen», sagt Marie mit Blick auf Laurent, der ihr mit der Hand einige Zeichen macht.

«Das Drittel einer Stunde», antwortet Damien selbstbewußt und versucht Laurent zu übersehen, der weitere Handzeichen gibt.

«Und wenn du fünfzehn Minuten brauchen würdest?» fragt Marie, den Blick immer noch auf Laurent geheftet.

«Ist nicht zu schaffen!»

Laurent nickt Maire zu. Damien beobachtet eifersüchtig, wie die beiden sich verständigen.

«Um wie viele Prozent würde sich die Produktivität steigern, wenn du fünfundzwanzig Prozent weniger Zeit brauchst?»

«Wozu will er das wissen?»

Marie zuckt mit den Schultern. «Ich weiß es nicht.»

Damien schaut herausfordernd zu Laurent. «Wenn ich ein Viertel weniger Zeit bräuchte, würde ich um ein Viertel mehr produzieren!»

Laurent legt den Kopf leicht zur Seite. Und wieder weiß Marie zu übersetzen: «Jetzt stellst du drei Stück pro Stunde her. Wenn du ein Viertel Zeit sparst, produzierst du vier Stück pro Stunde. Eins mehr. Wäre also ein Drittel mehr pro Stunde!»

Damien greift nach der Feile und legt sie Laurent in die Hand. «Hier! Du wirst diese Triebe feilen!» Er schiebt unwirsch die Werkzeuge über den Tisch. «Wenn du heute den ganzen Tag gut arbeitest, darfst du am Abend hier essen.»

Marie beruhigt den jungen Uhrmacher. «Mach dir nichts daraus. Er will immer recht haben! Er ist eben so. Und ...» fährt sie lächelnd fort, «... er hat immer recht. Er kann erraten, woran du denkst!»

Die Stimme Mégevands macht dem kleinen Streit ein Ende. «Will mein Sohn der jungen Frau beweisen, daß er ein talentierter Uhrmacher ist?»

Der Vater steigt mit energischem Schwung die Treppe herab, tritt zu seinem Sohn und klopft ihm auf die Schulter.

«Zeig ihr, daß du aus den Teilen eine Uhr bauen kannst. Grégoire, hol ihm die Teile von den Tischen. Und gib dieselben diesem Sieben. Dann wollen wir sehen, wer besser rechnen kann.»

Als Grégoire seinem Bruder die Schale mit den Rädchen, Stiften, Federn und Wellen über den Tisch schiebt, sammelt der Alte die Teile und drückt den beiden je eins davon in die Finger.

«Spiralfeder aus Le Locle. Hemmung. Ankerrädchen. Sekunden … räder …»

Ein Stöhnen aus dem Krankenzimmer läßt alle erstarren. Die Hand des Vaters krallt sich in den Oberarm seines Sohns, bis die Mutter endlich wieder geräuschvoll Luft holt. Für einen Augenblick ist dem Uhrmacher, als ob er selbst Blut aus der Lunge husten müßte. Dann ergreift eine plötzliche Unruhe von ihm Besitz. Als ob er das klägliche Sterben der Frau nicht mehr dulden wolle, fängt er hektisch an, Teile in der Stube zu sammeln.

«Perregaux, Gévril, Girard und Pernet haben sie ausgetauscht und vollendet. Jetzt sind sie bei uns. Jetzt machen wir ein Ganzes aus den Teilen. Hier! Beide haben den gleichen Bestand. Also mach uns keine Schande, Damien. Deiner Mutter … und … mir.»

Fast erstickt ihm die Stimme, ehe er tief Luft holt und weiter auf Damien einredet, ihm erklärt, wie die Spiralfeder auf der Unruhwelle gehalten wird, wie Girard den Anker sichert, wie das Federhaus liegen muß, wie er die Schale setzen soll.

«Ja, Papa!»

«Auf eure Plätze. Und los! Das Rennen läuft!»

Das dritte Auge über seinen wuchtigen Augenbrauen verleiht seinem Blick etwas Bedrohliches, als er seiner Ältesten zuflüstert: «Geh um Gottes willen ins Dorf und hol den Pfarrer!»

Er schnappt mit der Pinzettenzange einen kaum sichtbaren Gegenstand aus der Handfläche des Kindes, richtet sich wieder auf, schiebt das winzige Teilchen über den Fingernagel und paßt es in eine fingerhutgroße Schale ein. Nun verarbeitet er Rädchen um Rädchen. Paßt ein Zahnrad nicht, läßt er es ins Auffangleder gleiten und gibt dem Kind neben ihm einen ermunternden Knuff, damit es sein Stückchen Metall wieder aus dem Leder nimmt und feilt.

«Weiter so. Arbeitet. Und hört nicht hin.»

Wieder ist aus dem Krankenzimmer das rasselnde Husten zu hören, und wieder dauert es lange, ehe die Mutter erneut Luft holt.

Laurent hat jetzt nur noch Augen für die kleine Welt auf seinem Tisch. Er zieht die Schale zu sich hin. Das Geräusch des Feilens verdichtet sich in seinem Kopf zu einem auffordernden Chor, als er zaghaft die Lupe aufsetzt und wie durch das Schlüsselloch einer verbotenen Tür in die Welt der Mechanik blickt: Der Schleifstaub entpuppt sich als Hobelspirale, der Zahnhals als Schieferformation, der Goldfleck wird zu einem Rädchen, sein Fingernagel zu einer Landschaft mit Tälern und schroffen Bergen. Er greift nach der Aufzugswellen, hält zitternd die Wippe vor das Glasauge, und bald sieht er in jedem Stellhebel und jedem Schiebetrieb sofort das verwandte Glied, das dazugehörige Rädchen, die entsprechende Welle. Als ob die gesamte Zahlenwelt, Metall geworden, ineinanderwirke.

Er kennt diese Welt, größer zwar, aber in ähnlicher Anordnung. Wie oft hat er sich in den Kasten der Stehuhr in der Stube in Gurteren gestellt und ihr zugeschaut. Fünfzehn kleine Metallfinger spreizt das Sekundenrad hier von sich. Das Rad, an den Anker gelegt wie auf der Zahnradwelle im Werk der Pendeluhr, bewegt, dort von den Gewichtsketten getrieben, hier einen Zeiger. Fünfzehn mal acht. Hin und her. Geteilt durch zwei, so häufig schlägt das Ankerrad die Sekunde. Das heißt, daß die Welle des Stundenzeigers eine Untersetzung braucht von …

Laurent schaut sich nicht um. Er spürt nicht, wie Damien

immer häufiger zu Marie hinübersieht. Er greift mit sicherer Hand die Kantenfeile, führt sie von Zahn zu Zahn und gewinnt dem goldenen Steg die Form des Musters ab, Hohlraum auf Hohlraum, bis das Rad dem Muster wie ein Zwilling gleicht.

Damien beugt sich über seine Schale, setzt emsig Rad an Rad und Stift an Wellen in die Schale, zupft sie mit der Pinzette aus Maries Hand und wendet Laurent den Rücken zu, als habe er etwas zu verbergen. Er sucht in den Teilen, klaubt eins hervor, wirft es zurück, und bald klimpert es genauso wie bei den übrigen Kindern im Raum. Marie verfolgt gebannt, wie unter Damiens Fingern ein Uhrwerk entsteht. Das spornt den Jungen noch mehr an. Teil an Teil mißt er die fingerkuppengroßen Rädchen und präsentiert ihr stolz ein kupfernes Werkstück.

«Das Sperrad! Faß es an», flüstert er und zirkelt es auf die Fingerspitze ihrer rechten Hand. «Spürst du, wie zart es ist?»

Marie errötet verlegen. Damien blickt durch die Lupe in ihr verschwommenes Gesicht. Marie räuspert sich. Damien setzt ihr die Lupe auf. Marie blickt durch das Glas, und für sie schwebt das Musterrad auf der Fingerkuppe des jungen Uhrmachers auf einer Wolke. Mit einer zarten Bewegung schiebt der Jüngling es ihr unter das Brennglas. Dort bleibt sein Finger liegen, wie eine lichte Frühlingslandschaft, in der ein Mühlrad übermütig über die rotblühende Wiese tanzt und kurz aufglänzt, als es auf ihrem Zeigefinger landet.

Laurent braucht bloß die Augen zu schließen, um das Gegenstück zu jedem Zahnrad zu sehen, seine Lagerung auf dem Dorn, seine Drehung unter den übrigen Zahnrädchen, bis es den Zeiger mit den anderen bewegt. Aus jedem Teil entsteht unter seinem künstlichen Auge die Mechanik des Ganzen. Aus jedem Teilchen, sei es noch so klein, errechnet er sogleich ein komplettes Uhrwerk und wünscht sich, Marie möge sein Glück mit ihm teilen, wie er aus einem einzigen Zahnrad das übrige errechnet und anbaut. Er setzt Zahn in Zahn und Loch auf Stift, und bald dreht er ein winziges Zeitwerk in seiner Hand.

Als Mégevand hinter Laurent tritt, stöhnt die Frau im Zimmer nur noch leise. Natürlich erkennt Mégevand sofort, was der fremde Junge da in der Hand hält, als er neben Laurent tritt. Eine perfekte Droz-Mechanik. Der Mann klatscht in die Hände. Der Junge hat es korrigiert. Und die Mängel dabei entdeckt! Er hat es fest in die Schale eingefügt. Man braucht es nur noch aufzuziehen, und es wird ticken.

«Du hast es justiert?»

Wie leicht wäre es Mégevand noch vor einer Woche gefallen, den merkwürdigen Jungen zu loben. Vielleicht hätte er den Findling sogar bewundert für sein Talent. Aber an diesem Abend hat er nur Ohren für den Atem seiner Frau. Nach jedem Einatmen, jedem ihrer Seufzer wird sein Herz härter. Er klopft mit dem Knöchel auf Laurents Kopf und brüllt ihn an: «Hände auf den Tisch. Fingernägel putzen! Zahnräder offener feilen! Die Feder übt nicht an jedem Punkt des Aufzugs gleich viel Kraft aus, und wenn sie lahmer wird, bleibt sie an solchen Zähnen stehen.»

Mit einem einzigen kräftigen Griff zerrt der Alte die Feder heraus, und mit einem häßlichen Sirren springen die Rädchen aus ihrem Zusammenspiel. Das Uhrwerk zerfällt in Laurents Lederfang in Einzelteile.

Dann wendet Mégevand sich seinem Sohn am Nebentisch zu. Er nimmt Damien die Schale aus der Hand, paßt einen Stift ein, fügt noch das letzte Zahnrädchen in das Werk, richtet es mit der Pinzette in die Zähne der Welle und greift schließlich mit der Zange nach dem Antriebsrad in der Zeigerplatine, um das Uhrwerk aufzuziehen. Hochmütig blickt Damien jetzt zu Laurent hinüber, der tief über seine Schale gebückt sitzt und rechnet und starrt. Damien hält sein Uhrwerk triumphierend hoch.

«Fertig!»

«Fertig. Als erster ...! Dann wollen wir sehen, wer von euch vom Herz soviel versteht wie von Zahnrädern», sagt Mégevand. Er lauscht nach den Geräuschen von oben, ehe er Marie mit einem Blick streift und Damiens Schale vorsichtig in den Schraubstock klemmt. Dann setzt er seine Pinzettzange ans Zugrad und läßt sie einklicken. Die Kinder legen ihre Werkzeuge nieder. Im ganzen Haus ist jetzt nichts mehr zu hören als das Geräusch der einhakenden Widerwelle und das leise Klicken der Metallzähne. Andächtig lauscht die Runde dem Einklinken des Uhrwerks.

«Maman! Hörst du?»

«Ruhe!» Der Vater legt Damien die Zange in die Hand und läßt ihn sein Werk weiter aufziehen. Damien sucht das dritte Auge seines Vaters und den Blick Maries. Dann läßt er die Zange los, mit der er den Aufzug seiner kleinen Mechanik noch blockiert, übergibt den Zug der Feder, und die gibt ihn an die Antriebswelle weiter und treibt die Hemmung und schlägt die Rädchen ineinander. Zart und unregelmäßig wie das Trippeln der Distelfinken auf den Sandsteinziegeln setzt das Ticken ein. Die Uhr läuft.

«Maman! Damien hat die Uhr von Jacquet-Droz gebaut! Maman!»

«Pssst! Leise, Kinder! Ich werde es ihr zeigen», flüstert der Vater und legt seinem Sohn die Hand auf die Schulter. Dann steigt Mégevand die Treppe hinauf, während unten die Kinder darauf warten, daß auch Laurent die zusammengefügten Teile aufzieht und einschnappen läßt. Aber Laurent deutet mit dem Zollstab auf die Teilchen und nach oben, mißt, rechnet und kritzelt Ziffer um Ziffer auf ein Stück Holz. Dann hält er sich mit beiden Händen die Ohren zu und stößt das

Brettchen, auf dem die Logarithmen von 2, 8, 15 und 60 festgehalten sind, mit dem Ellbogen über den Tisch ins Feuer.

Wie ruhig es jetzt oben ist.

«Du kannst auf deinen Sohn stolz sein ...» Mégevand legt der Mutter Damiens Zwiebelchen in die Hand und kühlt ihr ein letztes Mal mit einem nassen Baumwolltuch die Stirn. Da schlägt die Frau lächelnd die Augen auf, wie sie es seit Tagen nicht mehr getan hat, läßt seufzend alle Luft von sich und schließt zart die Finger um das tickende Zwiebelchen. Unendlich vorsichtig führt sie das kleine Wunderwerk an ihr Ohr und hält den Atem an, um dem friedlichen Ticken zu lauschen.

Ihr Mann legt seine Hand auf ihre Stirn. «Du hast dir doch immer ein Zwiebelchen gewünscht. Und dein Sohn hat es ... zusammengesetzt.»

Langsam schließt die Mutter ihre Augen, seufzt ein letztes Mal und atmet nicht wieder ein.

Die Kinder lauschen unten reglos der Atempause ihrer Mutter und wagen selbst kaum Luft zu holen. Nur das Ticken scheint lauter und lauter zu werden, und schließlich hören die Kinder die Stimme des Vaters.

«An die Arbeit, Kinder, eure Mutter will schlafen!»

Am Abend verkündet der alte Mégevand den Aufbruch. Er fordert die Kinder auf, ihre Sachen zu packen. Man werde eine lange Reise unternehmen. Dann stürzt er hinaus und hackt in der Tenne das viel zu junge Herbstholz, bis er erschöpft ins Haus zurückkehrt und sich daranmacht, seinerseits die Abreise vorzubereiten.

Eben hat er die Trauerschleifen gebunden und angebracht und tritt vor die Tür, als über der Kuppe des Hügels die Silhouetten zweier Kutschen auftauchen und nach kurzer Zeit auf den Hof fahren.

Ein Mann in einem knöchellangen Mantel, den Hut tief in die Stirn gezogen, schwingt sich aus der zweiten Kutsche. Der Rücken seiner Nase setzt mit mathematischer Genauigkeit die tiefe Stirnfalte fort. Seine Augen blicken gerade und klar zum Haus Mégevand. Es ist der Uhrmachermeister Pierre Jacquet-Droz aus La Chaux-de-Fonds.

Seine mechanischen Erfindungen gehören zu den raffiniertesten der Uhrmachergilde. Die Verspieltheit seiner Apparate verblüfft die Höfe Europas. Die Damen bewundern sein Talent. Die Herren achten seinen Fleiß. Die Höflinge tuscheln über ihn. Er ist überall ein geachteter Gast. Nur ein kleiner Schatten liegt über seinem Ruhm.

Jacquet-Droz wird von einem tiefen Mißtrauen gequält. Niemand darf seine Werkstatt in seiner Abwesenheit betreten, nicht einmal seine schöne Ehefrau. Niemand darf seine Spieluhren öffnen, seine Apparate berühren oder gar ihr Innenleben betrachten. Auf Reisen läßt er stets eine identische Kutsche voraus- oder hinterherfahren, um bei einem Überfall mit einer Wahrscheinlichkeit von wenigstens eins zu eins zu entkommen. In seltenen Fällen läßt er gar einen angeheuerten Doppelgänger durch Europa reisen, um den eigenen Aufenthaltsort zu vertuschen.

Seine wichtigsten Erfindungen bewahrt er in einem Kästchen auf, das er immer bei sich trägt. Nachts legt er es in eine Vertiefung seiner Roßhaarmatratze, um darauf zu schlafen. Wenn er auswärts nächtigt, verlangt er vom Wirt ein Zimmer mit einer harten Holzbank und wacht neben dem Kästchen, bis die Sonne aufgeht. Außerdem betritt er nie ein Rasthaus, wenn darin Gäste sitzen, da er sich leicht beobachtet fühlt. Aus demselben Grund verlangt er von Mégevand, daß die Familienstube leer ist, wenn er sie betritt.

Jacquet-Droz mustert von der Tür aus die Kinder. Er tritt näher und streicht ihnen über den Kopf, als sie an ihm vorbeihuschen. Ihnen wird meistens etwas mulmig, wenn dieser Mann auftaucht, vor dem sich sogar ihr Vater verneigt.

Als sich auch Laurent am Meister vorbeidrücken will, schiebt sich eine Hand aus dem schwarzen Mantel und hält ihn auf. Mit einem gefährlichen Ton in der Stimme fragt der Uhrmacher: «Neu?»

Mégevand erklärt, der Junge sei nicht von hier. Er sei stumm, er kenne nur die Zahlensprache, aber die um so genauer. Man sei aber froh, eine zusätzliche Hand zu haben nach ...

«... dem Tod der Gattin?» vollendet der Besucher den Satz mit einem Blick auf die Trauerschleife am Kruzifix über dem Ecktisch.

Mégevand nickt. Eine Weile lang stehen die beiden Männer voreinander und schweigen. Jacquet-Droz nestelt an seinem Kästchen. Wie denn die Reise gewesen sei, fragt der Hausherr seinen Gast.

«Vorzüglich. Ich bin in der Hälfte der Distanz eingeschlafen und erst wieder erwacht, als die Hälfte der Strecke, die ich verschlafen habe, noch vor mir lag», antwortet der Meister und mustert weiterhin die Stube, als müsse er sich an den Anblick erst wieder gewöhnen.

Laurent verharrt gekrümmt wie in tiefer Verbeugung vor den beiden Herren, als der Meister aus La Chaux-de-Fonds sich umdreht und die Eingangstür schließt. «Und jetzt weiß ich nicht, wieviel von meiner Reise ich verschlafen habe.»

Mégevand stellt dem Meister wortlos die Schalen mit den Uhrenteilchen auf den Tisch. Jacquet-Droz läßt die Ankerrädchen beiläufig durch seine Finger gleiten, inspiziert zufrieden einzelne silberne Teilchen unter der Lupe, läßt selten eins achtlos in die Auffangleder fallen und lobt meist die Arbeit. Er fühlt sich bemüßigt, doch noch ein Wort des Mitgefühls zu äußern.

«Glauben Sie mir, Mégevand, Ihre Kinder feilen am genauesten – von all den Bauerntölpeln in der Region. Die wissen vielleicht, wie man einen Kirschbaum pfropft … Es tut mir leid.»

Mégevand nickt und weiß seinerseits nicht, was er sagen soll, außer «Danke», sortiert also lieber die Musterschalen aus, entschuldigt sich plötzlich, wendet sich ab und verläßt die Stube.

Laurent malt, während der schwarzgekleidete Mann sich über die Teilchen beugt, neben dem Mann mit den schwarzen Augen eine Drei in die Luft. Jacquet-Droz nimmt die Bewegung erst gar nicht wahr, folgt ihr dann mißtrauisch, und als Laurent noch einmal eine Drei auf ein unsichtbares Papier zeichnet, versteht er.

«Drei?»

Laurent wischt die Drei wieder aus. Jacquet-Droz folgt der Bewegung.

«Ein Drittel?»

Laurent nickt und macht die wellenförmige Bewegung einer Strecke.

«Ich habe ein Drittel meiner Reisestrecke verschlafen?»

Laurent krümmt sich und nickt.

«Ich habe während zwei Dritteln der Hälfte der ganzen Strecke geschlafen, also während eines Drittels des gesamten Weges. Hein?»

Jetzt setzt sich der Meister an Laurents Werktisch. Hier liegen die Teilchen in einer merkwürdigen Ordnung auf dem Tisch verteilt, als fehlten die Verbindungsrädchen, als sollten sie einem umfassenderen Werk angehören.

«Was sind da für Zahlen aufgeschrieben? 1, 1, 2, 3, 5, 8 … was folgt als nächste Zahl?»

Laurent zeigt auf die Acht und deutet hinaus auf die Linde im Hof. Jacquet-Droz mustert die Skizze. Den Kreis. Die Brüche.

«Da draußen? Der Hof? Die Kinder? Die Linde?»

Laurent nickt. Er malt einen Kreis und halbiert ihn mit einem Strich, an den er ein Blatt zeichnet.

«Ein Halb? Ein halber Kreis? Hundertachtzig Grad? Ein Blatt ist vom nächsten um hundertachtzig Grad entfernt? Bei der Linde?»

Laurent nickt und deutet auf die Buche. Zeichnet den Kreis und drittelt ihn.

«Bei der Buche sind die Blattstände um hundertzwanzig Grad voneinander entfernt?»

Laurent nickt und zeigt auf den Kirschbaum.

«Zwei Fünftel?»

Laurent zeigt auf die Birke.

«Drei Achtel?»

Laurent zeigt auf die Weide.

«Fünf Dreizehntel?»

Es ist nur schwer zu erklären, warum Fleiß mit Genie sich seltener paart als Dummheit mit Faulheit. Jacquet-Droz ist zweifellos ein fleißiger Mann. Er baut eifrig Uhren, studiert die Gesetze der Mechanik, experimentiert mit Materialien, jagt in schlaflosen Nächten Erfindungen hinterher, verfeinert seine Technik, aber nie hat er das Gefühl gekannt, dem Unfaßbaren zu begegnen. Mit anderen Worten: Er ist kein Genie. Und doch besitzt er eine Gabe, die fast ebenso rar gestreut ist: das Talent, ein Genie zu erkennen. Er weiß, daß die Zahlen, die Laurent nennt, einer Reihe entsprechen, in der jede dritte Zahl gerade und jede fünfte teilbar ist durch fünf, jede fünfzehnte durch zehn, er weiß, daß jedes Paar der benachbarten Zahlen darin die Gleichung $x^2 - xy - y^2 = 1$ oder -1 erfüllt. Er weiß sogar, daß die Zahlen jenen Verhältnissen entsprechen, die die Mönche bei der Veredelung von Bäumen benutzen. Da die Winkel der Abstände von Zweigen, Knospen und Blüten bei den Bäumen untereinander gleich sind und am häufigsten $^{1}/_{2}$, $^{1}/_{3}$, $^{2}/_{5}$, $^{3}/_{8}$, $^{5}/_{13}$ des Kreissektors ausmachen, ja sogar im Innern der Knospe auftreten, lassen sich mit ihrer Hilfe die Pfropfstellen erkennen. Was Jacquet-Droz nicht weiß, ist, wie der Junge auf die Zahlenreihe gekommen ist. Er möchte aber gerne wissen, ob jemand mehr weiß als er.

«Du bist also nicht von hier?»

Laurent schüttelt den Kopf.

«Zeig mir die Rädchen, die du geschliffen hast.»

Laurent verneint erneut.

«Du feilst nicht?» Jacquet-Droz legt zwei Zahnrädchen im flackernden Licht auf die Holzbank. Sie sind ihm schon bei der ersten Durchsicht aufgefallen, da die auslaufenden Zacken leicht konisch angeschliffen scheinen. Jacquet-Droz kann ohne Lupe feststellen, daß hier eine sichere Hand die Feile geführt hat. «Und die hier?»

Laurent erkennt die Rädchen sofort. Es sind jene, die er für sein kleines Uhrwerk korrigiert hat. Und Jacquet-Droz' Kennerblick entgeht nicht, mit welcher Genauigkeit sie gearbeitet sind. Die beiden Zahnräder sind mehr als nur gleich. Sie sind absolut identisch.

«Hast du sie gemacht?», erkundigt sich der Meister ungeduldig.

Laurent pult in der Schale. Er steckt die Teilchen des kleinen Werks erneut auf die Säulen, wenn er auch diesmal die Anordnung ändert und die Säulen in Windeseile kürzer feilt, den Aufzug querlegt, indem er eine Schnecke einfügt, und unter den Augen des Meisters die Mechanik feilt, dreht und einschnappen läßt.

Der Meister hält entgeistert das kleine Werk in der Hand.

«Werden hier heimlich Uhren gebaut?»

Laurent nickt zögernd, als wolle er sich für das unbeholfene kleine Uhrwerk entschuldigen. Jacquet-Droz überprüft die Mechanik. Ihm ist klar, was er da in der Hand hält. Nicht nur die Führung des Federrads ist verlegt, sondern durch Verkürzung der Säulenstifte ist das Werk um fast die Hälfte flacher und durch die Übertragung einer Schnecke ist die Aufzugswelle nicht mehr im Bereich des Zifferblatts, sondern liegt senkrecht im flachen Teil der Zwiebel und ragt wie eine Krone aus der Spitze, genau wie Jacquet-Droz es selbst schon einmal versucht hat.

«Wer hat dir verraten, wie die Teile ineinandergreifen?»

Laurent zieht seine Stirn kraus.

«Du hast eine neue Untersetzung gewählt. Hast du sie errechnet?»

Jacquet-Droz klemmt sein Kästchen mit der Erfindung fester unter den Arm und starrt den Jungen an. Hat dieser häßliche Wicht nicht eben noch eine Wurzel gezogen! Ein quälendes Mißtrauen frißt sich in Jacquet-Droz' Herz, gegen die Uhrmacherfamilie Mégevand, gegen jeden Jurassier, gegen die gesamte Menschheit. Hastig breitet er sein Halstuch auf den Tisch, wickelt das kleine Werk hinein und verbirgt es in seiner Faust, als er draußen Schritte hört.

Jacquet-Droz läßt sich nichts von seiner Erregung anmerken, als Mégevand die Stube betritt. Er stochert mit gespielter Gelassenheit in einem Schüsselchen mit ausschüssigen Ankerrädchen, und als er seinen Blick hebt, liegt ein zufriedenes Lächeln auf seinem Gesicht.

«Spricht der Junge nicht?»

«Es tut mir leid, Herr, ich weiß nichts von ihm, außer daß er ein Dingbub zu sein scheint. Das Bettelkind ist die einzige, die sich mit ihm verständigen kann.»

Jacquet-Droz bittet, das Mädchen hereinzurufen. Aber Marie weiß nicht viel mehr, als Jacquet-Droz sowieso erraten könnte. Und Damien will den eigenartigen Wicht erst seit gestern kennen. Der Meister aber wüßte gern mehr.

«Die Kenntnisse des Jungen sind Ihnen bekannt?»

«Monsieur wissen, daß wir nur Bestandteile pressen, stanzen und feilen. Der kleine Landstreicher kennt soviel wie andere junge Männer in seinem Alter ...»

«Der junge Mann kennt die Progreß-Tabulen von Jost Bürgi», unterbricht ihn Jacquet-Droz drohend, schlägt heftig den Mantel über sein Kästchen und wischt dabei ein Schälchen mit Überschuß vom Tisch. Die Teilchen rieseln über die Tischplatte auf den Boden und verschwinden in den Ritzen.

«Woher kennt der Junge die Logarithmen?»

Damien will die Stimme fast versagen, als er sich hinter seinem schwer schnaufenden Vater zu Wort meldet.

«Monsieur, wir wissen nur, daß er Sieben heißt.»

Mégevand faßt seinen Sohn an der Schulter und zieht ihn zu sich.

«Es ist, mit Verlaub, heute ein Trauertag für uns alle, Monsieur. Mein Sohn hat seine Mutter verloren.»

Marie stellt sich neben Damien. Laurent lächelt ihr zu. Marie senkt verlegen den Blick. Damien greift nach Maries Hand und sagt unvermittelt: «Wir mögen ihn auch nicht.»

Laurent folgt bis zu diesem Augenblick dem hitzigen Gespräch gleichgültig. Nun aber hakt er sich plötzlich ohne ersichtlichen Grund in den Hals seines Konkurrenten, schlägt ihm die geballte Faust ins Gesicht, stößt seinen eigenen Kopf mehrmals vor Damiens Schädel und beißt sich in seinen Haaren fest. Nicht das heftige Zureden Jacquet-Droz's noch der kräftige Zugriff Mégevands vermögen ihn von Damien zu lösen. Erst bei Maries «Sieben! Laß ihn los!» schnellt Laurent hoch und hält einen Augenblick inne. Dann packt er mit unmenschlicher Kraft Damien bei den Haaren und zerrt ihn, ehe einer der Anwesenden es hindern kann, durch die Tür hinaus, wirft ihn draußen im Hof zu Boden und preßt ihn fest auf die Erde. Laurent schnauft. Und doch geht sein Puls nicht einen Schlag schneller.

Jetzt eilen auch die restlichen Kinder herbei und glauben, es handle sich um einen Hosenlupf, als Laurent seinen Gegner in die Brücke zwingt und mit einem Nackengriff unter sich schwingt. Nach Schwingetregeln sind keine Unsportlichkeiten auszumachen, bis der Stumme sich plötzlich mit seinem ganzen Gewicht rücklings auf sein Opfer wirft, die Arme spreizt und etwas in die Sterne hinaufschreit.

Die Jüngste behauptet später, der fremde Junge habe nur eine Zahl gejapst, deren Echo allerdings nicht mehr habe enden wollen, und es seien immer neue Zahlen hinzugekommen, und am Schluß habe es wie ein Name geklungen. Es sei ja wohl nicht Marie gewesen, nach der er gerufen habe, sonst hätte er sich nur umzudrehen brauchen, sondern offensichtlich eine andere. Jedenfalls ein Frauenname, das ist gewiß.

Dann stürzt Laurent sich auf Marie, entreißt ihr das Büchlein, das sie in den Händen hält und einpacken wollte, und läßt es nicht mehr los. Es hilft kein Beißen und kein Schreien oder Pfetzen, er beruhigt sich erst wieder, als man ihm das Büchlein läßt.

Jacquet-Droz preßt während der Keilerei sein Kästchen fest unter den Arm, ballt seine Faust um das Uhrwerk und tritt erst neben Mégevand, als man Laurent durch die aufgescheuchten Hühner in den Gitterschlag schleift.

«Er scheint ein Kasus zu sein. Geistige Tollwut», raunt er Mégevand zu und macht dabei einen fast zufriedenen Eindruck. Der Uhrmacher, der keine Zeit mit unnötigen Erwägungen verlieren möchte, will gar nicht erst wissen, was der Kasus sei, sondern fragt unverblümt: «Und wird mich etwas kosten, wenn ich ihn behalte?»

Jacquet-Droz' Mund öffnet sich kaum, als er erwidert: «Ich kann ihn in der Stadt in Verwahrung geben. Da kostet's Euch gar nichts und dient der Forschung. Und Euch wird es recht sein, wenn Ihr ein Maul weniger ernähren müßt!»

Jacquet-Droz legt ihm einen Beutel Münzen in die Hand, ehe er sich zum Ausgang wendet.

«Laßt meine Kutschen vorfahren, steckt ihn in eine Truhe und packt ihn aufs Dach!»

Schnell findet sich eine Kiste. Man schlägt ein Astloch aus dem Deckel, steckt den Gefesselten hinein, und ehe man das Behältnis verschnürt, legt Marie dem zitternden Jungen Ampferblätter auf das zerkratzte Gesicht. Als sie aber nach ihrem Buch greifen will, flattern seine Nasenflügel, er will wieder schreien und beruhigt sich erst, als sie das Büchlein neben ihm ins Stroh legt.

«Dann nimm's halt. Die Zeilen, die ich kenne, trage ich bereits im Herzen.»

Er versucht sie zum Dank mit den Fingerspitzen zu berühren und gibt keinen Laut von sich, als die Kutscherknechte den Deckel auflegen und die Kiste auf das Kutschdach werfen.

Der Anker

Ein Peitschenknall zwingt die Pferde ins Geschirr. Der Wagner brüllt ein «Ho!» und die Kutsche ruckt an. Hinter dem Bock gehorcht die Kiste der Fliehkraft und rutscht auf dem Kutschdach zurück, als wolle sie Laurent möglichst in Maries Nähe halten. Dann donnern die beiden schwarzen Kutschen vom Hof. Ein maliziöses Lächeln spielt in Jacquet-Droz' Mundwinkeln, als er Mégevand höflich zum Abschied winkt und unter dem himmlischen Uhrwerk der Ewigkeit in der Nacht verschwindet.

Laurent krümmt sich vor das Astloch in seiner Kiste. In der Ferne schiebt sich das Firmament Stern um Stern vor sein Guckloch. Uranus flieht auf seiner Ellipse im Bann von Neptun nach Nordosten. Es scheint ihm, als fliege er weit draußen durchs All. Jeder irdische Zoll, der sich jetzt zwischen ihn und seine geliebte Marie drängt, scheint die Planeten weiter zu entfernen und das Weltall zu vergrößern. Mit jeder Sekunde nähert er sich schneller einem Horizont, der sich um so rascher entfernt.

Gemessen an der Zeit, die vergeht, bis ich Ihnen berichtet habe, Madame, was sich bis zum Wiedersehen der beiden auf dem Planeten alles abspielt, ist der Ausruf berechtigt: Das dauert ja ewig! Gemessen aber am Alter der Sonne verliert Laurent Marie nicht einmal für die Dauer eines Lidschlags aus den Augen.

Aber gemach! Ich verstehe gut, daß Sie rascher voranlesen möchten. Bedenken Sie jedoch, daß, auch wenn Sie heute in einem schnellen Wagen die Fahrt von Köln nach Aachen statt in drei Tagen in drei Stunden schaffen und sich darüber freuen, Sie doch keinen Genuß darin fänden, wenn Ihnen Dantes ‹Commedia› in drei Minuten vorgelesen oder in einem einzigen Zweizeiler zusammengefaßt würde!

Bitte lassen Sie mir den Vorsprung, den ich mit der Niederschrift der Begebenheiten auf Ihre Lektüre habe. Wenn Sie so schnell lesen würden, Madame, daß ich nicht mehr dazu komme, alles getreu aufzuschreiben, würden Sie mich am Ende einholen und über meine Schuhe stolpern! Sie müßten hierzu nur gegen einige Gesetze der Physik verstoßen. Die Frage wäre dann, wo genau Sie mich auf der Zeitachse einholen. Oder würde ich am Ende in Ihr Zimmer plumpsen? Ich schreibe ja nur scheinbar vor Ihnen her. Und wie sehr Sie auch vorwärts lesen, lesen Sie doch nur das Vergangene. Oder hoffen Sie etwa, es möge Ihnen ergehen wie der unglücklichen Dichterin Ach-el-Fayed, die von ihrem Vater aus der Stadt War-el-Enab verbannt wurde, weil sie sich in einen Rittmeister verliebt hatte und in der Wüste begann, ihrem Geliebten einen Briefroman zu schreiben? Denn kaum geriet der erste Brief in seine Hände, las er ihn schon, und zwar so gierig, daß er auch den nächsten und übernächsten immer schneller las – so schnell, daß er seine Dichterin bald lesend beim Schreiben einholte, auf der vorletzten Seite in ihr Wüstenzelt trat und sie umarmte und herzte und küßte und nicht mehr von ihr und ihrer Schreibfeder lassen wollte, bis sie ihm das Ende ihres letzten Briefes verraten hätte. Das tat sie denn auch schweren Herzens und las ihm den letzten Brief vor. Darin stand, daß er von den Häschern ihres Vaters erdolcht würde, falls er ihr Zelt betreten sollte. Und als sie das letzte Wort vorlas, geschah noch im selben Augenblick, was dort geschrieben stand.

Die Nacht hüllt die beiden Kutschen mit jedem Peitschenknall tiefer in ihr Dunkel. Über eine lange Strecke übt sich der Kutscher still in der Kunst, nach der Mode der Windsors die Zügel mit nur einer Hand zu führen – und nicht mit zweien, wie es die Art der Jurassier Bauern ist. Dann senkt er seinen nassen Bart, murmelt hier ein »Brrr« im Schlaf und da ein «Schhhh» und weiter kein Wort.

Die Räder der Kutsche hüpfen von Pfütze zu Stein, und die Speichen hängen oft bis zur Nut im Schlamm. In stoischer Gelassenheit schluckt der Sumpf die Rillen der Spur. Obwohl der schlafende Kutscher die Zügel nur lose hält, irrt das Gefährt nicht richtungslos durch die Hügel. Die Gäule kennen ihren Weg nach La Chaux-de-Fonds.

Laurents Kiste wird auf dem Kutschdach hin und her geworfen, und Laurent vertreibt sich die Zeit im unregelmäßigen Klappern der Hufeisen mit dem Bilden von Quersummen. Schließlich verlegt er sich darauf, den Kutscher mit durch elf teilbare Zahlen zu ärgern: Er klopft dreiunddreißigmal. Der Kutscher streicht sich das Wasser aus dem Bart.

«Schweig, Jung, und sag's dem Herrn, wenn du in La Chaux-de-Fonds ankommst.»

Neunhundertneunundneunzigtausendneunhundertneunundneunzigmal würde Laurent gerne trommeln.

«Wohin soll deine Fahrt, Jung ...? Man sollte dich wohl nach Genf zu den Philosophen bringen», brummt der Kutscher vor sich hin und kann trotz der Schläfrigkeit seine Neugier nicht zügeln. Er hat sehr wohl bemerkt, mit welcher Gier der Uhrmacher die Kiste vernageln ließ, als gelte es das ominöse Kästchen selbst zu bewachen, das der Meister immer im Sitz der Kutsche verbirgt, ehe er sich darauf setzt.

Viermillionensiebenhundertzwölftausendsiebenunddreißigmal trommelt der Regen auf Laurents Truhe, bevor der Kutscher schließlich selbst an das Holz klopft.

«Jung?»

Da er keine Antwort erhält, klopft er noch einmal. «Jung? Was wohl der Herr in seinem Kästchen verbirgt? Eine Uhr?» Die Regentropfen klatschen dem Kutscher auf die Wangen. «Oder gar die Zeit selbst?»

Als es in der Kiste stumm bleibt, mag sich der Kutscher die Zeit nicht mehr mit dem Jungen vertreiben und brüllt gegen den Fahrtwind in die Kabine hinunter: «Vielleicht würde der Herr dem Jungen gestatten, den Inhalt des Kästchens zu sehen? Wenn es Zeit enthielte, käme man schneller ans Ziel.»

Sogar die Gäule erschrecken, als Jacquet-Droz zurückbrüllt: «Jamais!»

Der Kutscher flucht und hält seinen Kopf schräg in den Wind wie seine Pferde, die an den Zügeln zerren.

«Die feinen Herren sind gern verschwenderisch, wenn's um unsere Zeit geht, aber mit der eigenen knausern sie!», knurrt er. «Der Weber weiß genau, wieviel Leinenstoff er besitzt. Er kann Elle um Elle abmessen, wie er will, am Ende hat er doch immer den Stoff. Aber wenn wir eine Stunde messen, um sie zu sparen, dann ist sie vergangen, ehe sie uns gehört.»

Damit läßt der Mann auf dem Bock seinen Lederriemen wütend auf die Rücken der Pferde niederfahren.

Madame, das Reisen in der Kutsche ist keine kommode Angelegenheit! Die Kabine wird derart in der Welt herumgeschaukelt, daß, wer sich nicht festhält, bald vom Sitz rutscht, bald den Boden, bald die Decke kennenlernt; es empfiehlt sich auch nicht, in voller Fahrt zu schlafen, wenn man sich nicht im Traum eine Beule holen will, die sich beim Erwachen als sehr wirklich erweist. Der Kutscher oben auf seinem Bock leidet selbst nur halb soviel wie die Kundschaft, denn er führt die Peitsche, und es gefällt ihm, wenn die Pferde ins Geschirr fliehen. Wer nun glaubt, er gewinne durch schnelles Reisen gute Zeit, der wird sie bald verlieren, indem er eine üble Zeit in einem Kurhaus verbringen muß, um all die blauen Flecken und Dellen und Verstimmungen der Magensäfte behandeln zu lassen, die das heftige Rütteln verursacht.

Mit dem Reisen verhält es sich fast wie mit den neuesten Nachrichten: Wo einer hurtig reist, findet sich immer ein anderer, der noch schneller reisen möchte. Kommt ihm gar eine Kutsche entgegen und sollen zwei Wagen sich kreuzen, verringert sich die Geschwindigkeit der Beteiligten oft unerwünscht auf null. Da heißt es aussteigen und den Schuh im Morast verlieren und vor allem: warten! So steht man bald eingeklemmt nebeneinander sich gegenüber und versucht durch Höflichkeit einen Vorteil zu gewinnen. Aber auch wenn die Insassen sich zuvorkommend begrüßen und erfreut tun, einander zu begegnen, die Kutscher auf ihren hochfahrenden Sitzen sind es nicht.

«Piß dich voll, Hurensohn! Mein Herr ist Uhrmacher! Und die Zeit drängt!»

«Selber Pißtopf! Meiner ist Arzt. Das kostet Leben!»

So geschieht es kurz vor La Chaux-de-Fonds in einem Hohlweg, wie sie in der Eidgenossenschaft berüchtigt sind.

«Dann setz zurück! Sturkopf! Und geiz nicht mit deinem Leben!»

«Und du stiehl mir hier nicht meine Zeit!»

Während Jacquet-Droz den Vicomte de l'Ille, der von sich behauptet, er sei Arzt, mit einem witzigen Zuruf empfängt und herzliche Grüße an die Comtesse ausrichten läßt und der Vicomte sich seinerseits im süßesten Ton, den er durch seine kleine Nase bläst, nach dem Befinden von Monsieur erkundigt, drischt über ihren Köpfen der schwarzhaarige Kutscher bereits mit seiner Rindslederpeitsche nach dem bärtigen, daß die Kutschen wackeln.

«Mein Pferd würde sich schämen, so etwas zu ziehen!»

«Reiß deinen Kiefer nicht zu weit auf, sonst hau ich dir die Zähne im Gänsemarsch zum hinteren Ende hinaus!»

«Ich brauche bloß zu warten, bis dir deine von selber ausfallen!»

In der Zwischenzeit erkundigt sich ein Stockwerk tiefer, aus einem Fenster ins andere, Jacquet-Droz höflichst beim Vicomte, ob er an Uhren interessiert sei. Er hat Glück. Vorzüglich zeigt sich der Vicomte an jenen Zifferblättern mit Pikanterien interessiert, die zur Zeit in Paris besonders en vogue sind. Bald sind sich der Vicomte und Jacquet-Droz über einen Handel einig, und es fehlt nur noch der Austausch von Ware und Gegenwert in baren Münzen.

Fast gleichzeitig erreichen auf den Böcken die Händel der beiden Kutscher das Stadium des Handelns.

«Du Kuhschlecker!» – «Du Hühnerstecher!» – «Du Rindsfladen!»

Es gibt kein Vor und kein Zurück mehr; die beiden Kutscher sind genauso ineinander verkrallt wie die beiden Pferde in ihr Geschirr.

«Dein Hodenlutscher meint wohl, er sei was Besseres, wenn er sich Arzt nennt und unseren Frauen seine Brotpillen aufschwätzt!»

«Und was ist denn dein Erbsenfurzer für einer, der behauptet, der neue Tag beginne um Mitternacht! Sogar die Muselmanen fangen den Tag mit dem Morgen an! Ist er ein Jud und legt den Tagesanfang auf den Sonnenuntergang? Wegen dir habe ich jetzt schon über eine Stunde verloren!»

«Verloren? Dann geh sie doch suchen! Aber schaff vorher deinen Dreckhaufen weg!»

Unten in den Kabinen lächeln die beiden Herren sich zu.

Der Vicomte, dem es recht ist, wenn er nicht pünktlich zum Empfang der alten Comtesse erscheinen kann, nutzt die Zeit für eine Frage.

«Monsieur, da wir ein wenig Zeit zu haben scheinen, bevor wir unseren Handel beschließen, werden Sie mir vielleicht folgende Frage beantworten können: Ich habe kürzlich meine Greyerzer Pendule reparieren lassen. Es handelt sich um ein präzioses Werk, welches die Zeit sehr zuverlässig anzeigt. Leider brachen mir beim Aufziehen der Feder die Zeiger ab. Der Schlosser, der ein geschickter Kerl ist, reinigte das Uhrwerk und lötete rasch die losen Zeiger wieder fest, ganz zu meiner Zufriedenheit, und verließ um sechs Uhr abends mein Haus. Sie wissen, mein Herr, wie gerne wir Dinge betrachten, die neu für uns sind, und wie fröhlich sie uns machen. So erging es mir aber nicht mit der Pendule! Obwohl die Zeit ja gewissermaßen neu in meinem Besitz war, zeigte die Uhr sie mir, kaum hatte der Schlosser mein Haus verlassen, falsch an! Ich hieß den Handwerker erneut rufen, und er ließ sein Abendbrot stehen und eilte herbei. Als er aber die Pendule mit der Kirchuhr verglich, ärgerte er sich, zeigten doch beide kurz nach acht. Ich mußte zu meinem Erstaunen zugeben, daß die Pendule richtig ging, fand aber auch weiter meine Ruhe nicht, denn die ganze Nacht spazierten die Zeiger auf der Uhr umher, wie sie grad wollten, bis ich bei Sonnenaufgang den Schlosser wieder rufen ließ. Er erschien, außer Atem und noch im Nachtgewand, und wieder zeigte die Greyerzer Pendule exakt die Uhrzeit der Kirche. Über der Uhr scheint ein Fluch zu liegen, denn sie geht, wie sie will, aber sobald der Schlosser auftaucht, zeigt sie genau die Zeit der Kirche! Nun könnten Sie mir vielleicht, mein Herr, verraten, wie ein derartiger Fluch zu bannen sei.»

Jacquet-Droz muß dem Vicomte gestehen, daß er sich in geistlichen Fragen schlecht auskennt und sich ganz auf seine

Bibel verläßt, wo es heißt: ‹Wenn ich die Sprachen aller Menschen spräche und sogar die Sprachen der Engel kennte – fehlte mir die Liebe, ich wäre nicht mehr als eine lärmende Pauke!› Mehr Rat weiß der Uhrmacher auch nicht.

Da ist vom Kutschdach her plötzlich ein Hämmern zu hören. Die beiden Kutscher erstarren und rufen «Herr, es klopft in Ihrem Gepäck!», und verharren abwartend. Sogar die Pferde schnauben ängstlich.

Der Vicomte schiebt verblüfft das Kabinenvorhängchen beiseite. Jacquet-Droz klettert aufs Dach, lauscht in das Astloch der Kiste und ist arg hin und her gerissen: Soll er den Deckel öffnen und den stummen Passagier vorführen, oder soll er den Kutscher beigeben und den Wagen zurücksetzen lassen? Noch einmal klopft Laurent eine Art Zahlenkombination, die an eine Umkehrgleichung erinnert. Jacquet-Droz wäre selbst vielleicht nie darauf gekommen, besitzt aber hinlänglich Geist, die Lösung zu erkennen. Es dauert nicht lange, da hat er die Klopfzeichen enträtselt, steigt vom Dach der Kutsche und wendet sich wieder an den Vicomte.

«Monsieur le Vicomte! Es liegt eine Verwechslung vor! Setzen Sie an die Stelle Ihres Kleinen einen Großen!»

Der Vicomte zuckt leicht zusammen.

«Was meinen Sie mit ‹meinem Kleinen›?»

«Ihr Zeiger, Monsieur!»

«Zeiger?»

«Jawohl, mit Verlaub. Der Schlosser muß die beiden Zeiger verwechselt haben. Wenn er um sechs Ihr Haus verließ, muß der große auf die Zwei vorgerückt sein! Der kleine wird dementsprechend wie ein Minutenzeiger in der gleichen Zeit zwei vollständige Kreise und noch etwa zehn Minuten zurückgelegt haben. Die Uhr zeigte somit die korrekte Zeit an! Zehn nach acht.»

«Acht?»

«Ebenso muß es Ihnen am nächsten Morgen ergangen sein, da die Uhr wohl dreizehn Stunden und fünf Minuten nach sechs, also morgens um fünf nach sieben, noch einmal die korrekte Zeit anzeigt.»

Die Feder des Wagens quietscht leicht nach. Die Hengste glotzen erwartungsvoll zu den beiden Herren, als der Vicomte mit säuselnder Stimme seinem Kutscher befiehlt: «Setz Er unseren Wagen zurück. Dieser ehrwürdige Herr Uhrmacher hier möchte vorbeifahren! Und keine Widerrede. Wir kehren um! Sie können der Comtesse ausrichten lassen, daß ich nicht vorhabe, sie mit Unpünktlichkeit zu brüskieren. Eher bleibe ich aus, als daß ich zu spät zu einer Visite erscheine.»

Jacquet-Droz überreicht dem Vicomte eine Emailleuhr. Der Vicomte empfiehlt sich dem Meister mit einer Börse. Die Herren nicken sich höflich zu. Die Kutscher lassen ihre Peitschen knallen, und die Wagen setzen sich in Bewegung.

Die ersten Sonnenstrahlen finden ihren Weg in den Bart des Kutschers, als er hoch über dem See in Richtung der Berge abbiegt. Außer einem leisen Wimmern aus der Kiste ist nicht viel zu hören. Der Kutscher schaut vorsichtig, ob der Herr unten in der Kabine döst. Dann klopft er wieder aufs Holz.

«Jung?»

Die Antwort ist ein leises Pochen. Der Kutscher beugt sich rückwärts zu dem Astloch, legt den Wassersack an die Luke und träufelt die Flüssigkeit hinein.

«Mach's Maul auf!»

Der Kutscher legt mit Eleganz die Zügel von der einen Hand in die andere, wie es in Europa sonst nur noch die Kutscher der Windsors beherrschen, und summt für den Jungen leise ein Lied.

«Jolie le temps de nos amours perdus ...»

Während Jacquet-Droz unten in der Kabine einen Traum macht, wie die Franzosen sagen, der ihn in einer Geschwindigkeit, die sich selbst mit schnellstem Lesen nicht einholen läßt, nach London zu John Arnold katapultiert, wo er eine bimetallische Unruh erfindet, ebenso einen Hygrometer in Tampere, dann in Fu Hang das über dreißig Fuß hohe hölzerne Planetengebäude von Su Song und Han Kunglien besteigt, von dem hydraulischen Wasserrad mit sechsunddreißig Kellen hochgehoben wird, das einen Tank füllt, bis ein genau errechnetes Gewicht erreicht ist und einen Sperrmechanismus auslöst, der eine Speiche freigibt, dabei den Rückschlag des Rads verhindert, das Wasserrad im Uhrzeigersinn um ein Viertel dreht – wobei das chinesische Stundenviertel nur vierzehn Minuten und vierundzwanzig Sekunden dauert – und schließlich siebzig Stufen in der Weltuhr hinaufsteigt, dort vor einem Kind das Knie beugt, welches hinaus ins Sternensystem zeigt, und schließlich erwacht, ist er in den elf Sekunden des Traums weiter gereist als sämtliche Kutschen der Welt an einem Tag.

Glasklar hallt das Klappern der beiden Kutschen in der Allée de l'Ouest von La Chaux-de-Fonds. Seit der großen Feuersbrunst sind die verwinkelten Gassen der Stadt verschwunden. Alle Straßen durchqueren den Ort in geraden Linien. Auf jeder Kreuzung genießt man in vier Richtungen den Ausblick aufs Land: Die höchstgelegene Stadt Europas scheint auf einem Schachbrett aufgestellt. Wer die sechzehn quadratischen Häuserblocks von der Allée de l'Ouest bis zur Place du Printemps diagonal durchqueren will, der muß siebzig Wege zurücklegen, und alle sind sie gleich lang! Und böse Zungen behaupten: gleich langweilig. Sogar die Zeit will nur gleichförmig vergehen. Jeder Tag ist ein Tag im November. Nur selten spielt ein Wind mit den Abfällen in den parallelen Straßen. Sogar die Menschen gehorchen der exakten Ordnung, bleiben in den Häusern, lassen sich von ihren Uhren wecken und gehen zu Bett, wenn es Zeit ist.

Als die Wagen auf der Place du Printemps zum Stehen kommen, hüllt Jacquet-Droz sein Kästchen in seinen Mantel und verschwindet sogleich durch den strömenden Regen ins Haus. Der Kutscher wirft den dampfenden Pferden Decken über und zerrt sie schnell in den Stall. Das Hausmädchen trägt den Weidenkorb mit den Luxueiler Spitzen ins Haus. Die Pferdeknechte schaffen die Kiste ins Entrée und ziehen die beiden Wagen ins Depot. Katzen stieben in alle Winkel des Hofes davon. Eine kurze Weile blakt noch Licht im Schlafzimmer von Jacquet-Droz. Der Kutscher schließt hinter den Pferden die Stalltür. Dann senkt sich wieder eine quadratische Ruhe über den Place du Printemps.

Laurent schmiegt seine Füße aneinander, preßt die Hände unter die Arme und drückt sich gegen die ungehobelte Kistenwand, als könnte sie ihn wärmen. Er lauscht dem stoßweisen Keuchen des Meisters, aus einem Zimmer im Obergeschoß, wie es das regelmäßige Atemgeräusch einer anderen Person jagt, bis der wohlbeleibte Meister mit einem entschiedenen Grunzen den Schlußpunkt setzt und sein Atem in ein Schnauben übergeht. Dann wird es still. Nur der Rhythmus des Regens bleibt, um Intervallmuster zu errechnen, Wiederkehrabstände vorauszusagen und Häufigkeitsgraphen zu extrapolieren.

Es dauert zweitausendeinhundertsiebenunddreißig Atemzüge, bis sich das leise Schlurfen von Hausschuhen Laurents Kiste nähert. Die junge Frau Jacquet-Droz wird im Guckloch des Deckels erst sichtbar, als sie die Fensterläden zurückschlägt und ein Sonnenstrahl mit einer Geschwindigkeit von über einer Million englischen Fuß pro Sekunde Laurent weckt.

Isabelles Bewegungen sind von jener mädchenhaften Eleganz, die es schwermacht, ihr Alter zu schätzen. Die schmalen Handgelenke deuten auf eine schlaksige Jugendlichkeit, und doch liegt eine merkwürdig reife Trauer in ihren Zügen.

Sie hütet sich, ihren Mann zu wecken, und beugt sich neugierig über die Kiste, um den Deckel anzuheben. Als ihr der Gestank von Kot und Urin entgegenschlägt, fährt sie in einer Mischung aus Entzücken und Entsetzen zurück. Eine geheimnisvolle Faszination geht von der traurigen Gestalt aus, die in der Truhe eingezwängt ist. Die Glieder sind verdreht, und der Rücken ist von farbigen Flecken übersät. Isabelle greift vorsichtig unter den Kopf des jungen Mannes, der ihrer Bewegung folgt, sich bereitwillig an ihre Schulter sinken läßt und sich an ihre Brust schmiegt, als sie ihn aufrichtet. Sie führt ihn durch das Sprachzimmer in den hinteren Teil des Hauses und zieht ihn vor den steinernen Waschtrog.

Die junge Frau vermeidet jede direkte Berührung mit dem männlichen Körper, als sie ihm die alten Kleiderfetzen vom Leib zieht. Vom Fehlen der Unterkleider nimmt sie kaum Notiz. Sie schüttet das warme Wasser kommentarlos über seinen Kopf, läßt Seife und Bürste über den Rücken wandern und zwingt ihn mit sicherem Griff in das kalte Wasserbecken. Laurent läßt alles mit andächtiger Hingabe über sich ergehen, zuckt nicht einmal zurück, als sie ihm mit Seife die Augen ausreibt. Nur als sie die Bürste zwischen seine Beine zieht, durchfährt ihn ein leises Schaudern. Verlegen sieht sie zu Boden.

«Sprichst nicht gern?»

Mit routinierten Handgriffen wickelt sie ihn in die festen Leinentücher, zieht ihm das alte Hemd ihres Ziehvaters über – eine weiße Bluse mit Pumpärmeln – und hilft ihm in die hautengen Culotten. Dann trocknet sie ihm die Haare und streicht ein italienisches Öl auf seine ledrige Haut, die sie, zusammen mit den gelben Augen und den merkwürdig fahlen

Haaren, als ein Zeichen nimmt, daß der junge Mann aus einem fernen Land stammen muß.

So ganz in die Pflege versunken, entgeht ihr auch, was uns erstaunt: Auf der Reise ist Laurent wiederum deutlich gealtert. Er ist nur um ein weniges gewachsen, und doch scheint die Zeit in ihm einen Sprung getan zu haben, wie wir ihn kennen, wenn wir die heranwachsende Tochter an die Küchentür stellen und verblüfft bemerken, daß sie schon wieder über einen Zoll gewachsen ist. Die Haare des Jünglings sind etwas schütter geworden und verleihen ihm zusätzlich ein älteres Aussehen, und fast möchte man der Zeit mißtrauen, wie jener Krämer aus La Chaux-de-Fonds, der nachts an seinem Fenster sitzt und die Kirchuhr nicht aus den Augen läßt, weil man nachts den schlafenden Menschen noch die Zeit stehlen werde, wenn nicht einer aufpasse.

Isabelle führt Laurent endlich herausgeputzt in die Stube, wo Jacquet-Droz in der Zwischenzeit sein spätes Frühstück erwartet.

«Bring ihn unverzüglich in die Werkstatt. Der Schlossergehilfe soll ein kräftigeres Schloß anbringen. Wir werden den jungen Mann in der Werkstatt beherbergen», weist der Meister Isabelle an. «Sorg dafür, daß die Magd die Spitzen plättet! Daß die Eier im Hühnerstall gelesen werden! Und ruf das Gesinde zum Gebet! Und bind dir ein Kopftuch um, wenn du über den Hof gehst!»

«Ja, Papa.»

Isabelle tut, was ihr Gatte befiehlt. «Ja, Papa», wiederholt sie, wie es gehorsame Töchter tun, wenn ihr Vater etwas von ihnen verlangt, und doch liegt jedesmal ein gefährlich spitzer Unterton in ihrer Stimme, wenn sie es sagt. Mit jedem «Ja, Papa» läßt sie den alten Mann spüren, daß es eine Vergangenheit zwischen ihnen gibt, die vor ihrer Ehe begann.

Jacquet-Droz führte mit seiner ersten Frau Madeleine keine glückliche Ehe. Sie rechnete es ihm übel an, daß sie keine Kinder bekamen. In den ersten Jahren zählte sie ihre Tage, rechnete mit dem Mond, zeichnete Fieberkurven, und bald berührte sich das Paar nur noch nach der Uhr – es half nichts. Sie unternahm alle möglichen Kuren, und bald gaben sich die seltsamsten Gelehrten, Geistheiler und Gesundbeter die Klinke ihres Schlafzimmers in die Hand, und sogar der Pfarrer wurde im Haus Jacquet-Droz häufiger gesehen – ohne sichtbaren Erfolg. Jacquet-Droz zog sich immer mehr in die Werkstatt zurück und ließ es dabei bewenden. So blieb die Ehe kinderlos und unglücklich.

Zur Ostermesse fiel Jacquet-Droz ein Mädchen auf, das kurz vor der Wandlung aus der Kirche stürzte, als habe es etwas gestohlen. Am folgenden Tag saß es vor der Frühmesse wieder in der ersten Bank. Es senkte seinen Kopf auf die gefalteten Hände, murmelte mit den Gläubigen seine Gebete und schlich, ehe der Priester zum Altar trat, aus der Kirche. Es sprach mit niemandem, schaute niemandem in die Augen. Nur zur Beichte blieb es regelmäßig und schüttete dem neuen Pfarrer ihr Herz aus.

Der junge Geistliche führte nun die Waise und den kinderlosen Gatten zusammen, um die göttliche Fügung zu prüfen. Das Kind sei allein und suche neue Eltern, erklärte er dem Uhrmacher. Obwohl der Herr seine Ehe nicht fruchtbar gemacht habe, wolle er sie doch mit einem Kind segnen. Ihr Name sei Isabelle.

Jacquet-Droz drückte Isabelle eine Münze in die gefalteten Hände, sie bedankte sich höflich, hob kurz ihre Augen, berührte den Arm ihres künftigen Ziehvaters und verschwand. Der Uhrmacher blieb wie vom Donner gerührt in der Kirche stehen, und als der Pfarrer ihm riet, doch in Christo das gute Werk zu tun und mit seiner Frau das obdachlose Fräulein im

Glauben zu adoptieren, seufzte der Meister erleichtert und berichtete seiner Gattin vom Anraten des Priesters. Madeleine nahm das Kind als Geschenk Gottes an.

Das Bettlermädchen wurde an Kindes Statt in das Jacquet-Drozsche Haus aufgenommen und galt von diesem Tag an als Erbin eines kleinen Vermögens. Isabelle brachte viel Sonne ins Leben des Paares. Sie sang italienische Lieder, wußte die feinsten Spitzen zu häkeln, und wenn sie nach der Frühmesse heimkehrte, wehte schon am Morgen ein fröhlicher Wind durchs Haus. Sogar Jacquet-Droz selbst schien wieder lächeln zu können.

Die Gattin führte das Mädchen in die Kunst der Haushaltung ein, lehrte es Bettwäsche zu wechseln, Hemden zu bügeln, Kartoffeln zu lagern, Bedienstete anzuleiten und schien insgesamt erleichtert. Sie fühlte sich der Ziehtochter bald aufs innigste verbunden, teilte alle Geheimnisse mit ihr und glaubte, auch Isabelle verheimliche ihr nichts. Die beiden Frauen besuchten täglich den Frühgottesdienst. Isabelle beichtete nach wie vor jeden Tag, und auch die Ziehmutter wurde häufiger als früher vor dem Beichtstuhl gesehen, insbesondere, wenn der junge Priester in der Kirche die Absolution erteilte. Überhaupt zogen in jenen Tagen viele Frauen in die Basilique St. Paul, um ihr Gewissen zu erleichtern, und der Beichtstuhl des schwarzhaarigen Priesters mit der warmen Stimme erfreute sich bei den verheirateten Frauen bald größerer Beliebtheit als die Waschtröge auf der Place Guillaume Tell.

Das Glück im Haus Jacquet-Droz währte acht Jahre. Als der Gatte sein Ehebett bei einer überraschenden Rückkunft verwaist vorfand, hing der Haussegen mit einemmal schief. Jacquet-Droz kam zu Ohren, die Ziehmutter verstehe sich schon seit längerem nicht mehr mit ihrer Pflegetochter. Sie würden nicht einmal mehr gemeinsam in der Kirche erscheinen, sondern immer nur einzeln und in großen Abständen. Die Uhrmachergattin verweigerte der jungen Frau die Wohnung, drohte ihr, sie zu vergiften, und verlangte von ihrem Mann, daß er für Isabelle auf der Stelle einen Bräutigam suche. Die Ziehtochter mußte im Südflügel ein Mägdezimmer beziehen. Die Gattin mied die Kirche, erst an Werktagen, dann überhaupt, und unternahm statt dessen frühmorgens lange Wanderungen durch die unansehnliche Stadt.

Von einer dieser Wanderungen kehrte die Frau nicht mehr zurück. Später fand man sie tot in einem Blütenhain auf einer Waldlichtung.

Jacquet-Droz war entsetzt, Isabelle weinte den ganzen Tag, und als man durch die Sachen der Frau ging, entdeckte man in ihrem Schminktisch eine Schachtel voller Fingerhutblüten, die die Frau gesammelt haben mußte – in einer Absicht, die für viele Spekulationen Anlaß bot, da die Blüten bekanntlich eine tödliche Wirkung ausüben.

Die Ärzte stellten ein Herzversagen fest und obduzierten Leber und Magen, um eine Erklärung für das rätselhafte Ende der Pflegemutter zu finden, stießen aber nicht nur auf Fingerhutblüten in ihrem Bauch, sondern auf ein totes Kind!

Die protestantische Hebamme wollte darin ein Wunder Gottes sehen. Die Katholikinnen allerdings brachten den jungen Priester mit Frau Jacquet-Droz in Verbindung. Er habe die Gattin des Uhrmachers vor ihrem Tod fast täglich zur Beichte gebeten, und es habe immer besonders lange gedauert, wenn er der Frau die Absolution erteilte, und aus dem Beichtstuhl des Priesters sei des öfteren eine Art Schluchzen oder heftiges Niesen zu hören gewesen.

Isabelle sah man kaum mehr lächeln. Sie sprach mit keinem Mann mehr, außer mit ihrem gestrengen Ziehvater. Als die junge Frau kurz nach dem Tod ihrer Mutter ebenfalls im achten Monat schwanger war, gab das dem Gerede in der

Stadt neue Nahrung. So viel Zeit könne eine Frau nicht damit verbringen zu sündigen, wie Isabelle täglich Zeit im Beichtstuhl vergeude! Man wollte außerdem von einem Riß im Vorhang, der den Beichtvater von den Sünderinnen trennt, Kenntnis haben. Auf Kniehöhe, für eine Mannsfaust gerade groß genug.

Dieser Riß lieferte bald mehr Gesprächsstoff als der Tod der Uhrmacherfrau. Der Küster untersuchte ihn aufs penibelste und fand tatsächlich verräterische Abnützungserscheinungen, sowohl am Beichtgitter wie auch an den Kniepolstern und am Bankholz. Grund genug für den Küster, den jungen Priester zwischen der neunten und zehnten Station des Kreuzgangs ins Gebet zu nehmen. Vom Ergebnis des Kreuzverhörs wurde nur bekannt, daß der Küster daraufhin seine Frau aufgefordert habe zu beichten, was sie gesündigt habe, und zwar ihm. Es sei in diesem Falle nicht an Gott, sondern am Gatten, die Absolution zu erteilen, und, so geht das Gerücht, er soll in jener Nacht seine Gattin gründlich absolviert haben. Auch beauftragte er den jüdischen Schneider, den Riß gegen geringes Entgelt mit schwarzem Zwirn zu vernähen.

Der Beichtstuhl blieb fortan leer. In ganz La Chaux-de-Fonds und Umgebung hatte offenbar niemand mehr eine Sünde zu beichten. Jacquet-Droz wurde nicht müde, in der Stadt zu verbreiten, seine Frau sei vergiftet worden. Isabelle sei eine fromme Frau und könne keiner Fliege etwas zuleide tun. Aber die gehässigen Stimmen wollten nicht verstummen. Wer denn dem Unschuldslamm den Bauch gestopft habe? Isabelle schwieg zu aller Munkelei. Als sie am nächsten Sonntag erneut zur Beichte gehen wollte, raubte ihr noch vor der Kirche ein Blutsturz die uneheliche Brut.

In der Gemeinde war man sich einig, daß nur einer den Täter kennen konnte: der Priester. Er mußte schließlich von sämtlichen Sünden der Stadt wissen. Und sollte er selbst der Täter sein, wußte er es erst recht! Aber der junge Priester wollte sich um keinen Preis vom Beichtgeheimnis entbinden lassen. Der Bischof kam extra aus Porrentruy angereist und flüsterte mehr als eine Messe lang im Beichtstuhl mit dem Priester. Es sei ohne Stöhnen und Ächzen nicht abgegangen, und der Bischof sei hernach mit geröteten Wangen aus dem Beichtstuhl gestolpert und habe behauptet, er habe den Priester absolviert, aber nicht ein Tröpfchen Wahrheit aus ihm herausbekommen. Trotzdem hielt sich hartnäckig die Meinung, wer nach dem Mörder der Gattin Jacquet-Droz' suche, der solle im Beichtstuhl damit beginnen.

Als der Uhrmacher am Pfingstsamstag seinen Hut aufsetzte, um zur Beichte zu gehen, wußte es die ganze Stadt. Die Bänke im linken Schiff waren bis auf den letzten Platz besetzt, als der Mann leichten Schrittes pünktlich die Kirche betrat, um seine Seele vor der Pfingstkommunion zu reinigen. Die Kirche war erfüllt von giftigem Flüstern. Die Frauen versteckten sich tief in ihren Kopftüchern, und die Männer drückten ihre Nasen angestrengt in die Heiligenbilder in ihren Fäusten. Ein paar Kinder hatten sich hinter den Taufstein geschlichen. Die Protestanten harrten auf der anderen Straßenseite in der Weinschenke und schlossen Wetten ab, wie die Tat hergegangen sei.

Jacquet-Droz genoß in der Stadt hohes Ansehen, und als er den Vorhang zum Beichtstuhl kurzerhand zuschob, herrschte eine andächtigere Stimmung als zur Wandlung in der Mitternachtsmesse. Der Priester stieg hastig von hinten in den Beichtstuhl. Als das erste Murmeln aus der heiligen Stätte zu vernehmen war, war im ganzen Seitenschiff mit einem Schlag ein atemloses Schweigen. Niemand wagte es, auch nur die Augen zu bewegen. Bald erfüllte das Raunen der zwei männlichen Stimmen die Säulenhimmel der Basilique, bald unterbrach ein Husten die Beichte, bald ein reuevolles Niesen, bald ein unterwürfiges Zischen, unterbrochen von innigen Seufzern. Das Licht im Kirchenhimmel schien manchen merkwürdig blau, und einige behaupteten später, sie hätten die Missa solemnis gehört, obwohl weder ein Organist noch eine Orgel je die Kirche von innen gesehen hatten.

Der Beichtstuhl erbebte leicht, als die Beichte zu Ende war. Die Absolution dauerte nur kurz, höchstens ein Ave-Maria lang, und die Altarkerze war eben herabgebrannt, als der Vorhang zurückgeschlagen wurde und der junge Priester als erster – kreideweiß – den Beichtstuhl verließ. Blendend schön und mit durchscheinenden Wangen warf er sich vor den Altar, betete zu Joseph und murmelte bis tief in den Pfingstsonntag hinein ein Vaterunser nach dem anderen, auf lateinisch, griechisch, finnisch, keltisch, normannisch, türkisch und in weiteren nicht identifizierten Sprachen, worunter wohl auch Suaheli, Russisch und Ungarisch.

Jacquet-Droz schob den Vorhang auf seiner Seite behutsam zurück, und anstatt nach einer Bestrafung des Mörders zu verlangen, flüsterte er mit leiser Stimme, er habe eine Frau und ein Kind verloren und seine Ziehtochter ihre Mutter. Gott verlange eine Strafe. Aber Gott habe auch die Vergebung gepredigt! Er sei bereit. Am kommenden Sonntag werde seine Ziehtochter heiraten. Und der Gatte werde kein anderer sein als er, Jacquet-Droz, selbst. Er sei bereits ihr Ziehvater und ihr Pate. Er habe vor Gott bereits zweimal gelobt, ihr auf ewig verbunden zu sein und wolle seine Tochter auch ein drittesmal vor dem Zorn Gottes retten.

Erst lobte man die Weisheit und die Milde des Witwers. Manche bewunderten seinen Großmut, als er die Kirche verließ. Allmählich wurde allerdings den Christen klar, daß man dem gutaussehenden Priester gestattete, Familienverhältnisse zu segnen, in denen der Brautvater die eigene Tochter ehelicht, die ihm bald einen Enkel gebären könnte, der seinerseits der Sohn der Gattin seines Großvaters und zukünftigen Stiefvaters vor dem Altar des putativen Kindsvaters und Liebhabers sein wird! Damit wird vielleicht die Ehre des Hauses Jacquet-Droz gerettet. Aber nicht die der Kirche. Und schon gar nicht die heilige Ehe. Oder die Liebe! Denn zwischen Vaterliebe und Gattenliebe und Priesterliebe wisse man in La Chaux-de-Fonds wohl zu unterscheiden!

Noch ehe sich klerikaler Widerstand formierte, führte Jacquet-Droz seine Tochter und Braut am nächsten Morgen vor den Altar und hustete ihr ein Jawort. Der Priester durfte kein Wort an die Braut richten, sondern nur seinen Segen dazu geben, als Isabelle ihr trotziges Ja flüsterte.

Der junge Geistliche stürzte danach aus der Kirche, noch während der Chor das Te Deum anstimmte, und wurde in der Gemeinde und im Land nicht mehr gesehen. Man hörte von ihm noch, daß er in den ostkatangischen Missionen aufgetaucht sei, habe sich aber im Busch einer Sekte angeschlossen, die die verstreuten Stämme mit Brot missionieren, und führe seitdem als Abt ein erbarmungsloses Regime. Einmal jährlich, vierzig Tage vor Ostern werde in der Klosterkapelle ein dreiunddreißigjähriger Mönch in die Abtei des Schweizers geschafft und an ein Steinkreuz gebunden. Mit Öl übergossen und mit Salz eingerieben werde er so, zur Sonne gerichtet, schmoren gelassen, mit Rosmarinzweigen und Birkenlaub gepeitscht, mit Wacholderbeeren und saurem Wein beworfen, bis sein Fleisch keine Feuchtigkeit mehr enthalte und er keinen Laut mehr von sich gebe, aber höchstens neununddreißig Nächte und Tage lang, dann hebe man ihn steif vom Kreuz und schneide das Fleisch in hauchfeine Scheiben und verwandle es in der heiligen Messe in Brot. Als ‹Brot› werde es im Fastenmonat November den hungrigen Christen Ostkatangas während der Liturgie scheibchenweise auf die Zunge gelegt, und es sei dem Priester kürzlich ergangen wie anderen Dreiunddreißigjährigen – zu Ostern vorigen Jahres habe man den Abt selbst ausgewählt, gefangen, und man habe ein ganzes Jahr an ihm gekaut.

Isabelle bleibt ihrem Ziehvater den Gehorsam der Tochter auch nicht schuldig, seit sie seine Frau geworden ist. Ohne Widerrede erledigt sie, was ihr Gatte von ihr verlangt. Sobald sie aber mit ihm das Haus verläßt, ist es genau umgekehrt. Er hält ihr die Tür auf, hilft ihr in den Mantel und erfüllt widerspruchslos all ihre Wünsche – bis sie zu Hause sind. Dort ist sie wieder ängstlich bemüht, ihm zu gehorchen, bis auf eine Ausnahme: Sie verwaltet die Buchhaltung ganz auf eigene Faust. Kein Croisat verläßt das Haus, der nicht durch ihre Hände geht. Jacquet-Droz erhält keinen Einblick in die Bücher. Will er etwas von seinem eigenen Geld, muß er erst seine Gattin fragen, wobei nicht sicher ist, daß er es erhält, und wenn nicht, widerspricht er auch nicht. Wer den beiden begegnet, wird seltsam von der Stimmung berührt, die sie umgibt – sie gehorcht, er erledigt willfährig, keiner widerspricht, und jeder vermeidet ängstlich, des anderen Absichten zu durchkreuzen.

Isabelle steckt ihre Haare hoch, verhüllt sie mit einem Kopftuch und gibt Laurent zu verstehen, er möge ihr in die Werkstatt folgen.

Hinter dem Sprachraum, in der früheren Küche, hat Jacquet-Droz sich sein Forschungslabor eingerichtet. In den ehemaligen Gemüseschränken lagern Skizzen und Pläne, auf den früheren Pfannenregalen türmen sich Waren und Instrumente. Wände und Regale sind vollgestellt mit allem, was die Zeit mißt und teilt, Zifferblätter, Zahlkreise und Zeitzeiger. Ein Wald aus ruckenden Zahnrädern, winkenden Pendeln und kippenden Ankern erfüllt den Raum mit einem knisternden Sirren. Es tickt und rattert und knackt, der eine Rhythmus trifft auf den anderen. Als ob die Uhren untereinander in einem erbitterten Wettstreit sich folgen und wieder bremsen. Und wenn zur vollen Stunde jede ihre eigene Zeitauffassung verkündet, scheint die Werkstatt zu bersten.

Laurent zögert, als er an der Tür steht.

«Hier wirst du wohnen.»

Isabelle richtet ihm die Bettstatt und lädt ihn ein, näher zu treten. Seine Augen suchen unruhig nach einem Halt in all der Bewegung. Er zeigt auf einen Kerzenstummel. Isabelle reicht ihn herüber, er formt mit zitternden Händen aus dem Kerzenwachs zwei Pfropfen und stopft sie sich in die Ohren. Erst jetzt verschwindet das Flackern aus seinen Augen.

Isabelle legt das Schloß sanft in den Riegel, flüstert noch ein «Dors bien» und entfernt sich mit gesenktem Blick zum Frühstück mit ihrem Gatten.

Laurent setzt sich in die Mitte der Werkstatt. Obwohl er nun allein ist, bleibt um ihn herum alles in Bewegung. Die Wände des Raums werden von Rädern, Pendeln, Federn und Zeigern in einer flimmernden Unruhe gehalten. Mit jedem Blick entdeckt er eine neue Übersetzung, einen anderen Trieb, einen weiteren Zeigerstand.

Als der Meister nach dem Frühstück zu Laurent in die Werkstatt tritt, kann Laurent die Uhrwerke im Raum bereits nach ihrer Bauweise unterscheiden, und wenn er sie auch nicht alle berechnen könnte, so würde er sie doch ohne Mühe nachbauen können. Er schaut noch immer fasziniert in den Rädertanz, als sich Jacquet-Droz vor ihn hinstellt und ihm erläutert, was er hier lernen wird.

«Im ersten Jahr der Ausbildung wirst du Uhrwerke kopieren und einfache Defekte reparieren. Im zweiten Jahr wirst du eigene Mechaniken entwerfen lernen und berechnen müssen und die Lehren Bernoullis studieren. Im dritten Jahr wirst du nach meinem Entwurf einen Spielautomaten bauen, bis du im vierten, dem Gesellenjahr, selbst einen solchen entwerfen wirst. Bis dahin wohnst du hier in der Werkstatt. Es ist dir strengstens verboten, die Werkstatt zu verlassen oder gar das Haus. Du kannst von Glück sagen, daß ich dich aus deiner verzweifelten Situation gerettet habe.»

Der Mund des Meisters bewegt sich wie eins der vielen mechanischen Teile vor Laurents Augen. Erst als der Uhrmacher ihn antippt und ihm drei Werkstücke in die Hand legt, fährt Laurent hoch und zieht einen Pfropf aus dem Ohr.

«Hier ist die Lupe, dort das Werkzeug. In acht Stunden bin ich zurück», schließt der Meister seinen Vortrag und legt Laurent ein Sperrad, den Sperrkegel und ein Wechselrad hin. «Mach mir je fünfzehn Stück!»

Laurent krümmt sich auf dem Stuhl, als wolle er sich verbeugen, setzt aber nur den Stöpsel wieder ins Ohr und nickt.

Vor ihm liegt das Wechselrad einer Pendeluhr. Es liegt über dem Minutenrohr, in dem die Stundenachse zum Stundenrad geführt wird. Mit wenigen Handgriffen vervollständigt Laurent das Werk, nimmt an der Grahamhemmung noch eine geringfügige Korrektur vor, und vor dem Mittagessen findet der Meister nicht die fünfzehn kopierten Zwischenrädchen, die er für den Abend erwartet hat, sondern fünfzehn komplette Uhrwerke, freilich ohne Pendel und Aufzugsfeder, da hierfür das Material auf dem Tisch nicht vorbereitet lag.

Als Jacquet-Droz die fertigen Stücke sieht, traut er seinen Augen nicht. Er schaut vorsichtig in der alten Küche umher, um sicherzugehen, daß niemand Laurent geholfen haben kann. Sein Herz tickt doppelt so schnell wie die Neuenburger Pendule, als er eins der Werke genauer untersucht, aber er läßt sich die Verblüffung nicht anmerken. Er schiebt bloß sein elegantes Stöckchen gefährlich langsam durch die

Finger bis zum Silberknauf. Dann zieht er es mit einem Schwung, als lasse er eine Peitsche knallen, über Laurents Kopf, und es ist schwer zu sagen, ob er jubeln oder toben will.

«Fünfzehn Rädchen soll Er feilen!»

Laurent nickt.

«Aha!»

Äußerlich wirkt er fast gelangweilt, als er den Lauf der fünfzehn Uhrwerke prüft, da an ein Rädchen tippt, dort an ein Federchen klopft, die unglaubliche Präzision erkennt und keine Erregung zeigt, kein Lob spendet. Statt dessen fährt das Stöckchen plötzlich mit einem häßlichen Pfeifen über Laurents Kopf und auf seinen Rücken nieder.

«Wer hat dir das beigebracht?!»

Laurent kann nur den Kopf schütteln.

«Mégevand? Chopard? Sandoz? Wer weiß mehr als du? Und wieso gehorchst du nicht?»

Wieder saust der Stock auf Laurents Rücken.

«Du wirst diese Arbeit noch einmal machen. Und zwar doppelt so schnell! Fünfzehn mal zwei. Währenddessen hast du Zeit, dir zu überlegen, wer dir da draußen im Jura soviel beigebracht hat! Also los ... sechzehn ... siebzehn ... achtzehn ... neunzehn ... neunundzwanzig ... dreißig Stück will ich bis zum Abend sehen!»

Damit wirft Jacquet-Droz alle fünfzehn Uhrwerke bis auf eins in die lodernde Schmelze und verläßt die Werkstatt.

Wieder liegt das Zwischenrad vor Laurent auf der Werkbank. Erneut beginnt er zu feilen, errechnet das Werk, erweitert es, komprimiert, spart Platz. Würde man auf die Säulen verzichten können, wären die Rädchen durchaus nebeneinander und nicht übereinander zu plazieren. Würde man zudem die Lagerung auf Stiften ersetzen, durch ein anderes Metall, das durch größere Härte weniger Reibung erzeugt, oder Kristalle, man könnte ...

Laurent beschränkt sich darauf, das eine Rädchen dreißigmal zu feilen. Und als der Meister am Abend die dreißig Teile sieht, ist er zufrieden, mustert den jungen Mann nachdenklich und fragt ihn nicht mehr, wo er gelernt hat. Dagegen gestattet er ihm, die Mechaniken, die er von seinen Lehrern kennt, nachzubauen. Daß der junge Mann bei großen Meistern gelernt haben muß, davon geht Jacquet-Droz aus, will aber weniger deren Namen als vielmehr deren Kenntnisse erfahren.

Isabelle sucht Laurent vor dem Schlafengehen auf, legt ihm eine Brotration neben die Suppe, entkleidet ihn und zieht ihm das Nachthemd über, als wäre er ein kleines Kind. Teilnahmslos fährt sie mit der Seife über seinen geschundenen Rücken. Still und beschämt erträgt Laurent Isabelles Verachtung.

Die Nächte verbringt er meist traumlos, oft wacht er auf und starrt durch die offene Kaminluke hinaus, um am Morgen bereit zu sein, wenn er von Isabelle geweckt wird.

Nach einer Weile spielt sich ein fester Wochenablauf im Hause Jacquet-Droz ein. Der Meister erteilt zu Wochenbeginn in der Manufaktur seinen Gesellen die Aufträge, legt Laurent in seiner Werkstatt die Teile vor und begibt sich dann auf Reisen.

Am Montag morgen erledigt Laurent sein Pensum, stellt die Teilchen her, die der Meister für die Woche vorgesehen hat, und blättert an den restlichen Wochentagen in Maries Büchlein. Er weiß, was Buchstaben sind. Er erkennt in ihnen keine Laute und schon gar nicht ihre Bedeutung, doch aber einen Sinn, nämlich deren numerische Eigenschaften. Schnell erfaßt er die Kombinationen der Buchstaben, sieht sie als Gleichungen, analysiert ihre Häufigkeit, entwirft Zahlenreihen und Eigenschaften, ordnet den Zeichen Zahlenwerte zu, faßt ganze Zeilen in Berechnungen zusammen und versteht bald ein jedes der Sonette, vorzüglich das fünfzehnte und sechzehnte. Allerdings auf die ihm eigene Art. Er denkt dabei nicht selten an Marie.

Einmal wöchentlich bringt Isabelle Waschschüssel und Bürste in die Werkstatt, gießt Wasser über Laurents Rücken, schrubbt ihn mit der Bürste und reibt ihn mit dem Tuch. Dabei summt sie. Und räuspert sich. Und hüstelt. Als ob die Stille zwischen ihr und dem jungen Mann sie beunruhigen würde. Da sie sich beim Reden wohler fühlt, erzählt sie, und da sie nichts anderes zu berichten weiß, erzählt sie von sich. Sie macht es sich zur Angewohnheit, dem Stummen ihr ganzes Leben zu schildern, und da sie annimmt, daß er es nicht weitererzählen kann, enthüllt sie ihm auch jene Ereignisse, von denen bisher noch nie jemand vor ihm erfahren hat, und gibt dabei manches preis, was sie vor sich selbst gern geheimgehalten hätte.

Wenn Jacquet-Droz am Samstag zurückkehrt, hat keiner seiner Gehilfen die Rädchen präziser gestanzt und genauer eingesetzt als der Neue. Und nicht nur dies: Laurent hat sie so schnell fertiggestellt, daß Jacquet-Droz bald einen Angestellten nach dem andern entlassen kann, ohne die Uhrenproduktion seiner Manufaktur einzuschränken.

Die Sonntage verbringt das Ehepaar schweigend im Haus. Sitzt der Meister im Wohnzimmer, zieht sich die Gattin in die Küche zurück, fragt er in der Küche nach Wein, räumt sie die Stube auf, will er in der Stube seinen Kepler lesen, legt sie sich ein wenig hin. Ängstlich gehen sich die beiden aus dem Weg, und Jacquet-Droz beobachtet mißtrauisch die kleinen Vertrautheiten, die sich Isabelle bei Laurent gestattet.

Jacquet-Droz weiß nicht, wie man mit Menschen umgeht. Er weiß, wie man Metalle, aber nicht, wie man seine Gattin behandelt. Er kann Legierungen erkennen, aber nicht die Gefühle einer Frau. Jacquet-Droz ist vorab ein fleißiger

Handwerker, aber kein Wissenschaftler wie Huygens oder Bürgi, und was sein Geist ihm nicht geschenkt hat, kann er sich nur mit Fleiß verschaffen. Er ist schon während seiner Studienzeit an der Universität zu Basel als eifriger Student aufgefallen. Aus den Schriften der Bernoullis lernte er die Infinitesimalrechnung. Aber schon für die Wahrscheinlichkeitsrechnung mit dem Fundamentalsatz reichte sein Geist nicht mehr aus. Bei Daniel Bernoulli lernte er die Zeitmessung auf hoher See zu verfeinern, aber nie hätte er aus der Gasgleichung eine Geschwindigkeitsmessung ableiten können. Sein Ehrgeiz trieb ihn weiter: zu den Keplerschen Berechnungen, zur Farbenlehre Newtons. Aber der Fleiß brachte ihn – ohne die Bocksprünge des Genies – eben nur im steten Kriechgang des Fleißigen voran. Erst seine Hände verliehen dem Verstand allmählich Wirkung. Wenn es galt, ein mechanisches Problem praktisch zu lösen, bewies er ein ausgeprägtes Fingerspitzengefühl, und bald schwankte das Pendel seiner Schaffenskraft zwischen Ehrgeiz und Fleiß hin und her.

Die Wochen vergehen, Isabelles Geständnisse an den Badetagen werden immer vertraulicher, und als sie Laurent eines Tages eröffnet, daß sie keine Angst habe, in die Hölle zu kommen, weil sie schon darin lebe, wird er unruhig. Er beobachtet mit wachsender Spannung die junge Frau, wenn sie das Essen in sein Zimmer bringt, und je weiter ihre Beichte geht, desto häufiger verlangt er, daß sie ihm den Oberkörper mit kaltem Wasser abschreckt.

Isabelle selbst bringt immer feinere Seifen und immer zartere Bürsten mit, wäscht den jungen Mann mit immer sanfteren Bewegungen und reibt ihn immer zärtlicher trocken. Ehe der siebte Neumond am Himmel steht, setzt sie sich neben ihn und lindert seine Erregung mit wenigen Handgriffen. Aber nur vorübergehend. Die Bewegungen Laurents werden zunehmend fahriger. Die Wachspfropfen in den Ohren scheinen ihn nicht mehr vor den Geräuschen der Uhren zu schützen. Er versucht, durch vermehrtes Raspeln ihr Ticken zu übertönen. Der Haufen der Metallspäne wächst täglich schneller, und der Stapel der Teile wird immer kleiner, als ob Laurent die Zeit selbst in Staub zermahlen wolle.

Nach acht Monaten geschieht es zum ersten Mal: Ein Aufzugsviereck paßt nicht! Jacquet-Droz klopft mit seinem Stockknauf auf die Werkbank. Auch ihm ist die Unruhe des jungen Mannes nicht entgangen. Er streichelt den elegant ziselierten Pferdekopf seines Stöckchens und gibt seiner Frau zu verstehen, sie möge ihn mit Laurent allein lassen.

«Ausgerechnet das Aufzugsviereck, das einfachste Werkstück mit der größten Toleranz! Bist du dir zu fein dafür?»

Laurent schüttelt den Kopf.

«Oder langweilt der Bastard sich bei einfachen Vierecken?»

Laurent klopft in ungleichen Abständen auf den Tisch, ein Zoll, eine Elle, ein Fuß.

«Ach, du erfindest Maßeinheiten? Ein Klafter? Und hast du das da gemessen?» schnauft der Meister und hält ihm das Aufzugsviereck unter die Nase.

Laurent legt matt seine Hand zehnmal an die Tischkante, will zehnmal einen Meter andeuten und eine Landkarte.

«Was soll das heißen? Es stimmt nicht! Selbst wenn wir dieselben Einheiten in ganz Europa hätten! Die Schotten. Die Badenser. Die Luxemburger. Die Belgier. Die Genuesen. Auch wenn wir mit den Venezianern korrespondieren könnten: Das ist falsch gemessen! Was sind das für Ausreden? Schau dein Aufzugsviereck an!»

Laurent schüttelt trotzig den Kopf.

Ansatzlos läßt Jacquet-Droz den Stock auf Laurent niederfahren. Laurent wölbt seinen Rücken, als wolle er ihn den Schlägen darbieten, und zieht den Kopf tief auf die Brust. Wie soll er dem Meister erklären, daß er seit drei Wochen sämtliche Maße mit einem Dreifußzirkel überträgt? Daß die kleine Ungenauigkeit an dem Aufzugsviereck in der Aufregung entstanden sein muß, weil er eine Unregelmäßigkeit bei der Berechnung eines Meters aus dem Erdmeridian entdeckt hat, die bei 10^{-7} Meter liegen muß! Daß er Fuß, Elle, Daumen und Schritte leicht in Meter umrechnet, aber beim französischen Klafter immer auf eine Schwankung stößt.

Der Nachthimmel hängt kalt und blank über La Chaux-de-Fonds, als der Stock des Meisters die häßliche Zeichnung auf Laurents Rücken vollendet. Es hilft nichts, daß der Jüngling sich zur Abwehr das Seidentuch Isabelles über den Kopf zieht, das sie ihm parfümiert in die Laken gelegt hat – im Gegenteil, erst als Laurent wimmernd am Boden liegt, hält der Meister ein und lehnt das Stöckchen neben die Glut des offenen Kamins.

«Mach mich nie wieder so wütend!» zischt er ihn an und verläßt schwer atmend die Werkstatt. Einen Lidschlag lang tauchen noch Isabelles schöne, dunkle Augen vor Laurent auf, dann bleibt er allein mit dem Rauschen der Uhren und verschwendet keine Sekunde mit Weinen. Wenn es ihm gelänge, anstatt mit der Kraft von Gewichten die Kraft eines Federzugs auf ein Schwungrad zu übertragen – mit der Grazie einer Infinitesimalgleichung – dann müßte sich dieses Schwungrad – das ebenso wie ein Pendel nach zwei Seiten ausschlägt – in zwei Richtungen hin und her bewegen. Es würde ohne großen Reibungsverlust gelingen … wie eine Berührung von menschlicher Haut …

Laurents Gedanken jagen durch seinen Kopf wie das Ticken der Uhren. Er preßt zusätzliches Wachs in die Ohren. Es hilft nichts, das Rauschen wird stärker. Das Ticken frißt sich immer tiefer in ihn hinein, als würde ein steter Wassertropfen auf seinen Hinterkopf fallen, als tickten die Rädchen im Innern seines Gehörgangs, als trieben die Unruhen ihr Wesen mit dem Hämmerchen auf dem Amboß seines Trommelfells.

Er hängt das Pendel der größten Uhr aus, aber es hilft nichts. Das unregelmäßige Geratter der anderen wird nur noch lauter. Als er die Kettenuhr zum Stillstand bringt, ticken die restlichen noch giftiger. Mit zittrigen Fingern stoppt er die dritte. Würgt eine weitere ab! Eine Uhr nach der anderen erlöst er von ihrem ungenauen Gang, da eine, dort an der Wand, auf dem Gestell unter dem Werktisch, jede, alle, bis die Ruhe endlich greifbar wird und im ganzen Raum die verlorene Zeit stillsteht und nur die Harmonien der Planeten weit draußen noch zu hören sind, als ob die reine Tonart in ein verstimmtes Instrument zurückgekehrt wäre.

Laurent legt sich erschöpft auf den Boden. Sein Blick geht durch die Öffnung des Kamins in den Himmel hinaus, dorthin, wo das All sich im Rauschen der Stille dehnt. Für einen Augenblick stehen die Winkelgeschwindigkeiten der Planetenbahnen greifbar wie Leuchtspuren einer gewaltigen Grundtonart vor seinen Augen.

Dann löst er die Wachspfropfen aus den Ohren, dreht sich zur Seite und schläft zum ersten Mal seit langem eine ganze Nacht beruhigt durch.

Erst in den Morgenstunden wird er von einem haarfeinen Ticken geweckt, so leise, daß nicht einmal eine Katze es gehört hätte. Laurent nimmt zunächst nur das ferne Rauschen des Vega-Nebels wahr, aber als er sich dem Behältnis nähert, aus dem das Ticken kommt, erkennt er es sofort wieder: Es ist das Kästchen des Meisters, jenes so gut behütete Kleinod, das der Uhrmacher nie aus den Augen läßt. Er muß es in der Nacht seiner Wut vergessen haben.

Kaum schlägt er vorsichtig das Deckelchen zurück, wird das Ticken lauter, und eine Uhr von seltener Schönheit steht vor ihm. Zwei Türmchen in Gold stützen die offenen Seitenträger, der schlanke Innenbau wird über Ausleger erweitert, ein Spitzendach faßt die verspielte Skelettornamentik zusammen. Das Räderwerk mit dem Federzug ist aus reinem Gold gearbeitet, die römischen Zahlen im Kreisreif sind konzentrisch auf dem offenen Ziffernring über Sonne, Mond und den Planeten angeordnet und mit Goldblatt belegt. Der Zeiger mit der Hahnverzierung zeigt die Stunden an, Mondphasen und Planetenbahnen werden auf Scheiben angegeben, sogar die Wochentage erscheinen in einem Feld. Vier goldene Hunde tragen das Kapitell, auf dem die Uhr ruht.

Laurent betrachtet das Kunstwerk. Es steht außer Zweifel: Das ist Jacquet-Droz' Lebenswerk, die Uhr, die er schon mehrmals erwähnt hat, ein Werk, das an Genauigkeit nicht mehr zu übertreffen ist. Laurent streckt gelassen seine Hand danach aus, als greife er nach dem Herz des Meisters, dreht und wendet voller Andacht die Uhr und lauscht dem Klang des hauchzarten Tickens. Seine Augen verlieren sich im Gold und wirken selbst etwas golden im Morgenlicht, ja, eine besondere Ruhe scheint von ihnen auszugehen, als er die Uhr weit von sich streckt, als fürchte er, sie würde explodieren. Da beginnt er sie zu schütteln und wirft sie mit einer plötzlichen Bewegung heftig gegen die Wand. Glockenhell klingelt die Kappe, die Federschlaufe sirrt über den Tisch und der Rest verliert sich klappernd in der Werkstatt. Völlig unbeteiligt verfolgt er die hüpfenden Teile, bis auch das letzte zur Ruhe kommt, und atmet weiter still ein und aus.

Er bleibt lächelnd sitzen. Er neigt den Kopf zur Seite, als verlange er nach einer Ohrfeige. Er zeigt matt mit der Hand auf sein rechtes Ohr und auf all die Uhren. Er wiederholt die Bewegung und wartet darauf, daß Isabelle den Raum betritt, um ihn zu wecken und Jacquet-Droz zu rufen, der fassungslos das Werk der Zerstörung sehen und nach dem Stock greifen wird – nichts wird den Alten davon abhalten können, seiner Wut freien Lauf zu lassen, auch nicht Isabelle, auch nicht ihre Drohung, zu den Richtern zu laufen und alles zu gestehen.

«Non ...!»

Isabelle erkennt am Morgen die Verwüstung, die Laurent angerichtet hat, sofort, wenn auch nicht in vollem Umfang, und sagt leise zu ihm: «Du hast die Uhren angehalten. Mach sie wieder an, ehe der Meister kommt.»

Ohne zu zögern begibt sie sich unverzüglich daran, die Uhrwerke wieder in Gang zu setzen, und fordert ihn auf, ihr zu helfen.

«Weißt du denn nicht, daß jede von ihnen für einen Seemann oder Bergmann oder Kohlenkumpel tickt? Pauvre bête?»

Bis auf eine hat sie alle Uhren wieder in Gang gebracht, eben rechtzeitig, ehe sich die Schritte Jacquet-Droz' drohend der Werkstatt nähern.

Schnell huscht sie durch die Tür. Es ist dies einer jener seltenen Momente, da die junge Frau ihrem Gatten zu Hause entgegentritt. Wenn sie sich auch ängstlich vor die Tür stellt, verhindert sie doch, daß er den Raum betritt, indem sie mit Bestimmtheit darauf besteht, daß sie erst den jungen Mann füttern wolle. Ihr Gatte soll getrost seine Reise antreten.

Es ist Jacquet-Droz nach dem Wutanfall von gestern nacht gerade recht, wenn er sich keine lange Begründung anhören muß. Er verbirgt seine Verlegenheit geschickt, läßt die Pferde anspannen und ist außer Haus, noch ehe die Sonne ganz aufgegangen ist.

Isabelle bringt Laurent seine Brotration und eine Milch, hebt die Trümmer der Säulenuhr auf, legt sie fein säuberlich vor Laurent, bemerkt erst nach einer Weile das verstörte Lächeln auf seinem Gesicht und versteht es sofort. So vertraut ist ihr die Leere eines enttäuschten Herzens, so oft hat sie selbst Verachtung und Zurückweisung erfahren. Sie tupft mit einem warmen Tuch das Blut von Laurents Rücken aus den Hautstriemen und kühlt mit einem kalten Lappen die blauen Flecke.

«Pauvre bête!»

Laurent deutet auf die Uhrentrümmer.

«Du wirst sie reparieren?»

Laurent zeichnet etwas in die Luft und will sagen, er kann ihr eine vollkommene Uhr bauen, eine Uhr, die im akkuraten Rhythmus seines Herzens tickt, aber Isabelle folgt den fahrigen Handbewegungen des jungen Uhrmachers ratlos und sammelt weiter die verstreuten Teile auf.

Als sie ein letztes Rädchen hinter der Werkbank hervorpulen will, fällt ihr ein kleiner Spiegel aus der Brusttasche. Laurent hebt ihn rasch auf und will ihn ihr reichen, da streift sein Blick sein Spiegelbild. Der junge Mann schaut erst ungläubig hinein. Dann lächelt er, erkennt im Augenblick, daß er es ist, der da lächelt, und erstarrt. Anstatt Isabelle den Spiegel zurückzugeben, schließt er seine Faust und versteckt sie vorsichtig hinter seinem Rücken, als könne er so verhindern, daß Isabelle sieht, was er eben im Spiegel entdeckt hat.

Der jungen Frau entgeht der Schrecken Laurents nicht, als sie die Hand nach dem Glas ausstreckt. Laurent öffnet die Faust, schaut noch einmal hinein, lächelt und streckt Isabelle den Spiegel so schnell hin, als müsse sie dadurch noch sein Lächeln im Bild erkennen können.

Isabelle nimmt wortlos den Spiegel, schaut ihn an und lächelt auch, als könne sie Laurents Gesicht tatsächlich darin sehen, und läßt ihn dann rasch in ihrem Gürtel verschwinden.

Auch in den folgenden Tagen findet die leise Vertrautheit zwischen den beiden ihre Fortsetzung. Isabelle bringt ihm frische Eier in die Werkstatt. Er berechnet ihr den Stand der Sternzeichen an ihrem Geburtstag. Sie setzt sich neben ihn an die Werkbank. Er führt ihr das neue Uhrwerk der Säulenuhr vor. Sie zündet in der Werkstatt Kerzen an. Er zeigt ihr die Lagerung eines Kupplungstriebes. Sie lädt ihn ein, doch mit ihr im Wohnzimmer zu essen. Als sie zum Mittag die Tür der Werkstatt öffnet, sind seine Schritte etwas staksig, ist es doch das erste Mal seit über einem Jahr, daß er die Werkstatt verläßt. Er überschreitet die Schwelle, geht einige Schritte in die Stube hinein, doch stört ihn das Tageslicht, und er streift mit den Blicken nur die dunklen Stellen im Raum, den Trauerflor über dem Porträt der ersten Frau, die Ofenöffnung, die Ritzen im Parkett, das verhängte Nebenzimmer, das in den heiteren Blautönen einem Kleinmädchenzimmer gleicht, oder starrt einfach nur auf seine Fingernägel. Kaum hat er sich an den Tisch gesetzt, wird er noch unruhiger, und als sie ihm das Essen reicht, greift er wohl danach, will aber sogleich in die Werkstatt zurück und beruhigt sich erst, als sie ihm das Kaninchenragout in seinem gewohnten Napf auf den Werktisch stellt und er an seinem gewohnten Ort essen kann.

Zwei Tage später bemerkt Isabelle, daß ihre Puppe aus dem blauen Zimmer verschwunden ist, und tatsächlich ertappt sie am nächsten Morgen Laurent dabei, wie er die Puppe in einer Schublade versteckt, als sie die Werkstatt betritt. Ohne den kleinen Diebstahl anzusprechen, wäscht sie ihn, kleidet ihn an, richtet sein Nachtlager, nähert sich wie zufällig der Schublade, legt ihre Hand auf den Griff, und ehe sie sie öffnet, sieht sie, wie Laurent ihr zunickt.

Isabelle zieht die Lade auf, will nach der Puppe greifen, und traut ihren Augen nicht: Der zerschlissene Puppenkopf verneigt sich vor ihr! Isabelle fährt zurück, während die Puppe nickt und das Porzellanhändchen nach ihr ausstreckt.

«Was hast du mit ihr gemacht?»

Laurent zuckt mit den Schultern und tippt die Puppe mit der Hand an. Erneut nickt der Kopf, und das Händchen zeigt auf Isabelle. Er dreht sie auf den Bauch, zeigt Isabelle den Mechanismus und legt ihr die Puppe in den Arm. Isabelle neigt ihrerseits den Kopf und will sich bedanken, da wendet sich Laurent bereits wieder der Säulenuhr zu und schenkt ihr weiter keine Beachtung.

Isabelle beobachtet den jungen Mann seit diesem Tag genauer, wenn sie ihm das Essen bringt. Sie entdeckt einen eleganten Schwung in seinen Handbewegungen, findet auch in der verbogenen Nase noch eine gewisse Ausgewogenheit, und auch die Zähne stehen nicht alle schief. Besonders die Augen üben bei genauerem Hinsehen eine eigenartige Wirkung auf sie aus, und wenn es ihr gelingt, ganz aus der Nähe in Laurents Augen zu schauen, durchfährt sie jedesmal für Sekunden ein seltsamer Schauder, als könne sie plötzlich in die Zukunft sehen. Sie erkennt Bilder aus Genf, aus Madrid, aber kaum löst sie ihren Blick, hat sie bereits vergessen, was sie eben gesehen hat, als sei es ein Traum von gestern.

Drei Tage verbringt sie damit, einen Puppenkopf aus Lehm zu formen, näht passende Hosen und ein Hemdchen dazu, färbt das Gesichtchen etwas ledrig, setzt gelbe Glasaugen ein, knüpft schwarze, dichte Haare auf das Köpfchen und malt einen traurigen Zug um den Mund, bis sie die Ähnlichkeit selbst ein wenig erschreckt, und stellt die Figur dann zum Frühstücksnapf auf die Werkbank.

«Du.»

Isabelle hat sich daran gewöhnt, nicht viele Worte zu machen in der Gegenwart von Laurent. Als würden ihn Worte verletzen, blickt er nur verlegen auf den Boden, wenn sie ihn anspricht, und auch wenn sie ihn loben will, hat sie es sich zur Gewohnheit gemacht, sich mit Handzeichen auszudrücken.

Laurent betrachtet lange sein kleines Ebenbild. Er folgt den Bewegungen Isabelles, als sie die andere Puppe nimmt und sie danebensetzt. Auch wenn das kleine Gesichtchen des Puppenjungen sorgfältig gearbeitet ist, ist es das doch nicht im ausgewogenen Ebenmaß der anderen Figur, und wirkt neben der zerschlissenen Puppe Isabelles eher häßlich, ja etwas abstoßend. Laurent mustert die beiden Gesichter. Er verschränkt langsam die Händchen der beiden. Dann setzt er sich wieder an seine Werkbank, und er beachtet Isabelle nicht weiter.

«Zeig davon nichts Papa», flüstert sie, ehe sie ihn allein läßt. Von diesem Tag an ergreift eine seltsame Unruhe von der jungen Frau Besitz. Sie stellt zweimal die Möbel in der Stube um. Hängt die Bilder ab und woanders wieder hin. Kauft beim Kesselflicker einen ganzen Satz neuer Pfannen. Läßt sich beim Schuhmacher ihre Lieblingsschuhe kopieren. Fährt zweimal zur Modistin und verlangt die neuesten Hüte zu sehen, kauft aber keinen, sondern ersteht einen Armreif. Und entfernt schließlich den Trauerflor samt dem Bildnis ihrer Ziehmutter.

Hat sie sich bis zu diesem Zeitpunkt damit abgefunden, daß sie den Rest ihres Lebens genauso verbringen wird wie die Jahre zuvor, scheint sie ihr Leben jetzt plötzlich ändern zu wollen. Nun achtet sie morgens und abends sorgfältig darauf, ob Laurent die Mechanik der Puppe weiterentwickelt, und als sie feststellt, daß er es nur dann tut, wenn sie ihn nicht beachtet, beginnt sie ihn schnippisch zu behandeln. Bringt sie ihm morgens das Frühstück, tut sie es mit spöttischer Mißachtung. Sie legt ihm das wärmende Kirschkernkissen nur noch selten unter den Nacken. Zur Suppe erhält er hartes

Brot, und sie vermeidet es, ihn anzuschauen, und tut sie es doch, dann hochnäsig, kurz: als möge sie nicht sehen, was in seinen Augen steht. Am Ende vergißt sie zweimal hintereinander, ihm das Abendbrot zu bringen. Und erreicht, was sie will: Emsig arbeitet Laurent an den beiden Figuren.

Als der Meister endlich aus Genf zurückkehrt, wirkt er aufgeräumt und entschlossen. Er würdigt seine Gattin kaum eines Blicks, während er karg von seiner Begegnung mit der haute volée Genfs berichtet. Auch das Fehlen des Trauerflors entgeht ihm, als er das Bukett eines Burgunderweins schildert, und schon tritt er in die Werkstatt auf der Suche nach seinem Kästchen. Zu Laurent sagt er: «Elf meiner Uhren sind verkauft und achtzehn neue bestellt ... davon eine von denen ... die du ...»

Da verebbt seine Stimme, und sein Blick bleibt auf dem Regal hängen. Dort steht das kleine Ebenbild Laurents vor dem Kästchen. Als Jacquet-Droz den Deckel öffnet, wird die kunstvoll überarbeitete Säulenuhr sichtbar.

Mit einer Art Lächeln hebt Laurent das kostbare Räderwerk auf den Arbeitstisch und stellt es vor den Meister. Jacquet-Droz starrt erst Isabelle an, dann den Jungen.

«Parbleu!»

Vor ihm steht sein Meisterwerk, aber verkleinert, verschönert, verbessert und um vieles raffinierter gebaut. Wofür er ein Leben lang geschuftet hat, das hat sein Gehilfe in drei Wochen nebenher gemacht. »Parbleu!» Jacquet-Droz sucht den Neid vor Laurent und das Mißtrauen vor seiner Gattin zu verbergen und greift mit gespielter Gelassenheit nach dem Werk. Scheinbar gleichgültig läßt er es in seiner Handfläche hüpfen, wendet es, kippt es und tippt es an. Er hält das genialste Uhrwerk in den Fingern, das er je in seinem Leben gesehen hat.

Kalt lächelnd wendet er sich zu Laurent, nur seine geröteten Augen verraten, mit welcher Gewalt der Neid sich in seine Innereien frißt.

«Soso! Er hat mein Uhrwerk studiert. Er hat es gar verkleinert! Und er hat unten die Zahlenverhältnisse auf die Schale gestanzt.»

Er starrt seine Gattin an, als hätte sie ihm einen Giftbecher vorgesetzt, und fragt sie leise, ob sie die Flugkurve eines mit Sand gefüllten Balls kenne. Die eines mit Federn gefüllten Leders? Dann wisse sie auch nicht, wie schnell ein solcher Ball fliegt, wenn er mit einem Tritt beschleunigt und, noch einmal im Flug getreten, mehrmals beschleunigt werde, bis der Ball unendlich schnell unterwegs sei? Ob sie die Geschichte jenes Soldaten kenne, der sich beim Rechtskehrtum-Üben so schnell drehte, daß er sich im Spiegel von hinten sehen konnte? Genauso schnell solle sie sich in die Küche begeben!

«Raus!»

Dann wendet er sich, nun wieder lächelnd, Laurent zu und möchte gerne, quasi unter Genies, ein paar Worte wechseln, läßt aber nur verlauten, es sei heiß hier drin, und Hitze deute immer auf Geschwindigkeit. Sowohl der Teile als auch des Ganzen! Ein Pendel braucht zwei mal die Wurzel aus r geteilt durch g! Nicht mehr! Somit weniger als auf der direkten Geraden und kürzeren Strecke von A nach B! Der Meister verstummt und schüttelt den Kopf. Dann faßt er einen Entschluß.

In den nächsten Nächten schläft der Meister nur kurze, erschöpfte Stunden. An den Tagen sitzt er über Berechnungen, erteilt Laurent stündlich neue Aufträge, schafft die Enzyklopädie in sein Kontor, läßt aus der Pendulen-Manufaktur in Neufchâtel Nachschub liefern, aus dem Schwarzwald eine Kuckucksuhr, aus Aachen eine Räder-Pendule und aus

London einen Harrison-Chronometer mit Grashüpferhemmung, und erklärt Laurent, was er von ihm erwartet: Kopien der Säulenuhr. Er schafft jedes erdenkliche Werkzeug, jedes Uhrwerk, jede mechanische Erfindung an, benutzt und studiert es und zeigt sich selbst nur noch selten außerhalb des Kontors. Vor allem achtet er sorgfältig darauf, daß Laurent von seinen Berechnungen nichts zu Gesicht bekommt.

Mit jedem Meisterwerk, das Laurent derweil für Jacquet-Droz baut, werden dessen Stirnfalten tiefer, mit jeder verkauften Säulenuhr seine Anweisungen karger. Die Bücherstapel und Entwürfe neben seinem Werkplatz wachsen. Er verbringt auch die Nacht immer häufiger in der Werkstatt, und wenn er das Haus tagsüber verlassen muß, verriegelt er die Tür zu Laurents Werkstatt sorgfältig. Seiner Frau verbietet er, mit dem jungen Mann Gespräche zu führen, und als sie wissen möchte, warum, antwortet er knapp: «Er ist stumm.»

Jeder Verkauf nährt zusätzlich Jacquet-Droz' Eifersucht. Mit jedem Lob seiner Kunstwerke frißt sich der Neid tiefer in sein Herz. Bald verkauft er die Uhren nur noch mißmutig. Schließlich hört er überhaupt auf, Uhren anzubieten. Die letzte wirft er voller Ekel von der Klippe in den Doubs.

Isabelle erledigt ihre häuslichen Pflichten, bringt das Essen in Laurents Werkstatt und wäscht ihn einmal pro Woche. Laurent arbeitet mit größter Sorgfalt an den beiden Puppen. Er entwickelt greiffähige Händchen, ja sogar Kiefer, die sich beim Sprechen bewegen. Er baut dem Jungen ein Glockenspiel in den Bauch, das beim ersten Schritt in Gang gesetzt wird. Zur Melodie von «Oh, amour, que loin ...» geht der Junge auf die Mädchenpuppe zu, verbeugt sich, greift nach ihrer Hand, streckt den Fuß und dreht sie im Tanz mehrere Schritte, ehe er sie zum Kuß an sich zieht. Schließlich ist der Pas de deux vollendet.

Als Jacquet-Droz den Raum betritt, sieht er das verzauberte

Paar in seinem skurrilen Tanz, und das Glockenspiel verstärkt noch die Unwirklichkeit der Szene – dort auf dem Tisch tanzt der kleine Laurent mit einem Mädchen und bewegt seinen Mund, als hauche er ihm ein Gedicht ins Ohr. Fasziniert und gerührt wartet der Meister, bis der Tanz zu Ende ist.

Ergriffen schweigt er eine Weile. Schließlich seufzt er leise: «Das könnte ich nie.» Dann steht er auf, schließt sich in sein Kontor, räumt die Bücher vom Tisch und brütet stundenlang vor sich hin.

Seit Monaten hat der Alte versucht, einen neuen Antrieb für eine Uhr zu entwickeln, und ist bei seinen Studien auf Zeitgeber und Antriebe unterschiedlichster Art gestoßen. Zuletzt auf den natürlichsten Pulsgeber, das menschliche Herz. Er studiert die menschliche Anatomie aufs genaueste und weiß endlich, wo die Uhr sitzen muß: am Handgelenk. Sie soll dabei nicht nur Stunde, Minute und Sekunde, sondern auch Wochentag, Monat, Jahr, Mondphase sowie Sonnenauf- und -untergang anzeigen. Dieses kleine Wunderwerk wird aber nicht durch eine Feder in Gang gehalten, sondern durch eine Flüssigkeit! Wenn es nämlich gelingen kann, das Blut des Menschen regelmäßig in der Uhr zirkulieren zu lassen, dann wird die Uhr keinen Aufzug mehr benötigen, sondern wird direkt vom Druck des menschlichen Körpers in Gang gehalten. Gelingt es erst, eine Verbindung mit dem Blutkreislauf herzustellen, steht dem neuen Pulsar nichts im Wege, und der Erfinder Jacquet-Droz wird über dem Erbauer stehen – über Laurent!

Seit er die Puppen hat tanzen sehen, eilt Jacquet-Droz einmal wöchentlich zum Anatomen in die Unterstadt, läßt sich dort Blut abzapfen und kehrt heiter nach Hause zurück. In seiner Werkstatt studiert er die Bauweise des Skeletts, der Gelenke, die Zugkraft der Bänder, der Muskeln. Wie pumpt das Herz Blut in die Gefäße? In welchem Takt arbeitet die Milz? Bald kennt er den Ledereinband des anatomischen Lehrbuches besser als seine Fingernägel und mißt an Laurent Kniebeuge, Elleninnen- und -außenlängen, dehnt sein Hüftgelenk in extremis und faltet Eselsohren ins Handbuch, prüft alle Möglichkeiten, eine kleine Mechanik an den Blutkreislauf anzuschließen, betrachtet Rindsvenen und Schweinearterien unter einem Mikroskop und bereitet Laurent darauf vor, an einer bahnbrechenden Erfindung teilzuhaben.

Drei Monate später eröffnet er seiner Frau: «Wir ziehen nach Genf. Wir brauchen Kapital.»

Das Ehepaar Jacquet-Droz bezieht an der Rue du Cours in Genf eine ansehnliche Villa. Der Uhrmacher läßt verkünden, er werde zur Eröffnung des Ateliers ein nie gesehenes Wunderwerk der Illusion vorführen. Er läßt Laurents Werkstatt im neuen Haus direkt neben seiner einrichten, schreibt sich für die anatomischen Vorlesungen an der Universität ein, läßt Laurent das gereinigte Gerippe eines Zigeuners in seine Werkstatt schaffen und schließt die Tür hinter sich.

Isabelle läßt sich den Wohlstand im neuen Haus gerne gefallen. Sie engagiert einen piemontesischen Koch, nimmt Unterricht am Cembalo und beauftragt einen Hauslehrer, sie in den eleganten Sitten zu unterweisen. Sie läßt Seidenwäsche auf ihr Bett ziehen und tut alles, um bei den öffentlichen Anlässen der Stadt Anschluß zu finden. Begeistert empfängt sie die Kunden ihres Mannes, aus Paris, Besançon oder Straßburg. Grafen, Lieutenants, Hochwohlgeborene und Comtessen geben sich die Klinke in die Hand und neigen ihre Köpfe über die Uhrenmuscheln und Zeitwunder.

Als der Banquier Necker sich zu einem Antrittsbesuch bei Jacquet-Droz meldet, sieht Isabelle ihre Chance gekommen, die Finanzen der Manufaktur zu sichern. Sie bereitet einen

Tee, läßt die Honigkerzen auf den Tisch stellen und öffnet einen Roten aus Chambertin.

Der Financier erweist sich als ein Mann der gepflegten Etikette, erkundigt sich nicht nach dem verhinderten Gatten, und Isabelle wartet nicht lange, ehe sie fragt: «Wir möchten mechanische Puppen in einer Manufaktur herstellen lassen und benötigen dazu Kapital. Vielleicht wüßten Sie Rat?»

Gedankenverloren rührt der Banquier in seinem grünen Tee und nestelt an seinem gelben Halstuch. Auch wenn er abwesend wirkt, hört er doch aufmerksam zu und beantwortet die Fragen – zu den Unruhen in Paris, zu der Einführung der Steuerpflicht für die Adeligen, zu den Plänen des Königs, ein Parlament für den dritten Stand einzuführen, und nicht zuletzt zur Mode in den Salons –, bevor er schließlich die Konversation beschließt.

«Geschäftliches wollen Sie mit mir bitte in meinem Kontor besprechen», sagt er höflich lächelnd. «Ich bin, offen gestanden, sehr neugierig auf die Uhren Ihres Gatten. Monsieur hat sicher die Güte, sie mir morgen zu zeigen.»

Als er sich gerade erhebt, um sich gebührend zu verabschieden, fällt ihm auf einer Umzugskiste eine Zahlengleichung auf, die Laurent dort wohl notiert haben muß – auf den ersten Blick erinnert sie an eine Wahrscheinlichkeitsrechnung.

«Sie rechnen, Madame?»

Isabelle schiebt verlegen ein Tuch über die Kiste und entgegnet etwas keck: «Nennen Sie mir eine Aufgabe, die Ihnen unlösbar scheint, Monsieur.»

«Ach …?»

Wie zum Spaß bittet Necker die junge Frau, ihm doch das Anfangskapital zu nennen, wenn er ein Endkapital von hundert Gulden vierzig Jahre lang bei drei Prozent Verzinsung habe stehenlassen, und verabschiedet sich.

Am nächsten Tag legt Isabelle Laurent einen Zettel mit Neckers Zahlen neben das Frühstücksbrot. Laurent schreibt ihr, ohne aufzuschauen, seine Lösung auf das Papier, und sie gibt es noch am selben Tag in Neckers Kontor ab. Necker überfliegt die Berechnung, setzt sich und rechnet und addiert und – ist verblüfft. Die Zahl stimmt. Er erkundigt sich höflich nach den Uhren von Jacquet-Droz und weist darauf hin, daß er gerne mit dem Gatten die Frage einer Manufaktur besprechen werde, gibt der jungen Frau aber nochmals Zahlen mit auf den Weg.

«Ich möchte eine Anleihe auf elf Jahre begeben. Wie hoch darf der Zinsfuß sein, wenn ich nach elf Jahren nicht mehr als hundertvierzehn Prozent zurückzahlen will?»

Diesmal verabschiedet sich Isabelle eilig.

Am nächsten Morgen sitzt Necker wiederum zum Tee bei Madame und staunt über die korrekte Lösung der Zinsfrage. Und sie gibt ihm nach einem kurzen Gang in die Werkstatt auf der Grundlage der bisherigen Kursschwankungen der Aktien der Ostindischen Compagnie eine rechnerische Prognose für ein Verkaufssignal. Als Necker vor fünfzehn Jahren die Ostindische Compagnie an der Londoner Börse kaufte, war er ausgelacht worden. Niemand gab dem Tee bei diesen Zöllen eine Chance. Die Börse ging davon aus, daß die Kolonien auf ewig den Engländern gehören. Aber seit der Unabhängigkeitserklärung der Amerikaner lacht man an der Börse nicht mehr über den cleveren Genfer. Seit London die Amerikaner nicht mehr mit Zöllen bevormunden kann, ist der Hauptaktionär mit einem Schlag zum Haupthandelspartner der ‹Staaten› geworden!

Beeindruckt lädt der Banquier Madame Jacquet-Droz samt Gatten ein, doch mit ihm nach Ferney hinauszufahren. Dort habe er ein Gelände im Auge, welches ihm für eine Manufaktur mechanischer Puppen durchaus geeignet scheine.

Am nächsten Morgen bricht man bei Sonnenhöchststand auf. Beim zwölften Schlag schließt sich die Klappentür von Neckers Wagen hinter den Fahrgästen, bestehend lediglich aus Monsieur Necker und Madame Jacquet-Droz.

«Ich verwalte die Finanzen des Hauses», erklärt die junge Frau knapp die Absenz ihres Gatten. Der Banquier schweigt. Die Berechnungen von Madame haben ihn überzeugt.

Als der Wagen aus der Rue du Cours Richtung See biegt, sehen die promenierenden Damen den verheirateten Banquier zum ersten Mal seit Jahren mit einer jungen Frau in einer Kutsche. Die Nachricht verbreitet sich wie ein Lauffeuer.

Dazu muß man wissen, mit welch seidenem Kokon Necker bereits als Student von den Frauen Genfs umwoben wurde. Er tauchte in den galanten Episoden des Stadtklatsches auf als jemand, der den Bund der Ehe auf Ewigkeit ablehnte. Nur die Verbindung auf Zeit hieß er gut und verursachte damit in den philosophischen Salons der Damen angeregte Debatten. Auf Zeit? Die Zeit der Begierde, in der die Sekunde eine Ewigkeit dauert? Oder die Zeit der Verliebtheit, in der jede Sekunde den Anfang einer Unendlichkeit bedeutet?

Necker wurde von den Damen der Salons in Zusammenhang mit den Verstandesakten Humes gebracht, galt als Antidescartien, der denke, wer nur denke, er sei, weil er denke, sei nicht! Dann wurde er mit den Sensualistinnen in Verbindung gebracht. An anderer Stelle wurde er der Komplizenschaft mit Olympe de Gouges bezichtigt, die die Frauenrechte proklamierte. Die Ehe wäre demnach eine Erfindung zur männlichen Vermögenssicherung! Die Liebe sei von ihren gesellschaftlichen Fesseln zu befreien! Bald galt er als der Doyen der Dichtung. Als Duzfreund Voltaires. Als Anhänger Diderots. Und unter Politikern war er unbestritten der Verfechter der Gleichheit der Bürger – seine Anregung, die allgemeine Steuerpflicht auch für die Reichen einzuführen, hat die Idee der Gleichheit weiter vorangebracht, als jedes Buch von Rousseau oder jede Revolution es vermochte, und keiner hat soviel Gewinn aus den Umwälzungen gezogen wie er.

Neben diesem Necker sitzt also Isabelle gleich bei ihrer ersten Ausfahrt in Genf.

«Wollen Sie nicht in Fahrtrichtung sitzen, Madame?»

Isabelle errötet. «Danke sehr», haucht sie und sinkt widerstandslos neben den galanten Herrn in die Polster.

Die Sitzbank der Kutsche ist nicht eben breit, und es bleibt kein Raum zwischen ihrem und Neckers Oberschenkel. Sie vermag gerade noch ihre Hand dazwischenzuschieben.

«Erzählen Sie mir von Genf, Monsieur.»

Isabelle legt die Falten ihres Kleides mit der freien Hand zurecht, als Necker antwortet: «Was könnte ich Ihnen von Genf erzählen. Vielmehr sollten Sie mir die Stadt schildern. Sie haben einen unvoreingenommenen Blick.»

«Ich liebe Genf. Es ist ‹une petite Europe›. Ist es nicht ein Segen, daß im Freistaat Genf keine Nation fehlt? Die Bonvivants aus Polen. Die Religionsflüchtlinge aus Spanien. Die politisch Verfolgten aus der Eidgenossenschaft. Die Freidenker aus Baden-Württemberg. Und das Handwerk: die genuesische Seidenstickerin. Der venezianische Goldbrodeur. Der Burgunder Uhrmacher. Die Samtweberin aus Marseille ... was denken Sie?»

«Ich muß Ihnen gestehen, ich hasse es.»

«Darf ich raten, Monsieur?»

Isabelle lächelt, und in ihre Stimme mischt sich ein leichtes Vibrieren. Der Wagen ruckt. Über den Köpfen der beiden Reisenden knallt die Peitsche.

«... enttäuschte Liebe?»

Necker räuspert sich und blickt versonnen auf das vorüberziehende Lavendelfeld.

«Madame, im Paradies gibt es keine Sünden ...»

Der Wagen holpert durch ein Bachbett. Die Wucht wirft Isabelle unversehens etwas in die Höhe, und die beiden Reisenden fallen neugeordnet in die Polster zurück. Seine Hand, die er eben formvollendet hinter ihr ins Polster gelegt hat, ist unter dem Stoff ihres Rockes eingeklemmt. Der Finanzminister läßt sie dort ruhen und fährt fort: «Die Kaleschenfahrten nehmen derart überhand ...», Necker spürt das warme Fleisch ihres Schenkels auf seiner Handfläche, «... daß die Genfer Sittenpolizei sich bald gezwungen sehen wird, das Droschkenfahren innerhalb der Stadt zu untersagen.» Der Zeigefinger des Großaktionärs liegt jetzt genau auf dem Strumpfende, während der Mittelfinger im Blütenmuster des Bandes gefangen ist.

Isabelle verrät nichts von ihrer Erregung, als sie fragt: «Stimmt es, was man über die Genfer Küche sagt?»

«Oh, sie kochen hervorragend. Aber sie essen nicht. Es sind Calvinisten, Madame, vergessen Sie das nicht. Die vornehmen Bürger lassen bei Empfängen üppige Buffets auftragen. Aber Sie werden nie jemanden auch nur naschen sehen.»

«Das nenne ich Heuchelei!»

«Wie dürften die Satten sonst den Hungernden das Fasten predigen?»

«Der Hunger macht harmlose Diebe», flüstert Isabelle.

«Sie haben recht. Der Neid erst macht die Menschen zu Mördern», stimmt er zu.

Isabelle zucken die Nasenflügel, als sie gesteht: «Nein, Monsieur, die Liebe, die Liebe macht die entsetzlichsten Mörder!»

Es folgt eine kurze Stille, die nur vom Ruckeln des Wagens begleitet ist, ehe Necker leise seufzt: «Was sich über das Essen in der Stadt Calvins sagen läßt, Madame, ließe sich wohl auch von der Liebe behaupten. Auch wenn die Liebe mit dem Hunger nicht verglichen werden sollte: Man tischt auf, aber man ißt nicht.»

«Nur wer die Liebe teilt, kann sein Glück verdoppeln.» Isabelle verleiht ihrer Zustimmung mit ihrer Hand Nachdruck. «Wer den Hunger teilt, wird davon hungriger!»

«Da täuscht sich die junge Frau. Lassen Sie sich von einem verheirateten Mann sagen: Glück kann nicht geteilt werden, nur beschleunigt – der schönste Augenblick vergeht, wenn er geteilt wird, wie der ungeteilte – nur schneller.» Nichts in Neckers Stimme verrät Erregung, als der Ringfinger in die kleine Mulde rutscht. «Und wenn wir ihn mit der ganzen Welt teilen, löst er sich gar im Handumdrehen in Luft auf!»

Isabelle schiebt in der Fliehkraft der Kurve ihren Schenkel dem Herrn Necker entgegen. «Sehen Sie die Seidengewänder der Frauen im Widerspiegel des Wassers flimmern? Wie Seerosen!»

«Wie zart Sie sich ausdrücken!» Der Banquier verleiht mit einer Bewegung seines Ringfingers dem Kompliment Nachdruck und stößt mit seinen anderen Fingern vor. «Wissen Sie, Madame, in den Köpfen der aufgeklärten Jugend schwelt der ‹Contrat social› noch immer, den der Genfer Adel verbrannt hat.»

Isabelle wirft ihr Kinn empor und lächelt herausfordernd. «Gehören Sie nicht zu den Aufgeklärten?»

Necker lächelt auch. Ohne seinen Gedankenfluß und seine Fingerbewegung zu unterbrechen, antwortet er: «Die alteingesessenen eidgenössischen Adelsfamilien lassen sich ihren Vorsprung nicht wegschnappen! Die Freiheitlichen fordern vergeblich die Abgabe der Monopole. Wenn die Obrigkeit den Buchdruck der Zugewanderten nicht zensurieren lassen würde, wer weiß ...? Noch schließen die Wachen nachts pünktlich die Tore der Stadt!»

«Es ist eine doch offene Stadt, nicht wahr, Monsieur Necker?»

Der Banquier lächelt milde und seufzt, als die junge Frau ihre Finger unter seinem Stoff verschränkt.

«Nicht offen genug, nicht offen genug ... Das Genfer Zollregal behindert die Lieferungen der Gewürze aus Asien mit zu vielen Einschränkungen. Das Salzmonopol ... es ... bleibt fest in der Hand des Genfer Kleinen Rates! Man will die Aufnahme der eingewanderten Familien ins Bürgerrecht verhindern!» Die Erklärungen folgen den Atemstößen in immer kürzeren Abständen. «Wer die Cercles nicht verbietet, riskiert die Revolution. Der Tuchmarkt läßt sich nicht kontrollieren. Aber wie soll man ohne ihn täglich fünfunddreißigtausend Mäuler im Kanton füttern?»

Der Banquier wölbt seinen Rücken, und es scheint, als wolle er sich für die Freiheit erheben. In der nächsten Kurve stemmt er sein Becken etwas in die Polster und ruft: «Der Indiennedruck beschäftigt bereits dreitausend Menschen! Die Burgunder Uhren sind der Stolz der Genfer Manufakturen! Die Goldstickereien der Marseiller verkaufen sich vorzüglich! Und die einheimischen Zünfte verarmen, weil sie die Chancen der Freiheit nicht sehen! Die Türen – sind – bereits – aufgerissen! Für – freie Bürger!»

Isabelle stöhnt für einen kurzen Augenblick laut auf, als wünsche sie sich die Freiheit ebenso sehnlich herbei wie der Banquier und stößt ihren Atem in einem langen republikanischen «Ah!» aus, bevor sie sogleich eine erregte politische Frage folgen läßt. «Warum hat man Sie in Paris entlassen, Monsieur?»

Necker deutet mit einer knappen Kopfbewegung an, daß er danach jetzt nicht gefragt werden will. «Vergangenheit!»

Die Kutsche schlenkert nach links, und für einen Augenblick scheint es, als verliere sie gänzlich das Gleichgewicht.

Isabelle schreit auf, klammert sich an Necker fest und kreischt noch einmal, als er über sie geworfen wird und sich nicht zurückhält, sondern in einem wonnevollen Schmerz stöhnt, ehe die Kutsche mit der nächsten Bodenwelle zurückgeschlagen wird und in einer ruhigen Spur den Weg fortsetzt.

Der Wagen ruckelt fast geräuschlos hoch über dem See. Necker blickt mit wässerigen Augen in die schaukelnde Landschaft. Zwischen den Waldflecken schlängeln sich Wege durch die Wiesenflächen. Die Anhöhen sind von unterschiedlich großen Grasflecken übersät, als habe ein Maler auf der Palette nach der richtigen Grünstufe gesucht. Necker gibt ein Zeichen, die Kutsche zu wenden.

«Habe ich richtig geraten?» fragt Isabelle nach einer Weile.

Der Banquier nickt fast ärgerlich.

«C'est passé! Wozu über Dinge nachdenken, die man nicht mehr ändern kann.»

«Wir ändern sie, indem wir darüber reden, Monsieur!»

«O Teufel Zeit!» seufzt der Minister und schweigt eine Weile, ehe er hinzufügt: «So viele Gedanken über die Zukunft, wie ich sie schon vergessen habe, haben nicht in einem Buch Platz. Und wozu soll ich das Buch lesen, wenn doch von der ganzen Lektüre nichts bleibt als ein Buchrücken. – Wir sind da.»

Isabelle tanzt die Welt noch vor den Augen, als der Wagen schon hält.

Nach der Kutschenfahrt zeigt sich der Banquier kühl. Er gibt Isabelle weitere Zahlen und Tabellen zur Berechnung mit.

Laurent beugt sich gehorsam über die Buchhaltung der Neckerschen Staatsanleihen. Er versteht nicht die Bedeutung, rechnet aber genau. Es dauert keine Stunde, bis Laurent sämtliche Daten durchgerechnet und mit weitsichtigen Prognosen versehen hat. Aufgrund der Voraussagen erkennt Necker, daß der französische Staat die Anleihen, mit denen er den Krieg in Amerika finanziert hat, nie wird zurückzahlen können. Also verlegt er sich darauf, die Staatsanleihen gegen Aktien und Rohstoffe zu tauschen, und wird auch hier wieder verlacht – bis der Assignatenhandel neue Tiefststände meldet. Mehr braucht Necker von Isabelle nicht zu wissen. Die geschäftlichen Beziehungen mit Herrn Necker nehmen nach der Kutschenfahrt ein jähes Ende.

Jacquet-Droz erfährt am Abend nur knapp vom Ergebnis der finanziellen Verhandlungen. Es bestehe kein Bedarf an einer Manufaktur. Er ist darüber nicht unglücklich.

Isabelle findet Geschmack am oberflächlichen Leben an der Rue du Cours. Sie schmückt sich mit farbigen Seidenbändern, vorzüglich mit jenen aus der Fabrik des Banquiers Voltaire, und ein Besucher, dem daran liegt, der findet sich unverhofft in ihrem Zimmer vor offenen Schubladen und Schränken wieder, und manch ein Kunde verläßt Genf mit einem violetten oder gelben oder grünweißen Band in seiner poche secrète.

Je weiter der Tod ihrer Ziehmutter zurückliegt, desto kecker schweift Isabelles Blick unter den jungen Männern umher. Wie sehr sie auch bemüht ist, ihren Salon für die Damen offenzuhalten, stets wird ihr Haus fast ausschließlich von jungen Herren frequentiert. Die Hausherrin wird nicht müde, sie zu befragen, wie die Revolutions-Priester in Marseille heiraten, ob man in Paris die Präambeln der Unabhängigkeitserklärung in die Verfassung übernehmen wolle, ob man unter den wohlhabenden Bürgern auf Reisen denselben Schmuck trage wie à la maison, ob es wahr sei, daß der französische König abdanken wolle?

Auch wenn die meisten nur verlegen den Tee aus der Untertasse schlürfen, ihr auf die Knie oder das Brusttuch glotzen, spricht sich in Genf doch schnell herum, daß die Madame aus La Chaux-de-Fonds jene feinen rosa Strümpfe trägt, über die zur Zeit soviel geredet wird. Sie kennt sich außerdem in Frisuren aus und ist auch gerne bereit, ihre Behaarung in kleiner Runde zu besprechen.

Isabelle beginnt sich nach Bildung zu sehnen und kauft Bücher. Sie bewundert den deutschen Lafontaine. Weil er «mit kurzen Sätzen jeden Gedanken, auch den kompliziertesten, einfangen kann, als hätte ich ihn selbst gedacht». Sie schreibt eigene Verse, verschlingt Rousseau. «Ich schreibe wie er!» Lernt überhaupt den Unterschied zwischen Prosa und Lyrik kennen. Und sie läßt ihren Gatten den Wissensvorsprung spüren.

«Was spreche ich?»

Der Gatte murrt nur in sich gekehrt: «Du sagst nichts, du fragst!»

«Wie frage ich? Episch?» erkundigt sich die Frau.

«Wenn du mich fragst, so fragst du in Rätseln.»

«Und ich sage dir, nicht dramatisch, sondern ...», versucht sie ihm zu helfen.

Jacquet-Droz schaut sie verständnislos an.

«... in Prosa!»

Isabelle findet kaum mehr Zeit, den Uhrenverkauf in Schwung zu halten. Immer häufiger verbringt sie ihre Zeit in Gesellschaft von Künstlern, die en vogue sind. Besonders die Maler nach der Wirklichkeit schlagen sie ganz in ihren Bann. Sie steht sogar Modell und bringt ihrem Gatten die Vorlage für die emaillierten Zifferblätter.

«Warum läßt du nicht Miniaturen auf die Zifferblätter emaillieren? Tout le monde will heutzutage Emaille!»

Jacquet-Droz schreckt nachts häufig aus dem Schlaf hoch

und verlangt nach einem gewissen Galvani. Tagsüber trägt er Kamilletunke in die Werkstatt und bindet beide Handgelenke dick in Baumwollmull. Auch Laurents rechter Unterarm wird von einem Verband verhüllt. Jacquet-Droz läßt Sauerampferwickel kommen und pflegt die eigenartigen Wunden mit einem scharfen Messer.

«Es ist ein Experiment», beruhigt er Laurent.

Seiner Frau verrät er nichts von seinen Versuchen. Nur so viel, daß er nach Madrid fahren werde.

«Wir folgen der Einladung des spanischen Hofes.»

Es kommt selten zu Unstimmigkeiten im Haus Jacquet-Droz. Aber hier ist eine im Anzug. Isabelle will erst nicht nach Madrid reisen. Dann nicht mit Laurent. Dann nicht sofort. Und wann immer Isabelle einen Wunsch äußert, darf sie ihn sich erfüllen. Nur selten geschieht es, daß der Meister nicht einverstanden ist. Dann stellt Isabelle ihrem Mann eine Vase mit Fingerhut auf den Tisch und lächelt bleich.

«Ein kleines Geschenk ...»

Am nächsten Tag kriegt sie meist, was sie sich wünscht. Diesmal nicht. Der Meister verweist finster auf sein bandagiertes Handgelenk. Er müsse die Labors der Königlichen Technischen Universität besuchen und die Bibliothek des Prado nutzen. Man habe dort Kenntnis von den physikalischen Forschungen Perozas. Es sieht lange aus, als könnten sich die Gatten nicht einigen, aber nach einer Weile finden sie einen Kompromiß.

Da Isabelle lange davon geträumt hat, einen eigenen ‹Salon de Conversation et Philosophie› abzuhalten, soll Jacquet-Droz ihr einen solchen Salon vor der Abreise nach Spanien ermöglichen. Anschließend will man gemeinsam nach Spanien fahren.

«Madame Jacquet-Droz gibt sich die Ehre, Sie in die Rue du Cours 12 zu einem Salon anläßlich der bevorstehenden

Abreise nach Spanien einzuladen. Um ziemende Kleidung wird gebeten. Mit der allertiefsten Bekundung unserer aufrichtigsten Hochachtung: Isabelle und Pierre Jacquet-Droz.»

Die Einladung von Madame Jacquet-Droz sorgt in den Cercles der Genfer Damen für Aufruhr, und als das Gerücht die Runde macht, der reichste Mann Europas sei auch an die Rue du Cours 12 geladen und Jacquet-Droz sei sein Compagnon, schnellen die Bestellungen bei den Putzmacherinnen der ganzen Stadt in die Höhe. Allein beim Schneider Cortelan werden dieser Tage vierzehn neue Reifröcke geordert. Die Hutmacherin Robin erhält über dreißig Bestellungen für Frisuren. Bereits gehen im Institut de Beauté die Haare aus und Frau Robin verbreitet den Aufruf, die jungen Frauen der Umgebung möchten ihre Haare verkaufen.

Bereits zerren verwahrloste Landarbeiter ihre Töchter durchs Stadttor und sitzen am Nachmittag mit dem haarigen Erlös neben ihren geschorenen Töchtern in der Schenke an der Avenue des Princes! Und da der Hunger ihre Mägen ausgetrocknet hat, verlieren sie schon nach einem Glas Wein die Fassung. Nach drei Gläsern den Schinken und den Käse, den sie nach Hause tragen wollten. Nach dem vierten Glas vergessen die Väter auch, daß ihre Töchter ihre Töchter sind, reißen den Weinenden das Tuch vom Kopf und beschimpfen sie als Hexen! Und wollen auf der Stelle die Haare zwischen ihren Beinen sehen! Wenn das fünfte Glas Weißwein den Weg in die gottverlassenen Väter hineingefunden hat, dann gnade Gott den Mädchen! Gnade Gott ihrer Unschuld! Ist aber der Erlös aus der Schur erst einmal versoffen und in der Tasche des Wirtes verschwunden, haben die Elenden nichts mehr in der Schenke zu suchen. Der Schankwirt wirft die Männer samt ihren kahlen Töchtern auf die Straße zurück. Am nächsten Morgen knien die Töchter noch immer neben ihren betrunkenen Vätern auf den Kopfsteinen der Gasse, und würden sie nicht winken, die Kutschen rasten ohne Mitleid über die schnarchenden Männer hinweg.

Wie prachtvoll nehmen sich da die Turmfrisuren auf den Köpfen einer Juliette de Monterlant, einer Louise Creuchot und einer jungen Witwe de Vermenoux aus! Sie schweben wie Schaluppen am Quai des Savoyes über dem See die Treppe hinauf.

Madame Jacquet-Droz empfängt die Gäste oben auf der Terrasse, mit einer Frisur, deren Wellen und Locken und Schnecken und Rüschen an Üppigkeit durch nichts zu übertreffen sind, und verstößt damit gegen jede Genfer Etikette, wonach eine Gastgeberin ihre Gäste in nichts übertreffen darf als in ihrer Bescheidenheit. Mlle de Monterlant übergibt sich bei dem Anblick noch draußen im Garten. Genevieve de Bisontin macht auf der Stelle kehrt. Und die Witwe de Vermenoux kocht wie alle anderen Damen vor Wut und Enttäuschung, als sie sich endlich durch den Grille d'honneur ins Innere drängt.

Mit jeder Frisur, die vor der Alpenkette erscheint, wächst die Feindschaft gegen die Gastgeberin. Wer dennoch bleibt, tut dies nur, um Necker zu begegnen. Ein derartiger Empfang, Madame, dauert in Genf üblicherweise fünf bis sechs Stunden, ohne daß ein Fenster geöffnet werden darf, und die Röcke und Frisuren tragen ebenso zur Hitze bei wie die steigende Wut, auch wenn niemand singt oder ißt. Ab und an ist ein spitzes Lachen zu hören. Die flatternden Fächer lindern kaum die Beklemmung.

Von Jacques Necker fehlt jede Spur, und doch hält er die Damen in Spannung. Jede versucht ihn als erste zu entdecken. Hört man, er sei in der Nähe des Buffets, drängen alle Damen dorthin. Nippt er am Wein, will jede sogleich zum Faß. Erste Wetten, die besonders unter den adeligen Damen aus England beliebt sind, werden abgeschlossen. Er kommt.

Er feiert nicht. Er ißt nicht. Er trinkt nicht. Er ist zu tugendhaft. Kants strenger kategorischer Imperativ scheint in diesem Mann zur Anwendung zu gelangen, zumindest soweit er den jungen Damen bekannt ist, die gern so handeln würden, daß die Maxime ihres Handelns jederzeit als Grundlage für eine allgemeine Gesetzgebung gelten könnte. Bald sind alle Höflichkeiten ausgetauscht, und niemand spricht mehr ein Wort mit der Gastgeberin.

Da segelt ein gelbes Billet übermütig durch den Raum, schwebt eine Weile in der Hitze über den Köpfen und senkt sich dann in eine der Frisuren. «Jacquet-Droz gibt sich die Ehre, heute eine Illusion vorzustellen.»

Jacquet-Droz verschwindet wie ein kleiner Junge in der Osterprozession unter all den turmhohen Frisuren, als er sich mit den beiden Puppen einen Weg durch die Damenriege bahnt. Erst als er auf die Empore der Treppe steigt, wird er sichtbar. Er stellt dort die beiden Puppen auf und bittet um Aufmerksamkeit, ehe er sie in gebührendem Abstand voneinander in Gang setzt. Sofort herrscht eine gespannte Stille.

Der Junge macht einen Knicks, wirft seinen Kopf in den Nacken, öffnet den Mund, streckt seine Hand nach der Hand des Mädchens aus und dreht sie im Tanz.

Ein Raunen geht durch die Menge. Die Fächer schwirren. Die Frisuren drängen wie die Segel der Fischerboote zum Hafeneingang. Die jetzt nicht sehen können, lauschen andächtig dem zarten Glockenspiel. Der Junge und das Mädchen tanzen eine Weile nach der verträumten Melodie.

Bis ein heftiger Windstoß die Fenster aufreißt. Die Segel springen aus ihrer Vertäuung. Das gelbe Billet fliegt wie eine Möwe über die Köpfe. Draußen kreuzt eine Weide ihre Äste im scharfen Wind. Madame Jacquet-Droz schreit plötzlich und für alle deutlich hörbar: «Das sind nicht deine Puppen!»

Während die Röte ihrem Mann ins Gesicht steigt, während die Frisuren der Damen im Tuscheln des Abendwinds leise schaukeln, während draußen der Himmel sich verfinstert, zerreißt Isabelle provozierend langsam das Billet ihres Gatten und wirft die Schnipsel in die Luft, so daß sie sich wie kleine Schneewirbel im Haar ihres Manns fangen.

«Er hat sie nicht gemacht!» ruft sie und hört nicht auf es zu wiederholen, bis sie von ersten Lachern und giftigen Zwischenrufen übertönt wird. Ein Windstoß weht von den Bergen her in die Stadt und läßt die kleinen Fischerboote draußen im Hafen mit einem Schlag schief im Wasser liegen, und wie er drüben mit den Segeln spielt, fegt er hier im Salon die anwesenden Frisuren bugunter. Ein Blitz erhellt den Damen im Salon das unerhörte Geschehen.

Jacquet-Droz stemmt sich gegen den dritten Windstoß und zerrt seine Gattin mit hinaus. Vor aller Augen treibt er seine Frau Richtung See und schimpft, und sie antwortet und weint, und er zetert, und sie bleiben stehen, und man sieht sie noch aufeinander einreden.

Kurz darauf hagelt es kirschgroße Kugeln aus dem Himmel, bis der erste Sommerregen seinen dichten Vorhang über das Paar fallen läßt, und nur der rauschende Schlußapplaus bleibt übrig.

Die Damen wagen kaum zu flüstern, als sie eine nach der anderen aus dem Haus Jacquet-Droz schleichen, auf den Gesichtern zufriedene Häme. Hinten in der Werkstatt ist ein Gelächter zu hören, das einige für das Husten eines Kindes halten.

Am nächsten Tag ist aus dem Haus Jacquet-Droz kein Geräusch zu vernehmen. Keinen Laut, keine Schritte. Auf Nachfrage heißt es, die Familie Jacquet-Droz sei auf unbestimmte Zeit verreist. Unter dem Vorwand, dringende finanzielle Angelegenheiten erforderten es, läßt Necker das Haus durchsuchen. Er findet den Keller verlassen. Werkstatt und Salon machen den Eindruck, als seien sie überstürzt geräumt. Kein Hinweis auf den Verbleib des Paares. Im Kontor des Meisters finden sich Überreste von Fingerhutblüten. Ein zugereister Dachdecker aus La Chaux-de-Fonds will plötzlich von einem Verbrechen gehört haben, welches in seiner Heimatstadt im Haus Jacquet-Droz verübt worden sei, wobei eine Frau unter ungeklärten Umständen zu Tode kam. Die Rede sei von einem Paar, das gesucht werde.

Necker selbst wird am nächsten Tag wieder nach Paris gerufen. Der König will ihn auf Druck der Pariser Bevölkerung nun doch mit der Neuordnung der Staatsfinanzen beauftragen.

Der Meister läßt die Peitsche auf die Pferderücken niedersausen und gibt die Zügel frei. Der Morgenhimmel ist ähnlich fahl wie sein Gesicht. Der Nebel legt einen feinen Wasserfilm auf die Haut, und durch die Stirnfalte und der Nase entlang rinnt ihm das Wasser, als er mit seinen Passagieren die Grenze überquert.

In den kleinen Städten Frankreichs, die sie passieren, ist nicht viel von den Ereignissen in Paris die Rede. Fast scheint es, als würde die Revolution allein durch die vielen Journale sichtbar. Von Unruhen selbst gibt es nur wenige Spuren. Die verhaßten Zollhäuser von Pontempeyrat liegen verwüstet. Die Einwohner von Morèze tragen Wein und Schnaps ohne Zoll in die Stadt. In Clérmont haben die Lohnarbeiter das Papierlager Réveillons in Brand gesetzt, und der Rauchgeruch hält sich noch tagelang in der Gegend.

Jacquet-Droz nimmt mit Erleichterung zur Kenntnis, daß in den Wandzeitungen viel von Neckers Tiers état, von seinen Staatsanleihen, den Erlassen des Nationalkonvents die Rede ist – und nichts von der Flucht eines Paares, das verdächtigt wird, in La Chaux-de-Fonds eine Mutter und Gattin ermordet zu haben. Alle reden bloß vom Ende der Monarchie.

Die beiden Fahrgäste in der Kabine starren wortlos in die vorüberziehende Landschaft. Auch Laurents Gesicht ist blaß. Seine Bewegungen wirken matt. Trotzdem funkelt in seinen Augen eine unstete Neugier. Jedes Rütteln der Kutsche scheint ihn einem Ziel näher zu bringen. Meist hält er den Kopf gesenkt, als wolle er vermeiden, daß Isabelle in seinen Augen eine Absicht entdeckt. Er schmiegt in den Stößen der Bodenwellen seinen Kopf wie zufällig an ihre Schulter, bettet seine Wange an ihre Brust und hält sich an ihren Händen fest. Zuweilen hustet er und atmet rasselnd.

Isabelle starrt durch das Rückfenster in den grauen Nebel hinaus, zieht die Wolldecke über sich und Laurent, bettet seinen Kopf in ihren Arm und fängt so die Stöße auf. Sie spürt, wie er sich an ihren Busen tastet, und läßt ihn gewähren, als er das Brusttuch beiseite schiebt und sich mit den Lippen festsaugt, seine Finger in rhythmischen Stößen gegen die Brust preßt wie ein junges Kätzchen, suckelt, als wolle er die Milch zum Einschießen bringen, bis Isabelle ihn wegschiebt. Erst jetzt staunt er sie an. Für einen Augenblick schaut sie in die ängstlichen Augen eines Kindes, das vor ihr in einem Korb schaukelt und mit den Ärmchen nach ihr greifen will.

Jacquet-Droz verläßt den Bock nur, um Essen zu beschaffen und die Pferde zu versorgen. Seine junge Frau läßt er in der Kabine warten und vermeidet bei einer Rast jedes unnötige Wort. Nur mit Laurent unterhält er sich gelegentlich erstaunlich freundlich.

Abends lenkt er den Wagen abseits der Feldwege in Lichtungen oder hinter Büsche, spannt die Pferde aus und sichert die Ladung. Dann kriecht er zu den beiden ins Dunkel der Kabine. So sitzen sie nachts schweigend zu dritt einander gegenüber, starren sich an, suchen nach Schlaf. Manchmal erwachen sie mit staubverdreckten Gesichtern am nächsten Morgen nebeneinander auf dem Boden.

Der Uhrmacher setzt sich bei aufgehender Sonne wieder auf den Bock. In Clérmont läßt er dickere Vorhänge anbringen. In Eugénie-les-Bains legt er Laurent einen neuen Verband an. In Estérencuby tauscht er eins der Pferde gegen einen Wallach aus.

Erst als sie die spanische Grenze überquert haben, wird der Uhrmacher etwas ruhiger, läßt die Pferde in einen Stall bringen und führt seine beiden Gefährten in einen Gasthof.

«Wie konntest du nur so leichtsinnig sein, diesen Banquier ins Vertrauen zu ziehen?!» ist der einzige Satz, den er mit seiner Gattin über die Ereignisse in Genf verliert. Isabelle antwortet nicht, sondern lächelt nur böse, während ihr Gatte mit Laurent ein afrikanisches Würfelspiel spielt, Zahlen rät oder einfach nur Finger wirft.

Auch in Spanien hält Jacquet-Droz nur in kleinen Städten, bringt seinen Passagieren Brot in den Wagen und verbietet seiner Frau, die Vorhänge zu öffnen, worein sie sich bei jeder Rast unwilliger fügt.

Ab Briviesca darf sich Laurent auf den Bock neben den Fahrer setzen. In Lerma kauft ihm der Meister einen Lederball. Vor Gumiel überläßt er ihm auf gerader Strecke die Zügel. Ansonsten peilt Laurent Distanzen über den Daumen, dividiert Hufschläge, wirft den Ball, läßt die Zügel fahren und zerrt sie in die Trensen, wirft den Ball wieder hoch und nickt dem Meister zu, wenn er etwas verstanden hat. Jacquet-Droz macht es sich zur Gewohnheit, an den Beobachtungen seines Gehilfen teilzunehmen.

Laurent wirft den Ball kerzengerade hoch, fängt ihn auf und schaut Jacquet-Droz auffordernd an. Er wirft ihn noch einmal, bekommt ihn gerade noch zu fassen und prüft mit einem nassen Finger den Fahrtwind. Die Kugel kommt an derselben Stelle herunter, von der er sie hochgeworfen hat. Das wiederholt er mehrmals, scheint aber bald das Interesse daran zu verlieren, bis er bei einem Halt die Lederkugel erneut hochwirft. Dann wartet er, bis der Wagen wieder Fahrt aufnimmt. Jetzt rechnet er Vektoren, zeichnet eine Kurve, die beschreibt, wie der Ball für einen stehenden Betrachter wohl fliegen muß, an dem die Kutsche mit dem Ball vorbeifährt, zeichnet Abflugpunkt, Landepunkt und Geschwindigkeiten ein und findet zusehends Gefallen am Ballwerfen. Er wirft ihn in ruhigem Trab und im Galopp höher, schreibt eifriger und wirft erneut, als könne er auch die Bewegung der Erde um sich selbst und die Sonne und der Sonne in der Milchstraße an dem Ball ablesen, bis er in einer Baumkrone hängenbleibt. Fast gelangweilt wendet er sich von der kleinen Herleitung ab, in der kein Ort sich festlegen läßt, da jeder doch in Bewegung ist, und damit auch keine Geschwindigkeit, da sie nichts als Bewegung von Ort zu Ort ist in einer definierten Zeit.

«Laß ihn. Ich kaufe dir einen neuen. So ist das Leben. Wir rennen wie die Mäuse im Mühlrad auf der Welt umher ...»

Wie nun der Gatte sich immer besser mit dem Gehilfen versteht, will auch die Gattin nicht zurückstehen und wechselt dem Lehrling den Verband, legt Kamillenblüten auf die Wunde. Mal zwickt sie Laurent in die Seite. Mal bindet sie ihm den Leinenfetzen zu einer hübschen Schleife. Laurent gerät immer mehr zwischen die beiden, wird mit Freundlichkeiten geradezu überhäuft und doch nicht froh. Immerhin: Wenn die Spannung zwischen den beiden steigt, hat er mehr Wohltaten zu erwarten. So darf er bei Regen in der Kabine bei Isabelle in Fahrtrichtung sitzen, den Kopf zum Fenster hinausstrecken und sich den Wind ins Gesicht blasen lassen, darf in der Kutsche selbst versuchen, sich nach vorne zu werfen und zurückzufallen, und Isabelle läßt ihn gewähren, da man ohnehin in großer Geschwindigkeit geschüttelt wird. Auch als er Kirschkerne spuckt, mal in Fahrtrichtung, mal dagegen, wendet die Frau nichts ein, spuckt mit, trifft ihn mit Absicht und beachtet die physikalische Formel nicht weiter, die er ihr bei einem Halt zeigt, sondern wirft sie mit einem schiefen Lächeln weg.

Zurück auf dem Bock, führt er seine Herleitung fort, indem er Steine gegen die Fahrtrichtung wirft und weit vor die Pferde, und wieder Vektoren zeichnet und Geschwindigkeiten addiert. Am Ende, als er alle Geschwindigkeiten summiert hat, stößt er auf eine unendliche Geschwindigkeit – und stutzt. Könnte er denn in einer langen Kutsche unterwegs sein, in der wiederum eine lange Kutsche sich fortbewegt, in der wiederum eine Kutsche reist, und bald würde Kutsche in Kutsche in Kutsche in Kutsche dahinrasen und er selbst – theoretisch! – in der innersten Kutsche eine unendliche Geschwindigkeit erreichen und könnte jede Distanz in null Zeit überwinden, vorausgesetzt, er hätte genügend Pferde und Kutschen? Abreise und Ankunft würden zusammenfallen, die Zeitdistanz von Duggingen nach Ditterten würde gleich lang wie jene von Paris nach New Amsterdam!

Statt einer Berechnung zeichnet er Jacquet-Droz zum Schluß bloß ein Zeichen auf, das dem Meister ein Rätsel bleibt und lediglich vermuten läßt, es stehe für die Zeit, die auch nur im Verhältnis zum Raum vergeht.

Dann läßt er sich wieder den Fahrtwind ins Gesicht wehen, und wir können nur ahnen, wie er im Geist den Raum mit der Kutschenkutschenkutschenkutsche durchquert, als Isabelle ihrem Mann zuruft: «Wann sind wir in Madrid?» und damit dem Gedankenflug ein Ende setzt.

«Wenn wir jetzt die Hälfte der Distanz nur halb so schnell zurücklegen wie zu Fuß, dann brauchen wir ... dann kostet es uns ... dann ...»

Der Meister rechnet, aber ohne Laurents Hilfe kommt er nicht naselang und gerät mit seiner Kalkulation schnell ins Stottern.

«Wir werden dasein, wenn wir ankommen!»

Jacquet-Droz kneift die Augen zusammen und schaut zum Horizont. Die Luft flimmert und läßt merkwürdig tanzende Farbmuster erscheinen. Der Weg wird in der heißen Sonne immer holpriger. Die Hufe der Pferde wirbeln den Lehmstaub bis zu ihm hinauf, und der Schweiß verbindet sich damit zu einer tönernen Schale auf seiner Haut.

Die Sandkörner piksen Laurent wie Nadelstiche auf die Wangen und lassen ihn doch unberührt. Er zählt Radumdrehungen, errechnet Stundenmittel, teilt die Distanzen in Tagesetappen ein und wischt hin und wieder die Körner aus den Augen.

Derart mit Staub zugeklebt, überquert das seltsame Trio den Besò von Sabadell her, und als die Kutsche nach all der Anstrengung endlich in Madrid einfährt, bleibt auf der Brücke kein Passant stehen, keine Marktfrau unterbricht den Handel, und kein Kind reckt den Hals nach dem tönernen Hünen und seinem Beifahrer auf der rotgepuderten Kutsche. Die Großstadt verschluckt das Trio, und das Leben geht seinen Gang.

Madame, seien wir ehrlich: Die meisten Ereignisse in der Welt finden unbeobachtet statt. Wir erfahren nichts davon, weil niemand uns etwas erzählt oder wir den Bericht nicht hören oder nur ungenau! Oder haben Sie etwa von der Leidener Flasche erfahren und dem verhängnisvollen Irrtum, der damit verbunden war?

In Madrid mietet der Uhrmacher in der Nähe der Biblioteca Nacional das Erdgeschoß eines unterkellerten Lagerhauses und fährt den Wagen durch das gewaltige Tor direkt in die Halle. Erst als die Tore geschlossen sind, werden die Kisten abgeladen. Der Vermieter, ein ehemaliger Stoffhändler, behauptet, der Mann in Schwarz habe sehr sorgfältige Anweisungen gegeben. Er habe sich besonders ausführlich nach dem Ziehbrunnen erkundigt, dessen ansehnlicher Durchmesser fast den ganzen hinteren Hallenboden einnimmt.

Jacquet-Droz packt alle Werkzeuge und Utensilien auf die Gestelle, richtet Isabelle ein Lager auf der Empore und Laurent eine Werkstatt in der Brunnengalerie ein und beginnt sofort mit seinen Studien. Weil die Nachbarn die Ankunft der Schweizer Delegation verpaßt haben, kann niemand genau sagen, was der Mann in dem langen schwarzen Mantel in die Halle hineingetragen hat, jedoch der Stoffhändler könnte schwören, daß die Pferde den Lagerraum nie wieder verlassen haben.

Isabelle kümmert sich rührend um Laurent. Sobald er von Jacquet-Droz eine kleine Aufmerksamkeit erhält, bringt sie Laurent ein Kissen. Bringt ihm Jacquet-Droz eine Melone vom Markt, kocht sie ihm seine Lieblingskartoffeln. Taucht Jacquet-Droz mit Orangen auf, brät sie Laurent einen Honigapfel und hofft, er werde ihr wohlgesinnt noch weitere Puppenszenen bauen. Jacquet-Droz begleitet Laurent mittlerweile mit größter Aufmerksamkeit. Er reicht ihm die Werkzeuge, bereitet die Arbeitsgänge vor und hält ihm immer einen Stift für Notizen bereit.

Während die beiden sich gegenseitig mit Gefälligkeiten für Laurent überbieten, arbeitet der Gehilfe selbst an kleinen Uhrwerken. Jacquet-Droz entwirft einen neuen Automaten, Isabelle putzt die Tanzpuppen, und so glaubt bald ein jeder von den dreien, den richtigen Weg gefunden zu haben, um die beiden anderen bei Laune zu halten.

Der hakennasige Schweizer verkauft in den nächsten

Tagen seine erste Uhr in Madrid. Die Kunden, die zögernd durch das Tor treten, wollen eigentlich bloß in die Halle schielen, und der Leimsieder kauft aus reiner Verlegenheit, aber bald spricht sich herum, daß der unheimliche Gast sehr handliche Chronographen feilhält, und da Jacquet-Droz bei der ersten Kundin auch nicht vergißt zu erwähnen, daß er der Einladung des Königs folgt, sind die Kleinode von ‹El Suizo› nach wenigen Tagen begehrter als jene von ‹El Jefe› bei der Villa Major, der roten Wein und Klappuhren aus der Esdremadura anbietet.

Trotz des bald blühenden Geschäfts verdüstert sich Jacquet-Droz' Gesicht mit jeder Uhr, die die Cueva verläßt, steckt doch nicht sein eigener Genius in dem Werk, sondern die leichte Hand Laurents. Es trifft den Meister jedesmal tief ins Herz, wenn eine Kundin sich nach dem Erbauer erkundigt. Er nickt verlegen, wenn er gefragt wird, oder weicht mürrisch aus. Am meisten ärgert es ihn, wenn Isabelle an seiner Stelle schnippisch antwortet, man möge doch den Meister selbst fragen.

Der Alte steigt mehrmals pro Tag in den Schacht. Eine hölzerne Treppengalerie verbindet die Absätze in dem gewaltigen Mauerwerk, wie im Innern eines mittelalterlichen Rundturms. Jacquet-Droz legt zunehmend kompliziertere Skizzen auf den Werktisch Laurents. Er entwirft und korrigiert und sinnt nach immer neuen mechanischen Problemen, die er dem jungen Mann, der in dem gewaltigen Schacht arbeitet, noch stellen könnte. Aber selbst einen aus siebenhundertdreiundfünfzig Einzelteilen gefertigten Chronometer hat Laurent nachgebaut, noch ehe der Uhrmacher schwer schnaufend die Galerie über die unebenen Treppenstufen verlassen hat. Was immer er verlangt, der Gehilfe befolgt die Anweisungen des Meisters rasch und gehorsam.

Verzweifelt durchstöbert der Meister seine Notizen der

letzten Jahre. Soll der Krüppel die Brownsche Bewegung mit Hilfe der Gravitation erklären. Soll er beweisen, daß ein Steinkrug, genauso wie er vom Tisch fallen und zerbersten sich auf dem Boden auch wieder zusammensetzen und auf den Tisch hochspringen kann! Daß die Dinge nicht wiederkehren können, sondern – wie ein Pendel – umkehren! Ein Mord wäre demnach wohl eine unbestreitbare Tatsache, aber es läßt sich leicht beweisen – mit den Gesetzen der Mechanik –, daß er demnächst seine erste Frau wiedersehen wird! Anstatt ihn zu erleichtern, rauben ihm die Beweisführungen Laurents die letzte Ruhe: In seinen Alpträumen sieht der Meister glasklar, wie alle Zeit sich umkehrt, wie er einen ganzen Fischteich Rotwein ausspuckt, und als er fliehen will, fährt ihm im Traum die ganze Jauchegrube voller Exkremente aus vier Jahrzehnten in den Arsch hinauf!

An diesem Morgen schleicht sich Jacquet-Droz zitternd ans Bett von Isabelle und gesteht ihr weinend: «Die Welt wird nicht untergehen, Kind, die Erde wird eines Tages einfach anhalten, und das Geschirr wird aus dem Schrank fallen, und dann wird sich alles umkehren. Meine Frau wird aus dem Grab fahren, dann entsterben und dann Fingerhutblütensaft in ein Glas spucken. Dann wird sie mich bei dir in der Kammer erwischen, und ich muß meinen Schwanz wieder in dich hineinstecken!»

Isabelle hört sich schlaftrunken des Meisters Alp an. Als Jacquet-Droz nicht von ihr läßt, sondern durchaus mit ihr alles rückwärts wiedergutmachen will, fängt sie an, den Lehrling und den Meister gleichermaßen zu beschimpfen. Sie will sich sogar auf Laurent stürzen, aber der Meister stellt sich ihr entgegen, die Gattin bleibt ihm ihrerseits nichts schuldig, sondern kontert mit dem spanischen Eherecht, bis beide arg zerzaust und gebeutelt voneinander ablassen.

Danach wechseln sie beide während Tagen kein Wort. Sie

beachten auch Laurent nicht mehr. Versuchten sie sich bisher mit Güte ihm gegenüber wechselseitig zu überbieten, übertreffen sie sich jetzt an Kälte im Umgang mit ihm.

Erst als der Gynäkologe Luigi Galvani aus Bologna seinen Besuch ankündigt, ist der Krieg vorerst beendet. Jacquet-Droz schickt seine Gattin auf den Markt. Sie soll dort Frösche kaufen. Lebendige! Dann läßt er dem Gast die Eingangsportale zu den Lagerräumen weit öffnen. Und will mit dem Besuch ungestört sein.

«Maestro» ruft Galvani strahlend.

«Dottore» strahlt Jacquet-Droz zurück. «É lei chi a sperimentato con elettricità?»

Der Gynäkologe wischt seine weißen Haare mit abgespreizter Hand aus der Stirn und betritt zögernd die Halle der Cueva. Er dreht den Hut in seiner Hand und klopft den Straßenstaub von den Kleidern. Die Stimme des Bolognesers gerät fast ein wenig ins Singen, als er die Versuchsanordnungen in Jacquet-Droz' Labor sieht.

«Was für ein eindrucksvoller Arbeitsort! Sie wohnen hier – mit Ihrer Frau?»

Jacquet-Droz übergeht die Frage und deutet auf die Gerätschaften. «Steht Ihnen alles zur Verfügung.»

Der Gynäkologe läßt seinen Blick über die Glasbehälter und Glasrohre mit den Blutgefäßen schweifen und erwidert mit schelmischem Lächeln: «Sie werden doch nicht in meinem Fachgebiet wildern?»

Er drückt seinen Hut in die andere Hand, als wolle er unterstreichen, daß es sich nur um einen Scherz handelt. «Sie interessieren sich für den Blutkreislauf?»

In der Folge geraten die Herren in ein gelehrtes Gespräch über die Elektrizität, jene im Körper und im Hirn und – in Uhren, und tauschen bald vertraulich ihre Kenntnisse aus, wie Elektrizität durch andere Körper genutzt werden könnte, wie Froschschenkel von ihr bewegt werden, und schon entwerfen sie elektrische Wohltaten, die der Mensch erst vermissen wird, wenn er sie kennenlernt.

Der Apotheker hat an jenem ganzen Tag nur verzücktes Gelächter aus der Cueva gehört. Währenddessen bestellen sie weitere Froschschenkel, erst zwei, dann vier, dann acht, aber keine Kräuter, als hätten sie daran Gefallen gefunden, sie ungeschminkt zu essen, dann wieder zwei, aber mitsamt Frosch, dann nur noch Frösche, aber sechzehn – wohl, um sie ganz zu verspeisen. Über die Rezeptur sei ihm nichts bekannt geworden, beteuert der Chemist. Schließlich habe der Arzt den Uhrmacher am späten Abend Richtung Frauengasse verlassen, mit Hut, und sei in den frühen Morgenstunden des nächsten Tages, allerdings etwas niedergeschlagen, wieder beim Suiza erschienen – ohne Hut.

Am zweiten Tag seien Begeisterungsschreie zu hören gewesen, es wurde auch Wein bestellt, und nicht wenig, ehe der Bologneser das Haus zum zweiten Mal wiederum Richtung Frauengasse verlassen habe – ohne Hut. Am dritten Tag sei der Gynäkologe im Morgengrauen ganz zerknirscht zurückgekehrt, mit Hut, und man habe umgehend Salz und Salzsäurelösung bestellt. Außerdem wurde Cadmiumsulfat geordert und eine Paste aus Merkursulfat. Darauf sei ein gequältes Jammern zu hören gewesen, wie man es von Katzen kennt, deren Schwanz eingeklemmt ist. Man habe in der Nacht noch zwei Kleistsche Flaschen bestellt. Dann sei Stille eingetreten, und der Gynäkologe habe die Cueva Jacquet-Droz in den frühen Morgenstunden mit merkwürdig verklemmtem Schritt verlassen. Sein Hut wird später am Osttor gefunden.

Jacquet-Droz verbarrikadiert alle Fensterläden und zwingt Isabelle, einen Frosch aus dem Glas zu greifen und die Schenkel abzutrennen – bei lebendigem Leibe! Denn die Energie müsse erhalten bleiben! Als sie versucht, ihm die erhitzte

Stirn mit einem kalten Holunderblattwickel zu kühlen, weist er sie von sich. Man dürfe den osmotischen Druck nicht durch Kälte senken. Die elektrischen Ströme würden den Körper verlassen – in beide Richtungen. Hier! Die beiden spiegelgleichen Hände seien Beweis für seine Theorie.

Dann schickt er sie – noch im Hemd – zum Apotheker, um Schröpfgläser zu holen. Und flüstert ihr ins Ohr: Er werde eine Uhr konstruieren, die die elektrischen Ströme des Körpers nutze. Er werde eine Unruhe ohne Federaufzug antreiben. Der Krüppel dürfe aber keinesfalls etwas erfahren! Dann entreißt er Isabelle den verstümmelten Frosch und verriegelt die Tür zum Kontor hinter sich.

Mit fieberhaftem Eifer bringt er in den folgenden Stunden die Schlußfolgerungen des Gynäkologen zu Papier. Die Entdeckung des Froschschenkel-Uhrwerks soll ganz und gar sein eigenes Werk sein. In der folgenden Nacht brennt im Kontor der Cueva die ganze Zeit eine Kerze, und am nächsten Tag läßt Jacquet-Droz beim Apotheker die hundertfache Menge von Cadmiumsulfatkristallen und Merkursulfat abfüllen. Den ganzen Morgen experimentiert er an den Froschschenkeln, läßt sie zucken, legt sie in eine Lösung von Cadmiumsulfat, baut ein Uhrwerk ein, versucht die Muskelbewegung zu berechnen. Aber ohne die schnelle Kombinatorik Laurents findet er kein System, keine schlüssige Lösung. Wie er auch rechnet und ableitet, die Resultate widersprechen sich. Ohne den schnellen Kopf Laurents bleiben die Zahlen verwirrend, und immer hastiger streicht er aus und durch und setzt neue Kombinationen ein und verwirft sie wieder. Gegen drei Uhr nachmittags ist in der Cueva Suiza eine kleinere Explosion zu hören. Um vier wird beim Apotheker eine große Flasche Kamilletinktur bestellt, eine Wundsalbe und eine Schere, mit der sich Haare entfernen lassen. Danach soll Jacquet-Droz mit einem bis zum Äußersten entschlossenen

Gesichtsausdruck noch einmal in der Apotheke erschienen sein und nach Opium für die Schmerzlinderung verlangt haben. Mit flatterndem Blick und dem Fläschchen sei er wieder in der Cueva verschwunden.

Jacquet-Droz greift im fahlen Licht der Nacht nach einer Metallkanüle und steigt zu Laurent hinunter. Er schmiegt die konisch zugespitzte Kanüle zitternd an Laurents Vene im rechten Arm und stößt sie mit einem Ruck hinein, während er beruhigend auf ihn einredet.

«Hätte die Sonne die Größe eines Apfels, dann wäre die Erde ein Sandkorn und umkreiste den Apfel in einem Abstand von siebenundzwanzig Fuß. Jupiter, selbst elfmal größer als die Erde, wäre ein Kirschkern und drehte sich im Abstand von hundertundachtzig Fuß um die Sonne.»

Laurent stöhnt leise auf. Jacquet-Droz übertönt den kleinen Seufzer und fährt fort: «Der nächste Stern läge etwa achtundvierzigtausend Fuß entfernt. Und dazwischen: nichts. Kein Licht. Kein Wirtshaus. Nur Nacht. Und wir in der Mitte!»

Damit stößt er die zweite Kanüle über der ersten ins Fleisch. Laurent schreit kurz auf und verstummt sofort, da der Meister eine kleine Mechanik aus der Tasche zieht und sie zwischen die beiden Kanülen schraubt.

Laurent schnappt nach Luft, richtet sich auf, und jetzt ist ein Grinsen in seinem Gesicht zu sehen. Er wirft den Kopf nach hinten und gibt keinen Laut von sich, sondern schnippt mit einer fahrigen Bewegung die Kanülen vom Arm. Sie schlingern samt der angesetzten Mechanik in den Schacht hinunter, wo sie mit einem sanften Plumpsen verschwinden.

Jacquet-Droz schaut sein Gegenüber fassungslos an. Zum ersten Mal versteht der Alte, wie sehr er den jungen Mann haßt, dafür, daß er besser ist, daß er ihm die eigene Unzulänglichkeit vor Augen führt – auch wenn Jacquet-Droz hundert Jahre länger leben könnte, als die Wahrscheinlichkeit, die Bernoulli in Basel lehrt, ihm voraussagt – er würde doch nur hundertfünfundvierzig Jahre im Schatten dieses Krüppels leben!

Am nächsten Morgen trifft die offizielle Einladung des Königs zu einer Audienz in der Cueva ein. Isabelle nimmt die Depesche entgegen, worin dem Monsieur Jacquet-Droz aus La Chaux-de-Fonds nebst Gattin bedeutet wird, daß der König die Ehre habe, in genau einer Woche den Schweizer Uhrmacher mit seinen Automaten zu empfangen. Isabelle putzt die beiden Puppen, versteckt das Billet und nimmt sich vor, ihrem Gatten nichts davon zu verraten. Sie will allein zur königlichen Audienz.

Jacquet-Droz setzt sein Experiment mit der Froschschenkeluhr fort. Mit der Gewißheit, daß er mit dieser Erfindung endlich aus dem Schatten des kleinen Teufels treten wird, arbeitet er Tag und Nacht. Um Laurent abzulenken und ihn bei Laune zu halten, erteilt er ihm den Auftrag, eine Art Schäferspiel zu bauen, wie es zur Zeit in den Theatern gerne gegeben wird, in dem die adelige Dame sich in den Hirten verliebt und der Schäfer ein Lied zu ihrer Bewunderung singt, begleitet von einem Glockenspiel, das in der Grundtonart gestimmt ist, wie es die Damen am Hofe gerne hören. Außerdem soll eine Art mechanisches Musikspiel dazu erklingen, wie es in den Kirchen zur Aufführung gebracht wird, aber mehrstimmig. Es soll das letzte sein, was der Gnom für ihn baut.

Laurent überfliegt die Skizze mit einem traurigen Lächeln. Er korrigiert mit ein paar Strichen eine Kleinigkeit. Er nickt. Er seufzt matt. Er zerbricht sich nicht über der gestellten Aufgabe den Kopf. Er würde die 30-Fuß-Uhr des Su Song aus dem

China des elften Jahrhunderts in eine Zuckerdose bauen, wenn man es von ihm verlangte! Samt Wassertank und sekundengenauem Antrieb aller Sternenbahnen. Aber weiß der Meister, welche Amplituden durch die Tänze entstehen? Hat er von den Schwingungen Kenntnis, die Kepler aus den Winkelgeschwindigkeiten der Planetenbewegung errechnet hat? Seine Schultern zittern leicht. Dann läßt er seinen Kopf in die Armbeuge sinken und wischt mit einer mechanischen Bewegung das letzte kopierte Uhrwerk vom Tisch.

Jacquet-Droz pikst die Skizze des Schäferspiels mit dem Stechbeutel ins Holz der Werkbank, steigt die Treppe hinauf, schließt sich in seiner Experimentierkammer im ehemaligen Tabakskontor der Lagerhalle ein und sieht nicht das Lächeln Isabelles oben auf der Galerie.

In den folgenden Tagen zeigt sich Jacquet-Droz nur selten bei Laurent. Er setzt zweimal die Kanülen ein und schließt die Konstruktion an. Die Wunden entzünden sich mit jedem Einstich neu und verknorpeln. Die erste Mechanik scheint zuviel Reibung zu erzeugen. Der Druck des Blutes scheint den Federdruck nur mangelhaft zu ersetzen: Wie läßt sich die Bewegung der Unruhe über die gesamte Laufdauer gleichwertig erhalten?

Es entgeht dem Alten, mit welchem Eifer Laurent die Schäferei baut, als würde er damit einen Plan verfolgen. Das bestellte Schäferspiel ist nach drei Tagen fertig, sämtliche Einzelfiguren vollendet. Auch die Plattform und die Trägersäulen und die Verbindungsstücke könnten schon eingesetzt werden. Die Bewegungen der einzelnen Figuren sollen voneinander unabhängig ablaufen und nach einer bestimmten Vorgabe ineinandergreifen. Es soll ein Complet von drei Schäfern und einem galanten Paar sein, das von drei Hirtenhunden umgeben ist, die in zufällig wirkenden Bewegungen bei Vollmond ihre Herren anbellen, an ihnen hochspringen und sich auf Zuruf den galanten Damen zu Füßen legen. Hierauf sollen sich, bei einer Konjunktion der Jupiter- und der Uranusbahn, die beiden Hirten mit den Damen im Kusse vereinigen, und der dritte Hirte soll dazu ein Lied anstimmen. Alles ist punktgenau aufeinander eingestellt und kann in wenigen Augenblicken zusammengesetzt werden. Noch läßt Laurent die Einzelteile liegen. Die Wirkung soll sich erst vor dem versammelten Hof entfalten.

Am nächsten Morgen steht Isabelle früh auf. Jacquet-Droz schläft länger, und Laurent rührt sich nicht im Schacht. Isabelle zieht ihren gelben Reifrock an, richtet schon früh ihre Haare und schminkt sich mit Alabaster das Gesicht, betrachtet sich zufrieden im Spiegel und holt die beiden Tanzpuppen aus ihrem Versteck. Sie ist in allem bereit für den königlichen Empfang, und nur ein letztes will sie noch erledigen: Sie nutzt den langen Schlaf ihres Gatten, um sich von Laurent zu verabschieden. Sie läßt ein paar Blütenblätter in den Brunnenschacht regnen und läßt einen Eimer voll Wasser hinunter. Dann wendet sie sich zum Gehen.

Sie hat bereits den Torflügel aufgeschlagen, als ihr Gatte neben ihr steht.

«Was hast du vor?» Er schlägt das Tuch über dem Käfig zurück, in dem sie die beiden Tanzpuppen trägt. «Was soll das heißen?»

Isabelle hindert ihn nicht, als er nach dem Billet des königlichen Adjunkten greift.

Während oben der Mörder und die Mörderin sich beschuldigen, übt unten der schlenkernde Wassereimer eine besondere Wirkung auf Laurent aus. Fasziniert beobachtet er die Pendelbewegung des Eimers und die leichte Abweichung im Uhrzeigersinn.

Während oben die Ziehtochter den Ziehvater beschimpft,

fällt unten der Wassereimer hin und her und rückt bei jedem Umkehrpunkt, wo Schwerkraft und Fliehkraft gleich sind, im Kreis weiter vor. Die Schwerkraft wirkt beim Fall beschleunigend. Im gleichen Maße, wie sie beim Aufstieg bremst. Aber das alles erklärt nicht die Abweichung im Uhrzeigersinn! Sie kann nur entstehen, weil der Brunnenschacht selbst in Bewegung ist! Weil nicht nur der Eimer sich bewegt, sondern auch die Erde sich dreht. Die Kutsche in der Kutsche! Und wenn er den Eimer eine Spur auf den Boden zeichnen ließe, würde er einen perfekten Uhrkreis beschreiben!

Es bleibt Jacquet-Droz keine Zeit, die Gattin weiter zu beschimpfen, wenn er die Depesche des Hofes richtig gelesen hat. «Der König wünscht, den Erbauer der Kunstwerke nebst Gattin kennenzulernen» – er muß sich beeilen.

«Wann muß ich da sein?»

«Um dreizehn Uhr», murmelt Isabelle widerwillig.

«Gut. Dann verliere ich keine Zeit.»

Jacquet-Droz jubelt innerlich. ‹Königlicher Hoflieferant Jacquet-Droz›! ‹Pierre Jacquet-Droz, Horlogier du Roi›! Endlich kann er nach den Sternen greifen! Ab morgen wird man in Madrid nur noch einen Namen nennen, wenn man von den Wissenschaften spricht. Er stürzt sofort zu Laurent.

«Los! In vier Stunden soll die Uhr im Schäferspiel den Sonnenstand angeben, die Planetenbahnen, die Mondphasen! In vier Stunden! Dann bist du erlöst!»

Dann rast er in seine Werkstatt und schlachtet drei Frösche. «Drei Stunden achtundfünfzig Minuten. So mischt sich die Zukunft in die Gegenwart! Kaum setzen wir einen Zeitpunkt fest, wann wir etwas fertiggestellt haben werden, ist unsere Gegenwart bereits Teil einer Zukunft. Die Reisevorbereitungen gelten der Reise. Das Kochen dem Essen. Die Fortpflanzung dem Kind. Drei Stunden fünfundvierzig Minuten. Jedoch, je näher der Zeitpunkt kommt, desto mehr beginnt er unsere Gegenwart zu beeinflussen. Ab wann fängt die Braut an zu fiebern? Drei Stunden. Wann der ferne Onkel, der vielleicht erst einen Tag vor der Abreise daran denkt? Wann der Pfarrer? Und was, wenn zwischen der Hochzeit noch ein Studium mit seinen Terminen liegt, oder eine Italienreise mit ihren Ereignissen, auf die es hinzufiebern gilt? Zwei Stunden dreißig! Oder das Weihnachtsessen! Ist nicht unser ganzes Leben überfüllt mit Terminen, die unsere Gegenwart zu einem jämmerlichen Vorwärtsfallen machen? Zwei Stunden zehn! Und unser letzter Termin, der Tod, drückt allen anderen Terminen seinen Stempel auf, unserem ganzen Leben. Eine Stunde und vierzig. Wollen wir nicht dies noch erleben und jenes nicht missen. Und dann dauert es nicht mehr vier Jahre, sondern nur eine Stunde. Wir müssen los! Ist das Schäferspiel fertig?»

Alle drei sind bereit. Jacquet-Droz verfolgt seinen Plan. Laurent feilt an den letzten Kanten seines Schäferspiels. Was aber plant Isabelle?

Das Vorzimmer im königlichen Palacio liegt im Westflügel und enthält sieben Bänke. Den vorgeladenen Antichambristen werden nach einer strengen Etikette Plätze zugewiesen. Wenn der königliche Adjunkt ihren Namen ruft, dürfen sie sich erheben und gebückt durch die Flügeltüren ins königliche Audiarium treten. Geltungsbedürftige Landadelige, steinreiche Bürger und verarmte Bittsteller teilen sich die Bänke, flüstern und tauschen ihr Leid und ihre Hoffnungen aus.

An der Deutlichkeit, mit der der Uhrmacher aus La Chaux-de-Fonds sein «Buenos dias» ausspricht und an der Einfalt seiner Manieren will man sofort den Schweizer erkennen. Eine Welle der Feindschaft schwappt dem Fremdling entgegen. Bald ist in der Antichambre die Rede davon, der Schweizer sei ein Alchemist. Er wolle im Auftrag der Briten die südamerikanischen Kolonien gegen das Königshaus aufbringen! Und eine Dame fügt hinzu, er wolle außerdem mit den Franzosen das spanische Reich aufteilen oder es den Deutschen zuschlagen. Ja, die Schweizer Haudegen sind bekannt dafür, daß sie bei jedermann im Lohn stehen, der bezahlt! Auch das von einem örtlichen Mathematiker verbreitete Gerücht, Jacquet-Droz wolle beweisen, daß das Licht gänzlich aus Materie bestehe, schürt die Verachtung, die erst in Bewunderung umschlägt, als man seinen Namen erfährt.

«Der Herr der Uhren!»

Der Meister selbst wird nicht müde zu versichern, sein Werk sei keine Zauberei. Er beachte die Gesetze der Physik! Mehr nicht!

Es trifft sich nun, daß genau an diesem Tag der Audienz die spanische Königin von einer heftigen Hartleibigkeit befallen ist. Die Ärzte wissen nicht mit Bestimmtheit zu sagen, ob die Königin heute das Bett verlassen darf.

Karl der Dritte, der selbst einiges mechanisches Talent besitzt und ein Mensch der Vernunft ist, lassen Gerüchte kalt. Er will der Verlockung nicht mehr widerstehen, bittet den Uhrmacher an das Krankenbett der Königin und die Gattin, wenn sie denn so hübsch sei, wie behauptet werde, zuvor zu sich ins Zimmer.

Jacquet-Droz, der jede Formel der angewandten Physik in mechanische Formen übersetzen möchte, unter dessen Händen die Gesetze der Schwerkraft metallene Gestalt annehmen – diesem Mann fehlt jeder Einblick in das Räderwerk menschlicher Regungen. Es entgeht ihm zwar nicht, daß seine junge Gattin gefährlich lächelt, als sie ihm aus den Gemächern des Königs entgegentritt. Aber er deutet ihre Erregung als heftiges Lampenfieber!

Jacquet-Droz läßt den Automaten am Fußende des königlichen Bettes aufstellen, derart, daß auch die Königin leicht Einblick erhält und Zeugin des Schauspiels sein kann. Die neugierigen Höflinge und Minister drängeln sich am Krankenbett. Da außerdem die Jagd seit vier Tagen als eröffnet gilt, machen die adeligen Herren von ihrem Recht Gebrauch, ihre reinrassigen Hunde in den königlichen Gängen den Damen zur Schau zu stellen.

Der König eröffnet die Visite und verweist mit Bedauern auf die Unpäßlichkeit seiner Gattin. Jacquet-Droz verspricht der Kranken würdige Erbauung und bittet um die Erlaubnis zur Enthüllung des Schäferautomaten.

Mit heiserer Stimme richtet sich der Schweizer an die Umstehenden, ruft: «Die Schäferei!» und zieht langsam von der Komposition das Seidentuch, das wie ein Ölfilm von den Figuren gleitet. Ein Raunen geht durch den Saal.

«Der erste dramatische Automat! Eigenhändig erbaut von Jacquet-Droz! Das bin ich!»

Mit einem knappen Schritt rückwärts beugt der Meister sein Knie und tritt dann vom königlichen Bett zurück.

«Euer Majestät sehen hier die Darstellung einer Schäferei. Schlägt die Uhr, die Euer Durchlaucht hier zu sehen geruhen, nimmt der Schäfer seine Flöte und beginnt eines seiner sechs Stücke zu blasen! Sein Hund geht zu ihm, um ihm zu schmeicheln. Bitte sehr! Daraufhin wendet sich die Dame zum vornehmen Kusse dem Schäfer zu, und es erklingt die Melodei, ihnen den Augenblick zu versüßen! Ich ziehe jetzt die Mechanik auf.»

Mit diesen Worten bittet Jacquet-Droz den König, näher zu treten, und steckt den Schlüssel in die Aufzugsvorrichtung. So wie die Spannung unter den Umstehenden wächst, zieht im Innern die Feder mit erhöhtem Druck an der Mechanik, bis sie mit einem metallischen Knacken einklinkt. Erst hört man ein leises Rattern, dann beginnen die Figuren der Schäferei sich zu bewegen. Wie angekündigt erhebt sich der Schäfer als erster und greift nach der Flöte. Der ganze Hof drängt jetzt näher zum Bett Seiner Majestät. Auch die Jagdhunde spüren die Erregung der höfischen Meute, drängen sich vor, stellen die Ohren auf und winseln. Sogar der Hofmusiker Monseñor Farinal und der Finanzminister S. E. Wal bemühen sich eifrig, nichts zu verpassen. Jacquet-Droz setzt das Glockenwerk in Gang, und mit dem Ansetzen der Flöte an die Lippen des Schäfers beginnt auch das im Sockel eingelassene Ührchen zu laufen, als wolle es die Dauer der Melodie messen.

«Bravo! Bravo!» ruft eine Hofdame.

Wie die kleine Uhr nun zu ticken beginnt, führt der darin eingearbeitete Schäfer seine Flöte an den Mund und hebt an, das erste seiner sechs Stücke zu blasen, ein Rondo, wobei der künstliche Schäferhund aufspringt, als wolle er zu der Musik tanzen. Diese plötzliche Bewegung des Schäferhündchens scheint nun einen der anwesenden Jagdhunde des Conte di Parma zu beunruhigen. Der Dobermann knurrt bedrohlich. Der Besitzer pfeift ihn zurück, mäßigt sich aber, als er sieht, daß der König zu einer Äußerung ansetzt.

«Ola! Beeindruckend …»

«Es ist noch nicht zu Ende, Euer Majestät!»

«Ist es nicht ein Meisterwerk?» stiftet Karl seine Höflinge zu einem Applaus an.

Jacquet-Droz setzt den Schlüssel an den zweiten Aufzug und beginnt zu drehen. Die Hunde grollen bedrohlich, als er den Schlüssel ablegt.

«Er kann diese Uhren überall herstellen?»

Jacquet-Droz antwortet mit einem unterwürfigen «Ja».

«Disputieren Sie dem Herrn das Privilegium, seine Automaten in Spanien herzustellen und zu verkaufen. Señor Wal, Spanien braucht diese neue Zeit!»

«Gewiß, Sire!»

«Ich bin geehrt, Sire, danke, danke!» Mit diesen Worten fällt Jacquet-Droz auf die Knie, denn er weiß sehr wohl, was ein Privilegium in Spanien bedeutet. Für ihn und die Uhrmacher der Eidgenossenschaft hieße das volle Auftragsbücher, und Arbeit und Löhnung für Tausende.

«Wer hat diesen Automaten erbaut?» erkundigt sich die Königin und rückt ihr Hörrohr zurecht. Als Jacquet-Droz erschrocken zu Isabelle schaut und diese instinktiv einen Schritt von ihm weg nimmt, gerät sie leicht ins Schwanken, und da sie ihre Hand, um das Gleichgewicht wiederzufinden, hochreißt und gleichzeitig Luft holt, als habe sie etwas Wichtiges zu sagen, starrt der versammelte Hof erwartungsvoll auf die junge Frau. Jetzt steht der Augenblick, den sie sich erhofft hat, bevor. Vor dem versammelten Hof Spaniens will sie ihren Gatten entlarven! Viele werden später beschwören, daß sie tatsächlich deutlich «Gott selbst» geflüstert habe. Isabelle wechselt einen bösen Blick mit ihrem Mann und beginnt: «Mein Mann ...», ehe ihr die Stimme versagt.

«Er fahre also fort. Die Königin scheint interessiert zu sein», unterstützt der Adjunkt den Uhrmacher.

«Wenn ich Euer Durchlaucht bitten darf, einen Apfel aus dem Korb zu nehmen, der neben dem Schäfer steht ... und Sie werden auch die Treue des Tieres bewundern können.»

Die Königin lächelt matt, als wolle sie nicht glauben, daß sie nach dem Apfel – in der Tat handelt es sich um eine bemalte Kirsche – greifen soll.

«Nun denn. Ich will dem Schweizer den Gefallen tun, auch wenn ich offen gestanden seine Uhren mehr bewundere als seine Hunde!»

«Keine Angst!» ermutigt sie Karl der Dritte, der selbst einen Mordsspaß an mechanischen Spielereien findet.

Von diesem Augenblick nun ist später am häufigsten die Rede. Die Monarchin richtet sich im Bett auf, rückt ihre Kleidung zurecht und klimpert mit ihrem Zeigefinger auf dem Daumenballen, ehe sie den Arm nach vorne schnellen läßt. Der Hirtenhund scharrt bereits mit seinen Hinterläufen. Alle wollen gesehen haben, wie die weiße Hand der Königin nach dem tiefroten Apfel vor der Automatenschnauze greift. Gleichzeitig soll aber der mechanische Hund des Schäferspiels aufgesprungen sein. Man will ein täuschend echtes Bellen gehört haben, und da aller Augen auf das Schäferspiel geheftet sind, scheint auch allen, als habe der Spielhund gebellt und knurre jetzt weiter, und übersehen dabei wohl, daß sich unter den Bluthunden der königlichen Jagdgesellschaft Unruhe breitmacht. Die vier Dobermänner des königlichen Jagdaufsehers knurren, als sie sehen, wie der Schweizer Spielhund nach der königlichen Hand springt. Das wäre harmlos, auch wenn ich zugeben muß, Madame, ich bin selbst etwas erschrocken und kann eben noch sehen, wie der König leicht zurückzuckt und dann in ein Gelächter ausbricht. Aber der Automatenhund bellt dabei so heftig, daß auch die vier Dobermänner des Königs sofort anschlagen.

Was jetzt passiert, wird später als Folge einer Verkettung unglücklicher Umstände in die Geschichte eingehen. Trotzdem wird die Konsequenz Jacquet-Droz und seiner Gattin zum Verhängnis. Als nämlich die Dobermänner ebenso lebensecht anfangen zu bellen wie die Automatenhunde, fällt eine der Hofdamen darüber in Ohnmacht. Eine andere tremoliert in einem spitzen Schrei. Eine dritte wirft sich derart heftig Richtung Tür, daß der ganze Pulk in eine unvorteilhafte Bewegung gerät! Jedermann sucht nun eine größtmögliche Distanz zu dem Schäferspiel herzustellen. Da dabei Seine Majestät der König im Weg steht, wird er von der

Meute abgedrängt. Was aber noch schlimmer ist: Bemüht, dem König zu Hilfe zu eilen, bewirkt Jacquet-Droz das genaue Gegenteil – er wirft den König zu Boden! Die Hunde sehen derweil die Hand der Monarchin im Rachen des Spielhunds. Da nun ihrer Ansicht nach die Hand der Königin in Gefahr ist, stürzen sich die Dobermänner fletschend erst auf den Apfel und, da er sich in der Hand der Königin befindet, auch auf die Monarchin selbst, schlagen ihre Zähne in alles, was sich bewegt, und verbeißen sich in dem wehrlosen Fleisch. Die Höflinge schlagen das Kreuz, als ob der Teufel selbst aus dem Uhrwerk gesprungen sei.

«Keine Angst, meine Damen!» versucht Jacquet-Droz die entsetzten Schreie zu übertönen, die ihrerseits die kläffenden Hunde übertreffen wollen. Auch Isabelle will zu verstehen geben, daß alles harmlos, ja mechanisch genauestens berechnet sei! Der Minister des Seewesens faßt sich ein Herz und wirft sich zwischen die Bluthunde, und es gereicht ihm nicht zu seinem Vorteil. Denn anstatt die drei Hunde von der Königin abzulenken, lockt er auch die restliche Meute aufs Bett, und bald fliegen die Fetzen, und es weiß später keiner genau zu sagen, ob er Leinenstücke, Samtfussel, Blutstropfen, Vorhangkordeln, Holzstücke oder Finger aus dem Knäuel hat fliegen sehen.

Männiglich sucht in den nahe liegenden Empfangsräumen Schutz oder drückt sich jetzt an die Wände – vergeblich. Einzelne Damen stürzen bereits weinend zum Ausgang. Andere eilen blindlings Richtung Süden, ohngeachtet der Frage, ob der Architekt dafür eine Tür in der Wand vorgesehen hat oder nicht! Bald stürzen und fuchteln und wüten lauter panische Menschen durch den Palast, es soll Dutzende Verletzte gegeben haben, und unter den Ketzern im Turm keimt für kurze Zeit die Hoffnung, eine Generalamnestie sei ausgerufen, als sie die Aufseher fliehen sehen.

Die Wache, die am spanischen Hof unter Schweizer Befehl steht, beginnt draußen im Hof auf einzelne Flüchtende zu schießen, da es sich um eine Revolution zu handeln scheint, wie sie in Paris Schule gemacht hat, vermeidet aber jeden Nahkampf. Bald jagen die Gewehre der Schweizer die panische spanische Meute wie Francis Drake die Armada vor sich her, und es scheint insgesamt nicht verwunderlich, daß die spanische Flotte zuweilen von den Engländern geschlagen wird. Die Wachen werfen schließlich die Tore zu, um das Eindringen weiterer Aufständischer zu vereiteln, hindern damit aber nur die Überlebenden an der Flucht.

Der König selbst, ein aufgeklärter Mann, muß oben im Schlafzimmer seiner Königin tatenlos zusehen, wie die wild gewordenen Hunde sich in seine Gattin verbeißen. Je mehr die Ärmste sich wehrt, desto erbarmungsloser schlagen sie ihre Zähne in ihre Wangen und Augen – die verzerrten Züge der Monarchin sind bereits vom Todeskampf gezeichnet, als die schwachen Pfiffe des Königs die Hunde endlich zurückhalten.

In diesem ungünstigen Augenblick schreckt eine schweißgebadete Hofdame aus ihrer Ohnmacht hoch, sieht die hechelnden Hunde um die blutüberströmte Monarchin versammelt, greift nach einem Wurfgeschoß, erwischt aber nur ein Stück Kaninchenfell, das ihr der Wundarzt gegen den harten Darm aufgelegt hat, und wirft es mit aller Wucht gegen die fletschenden Hunde. Das mag für die Jagdhunde aussehen, als sollten sie von dem Kaninchenfell gelockt werden! Da helfen auch die Beschwichtigungsversuche des Jagdaufsehers nicht mehr, die Hundehorde an ihrer Arbeit zu hindern, und da nun Jacquet-Droz unvorsichtig auch noch den Namen des mechanischen Hundes ruft, beginnt dieser wieder zu bellen und reizt die königlichen Hunde erneut, und bald wird auf alles Jagd gemacht, was sich regt, und die Monarchin wird vor den Augen ihres Gatten von den Gebissen der königlichen Jagdhunde gräßlich in Einzelteile und zu Tode gebracht.

Die Kunde von den grausamen Vorgängen im königlichen Schlafgemach verbreitet sich in Windeseile, und die Schuldigen sind schnell gefunden: die Ketzer! Die Ungläubigen! Die Verwahrlosten! Die Juden! Die Häretiker! Die Auswanderer! Die Astronomen, die behaupten, das All sei ewig! Die Schnapsbrenner! Die Weinpanscher! Die Hungrigen und die Obdachlosen! Die Bischöfe befürchten eine Revolution wie in Paris und lassen die Kirchenglocken läuten. Die Offiziere lassen die schweren Geschütze auf den Zinnen besetzen und gegen das Stadtinnere drehen. Nicht einmal der König selbst entgeht den Verdächtigungen.

Schließlich wird man des Schuldigen unter den Ausländern habhaft: Jacquet-Droz wird in den Audienzsaal geschleppt, wo Karl der Dritte den Krisenstab führt. Der Schweizer beteuert seine Unschuld, noch während er vor die Hohen Herren der Inquisition geführt wird, und läßt nicht ab, seine Frau eines noch schlimmeren Verbrechens zu beschuldigen: Sie habe die Frucht ihres Leibes abgetrieben! Sie sei die Mörderin! Isabelle widerspricht dem Alten ebenso schrill, nennt ihn einen Hühnerficker und Schwanzschaber. Da keiner von der spanischen Inquisition den Telfersberger Dialekt versteht, außer einem Schweizer Gardisten, erkennt niemand in den Anschuldigungen den Zusammenhang zu einem Verbrechen der Vergangenheit.

Der Bischof Pernandoza erkundigt sich bestimmt: «Wer hat den Teufelsautomaten gebaut?»

Jacquet-Droz schweigt. Seine Frau fährt ihn an: «Sag es!» Jacquet-Droz schweigt weiter.

Der Bischof, der das Verhör führt, blickt bedeutungsvoll in die Runde. «Wie heißt er?»

«Er weiß es nicht!» antwortet Isabelle an Jacquet-Droz' Stelle. «Er hat gelbe Augen!»

«Und einen Huf?»

«Er ist einer, der Euch ausrechnet, wie viele Haare Ihr auf dem Kopf habt, Sire!» ruft Isabelle.

«Gibst du zu, daß du mit ihm im Bunde stehst?»

«Nein!»

«Hast du ihm deine Seele verkauft?»

«Aber nein!» ruft der Meister. «Es handelt sich hier um ein Ineinanderwirken von unglücklichen Zufällen, Sire, deren Heftigkeit nicht im voraus abzusehen war. Ein Störfall, wie wir ihn, Sire, in der Mechanik kennen und leicht beheben können. Dort aber nicht mit einer derartigen Konsequenz!»

«Schwörst du dem Satan ab?»

Jacquet-Droz starrt entsetzt zu Isabelle, die ihm mit einem gefährlichen Flackern in den Augen zunickt, sich dann dem König zu Füßen wirft und in ihrem Schweizer Dialekt beteuert, sie sei unschuldig. Ihr Mann sei vielleicht unschuldig! Sie aber sei besonders unschuldig! Das Gelbauge hingegen! Der Teufel mit den gelben Augen – er habe für ihren Gatten gearbeitet – er sei der Teufel – und ihr Gatte habe –

Je heftiger Jacquet-Droz abstreitet, mit dem Automaten die Absicht gehabt zu haben, die Königin umzubringen, desto deutlicher gilt seine Schuld als erwiesen. Außerdem läßt sich die Unruhe im Land mit einem Täter leichter beruhigen als mit einer aufwendigen Suche nach dem Schuldigen. Es bleibt der Inquisition nur ein einziger Schluß: Gott selbst wird Sein Urteil fällen.

Es gibt zwar noch in derselben Stunde zögerliche Versuche der in Madrid lebenden Neufchâteler, allen voran der Huguenins, der Rognons, der Perrets und des Jean Ducommun-dit-Boudry, für die Vernunft und gegen den Irrationalismus zu plädieren und ihr Gewicht für die beiden Verurteilten in die Waagschalen des heiligen Offiziums zu werfen. Alle Einwände jedoch gegen die sofortige Verbrennung des Ehepaars Jacquet-Droz verhallen im Wind. Die beiden werden unmittelbar nach dem Urteilsspruch Seiner Heiligkeit auf den Richtplatz zum Gottesurteil geführt.

Jacquet-Droz muß einsehen, daß gegen die Macht der Inquisition nicht anzukommen ist, und beschließt, als der Erfinder in die Geschichte einzugehen. Würdevoll schreitet er durch die Schaulustigen in der Parque del Retiro und verkündet jedem, der es hören will: Ich habe die Maschine gebaut! Ich bin der Erfinder! Ich habe sie selbst entworfen und konstruiert, so wie sämtliche Uhren, die in den letzten Wochen meine Werkstatt verließen!

Während also Jacquet-Droz es gar nicht erst mit der Wahrheit versucht, hält sich seine Gattin, deren Schicksal nun ein drittes Mal unglücklich an das des hakennasigen Hünen geknüpft ist, nur mehr an die Wahrheit, wie sie sie kennt und wie sie für uns teilweise auch neu ist: Ihr Mann kann solche Apparate gar nicht konstruieren. Dafür ist er zu dumm. Aber er ist klug genug für einen Mord. Sie ist selbst schwach gewesen und hat ihm dabei geholfen. Sie ist seine Tochter! Und hat ihre Mutter vergiftet! Und dann hat sie ihn geheiratet! Das ist die wirkliche, ungelogene Wahrheit. Sie gesteht: alles.

Was immer die Schweizerin gesteht, wird zum Beweis ihrer Hexerei genommen. Erst als die Todgeweihte mehrmals verlangt, man möge in der Cueva nachsehen und den Krüppel holen, stürmen ein paar besonders mutige Jünglinge die ehemaligen Lagerhallen, vielleicht in der Hoffnung, dort noch einige der wertvollen Uhrwerke zu finden, stoßen aber nur auf einen verwaisten Werkplatz, Blutspuren, verkohlte Froschschenkel, in Kupfervitriol eingelegte Körperteile, okkulte Schriften und – eine Puppe!

Unter dem Gejohle der Menge wird das Fundstück auf den Platz vor die beiden Scheiterhaufen getragen. Als die Puppe vor Isabelle und Jacquet-Droz auf das Steinpflaster der Plaza Imperial gesetzt wird, erbleicht der Meister. Es ist nichts anderes als das Ebenbild seines Gehilfen. Die Tanzpuppe. Der kleine Laurent.

Jacquet-Droz weiß, was die Botschaft bedeutet, und schreit: «Ich habe sie gebaut! Ich habe diese Puppe gebaut! Ich bin der Erfinder! Ich und kein anderer!»

«Glaubt ihm nicht. Er hat sie nicht gebaut. Die Puppe kann alles! Und er weiß nicht einmal, was!» kreischt Isabelle.

Tatsächlich öffnet die Puppe den Mund und scheint mit eckigen Bewegungen ihrer Hand etwas in die Luft schreiben zu wollen, so daß der Bischof nach einer kurzen Beratung beschließt, man möge die königliche Garde mit geladenen Gewehren und aufgepflanzten Bajonetten um die Puppe in Aufstellung bringen und ihr ein leeres Papier vorlegen. Dann solle man den Schweizer seinen Teufelspakt beschließen lassen!

Ein Papier wird gebracht. Die Soldaten spannen die Hähne ihrer Flinten. Jacquet-Droz' Handfesseln werden gelöst. Der Meister kniet flüsternd vor den Jungen hin und greift mit zitternder Hand nach dem Aufzug. Unverkennbar die Eleganz, mit der Laurent seine Uhren fertigt! Unübersehbar die technische Raffinesse, mit der der Mechanismus bis ins letzte Detail von den gefertigten Gliedmaßen camoufliert bleibt. Unerreichbar die Sparsamkeit des technischen Aufwands! Unnachahmbar die Genauigkeit der Arbeit!

Der Junge hebt seine Hand mit der Feder, neigt dabei den Kopf und taucht die Feder in das Tintenfäßchen, das in den kleinen Tisch eingelassen ist. Ein Raunen geht durch die Menge. Die hinteren Reihen drängen nach vorn, als sich die

Hand der Puppe senkt und mit elegantem Schwung auf das unbeschriebene Blatt die Worte schreibt:

«Je ne pense pas – ne serais-Je donc point?»

Die Botschaft verbreitet sich in Windeseile in der Stadt, wenn auch in verschiedenen Varianten: Der Mensch denkt nicht, nur der Automat! Der Mensch denkt bloß, er lenke! Wer nicht denken kann, ist kein Mensch! Wer denkt, muß noch lange nicht ein Mensch sein! Die Gedanken sind keineswegs frei, sondern des Teufels! Kein guter Christ ist je durch Denken zum Gläubigen geworden!

In die Verwirrung schreit Jacquet-Droz noch einmal: «Nicht der Teufel hat die Automaten gebaut, sondern ich! Ich!»

«So vollstreckt denn das Urteil Gottes!»

Der Inquisitor befiehlt, man möge das Öl unter den Scheiterhaufen entzünden. Der Teufel habe genügend Gelegenheit gefunden, sich zu äußern. Jetzt gehöre der Platz wieder Gott dem Allmächtigen. Und man werde sehen, wie er urteile: Brenne der Scheiterhaufen blau, dann lüge der Uhrmacher. Wenn er gelb brenne, spreche er die Wahrheit. Auf jeden Fall aber müsse man seine Seele erlösen. Gott sei ihm gnädig.

Wie die Lüge Jacquet-Droz nicht vor dem Verderben schützt, stürzt die Wahrheit Isabelle ins Elend: Auch für die Reuige findet der Inquisitor keine Gnade.

«Verbrennt sie! Gott möge nun Sein Urteil fällen!»

Die Meßdiener entzünden das Lampenöl in den Holzbechern und treten zurück. Jetzt drängt die Menge nach vorn, und man verfolgt stoßend und knuffend mit gierigen Blicken das erste Züngeln der Flammen und will noch näher heran und noch genauer verfolgen, wie das Feuer langsam nach seinen Opfern greift. Nicht einmal die Hitze läßt die Meute weichen. Erst als die ersten Neugierigen mit verbrannten Augenbrauen zurückdrängen und die Kinder vor der Glut fliehen wollen, weicht die Menge langsam – zu spät, allein vierunddreißig Brandwunden müssen im nächsten Stundenviertel mit Sauerampfer behandelt werden.

«Gib es doch zu, daß du den Automaten nicht gebaut hast! Sag wenigstens einmal die Wahrheit! Bevor du vor Gott treten mußt!» schreit Isabelle ihrem Gatten zu, als ihre Haare bereits wie tanzende Fäden in der Hitze verglühen.

«Nie!», schreit der Alte und wendet sich an die Menge. «Ich! Ich! Ich habe ihn gebaut! Ich! Ich lebe für meine Arbeit! Ich lebe für den Fortschritt der Menschheit! Rettet euch vor der Dummheit!»

«Hört mich! Sein Famulus hat alles gebaut! Nicht er. Nicht er! Er ist schuldig wie ich!»

«Halt das Maul, du widerliche Kröte! Du verschenkst meinen unsterblichen Ruhm noch aus Dummheit!»

«Es ist die Wahrheit!»

«Niemand will die Wahrheit hören!» Die Zunge quillt mit gelblichem Schaum aus seinem Mund, und als allerletztes lallt er: «Mir gehört der ewige Ruhm!»

Niemand kann sagen, wer die Puppe weggetragen hat. Niemand weiß, wohin der Automat verschwunden ist. Laurents Rache schwebt als schwarzbrauner, stinkender Rauch noch einige Tage über der Hauptstadt, und manch ein Einwohner, auch der König, wird noch Wochen von einem rätselhaften schleimigen Keuchhusten gequält.

Zurück bleibt nur der Zettel, auf dem als einziges noch zu erkennen ist:

«*… serais …*»

Die Hemmung

Die meisten Emigranten wandern nur einmal im Leben aus, und die wenigsten verlassen ihr Land auf der Flucht. Das Unterfangen will also, so die Zeit noch reicht, reiflich überlegt sein. Auf dem Hof von Henri Mégevand sah es nach Jahren des Abwägens so aus, als sei man bereit. Da aber ging der Disput erst richtig los. Die eine Hälfte der Uhrmacher bestand darauf, daß man beim Auswandern auch das Vieh mitnehme. Man werde in der Neuen Welt nicht das Paradies vorfinden und froh sein um einen Happen Essen. Die Amerikaner würden den Käse ohnehin zu weich kochen und zuwenig salzen. Da sei es von Vorteil, man bringe die Milch gleich mit und die Kühe dazu.

Dieser Auffassung wurde von den radikaleren Genossen widersprochen. Man werde Uhren bauen und nicht Käse kochen! Überdies hätten die Schweizer die Milch nicht erfunden. Und es werde sich wohl eine Gelegenheit bieten, eine Kuh gegen eine Uhr einzutauschen.

Die Frauen hingegen wollten aus Uhren keine Suppen kochen, sondern wollten Milch, Mehl, eine Nähmaschine, einen Nudelapparat, ein Sonntagsgewand, einen Kamm, eine Lavendelseife, ein Butterfaß, das Löffelbesteck und lieber doch eine Kuh in die Neue Welt mitnehmen. Die Männer sollten an die Kinder denken!

Die Männer traten zur Abstimmung zusammen und hoben ihre Arme. Als die Sache unentschieden stand, rief man die Frauen herbei, und auch sie hoben die Arme. Und als die Sache wieder im Patt endete, richteten sich alle Blicke auf einen Jüngling, Damien, der die Sache entscheiden sollte. Er rief: «Laßt die Vernunft über euch herrschen. Und nicht einen einzelnen, der euch vorschreibt, die Kühe mitzunehmen.»

Die Demokraten wollten eine Entscheidung und wünschten nicht, daß Damien gegen die Demokratie schimpfe. Also entschied der Jüngling: «Macht das, was mein Vater sagt!»

Jetzt richteten sich alle Blicke auf den alten Mégevand, der den Kopf schüttelte und wiederholte: «Nehmt die Kühe mit! Es ist klüger!»

«Dein Sohn will das Gegenteil!»

«Dann laßt die Viecher hier!»

Es entstand ein Getümmel und Gerede. Meinungen wurden ausgetauscht, und man gebrauchte dazu nicht nur Worte. Als der Alte schließlich zwischen die Fäuste fuhr, kam ein Unentschieden heraus. Man beruhigte sich dennoch und setzte sich auf die vollbepackten Wagen. Nur eine Frau murmelte, was das denn für eine Demokratie sei, wo einer entscheide. Dann rief sie: «Macht den Vernünftigsten zum Herrscher!»

Damien schwang sich auf den Bock. «Nein! Wir haben alle zusammen reichlich Vernunft! Sie sei unser Herrscher! Also nehmt die schwangeren Kühe mit. Die anderen laßt hier!»

So wurde es getan. Der Zug bewegte sich langsam aus dem Hof. Die vermummten Frauen führten die Zügel. Die Männer gingen neben den Wagen, hielten die Kinder zusammen und trieben die Kühe. Marie setzte sich mit ihrem kleinen Bündel auf einen Wagen und nahm eins der kleinen Kinder in den Arm. Man wählte den Weg über Grandjoux, um im Schutz der Wälder die Grenze überqueren zu können, band den drei Kühen die Nüstern mit Tüchern zu, und nur selten ließ der Alte seine Peitschen über die Rücken seiner vier Pferde zucken.

Als die Frauen nach einer Rast verlangten, gönnte der Alte sie ihnen gern. Nur Damien war nicht einverstanden. «Wir müssen in der Nacht noch über die Grenze!»

Der Alte entgegnete müde: «Der Weg ist noch weit.» Und ließ abspannen.

«Wir ziehen weiter!» zischte Damien in die Runde.

Wieder geriet man in eine heftige Diskussion. Man flüsterte und raunte und wisperte und tuschelte und versuchte sich möglichst lautlos gegenseitig zu übertönen. Dabei vertrat die Mehrheit der Frauen die Meinung, es sei klüger, Kräfte zu sparen. Die Kinder seien zudem müde und vertrügen das Geschüttel nicht, wenn man die Lasttiere treibe. Die Männer hingegen warnten vor den Gefahren und wollten keine Zeit verlieren und riefen zur Abstimmung. Und als männiglich den Arm hob, standen die Stimmen der Frauen gegen jene der Männer im Patt, und keine Hälfte wollte sich dareinschicken, zu bleiben oder zu gehen. Aller Augen suchten im Schein der Sterne nach Damien.

«Du hast die Stimme, die sticht!»

«Was ist das für eine Demokratie, wenn ein einziger entscheidet?»

«Das ist uns Wurscht! Es soll zu einem Beschluß kommen. Wir frieren!»

Damien suchte in der kleinen Wagenkolonne nach Maries Gesicht, aber er konnte nur das leise Wimmern des Kleinkinds in ihrem Arm hören und entschied: «Also gut! Rastet!»

«Wie lang?»

«Den Sechsteil einer Stunde.»

Damien nickte Marie zu. «Zieht eure Uhren auf! Ich werde in der Gegend Umschau halten!» Damit verschwand er in den Büschen.

Die Männer zogen stolz an den Kettchen ihrer kleinen Wunderwerke. Da im Sternenlicht die Zeit auf den Uhren kaum zu erkennen war, mußten sie die Zifferblätter drehen und wenden, um die Zeiger zu erkennen. Weil sie zu müde waren zum Schauen, verlegten sie sich aufs Horchen, zählten mit, waren schließlich auch zu erschöpft zum Lauschen, und bald schliefen sie auf Speichen und Mehlsäcke und Käselaiber gebettet mit den Uhren am Ohr ein. Ein leises Ticken lag über dem nächtlichen Waldlager.

Es mochte wohl eine ganze Stunde vergangen sein, als alle vom Geräusch eines galoppierenden Pferdes hochschreckten.

«Die Berner Reiter!»

Wer als Flüchtling sein Land verließ, mußte auf vieles gefaßt sein. Die Obrigkeit in Neufchâtel mußte Wind vom Auszug der Uhrmacher bekommen haben und hätte die Unruhestifter gerne zusätzlich vertrieben. Aber man hätte auch genügend Gründe, sie zurückzuhalten: um die Steuern einzuziehen. Um sie zu bestrafen. Um die Personalien festzuhalten. Um ihnen die beschwerliche Last abzunehmen. Vielleicht auch, um sie ein wenig hinzurichten.

«Sie werden uns plündern!»

«Wann sind wir an der Grenze?»

Damien trieb die Kolonne zum Aufbruch. Zu spät! Die Berner lauerten bereits über der einzigen passierbaren Stelle, und der zerrissene Haufen der Flüchtlinge geriet in blinde Panik, die Frauen griffen nach den Kindern, die Männer nach den Frauen, die Kinder nach ihren Stoffpuppen, und jeder zerrte jeden weiter. Damien legte sich als einziger in die Zügel des Wagenpferds, setzte mit einem Sprung auf den Bock, und als er aus dem Kessel davonpreschte, saß Marie, immer noch ein Kleinkind im Arm, neben ihm und feuerte ihn an in einem Tremolo, das die englischen Touristen später in einem Mißverständnis Jodeln nannten.

Als die Menschen um Mégevand auf der französischen

Seite endlich zur Ruhe kamen, hatten sie außer Pferd und Ladewagen und dem, was sie auf dem Leib trugen – außer ihren Kleidern ein paar Münzen und Uhren und Pläne –, alles verloren. Sie mochten sich nicht recht an dem freuen, was sie gewonnen hatten: die Freiheit! Und sie mochten auch nicht recht weiterziehen. Ja, ein Teil wollte gar zurück und rief zu einer Abstimmung auf. Die Meinungen gingen quer durch die Kolonne auseinander, und als man alle erhobenen Hände gezählt hatte, ergab sich in unbestrittener Einstimmigkeit, daß man dagegen war.

«Wir sind dagegen, daß wir weitergehen! riefen die einen.

«Wir sind dagegen, daß wir bleiben!» die andern.

Ein kleines Mädchen begann zu weinen. Ein Junge stimmte ein. Der Alte lauschte erschöpft in die Runde. Einzig Damien erkannte, daß gehandelt werden mußte. Er hatte durch seinen halsbrecherischen Mut an der Grenze an Ansehen gewonnen, und zum dritten Mal in dieser Nacht erhob er seine Stimme.

«Wir haben ein Ziel. Entscheiden wir uns für die Freiheit!»

Das Mädchen schluchzte noch immer.

Die Freiheit, Madame, ist ein windiges Gut. Ein jeder darf sie sich nehmen, solange niemand sie ihm streitig macht, auch der Schelm. So soll es gekommen sein, daß die ersten Menschen, die den Schweizer Flüchtlingen im Land der Freiheit just im Augenblick der Entscheidung entgegentraten, zwei geschäftstüchtige Landsmänner waren, die sich aufs Reden verstanden und auf die Freiheit, ihren Verstand zu benutzen. Sie waren in den frühen Morgenstunden unterwegs, um bei den Bauern der Umgegend für eine Feuersozietät zu werben, die den Ärmsten im Brandfall einen Hof wiederaufbauen wollte. Da den armen Bauern meist das Geld für die Prämien fehlte, mangelte es den Betrügern an Kunden.

Sie ließen sich ein schlagkräftiges Argument einfallen: Sie schlichen sich zur Nacht in die Scheune und ließen darin ein Schwedenholz liegen, vergaßen aber nicht, es vor ihrem Verschwinden anzuzünden. Wenn der Hof in den Morgenstunden abgebrannt war, dann trafen sie zufällig auf dem Hof ein, um für die Feuerversicherung zu werben. Man lachte sie aus oder haderte mit dem Schicksal, das sie zu spät geschickt hatte, oder schimpfte sie einfach aus, aber nur so lange, bis sie versprachen, die Sozietät werde trotzdem bezahlen! Man werde einfach ein Auge zudrücken. Ja, man werde bezeugen, der Hof habe noch gestanden, als man den Vertrag geschlossen!

Jeder hilflose Vater wäre darauf eingestiegen. Jedes ratlose Familienoberhaupt hätte in den beiden rettende Engel gesehen. Und es schien einem jeden der Geschädigten nur billig, daß er zumindest eine Prämie bezahlen müsse, und zwar sofort, und ein jeder, auch der Verzweifeltste, fand in der Asche des Hauses noch einen Goldklumpen, der vormals eine Münze gewesen war, oder gar die Münze selbst, die er unter einem Baum vergraben hatte, und händigte sie freimütig aus. Auch daß es nichts Schriftliches geben sollte, schien allen nur logisch.

Diese zwei Gesellen trafen an diesem Morgen auf die Kolonne der Flüchtlinge. Sie trugen in ihren Taschen bloß schwedische Hölzer und eine Brandaxt. Sie erkannten sofort die mißliche Lage ihrer Landsleute, und da ihr Geschäft darin bestand, aus der Not anderer Kapital zu schlagen, bestanden sie darauf, ihnen zu helfen. Was die Auswanderer an Wertsachen dabeihätten, würden sie umstandslos versichern. Auch Werkzeuge und Arbeitsmaterial wollten sie ihnen garantieren gegen eine Prämie.

«Wir haben leider nichts mehr ...», erwiderte Mégevand düster.

Aber die Not der Uhrmacher schien die beiden eifrigen Gesellen nicht abzuschrecken.

«Wir werden euch schützen. Gebt uns eure Waffen! Sammelt die Wertsachen. Legt sie in eine Kiste. Wir bringen sie für euch ans Ziel!»

Die windigen Kerle versprachen den Frierenden, was die gerne hören mochten. Sie würden einem jeden der Flüchtlinge im nahen Besançon eine Bleibe verschaffen! Arbeit! Brot! Und ein Auskommen! Wenn man ihnen zuvor einen angemessenen Abstand leiste von, sagen wir, drei Kreuzern pro Kopf, und zeigten zur Bestätigung Verträge und Papiere.

Die Runde war beeindruckt von den Aussichten, und Mégevand verkündete müde: «Tut, was sie sagen. Sie scheinen die Lage zu kennen.» So könne man wenigstens die Reise fortsetzen.

Damien kletterte auf den Wagen und trieb das Pferd an. Die Versicherungsvertreter ritten mit den Waffen der Gruppe hinterher, Richtung Besançon, ließen sich etwas zurückfallen und lösten einen Schuß. Alle duckten sich. Frauen zerrten die Kinder in die nächstliegenden Büsche. Die beiden Gauner warfen sich nun über die Kisten mit den Ersparnissen und dem Familienschmuck, als wollten sie sie schützen, hievten sie auf die Pferde, und als man sich vom Schreck erholt hatte, waren die beiden samt Schutzgebühr verschwunden.

Der Einzug der Schweizer Flüchtlinge in Besançon soll auf die einheimische Bevölkerung einen erbärmlichen Eindruck gemacht haben. Der Nachtwächter traute seinen Augen nicht, als er durch die Nachtklappe den schmutzigen Haufen vor dem Tor stehen sah. Mégevand solle sich beeilen, die Papiere aller Anwesenden einzusammeln und durchzureichen! Er habe keinen Grund, ein Auge zuzudrücken, murrte der Mann und verscheuchte die Kinder, die neugierig ihren Kopf durch die Sprechklappe schieben wollten.

Die Schweizer klaubten die Taufscheine aus ihren Taschen und unter ihren Gürteln hervor. Alle konnten ihre Herkunft nachweisen. Bis auf eine: Marie.

Der Nachtwächter öffnete das Tor, bestand aber darauf, es habe sich eine jede und ein jeder auszuweisen. Andernfalls kein Einlaß gewährt werde – für keinen!

«Für keinen?»

Mégevand schaute ratlos in die Runde und suchte Maries Blick. Auch die anderen Uhrmacher starrten die junge Frau an. Wer sie eigentlich sei? Warum mit ihnen gekommen? Andere hielten dafür, man sei selber fremd! Man werde einen Menschen nicht im Stich lassen um des eigenen Vorteils willen! Und wieder wollten sie abstimmen.

Marie kam dem zuvor. «Ich bleibe draußen!»

«Ich werde für dich bürgen!» entgegnete ihr Mégevand, drehte sich um und streckte dem Zöllner den Taufschein seiner verstorbenen Frau hin.

«Wenigstens habt Ihr so ebensoviel Papier wie Mensch! Die junge Frau gehört zu uns!»

Der Zöllner mahlte mit den Zähnen, und seine Antwort schien positiv ausfallen zu wollen, da machte sich Unmut unter den Schweizern breit. Wie man es auch drehte und wendete: Mégevand hatte den Auszug aus der Heimat schlecht vorbereitet. Wozu schleppten sie diese papierlose Göre überhaupt mit? Nicht einmal Damien stellte sich schützend vor Marie. Endlich wurde doch eine Abstimmung abgehalten, die in einem kläglichen Patt endete.

Als Damien vortrat, sich räusperte, um sich blickte, Luft holte und die entscheidende Stimme hätte abgeben sollen – und zögerte –, rief Marie: «Du kannst dir dein Wort sparen!»

Sie griff nach ihrem Beutel mit der Maske und schlüpfte,

ehe es ihr jemand wehren konnte, zwischen den Torwärtern hindurch und verschwand in der Stadt.

Der herbeigerufene Präfekt beruhigte die Gemüter und überlegte nicht lange, sondern lud, unter dem Eindruck des bevorstehenden Wahltags, die Hundertschaft in die Stadt. Man könne die Angelegenheit morgen regeln. «Falls ich morgen noch im Amt bin!»

«Danke, Sire», rief Damien.

«Nenn mich nicht Sire! Sondern Citoyen!»

«Jawohl, Citoyen, Sire! Lassen Sie meinen Vater ...»

«Du, Citoyen!»

«Jawohl, Sire Citoyen, wir können Ihnen eine Uhr bauen ...»

«Du!»

Damien bemühte sich, nicht mit den Händen zu fuchteln, als er erklärte: «Wenn ... du wünschst, kann mein Vater ... dir eine Uhr bauen, die präziser läuft als die Uhr deiner Mairie!»

Der Präfekt, vom Stolz der Schweizer beeindruckt, wandte sich an seine Landsleute und rief ihnen lachend zu, wenn einer es so genau nehme mit der Zeit, werde er auch pünktlich weiterfahren wollen. Die Flüchtlinge könnten derweil bis morgen früh hierbleiben, da heute in den Fischhallen kein Markt sei und alle darin Platz fänden.

Es war ein trauriger Anblick, als der zerzauste Haufen durch die Straßen von Besançon zog. Die Männer starrten zu Boden und sahen von der Altstadt nicht viel mehr als Abfälle und Exkremente. Die Frauen versuchten durch die Fenster einen Blick in die Kochtöpfe zu erhaschen. Die Kinder verschmähten auch eine Katzenmilch nicht. Dichtgedrängt schlich die Schar zu den Hallen, gefolgt von einigen Wachen und dem Oberhaupt der Stadt.

Mégevand erklärte dem Präfekten, man habe Werkzeuge,

Drehbänke und Preßhämmer nach Besançon schmuggeln lassen, um von da weiterzuziehen. Aber auch diese Enttäuschung blieb dem aufrechten Demokraten aus der Schweiz nicht erspart: Es stellte sich heraus, daß die Werkzeuge wohl angekommen waren, aber von einem englischen Lord in Anspruch genommen wurden, der behauptete, die Lieferung sei eine Bestellung der Sheffielder Rixions and Sons Manufacturers & Cie. Der Lord ließ die Güter während der Feierlichkeiten zur Revolution in aller Eile abtransportieren – um sie vor dem Zugriff der Konterrevolutionäre zu schützen.

Der Präfekt verlangte, daß bis zum Mittag eine Uhr zu bauen sei, die beweise, daß die Schweizer keine Landstreicher seien. Mégevand stellte klar, daß er ohne Werkzeuge keine Uhr würde bauen können. Er bot sich an, zum Nachweis ihrer Fertigkeiten sämtliche Uhren der Stadt zu reinigen, und bat darum, man möge wenigstens den Kindern zu essen geben.

Der Präfekt verlängerte die Frist. Bis in drei Tagen, Donnerstag Schlag zwölf Uhr, sei der Beweis zu erbringen.

Im Lager der Schweizer trug man daraufhin die mitgebrachten kleineren Werkzeuge, Materialien und Teile zusammen und legte sie auf einen Tisch: nicht viel mehr als ein paar Stücke Draht und ein Fetzen Leder.

Am gleichen Abend sprach sich im revolutionären Club die Bürgerschaft von Besançon dafür aus, den Schweizern die Fischhallen für eine Woche zur Verfügung zu stellen und sorgte damit für böses Blut unter den Fischhändlern, die nicht auf ihren Markt am Donnerstag verzichten wollten. Sie hätten keine Verwendung für Uhren. Es fehle ohnehin an Zeit!

Mégevand tat keinen einzigen Schritt aus der Halle, sondern blickte nur trübsinnig auf die Holztische, auf denen am

Donnerstag die Fische ausgenommen werden sollten. Er bedankte sich höflich für das Glas Wasser, das man ihm hinstellte, roch daran und meinte, er werde haushalten damit, es müsse wohl für eine Woche reichen, und als er daran nippte, netzte er kaum die Lippen. Deshalb gilt noch heute in Besançon die Wendung «boire à la Suisse», wenn einer im Eck sitzt und kein zweites Glas Wein vermag, am ersten nur nippt und sich die Hände daran reibt, als würde ihn das wärmen.

Seine Getreuen standen um ihn herum und musterten ihn besorgt. Damien fauchte ihn an, er möge doch einen Vorschlag machen. Was nun zu tun sei? Wie lange man hier bleiben solle? In Amerika habe ein mancher sein Glück gefunden ohne Gleichheit und Brüderlichkeit! Man werde in Bordeaux anheuern oder sich nach London durchschlagen!

Georges Purieux verkündete als erster, er werde seine Familie zurückbringen. Lieber sterbe er Hungers in der Schweiz als unter lauter Franzmännern und verlangte eine Abstimmung. Es fand sich aber keine Mehrheit für den Beschluß, gemeinsam in die Eidgenossenschaft zurückzukehren, die entscheidende Stimme fehlte. Als keiner in der Runde zu reden begehrte, meldete sich eine junge Frau zu Wort, die der Diskussion außerhalb der Hallen gefolgt war.

Die junge Frau trug einen ärmlichen Reifrock. Ihr Schuhwerk war flach getreten, aber wie geschaffen für eine, die ihren Fuß grazil zu setzen weiß. Und doch schien es, die Unbekannte sei es nicht gewohnt, über feinen Parkettschliff zu schreiten. Ein Schleier verdeckte ihr Gesicht, daß man die Züge dahinter bloß ahnen konnte. Eine Haut zart wie Pfirsich. Die Wangen blühten wie Rosen. Die Nase setzte den zierlichen Schwung der Augenbrauen zum Mund hin fort. Die Lippen lächelten in trauriger Milde. Genauer konnte es niemand erkennen.

Was die Dame wolle, fragte man in der Runde.

Die junge Frau drückte dem Nächststehenden einen Lederbeutel, darin sich Münzen befanden, in die Hand und flüsterte ihm zu, dies solle es ihnen erst einmal erlauben, Essen und Kleidung zu kaufen – es sei von keiner Unwürdigen gespendet.

Niemand erkannte die Fremde. Nach all den Jahren bei Mégevand war Marie zwar zu einem Fräulein herangewachsen, aber niemand hätte sie in der vornehmen Gestalt mit dem lieblichen Gesicht vermutet. Und so konnte auch niemand darüber staunen, wie sie zu Geld gekommen war, nämlich so: Kaum war Marie durch die Wachen geschlüpft, begab sie sich zu einem Juwelier in der Stadt und bot ihm einen Ring zum Verkauf, den sie von ihrer Mutter erhalten hatte. Der geizige Juwelier bemerkte die schwarzen Ränder unter den Fingernägeln der jungen Frau und vermutete in ihr eine Diebin. Er behauptete, der Ring sei nicht echt und bot ihr zwei Berner Batzen, die ihm ohnehin in der Kasse liegengeblieben waren, und, als sie nicht interessiert war, zum Tausch einen polierten Ring aus Messing.

«Er sieht genauso aus, nur neuer, und ist echt!»

Da betrat die Frau des Polizeipräfekten den Laden. Marie wiederholte: «Ihr Wort auf den Tausch?»

«Mein Wort.»

«Und Ihr Ring ist echt?»

«Mein Ring ist echt», entgegnete der Juwelier und Beutelschneider.

Die Polizeipräfektin bemerkte nun Maries Ring und wollte ihn gerne kaufen. «Er ist nicht echt», sagte Marie. Auch als die Präfektin vierzehn Louisdors bot, wiederholte sie: «Er ist nicht echt.» Der Juwelier, der um den Wert des Ringes wußte, bot nun seinerseits das Doppelte, und die Polizeipräfektin, die um Geld nicht verlegen war, erhöhte den Preis auf das

Dreifache, denn sie kannte den Geiz des Juweliers, und bald hatten die beiden sich auf eine erkleckliche Summe gesteigert.

Schließlich entschied sich Marie, dem Juwelier den Ring zu geben, nahm das Geld, kaufte um zwei Batzen den Ring, den er ihr zum Tausch angeboten hatte, und schenkte ihn der Präfektin.

«So bleibt Euch auch etwas. Und wenn Ihr wollt: Der Herr Juwelier will ihn gegen meinen unechten tauschen.»

Die Präfektin musterte erstaunt den Juwelier, und da er unter den Augen der Präfektengattin im Wort stand, konnte er nicht mehr zurück und mußte zähneknirschend der hohen Dame den echten Ring aushändigen und den falschen zurücknehmen. Die Präfektin, die kein Livre Geld ausgegeben hatte, verließ zufrieden mit Marie den Laden, schenkte ihr den eigenen Ring zurück und ging auch nicht ganz leer aus, hatte sie doch ihren Freundinnen eine Geschichte zu erzählen, um sich die Zeit damit zu vertreiben.

Die Uhrmacher wußten nicht, wie sie es der jungen Frau hätten danken sollen. Sie versprachen ihr, die erste Uhr werde den Namen der Wohltäterin tragen. Wie sie denn heiße? Aber die junge Frau flüsterte dem alten Mégevand lediglich zu: «Der Dank geht an die, die gerne Ihre Tochter war.» Und schon trippelte sie mit mädchenhaften Schritten Richtung Citadelle, ohne daß ihre wächsernen Züge eine Regung verraten hätten.

Damien eilte ihr nach.

«Madame, darf ich Sie etwas fragen?»

Die junge Frau blieb stehen, ohne sich umzuwenden. «Falls ich Ihnen frei antworten darf …?»

Damien wagte es nicht, ihren Namen auszusprechen, als er dicht an sie heran trat. «Wer sind Sie?»

«Ich werde froh sein, wenn ich das am Ende meines Lebens weiß», sagte sie und drehte sich um. «Sie wissen mehr über mich?»

«Ich wüßte nur zu gerne, wie das Geld in Ihre Hände kommt!»

Der Schleier der jungen Frau zitterte leise, als sie erwiderte: «Wer sind Sie denn, mich so etwas zu fragen? Ein Herr von Stand?»

Damien ergriff ihre Hand und hauchte einen Kuß darauf. «Ich darf mich bei Ihnen entschuldigen?»

Erschrocken zog die junge Frau ihre Hand zurück. «Nehmen Sie das Geld, und bauen Sie damit eine Uhr!» Mit diesen Worten verschwand sie in der Altstadt.

Als nächstes suchten die Männer in der ganzen Stadt nach geeigneten Werkzeugen. Die Bisontiner Ladenbesitzer legten den Riegel vor, kaum daß die Ausländer in die Straße bogen, und als die Schweizer zur Nacht wieder in den Hallen zusammenkamen, waren die Kinder und die Frauen genährt und die Männer ratlos.

Die einzige Uhr, die man in der Lage war zusammenzuschustern, bestand aus Fischknochen, Horn und einfachen Zahnrädern, den Bestandteilen, die Damien bei einem revolutionären Lumpensammler aufgetrieben hatte. Das Resultat sah eher aus wie eine Kinderbastelei denn eine Uhr. Nur wenn das Pendel immer von neuem angetippt wurde, tickte die Mechanik länger als eine Londoner Minute, und sie schämten sich schließlich, sie überhaupt gebaut zu haben. Nur der alte Mégevand wollte in der Uhr durchaus einen genialen Zug erkennen. Kunst beweise sich zuerst in der Einfachheit.

Am Donnerstag morgen, als die Frist des Präfekten abgelaufen war, standen sie sich mürrisch im Regen gegenüber. Die Bürger der Stadt wollten ihren Markt abhalten, und der

Präfekt forderte die Ausländer auf, nun wie verabredet einen Beweis ihrer handwerklichen Fertigkeiten zu erbringen, um sicherzugehen, daß die Stadt daraus einen Nutzen ziehe, falls sie aufgenommen würden. Die Bisontiner nickten und murrten und warteten und verfolgten gespannt die Bewegungen des alten Mégevand, der die Knochenuhr vor der Versammlung aufstellte.

Männiglich starrte mit offenem Mund. Und holte Luft. Die Bürger trauten ihren Augen kaum. Als der Schweizer das Knochenpendel in Bewegung setzte und das Uhrwerk mit knöchernem Klicken zu ticken begann, lächelten die Franzosen ungläubig. Drei-, vielleicht vierunddreißigmal schwang das Pendel, ehe der erste Bürger auszuatmen wagte und ihm ein «Ooooh, là là!» entfuhr. Dann gluckste ein Kind, eine Frau grinste, bis das ganze Marktvolk laut über die Schweizer lachte.

«Ein tickender Knochen!»

Erst als der Präfekt neben Mégevand trat, ließ das Amusement nach. Der Uhrmacher versuchte sich bei seinem Gönner zu entschuldigen und setzte schon an zu einem «Monsieur ...!», als der Präfekt, der geduzt werden wollte, seine Augenbrauen hob, derb nach der Uhr griff, sie für alle sichtbar hoch hob und rief: «Sie ist gewiß von einfacher Bauart. Und doch erfordert es Meisterschaft, um aus diesen Materialien eine Uhr herzustellen. Kompliment! Ich erkenne sogar einen gewissen philosophischen Esprit darin. Endet nicht unser aller Zeit – mit einem Haufen Knochen?»

Mégevand zuckte beschämt die Schultern. Hinter ihm blickten die Uhrmacher zu Boden, während die Knochenuhr in der Hand des Präfekten weitertickte, als er sich umwandte und sagte: «Wie prächtig darf man sich da eine Uhr vorstellen, wenn ihr erst das gewünschte Material zur Verfügung habt?»

Dann drehte sich der Präfekt wieder zu dem versammelten Volk.

«Bürger! Wir werden ihnen geben, was wir im Überfluß haben: Freiheit! Sie werden sich ihre Arbeit damit verdienen. Und sie werden damit ihr Obdach bezahlen!»

Die Bisontiner lauschten der Rede ungeduldig und wollten lieber ihren Markt eröffnen, als der Präfekt hinzufügte: «Sie werden ab morgen hier bei euch einkaufen, denn sie werden essen, wie alle anderen Bürger auch!»

Langsam verwandelte sich das Murren in Zustimmung, und bald waren vereinzelte Rufe zu hören.

«Vive la liberté!»

Am Abend desselben Tages waren vierunddreißig Flüchtlingsfamilien untergebracht. In der Bürgerversammlung wurde beschlossen, die Stadt solle den Handwerkern Rohmaterial, Werkzeug und Ateliers zur Verfügung stellen. Wir wollen es den Parisern vormachen, wie wir mit der Zukunft umgehen! Und bald ging in der Stadt ein geflügeltes Wort um: Die neue Zeit gehört uns!

Die Familie Mégevand erhielt eine kleine Wohnung im Erdgeschoß eines Bürgerhauses in der Nähe der Rue St. François-Xavier zugeteilt. Damien blieb auf der Schwelle stehen, deutete auf die zerbrochene Fensterscheibe und fragte seinen Vater spöttisch, wozu er denn die lange Reise mit seinen Kindern unternommen habe. Um in einem Loch zu hausen? Um sich in einem einzigen Bett zusammenzupferchen? Oder um Unternehmer zu werden?

Damit ging er davon und schloß sich kurz darauf einem revolutionären Club in der Stadt an. Auch von der neuen Werkhalle hielt er sich fern. Er arbeitete nicht, sondern streunte draußen in den Gassen um St. Pierre und an den Ufern des Doubs herum.

Der Vater gewann mit jeder Werkbank, die in die Manufaktur gestellt wurde, langsam seine alte Lebendigkeit zurück. Er dirigierte die Einrichtung der Arbeitsabläufe. Er beauftragte den Bau der Metallschmelze. Er ließ die Stanzformen gießen. Er schickte die jungen Uhrmacher zu Erkundigungen durch die Stadt: Wo waren die talentiertesten Emaillemaler zu finden? Wer stanzte die schönsten Buchstaben? Wer schnitt die feinsten Zeiger aus den gewalzten Blechfolien? Alle folgten seinen Anregungen. Niemand widersprach seinen Anweisungen. In einer Woche wollte man die erste Uhr produzieren.

Die Arbeitsplätze in der Manufaktur wurden in einem großen Kreis angeordnet. Jeder Handwerker sollte den gleichen Ausblick genießen, jeder sein eigener Meister sein. Ein jeder sollte in die Lage gesetzt werden, die Uhrwerke der anderen ebenso zu bauen wie die eigenen. Täglich sollte nach der Arbeit eine kurze Versammlung der gesamten Belegschaft stattfinden, um Erfahrungen auszutauschen. Einmal wöchentlich sollte die Betriebsversammlung abgehalten werden, in der die Buchhaltung Zwischenbericht abzustatten hatte.

Die Handwerker arbeiteten hart. Nach wenigen Tagen lief die Produktion auf den sternförmig angeordneten Werktischen an. Als die erste Uhr die Qualitätskontrolle des Meisters durchlaufen hatte und für den Verkauf freigegeben werden sollte, trat Damien betrunken in die Manufaktur und forderte die Belegschaft auf, die Arbeit ruhenzulassen.

«Ihr baut Zeitmesser! Und habt doch keine Zeit.»

Er schaute spöttisch in die Runde. «Ihr arbeitet rund um die Uhr! Und eure Kinder auch. Ist das die neue Zeit?»

Niemand wagte dem Sohn des Meisters zu widersprechen, es wollte aber auch keiner den Alten brüskieren. Mégevand schlief in jenen Tagen nachts nur drei oder vier Stunden, nutzte die restliche Zeit für das Zeichnen von Plänen, und es dauerte eine Weile, bis der Alte in die Produktionshalle stürmte, sich in das Zentrum der Werktische stellte, nach der Uhr griff, sie theatralisch in die Höhe hielt und mit fester Stimme rief: «Eine tickt! Und ihr ruht schon aus?»

Es war ein offenes Geheimnis, daß der Meister Damien seit der Ankunft in Besançon aus dem Weg ging. Es entging den Uhrmachern auch nicht, wie der Vater sich grämte. Nur selten wurde der Sohn in der Manufaktur gesehen. Und wenn er in der Société Mégevand auftauchte, stritt er sich mit seinem Vater. Damien warf dem Alten vor, er denke nicht an die Zukunft. Er plane nicht mit der Zeit. Er werde alle ins Verderben führen!

«Wieviel soll die Uhr kosten?» fragte Damien.

Der Alte schaute in die Runde der verdutzten Gesichter. «So viel, wie man uns dafür bezahlt!»

«Und wer wird so viel bezahlen?» rief Damien. «Der Bäkker, der in der Nacht aufstehen muß! Der Grubenarbeiter, der den Mittag nicht sieht! Nicht die Wöchnerin, die von Kindern reicher Leute ausgesaugt wird! Diese Uhr werden die Ducs und Marquis' und Grafen kaufen! Und sie werden damit anderen die Zeit vorschreiben!» Er warf seine Locken stolz in den Nacken, wie er es bei seinen radikalen Freunden gesehen hatte. «Und wieviel Gewinn zieht ihr daraus, für die Herren zu arbeiten?»

«Das wird die Sozietät am Ende des Jahres wissen, wenn sie ihren Kassensturz macht!»

Die Handwerker schwiegen. Die Brüder und Schwestern Damiens versuchten, den Lockenkopf zu beruhigen, als er die Produktion des Nadlers Perronet schilderte, der die Herstellung von Stecknadeln in Arbeitsschritte zerlegt und vermessen hatte.

«Warum solltet ihr nicht Uhren bauen wie er Nadeln?

Warum soll nicht jeder nur ein Teil fertigen? Und ein anderer fügt ein anderes Teil dazu. Ein dritter setzt sie zusammen. Nicht jeder, der ein Teilchen baut, muß wissen, wie man die Uhr zusammensetzt. Eure Zeit ist nicht nur Arbeitszeit. Sie ist Forschungszeit, Ruhezeit, Entwicklungszeit. Zeit ist Geld!»

Damien ging herum, klaubte von jedem Arbeitsplatz ein Teil, hier einen Mudge-Anker, da einen Graham-Zylinder.

«Das hier ist Zeit! Und wieviel Geld steckt in dieser Zeit? Und warum wollt ihr das nicht wissen, wenn ihr doch Geld für eure Arbeit kriegen wollt?»

«Wir sehen es am Lohn!»

«Errechnet Stückzahl! Stückkosten! Lohnkosten! Dann werdet ihr Uhren zu erschwinglichen Preisen produzieren!»

Die Männer blickten geniert in die Runde. Der Meister schaute sich hilfesuchend um, als Damien sich dicht vor ihn hinstellte und in die Versammlung rief: «Du hast die Zeit deiner Familie vergeudet – jetzt verschwendest du die Lebenszeit deiner Leute. Wenn Mutter ...»

Mégevand packte ihn am Arm. Eine Weile schwiegen die Männer, der Vater und der Sohn, und beide waren sich lange nicht mehr so nahe gekommen, daß sie sich den Atem ins Gesicht blasen konnten. Langsam löste Mégevand die Faust, trat zurück und sagte für alle klar hörbar: «Wir arbeiten hier gemäß den Beschlüssen der Sozietäre. Wenn mein Sohn Sozietär bleiben will, wird er sich nach unseren Beschlüssen richten!»

«Ihr könnt mich ja aus der Sozietät ausschließen!»

Jetzt war es ausgesprochen. Jetzt hielten auch die beiden Kinder den Atem an, die beim Fenster mit den Metallspänen spielten. Der Vater ließ seinen Blick müde über die Männer schweifen und rief: «Also stimmen wir ab! Wer ist dagegen, daß mein Sohn die Sozietät verlassen muß?»

Nur die Regenperlen an den Fenstern bewegten sich. Sonst stand alles still. Damiens kleiner Bruder trat neben seinen Vater, als wolle er ihn daran hindern, es so weit kommen zu lassen. Die Fäuste der Männer blieben unter den Achseln verschränkt. Keiner hob die Hand.

«Wer ist dafür?»

Die Fäuste blieben, wo sie waren, bis auf eine. Sie hob sich ganz langsam und zitternd über die Köpfe: die Faust des Vaters.

Mit rauher Stimme verkündete er: «Damit ist der Ausschluß von Damien Mégevand aus der Sozietät mehrheitlich beschlossen. Ohne Gegenstimme.»

Nur der schwere Atem des Alten war jetzt noch zu hören, ehe Damien laut erwiderte: «Ich akzeptiere den Entscheid!»

Der Vater räusperte sich. «Es sei denn ...»

«Es sei denn: was?» fragte Damiens Bruder.

«Wir werden ihm das Recht auf Arbeit nicht streitig machen! Er kann hier weiterhin mit seiner Arbeit Geld verdienen!» sagte der Alte.

«Ich werde keinen Fuß in die Manufaktur setzen», wandte sich Damien an seinen Bruder.

«Du kannst gegen Lohn arbeiten!»

«Teilchen brunzen?» fragte Damien höhnisch.

«Sechsundsechzig Stunden pro Woche!» Der Alte hob trotzig sein Kinn und sah seinen Sohn herausfordernd an.

Damien trat nahe vor seinen Vater und flüsterte: «Gut. Angenommen! Am Ende des Quartals werde ich bezahlt. In Louisdors! Dann werden wir sehen, wer mehr verdient! Du als Sozietär. Oder ich als Arbeiter!» Damit drehte er sich um und bahnte sich einen Weg nach draußen.

Die Männer drehten verlegen die Werkzeuge in ihren Fingern. Als Mégevand sich hinsetzte und der erste Schlag eines Hämmerchens fiel, folgten auch die anderen, zögernd noch, und es klang, als werde eine unreine Uhr in Gang gesetzt. Die Köpfe senkten sich langsam, einer nach dem anderen, wieder über die Arbeit.

An der Entscheidung wurde nicht mehr gerüttelt: Damien wurde als Arbeiter eingestellt, sprach seinen Vater von diesem Tage an nur noch mit Monsieur Mégevand an, und man gewöhnte sich in den Reihen der Frauen und Männer an den schnippischen Ton des jungen Manns und die kühle Zurückhaltung des Alten.

Die Uhrmacher murrten täglich weniger über den kindlichen Starrsinn des Sohnes. Sie rechneten ihm an, daß er bald der fleißigste Arbeiter in der ganzen Manufaktur war, am schnellsten die Drähte haspelte, und jeder in der Werkhalle, der versuchte, es ihm gleichzutun, verlor mehr Zeit. Nur abends, wenn jeder Sozietär noch arbeitete, warf Damien sein Werkzeug hin und verschwand. Er hielt die festgelegten sechsundsechzig Wochenstunden genau ein. Er gönnte sich, wie er es nannte, «Freizeit» und erschien auch nach langen Nächten in der Südstadt am nächsten Morgen immer pünktlich zur Arbeit.

Die Uhrmacher bekamen ihre Familien kaum zu Gesicht und pflegten wenig Umgang mit den Bisontinern. Nur Damien erfuhr von seinen radikalen Freunden vom Unmut der Einheimischen: Das Weißbrot war teurer geworden, wie Weizen und Holz. Auch Kohle, Gemüse und Käse waren knapp geworden. Was half es, wenn in Paris neue Steuern erhoben wurden, sich die Reichen aber Zeit damit ließen, sie zu bezahlen?

Viele Bisontiner waren davon überzeugt, nicht die Revolution, sondern die Uhrmacher würden die Preise in Besançon verderben. Die Schweizer würden für Kupfer und Messing überhöhte Preise zahlen, und alles verteuere sich bloß wegen der Uhrmacher!

Der alte Mégevand war einer der ersten, dem man in der Bäckerei das Weißbrot verweigerte.

«Könnt Ihr nicht Eure Uhren essen?»

Mégevand eilte beunruhigt zu seinen Freunden zurück, schloß sich in sein Kontor ein und rechnete: Das Geld hatte an Wert verloren! Damit hatte der Schweizer nicht kalkuliert. Das Land wurde mit Assignaten überschwemmt, und niemand wollte die Staatsanleihen behalten. Die haltbaren Werte im Land verteuerten sich. Brot, Milch, Käse wurden unerschwinglich, die Rohstoffe Mangelware. Es sollen viele in jenen Tagen ein Vermögen gemacht haben und vergossen keinen Schweißtropfen dabei. Allein der reichste Mann Frankreichs, der Finanzminister Necker, machte mit Aktien einen Gewinn, der ausgereicht hätte, den Bernern ihren Goldschatz abzukaufen.

Es wurde für die Uhrmacher immer schwieriger, die nötigen Kupfer- und Messinglegierungen zu finden, und da man am Ende des Quartals die Kasse der Sozietät stürzte, stellte sich heraus, daß Damien recht behalten sollte. Als nämlich die Anteile der Sozietäre am Gewinn ausbezahlt wurden, waren die Gesichter lang und die Abrechnungen kurz. Die Meister, die bis zu fünfundsiebzig Stunden pro Woche gearbeitet hatten, erhielten pro Anteilschein weniger Geld für ihre Arbeit als Damien mit seinem in Gold festgelegten Lohn. Dabei verkauften sich die Uhren trotz der Not gut.

Der alte Mégevand schäumte vor Wut, als man in der ersten Quartalsversammlung beschloß, die Arbeit neu aufzuteilen. Um die Uhren billiger zu produzieren, stellte man zusätzliche Arbeiter ein, die von einem Ankerrad nichts verstehen mußten. Nur schnell mußten sie sein! Und pünktlich! Jedes einzelne Teil werde so schneller gebaut und von den Meistern zusammengesetzt. Die Zeitmessung für jeden Arbeitschritt wurde eingeführt. Ab sofort wurde der beste

Mann oder die beste Frau für eine Arbeit eingeteilt. Man ließ auch untereinander den Wettstreit zu. Es wurden Prämien vereinbart für die Arbeiter mit der höchsten Stückzahl. Der Gewinn wurde neu pro Stück errechnet.

«Jeder Handgriff sitzt wie ein Zahnrad in einer Uhr», war die neue Losung. Der Ausstoß wurde in der ersten Woche verachtfacht. Damien wurde als Vorarbeiter eingesetzt und beauftragt, die geschicktesten jungen Männer Besançons einzustellen. Er suchte sie sich in den Kreisen seiner Bisontiner Freunde. Die neuen Arbeiter fügten sich schnell in den Produktionsablauf. Sie waren von wacher Auffassung und unermüdlich. Damien teilte sie nach ihrem Geschick ein, was ihm bei allen leichtfiel. Außer bei einem.

Er erschien bei Sonnenaufgang, setzte zögernd den Fuß auf den geölten Holzboden, begab sich wortlos an den zugewiesenen Arbeitstisch, nickte, als Damien ihm ein Zahnrad erklärte, begann zu feilen und hob den Kopf nur, um nach einer neuen Aufgabe zu verlangen. Das Licht der Sonne schien ihn zu stören. Er setzte die verdunkelte Brille nie ab, auch wenn er an schlechtbeleuchteten Plätzen arbeitete. Er beugte sich tief über die Werkstücke und vergaß alles um sich herum. Selten verließ er vor Sonnenuntergang die Manufaktur. Die Frauen vermuteten, er sei kurzsichtig. Die Kinder wollten ein Glasauge hinter der Brille gesehen haben. Alle rätselten über seine Herkunft. Aber keiner aus der Familie erkannte ihn wieder, so sehr hatte ihn die Zeit verändert, und auch die Narben in seinem Gesicht waren vorschnell gealtert.

Seine Zahnrädchen waren makellos, und keiner feilte rascher als Laurent. Während der Arbeitszeit sprach er kein Wort, beugte sein vernarbtes Gesicht über den Werktisch, und wenn er gerade nicht an seinen Teilchen arbeitete, kritzelte er Zahlen auf einen Schiefer oder in die Werkbank.

Damien teilte ihm schwierigere Aufgaben zu, ließ ihn größere Stückzahlen fertigen – das Narbengesicht erfüllte jede Aufgabe und blieb weiterhin stumm. Damien führte mit ihm einseitige, aber entspannte Gespräche. Ihm gefiel dieser Zuhörer, und als er Laurents Kritzeleien auf dem Tisch entdeckte, fügte er seinerseits neue hinzu. Das Narbengesicht schien ein Vergnügen darin zu finden, die Aufgaben zu lösen. Das Sekundenpendel berechnete er innert weniger Minuten und legte die Längendifferenzen am Pol und Äquator gleich dazu, fügte eine kleine Tabelle in verschiedenen europäischen Maßeinheiten und eine Skizze bei. Bald gingen Damien die Fragen aus, er verlegte sich statt dessen aufs Antworten und tauschte Zahlen gegen Abenteuer, Ziffern gegen Geschichten, Formeln gegen Glück. Je mehr Damien dem Unbekannten von seinen Herzensdamen in der Südstadt verriet, desto rasanter wuchsen die Ziffernreihen auf dem Arbeitstisch. Wenn es galt, neue Uhrwerke rechnerisch zu planen, war Damien immer der erste, der mit Zahlen die Vorteile beweisen konnte.

Nach Arbeitsende verschwand der Unbekannte in die Nacht. Am Morgen erschien er aus dem Nebel. Niemand wußte, wo er wohnte. Niemand wußte, wie er hieß.

In diesen Tagen stand vor dem Eisengitter des Gärtnerhauses an der Rue St. Maurice eine Puppe. Die junge Frau, die in den Morgenstunden den Holzverschlag öffnete, um am Brunnen Wasser zu holen, hüpfte ein wenig, weil der Kies auf dem Weg ihre nackten Fußsohlen pikste. Marie streckte ihren Kopf unter den Wasserstrahl, prustete, schüttelte den Kopf, und als sie die Puppe entdeckte, schien ihr, sie habe sich bewegt! Sie lächle ihr zu!

Erst beim zweiten Blick erkannte sie, daß das Männchen auf einem Stuhl festgenagelt war und sich mit einer Feder über ein Stück Papier beugte. Seine Augen schienen so lebensecht, als könnten sie tatsächlich sehen. Das Gesicht aus Holz und Stoff kam ihr merkwürdig bekannt vor: Im Lächeln der Puppe lag eine vertraute Trauer.

Da bewegte die Puppe wirklich den Mund und ihr Blick schoß Marie mitten ins Herz. Sie rechnete es erst dem Wein der letzten Nacht an, der ihr noch immer die Sinne vernebelte, und fuhr zurück. Aber wie sehr sie auch hinschaute, sie täuschte sich nicht: Die Puppe setzte die Feder aufs Papier und schrieb in zittrigen Buchstaben eine Zahl: 7.

Marie, die die Vorgänge in der Manufaktur seit Monaten aus der Ferne verfolgte, wußte sofort, daß nur einer in ganz Besançon in der Lage war, eine solche Mechanik zu bauen. Damien. Er wollte ihr etwas mitteilen. Sie trug die Puppe in ihren Schuppen, und wann immer sie die Figur antippte, schrieb sie eine 7.

Marie schlief in dieser Nacht nicht sieben Sekunden. Kaum schloß sie die Augen, schien ihr, sie müsse etwas verpassen, und setzte sich auf, um zu sehen, ob die Puppe sich bewegte. So wartete sie bis am Morgen um sieben. Der Tag verstrich. Und auch der siebte Tag verging, ohne daß Damien erschienen wäre. Der Siebte des Monats ging ebenso vorüber wie jeder andere Tag. Da beschloß sie, Damien zur Rede zu stellen.

Sie verließ den Schuppen in dem Kleid, das sie bei der Flucht getragen hatte, kehrte aber nach neunzehn Schritten wieder um, trank einen Schluck Rotwein, setzte die Maske auf, trat wieder auf die Straße, stürzte sogleich wieder zurück, nippte am Wein, streifte den Schleier über und kam bis ans Ende der Rue St. Maurice, ehe ihr Mut reichte, bis in die Gegend der Manufaktur vorzudringen. Seit Wochen hatte sie die Straße gemieden und war überrascht von der reichen Auslage im Ladenfenster. Sie blieb lange davor stehen, musterte sich selbst und durch einen Schlitz im Vorhang die Arbeiter im Innern. Es waren viele neue Gesichter darunter, aber die meisten waren ihr noch von der Flucht vertraut. Sie merkte, wie warm ihr wurde, als sie den alten Mégevand sich über einen Plan beugen sah.

Als Damien aus dem Laden trat, deutete er flüchtig eine Verbeugung an und erkundigte sich zum Scherz: «Könnt Ihr denn bezahlen, Mademoiselle?»

Marie verriet keine Regung, als sie kühl entgegnete: «Nennt mir einen Preis, den ich nicht bezahlen könnte» – in der Hoffnung, er möchte ihr einen nennen, der eine Sieben enthielt.

«Um den Preis ...», Damien nestelte die ‹Uhr 1› der Horlogerie Mégevand von der Unterlage los und flüsterte: «... uns Euer Gesicht zu zeigen!»

Marie strich unsicher mit dem Zeigefinger über die wächsernen Lippen ihrer Maske, und ihr Schleier berührte Damiens Wangen, so nahe schob sie ihren Mund vor den seinen, als sie ihm antwortete: «So wenig ist Ihnen das Geheimnis einer Dame wert?»

Damien errötete. Er spürte, daß er zu weit gegangen war. Er wollte Marie daran hindern, als sie unter ihren Schleier griff und begann, die Bändel ihrer Maske aus den Haaren zu lösen. In diesem Moment trat der alte Mégevand dazwischen und machte dem Spiel ein Ende. Er lud die junge Frau ein, doch näher zu treten, was sie, mit einem höflichen Seitenblick zu Damien, ablehnte.

«Madame, achten Sie nicht auf die Grobheiten meines Arbeiters!» Er nahm Damien mißbilligend die Uhr aus der Hand und reichte sie der jungen Dame. «Der junge Mann möchte sich mit Ihrer Erlaubnis wieder seiner Arbeit widmen.»

Der Alte gab Damien mit dem Kopf einen Wink. Damien

zögerte, suchte die Augen hinter dem Schleier, glaubte ein höhnisches Lächeln zu erkennen und zog sich mit gesenktem Blick zurück.

Der Alte versuchte die Gesichtszüge der jungen Frau zu erraten, und als sie durch die Fensterfront mit einer unmerklichen Kopfbewegung den ganzen Weg Damiens bis hinüber zu seinem Arbeitsplatz verfolgte, räusperte er sich und hätte gerne mehr zu der schönen Fremden gesagt, die ihr Gesicht so schamvoll verbarg, als nur «Danke», um ihr das Verhalten seines Sohnes verständlich zu machen.

Aber da die junge Frau schnell nickte, fast ein wenig zu heftig den Dank zurückgab, als wolle sie seine Dankbarkeit nicht annehmen, schwieg er und räusperte sich noch einmal unbeholfen. Marie legte mit einer raschen Bewegung die Uhr in die poche secrète ihres Rockes, nickte und verabschiedete sich mit einem leisen Seufzer.

«Entschuldigung», brummte der Alte noch, da hatte er die Tür zum Laden bereits hinter sich geschlossen.

Nach Feierabend strich Damien durch die Gassen unten am Doubsufer, als suche er nach einem Haus, das er vor langer Zeit einmal bewohnt hatte, fand aber nur seine jugendlichen Freunde in der Schenke und erkundigte sich nach dem ersten Glas beim Barbier, ob ihm neulich eine junge Frau mit einem Schleier aufgefallen sei. Nach drei Gläsern Burgunder wollte sich der Barbier an eine Kurtisane erinnern, die er am Doubs schon öfter gesehen hatte und auf die die Beschreibung Damiens passen könnte.

«Wenn wir ihr eine Flasche mit Marc mitbringen, ist sie leicht dazu zu bewegen, ihr Herz an einem Abend mehrmals zu verschenken, ohne dabei ihr Gesicht zu verlieren!»

Der Barbier ließ beim Wirt eine Flasche vollaufen, zog Damien mit sich, und schon stolperten die beiden hinunter zur Doubsbrücke. Der Barbier prahlte damit, wie er die Verschleierte vor einer Woche ausgehorcht hatte und wie sie alles über die Bewegungen seines Herzens hatte hören wollen.

«Und als sie alles gehört hatte und mein Herz offenstand, da ...»

«Da?» erkundigte sich Damien ängstlich.

«Da!» rief der Barbier und zersägte mit der Faust die Nachtluft. «Sie wollte trinken und führte dabei die blauen Strümpfe und die gelben Bänder vor und war überhaupt begierig auf mein Urteil, über ihre Fessel, den Fuß, den Schenkel, ja, auch ...»

«Auch?» fragte Damien besorgt.

«Auch!» rief der Barbier und wuchtete wieder die Faust in die Luft vor seinem Bauch. «Sie wollte mir alles schenken. Aber nicht ihren Körper! Und als ich ihn kaufen wollte, und mit einem Marc bezahlen konnte, da ...»

«Da?» erkundigte sich Damien bitter.

«Da!» Und eben schob der Barbier waagerecht die Faust über den Doubs, da versetzte Damien ihm eine Ohrfeige und eine zweite, holte zur dritten aus und brauchte sie nicht zu landen, weil der Barbier bereits erstaunt im Doubs einmal im Kreis um Besançon herumschwamm.

Jetzt wußte Damien genau, was er finden wollte, und als ihn jemand in der Dunkelheit ansprach, war es doch nicht das, was er gesucht hatte.

«Teilen Sie den Abend in sieben Teile mit mir!»

Damien erkannte sie sofort und antwortete nicht, sondern nahm einen Schluck aus der Flasche, die der Barbier ihm gelassen hatte.

«Ist Ihnen Ihre Zeit teuer, Monsieur?»

«Eher sind Sie mir zu billig, Mademoiselle!» murmelte er verbissen und wollte lieber weitergehen.

«Ist ein teures Herz Ihnen zu billig», fragte sie trocken und griff nach der Flasche. «Monsieur Damien?»

«Nenn mich nicht bei meinem Namen, sonst nenn ich dich bei deinem.»

«Sie kennen ihn?»

«Ja: Madame Hure!»

Dann stürzte er davon und beleidigte jeden, der ihm in der Nacht noch begegnete, mit gröbsten Unverschämtheiten, kehrte in die Schenke zurück, und als der Barbier, der in der Zwischenzeit einmal vom Doubs um die Stadt herumgetragen worden war, vorsichtig fragte: «Na?», antwortete Damien: «Na!» Und sägte mehrmals mit der Faust waagerecht über den Tisch.

Der nächste Morgen war der einzige, an dem Damien zwei Stunden zu früh in der Horlogerie erschien und bis weit über den Feierabend hinaus an seinem Arbeitsplatz hockte, ohne sich einen Schritt davon zu entfernen.

Seit die Druckregale in der Stadt gelockert worden waren, verbreiteten sich die Nachrichten aus Paris in Windeseile, und es war nicht auszumachen, ob es mehr Neuigkeiten gab oder mehr Zeitungen, in denen sie standen.

Eine Neuigkeit jedoch bewegte die Uhrmacher in Besançon besonders: Die Nationalversammlung verlangt einen neuen Kalender! Das republikanische Jahr soll vom Fahrplan der Kirche befreit werden! Der Nationalkonvent beauftragt die Wissenschaft, eine neue Zeitordnung vorzuschlagen! Der Nationalkonvent fordert die Uhrmacher Frankreichs und Europas auf, für die neue Zeit die neue Zeitmessung im Dezimalmaß zu entwerfen! Wie Meter und Gramm! Paris lobt einen Wettbewerb für die beste dezimale Uhr aus und stellte dem Sieger den Titel einer ‹Horlogerie Nationale› in Aussicht sowie finanzielle Unterstützung zur Einrichtung der Manufaktur! Als Frist wird das Ende des ersten Jahres der Freiheit festgelegt.

In der Horlogerie Mégevand war man entschlossen, die neue Zeit nach Besançon zu holen, und geriet über der Aufgabenstellung in helle Aufregung. Es war jedem in der Manufaktur klar: Wenn die neue Zeit sich durchsetzen würde, so wäre jede alte Uhr von diesem Augenblick an ohne Nutzen. Jede Uhr, die man heute noch baute, konnte morgen schon wertloses Altmetall sein! Eine neue Zeitrechnung stand bevor! Sie machten sich mit fiebrigem Eifer ans Werk: Der Tag sollte nicht mehr in vierundzwanzig Stunden eingeteilt sein, sondern in zehn. Oder zweimal zehn? Oder zweimal fünf! Wie auch immer: Wer die neue Uhr bauen konnte, würde an erster Stelle stehen!

Erst galt es, die plausibelste mathematische Lösung zu finden. Dann die geeigneten Materialien zu beschaffen. Dann die Mechanik zu entwerfen. Außerdem wollte man die mechanischen Veränderungen richtig bedenken: Der Stundenzeiger sollte sich immer noch im Kreis drehen, aber zweimal fünf- oder zweimal zehnmal? Die Stunde sollte in hundert Minuten und die Minute in hundert Sekunden geteilt werden. Es mußten also ganz neue Übersetzungen entworfen werden. Und dabei sollte es nicht bleiben. Es sollten auch die Materialien verfeinert werden. Die Lager verbessert. Die Reibung vermindert. Die Genauigkeit erhöht. Man entwarf und verwarf. Man wog und rechnete. Jeder Meister trug seine Ideen vor. Alle Vorschläge wurden gehört. Jeder konnte mitreden.

Nur einer blieb stumm und wurde doch am meisten gehört. Er legte zu jedem Entwurf die ergänzenden Berechnungen bei, er deutete mit dem Finger auf die entscheidenden Denkfehler: das Narbengesicht. Wenn einer den Vorschlag machte, statt Zeiger Scheiben gegeneinanderlaufen zu lassen, errechnete er die Abstände. Wenn ein anderer die Mondphasen ebenso darstellen wollte wie die Monate, errechnete er die Verhältnisse. Man könnte Stunden, Minuten und Sekunden gleichzeitig anzeigen! Er kritzelte eine Tabelle. Er redete mit niemandem über seine Vorschläge, sondern legte wortlos die Berechnungen dazu vor. Er zeigte den präzisesten Feinschliff. Er löste die mechanischen Anforderungen mit dem geringsten Aufwand. Er fand die platzsparenden Lösungen. Die ersten Entwürfe wurden verwirklicht und bestätigten seine Berechnungen. Er beschämte die Meister von Mal zu Mal.

Nur Damien wurde immer düsterer. Er begann gegen den Stummen zu hetzen, fand aber nicht viele, die ihm folgten. Laurent war immer da, wenn er gebraucht wurde. Präzise. Pünktlich. Zuverlässig. Fleißig. Trotz seiner Stummheit schien er aufmerksam zuzuhören, wenn man sich an ihn wandte. Er trug den Lohn für seine Arbeit nicht nach Hause, sondern legte die Münzen in ein kleines Täschchen, stieg mit einer exakt bereitgestellten Leiter in die Höhe, wobei er jede Hilfe ablehnte, und zurrte das Beutelchen über seinem Arbeitsplatz an einem Deckenbalken fest. Man gewöhnte sich daran, daß der Erlös immer da oben über seinem Kopf hing wie ein Menetekel. Gezählt: eine Mine. Ein Sekel. Ein Halbsekel.

Als Damien den Kalender von Dalbarade und Gohier skizzierte, legte Laurent am nächsten Morgen eine komplette Berechnung eines republikanischen Kalenders bis ins Jahr 1989 vor. Als Damien sich fragte, wonach die dezimale Uhr sich denn genau richten solle, skizzierte Laurent, wie die Schwankungen der Winkelgeschwindigkeit der Erdrotation auszugleichen seien, um die Kulmination der Sonne Schlag zwölf immer gleichbleibend zu errechnen.

In wenigen Tagen hatte Laurent die Pläne für eine Produktionsstraße entwickelt, in der die Uhren und Bestandteile über einen Lauftisch durch die Halle getragen werden konnten und jeder Uhrmacher an seinem Platz nur noch sein Teilchen in das vorbeiziehende Uhrwerk einsetzen mußte. Schließlich erwiesen sich auch seine Anregungen für die Wettbewerbsuhr als umwerfend einfach. Die Uhr teilte den Tag in präzise zweimal den hunderttausendsten Teil des mittleren Sonnentages ein. Sie tickte im genauen Rhythmus des Vega-Nebels draußen im All. Sie schob ihren Zeiger in der präzisen Eigenschwingung des Cäsiums voran. Sie spielte Laurents Melodie.

Drei Wochen bevor die Uhr in Paris eingereicht werden mußte, war man endlich soweit: Die erste Dezimaluhr der Menschheit lag auf einem steinernen Sockel in der Mitte der Halle.

Die Uhr verfügte beidseitig über einen Deckel. Der eine gab bei leichtem Knopfdruck das Zifferblatt mit den drei Zeigern frei. Der andere Deckel erlaubte einen Einblick in das Innere des Werks. Auf den ersten Blick handelte es sich um ein gewöhnliches Modell. Aber bei genauem Hinsehen war deutlich zu erkennen, wie fein die Teile gearbeitet waren. Die Zeiger liefen auf zwei ineinanderliegenden Wellen. Die Stahlfeder lag in ein verziertes Bett eingelassen. Das ganze Werk war in eine flache Dose gelegt, der Aufzug lag vertikal unter der verlängerten Krone und ein Stift hielt den Tragering über dem Jakobinermützchen. Die Ziffern waren im Kreis angeordnet, wie bei jeder anderen Uhr auch. Aber es waren nur zehn. Zehn Stunden. Der kleine Zeiger vollendete einmal im Tag eine ganze Umdrehung. Der Minutenzeiger teilte die Stunde in jeweils hundert Minuten. Ebenso wie der Sekundenzeiger die Minute in hundert Einheiten teilte.

Die gesamte Belegschaft hatte sich um die Uhr geschart. Sogar die Kinder durften sich in die erste Reihe hocken. Nur einer stand abseits: Damien. Und neben ihm kritzelte der seltsame Kerl mit seiner dunklen Brille unberührt Zahlen ins Holz und wollte sich nicht von seiner Arbeit abhalten lassen.

Der alte Mégevand strich mit seinen Fingerspitzen fahrig über den Namenszug, der auf dem Deckel eingraviert war – ‹Horlogerie Mégevand› –, als er die Runde aufforderte, einen Dank auszusprechen. Ein Schatten lag auf seinem Gesicht, als er die Glasglocke von der Uhr hob. Er vermied es dabei, in Richtung seines Sohns zu schauen.

Ein lauerndes Schweigen breitete sich in der Halle aus. Aller Augen suchten im gelben Licht der Südfenster nach Damien, der in den quadratischen Lichtstreifen der Nachmittagssonne merkwürdig unberührt wirkte. Alle erwarteten, daß der Vater den Antrag stellen würde, Damien wieder in die Sozietät aufzunehmen. Sogar die Aufnahme Laurents in die Gilde schien einigen wahrscheinlich. Aber statt dessen bat Mégevand die Runde, niederzuknien vor dem Allmächtigen.

Mégevand blieb bis spät in der Nacht in seinem Kontor. Er klappte immer wieder die Dezimaluhr auf, musterte das Zifferblatt, verglich die Anordnung der Zahnräder, schloß den Deckel wieder und ließ die Uhr nicht aus den Augen. Nachts fuhr er aus dem Schlaf hoch, weil er im Traum auf einem Zeiger ritt und zwischen zwei Zahnräder geriet. Er eilte durch die Werkstatt, schliff die Zahnräder, feilte die Lager, ölte die Reibungspunkte und schlief keine Nacht mehr länger als eine Dezimalstunde am Stück.

Als man den Meister am Morgen vor der Abreise in seinem Kontor vorfand, war seine Nase blutig, und seine Hand krallte sich in Damiens Mütze fest. Wie sehr man sich drehte und wendete und suchte: Die Dezimaluhr war verschwunden! Der Tresor im Kontor stand offen. Die Pläne und Berechnungen waren ebenfalls fort.

Keiner der Meister fragte Mégevand, was ihm in der Nacht zugestoßen war. Es war nur zu leicht zu erraten, daß sich offensichtlich jemand Zugang zum Stahlschrank verschafft hatte, der sich sehr gut auskannte. Der Umstand, daß die beiden Verdächtigen am folgenden Tag nicht mehr zur Arbeit erschienen, kam einem Schuldgeständnis gleich. Niemand nannte die Namen. Der Alte wühlte kleinlaut in seinen Werkzeugen. Er blätterte in Plänen, entzifferte Skizzen und Zahlen auf dem Werktisch Damiens, kontrollierte das leere Beutelchen des Ledergesichts, verharrte lange vor dem Feuer in der Esse, hob schließlich den Amboß mit einem Wutschrei aus der Verankerung, wuchtete ihn mit Schwung durch das Frontfenster und warf Damiens Mütze hinterher.

Er starrte wütend in die Runde und schrie: «Ich werde auch ohne ihn auskommen!»

Dann schloß er sich in sein Kontor ein.

Das Zifferblatt

Marie führt an der Rue St. Maurice nach ihrer nächtlichen Begegnung mit Damien ihr Leben weiter, als würde sie sich nichts anderes mehr wünschen. An den Abenden setzt sie sich mit der Puppe vors Haus. Wer ihr ein Glas Wein anbietet, darf gerne ihr Gast sein. Sie trinkt es in sieben Schlukken leer, und wenn der Passant darauf besteht, führt sie ihn in eins der baufälligen Zimmer der Ruine, stülpt ihr Wachsgesicht über, zündet sieben Kerzen an und tanzt sieben Takte. Aber auch wenn sie im Rausch einem Unbekannten ihr Herz öffnet, darf doch niemand sich brüsten, ihren Namen erfahren zu haben. Die Männer verlassen sie mit gemischten Gefühlen. Mal berührt. Mal empört. Bald heißt es, sie verbrenne schneller als eine tränende Kerze.

Als ein Lungenfieber sie niederwirft, bleibt sie bis sieben Uhr abends im Bett und wartet, und als die Hitze sie nicht verläßt, blickt sie siebenmal pro Stunde zum Fenster hinaus, wartet sieben Tage, was in Frankreich freilich auch heute noch huit jours sind. Sie bleibt auch am achten Tag noch im Bett, als ein Mann an ihre Tür klopft, mit sieben Schritten neben ihr steht, einen siebenhebigen Vers auf ihr Laken schreibt, und als Marie ihm über die Schulter schauen will, stolpert sie kopfüber in einen Abgrund und erwacht erst, als ein Arzt sich über sie beugt, eine arge Unterkühlung diagnostiziert und eine Temperatur von sieben Grad Celsius gemessen haben will. Derselbe Arzt berichtet später auch, der Handlanger Mégevands habe den ganzen Tag von der anderen Straßenseite aus das Gärtnerhaus beobachtet, und als er ihn ansprach, habe er seine Hilfe angeboten und noch bei der Kranken gewacht, als der Arzt das Haus verließ.

Damien erkundigt sich noch in derselben Nacht an der Rue St. Maurice nach der jungen Frau. Ein Auge erscheint hinter dem Guckloch der Tür, mustert ihn scharf, dann wird die Klappe hochgeschoben, und ein unregelmäßiger Schritt entfernt sich im Innern. Das Schleifen seiner Absätze klingt wie ein in Unwucht geratenes Radband. Jedes weitere Klopfen Damiens bleibt unbeantwortet.

Im nebligen Morgenlicht wirkt das verfallene Haus an der Rue St. Maurice wie ein Palast. Der Hinkende, der mit einem Eimer zum Brunnen geht, verschwimmt im Morgennebel wie ein Troll. Ebendiese Unschärfe läßt ihn mich untrüglich wiedererkennen – wie er seinen rechten Fuß nur auf die Spitze setzt, wie er den Kopf geduckt hält, als erwarte er eine Tracht Prügel, und er trägt immer noch seine fast schwarze Brille: Es ist Laurent. Seine Gesichtszüge sind faltiger und die Haare dünner geworden, und seine unverwechselbar ledrige Haut wirkt durch den Alterungsprozeß noch dunkler.

Im Innern des Gärtnerhauses spannen ein Rechen und Bohnenstangen ein Stück Leinenstoff wie einen Baldachin über eine Roßhaarmatratze. Marie liegt im Licht einer Kerze auf den Laken. Ihre dunklen Haare lassen ihre Züge zusätzlich bleich erscheinen, gegen das kräftige Orange und Rosa der Pfirsichmaske, die über ihr im Regal steht. Ihre Stimme klingt sanft und fast ein wenig heiter, als sie den Hinkenden, der mit dem Wassereimer vom Hof zurückkehrt, näherzukommen bittet.

Laurent wickelt ein Brot aus einem Leinenbeutel, legt einen Apfel auf das Bettuch, setzt sich auf den Stuhl neben dem Lager und greift nach ihrer Hand. Er hält die Luft an, zählt und vergleicht den Takt mit seinem eigenen Puls.

Es ist Maries Fieber – und mehr wohl dem Alkohol – zuzuschreiben, daß sie Laurent tatsächlich nicht sofort erkennt. Ein Husten schüttelt die Kranke. Aus dem Baldachin rieselt Staub. Marie sieht, von einem glitzernden Sonnenstrahl geblendet, wie sich der Schatten ihres Helfers über sie beugt, um ihr die Stirn zu trocknen, und sie versucht im Gesicht des Mannes die fremdartige Vertrautheit zu deuten, die sie in seiner Gegenwart empfindet.

«Bitte laß den kleinen Jungen nochmals spielen», flüstert sie.

Ohne zu nicken rutscht Laurent vom Stuhl und setzt den Automaten in Bewegung. Die Puppe hebt die Feder und läßt sie mit einer eckigen Bewegung auf das Papier sinken, wo sie wiederum die Zahl 7 kritzelt, diesmal aber nicht innehält, sondern weiterschreibt, und nach und nach erscheinen ganze Sätze auf dem Papier. Als Marie der Puppe über die Schulter schaut, erkennt sie die Zeilen wieder:

> Schau! Im Osten hebt der Tag mit brennendem Haar
> sein Haupt! Ein jeder erwartet sein majestätisches Licht
> und senkt vor dem König sein Augenpaar in Erwartung
> seines Feuergesichts.

Marie überfliegt den Vers, den sie so oft im Buch ihres Vaters gelesen hat. Er stammt aus dem siebten Sonett. Und jetzt endlich versteht sie. Sieben. Sein Blick. Seine Bewegungen. Seine Unterwürfigkeit. Er ist zurückgekehrt. Wenn auch das Alter von Laurent sie verblüfft.

Sie starrt ihn an. «Bist du es wirklich?»

Er zuckt mit den Schultern und legt ihr das Buch ihres Vaters in die Hand.

«Sieben?! Du bist mit Damien gekommen? Er schickt dich? Du bist gekommen, um mich zu ihm zu bringen.»

Sie lacht und hustet und lacht. «Wo ist er? Wann kommt

er? Er darf mich so nicht sehen! Nicht heute, Sieben. Nicht heute … nicht so …»

Laurent verfolgt die Bewegungen ihrer Lippen fasziniert, als sie ihn fragt: «Sieben, wenn du die Puppe zum Schreiben bringen kannst, kannst du selber auch schreiben?»

Laurent schüttelt ertappt, aber unmerklich den Kopf. Auch wenn er die Sonette im Buch oft gelesen hat, vermag er doch keine Laute mit ihnen zu verbinden. Um so genauer hat er die einzelnen Zeichenfolgen analysiert, in numerische Reihen übersetzt, daraus Zahlentheorien entwickelt in einer Art Prosa, die auch die begabteste Leserin, Madame, nicht zu entziffern vermöchte.

Marie beachtet die Antwort nicht und deutet auf ein Stück Papier, das zwischen den leeren Flaschen am Boden liegt.

Laurent schüttelt den Kopf, aber als Marie darauf besteht, nimmt er den Zettel. Dann beginnt Marie einen Brief zu diktieren.

«Lieber Damien … Du sollst wissen, daß die Zeit nicht unser Feind ist. Wir werden uns wiedersehen … und … ich …»

Laurent sitzt tief über das Papier gebeugt, die Feder zwischen Daumen und Zeigefinger, und wartet. Ich liebe dich, möchte Marie flüstern und schaut dabei Laurent zu, wie er konzentriert mit der Feder kratzt und gespannt innehält und wartet.

«Gut. Bring das zu ihm.»

Laurent glättet den Bogen sorgfältig und legt ihn auf die Decke. Sie haucht einen Kuß darauf und will ihn falten, überfliegt noch eben die Zeilen und stutzt. Es stehen lauter Ziffern auf dem Papier, kein einziger Buchstabe.

Laurent wendet sich ab, senkt sein Kinn auf die Brust und schüttelt den Kopf. Er zeigt scheu auf ihre Hand, schüttelt den Kopf erneut, nickt und zieht eine Grimasse, daß es auch Marie ein Lächeln entlockt hätte, wenn sie nicht schon wieder husten müßte. Sie versucht die Ziffern zu erraten, meint ein Geburtsdatum zu erkennen oder eine Distanzangabe, und gibt auf.

«Geh», seufzt sie erleichtert, «bring ihm die Ziffern. Wenn er die Sprache der Herzen versteht, wird er sie deuten können.»

Sie nimmt seine Hand in ihre und drückt sie für einen Augenblick an ihre Stirn. Dann wendet sie sich ab und zieht die Wolldecke hoch.

Laurent humpelt aus dem Schuppen auf die Rue St. Maurice hinaus, stürzt zum Doubs hinunter, legt sich auf eine Rasenbank und sucht noch lange nicht nach Damien. Er lauscht dem Fluß und ortet am Himmel den Vega-Nebel, diese farbigen Schwaden, wo jenes eigenartige Rauschen herkommt, das japanische Wissenschaftler über zweihundert Jahre später für einen kurzen Augenblick aus dem All einfangen werden, ehe es für immer verstummt. Sie werden es nicht versäumen, eine Antwort ins All zu senden, von der sie vermuten, eine andere Lebensform könne daraus auf unsere schließen:

Während er die steilen Hügel der Himmel
erklimmt und seine Lebensmitte mit Jugend
verbraucht, ehren geblendete Blicke noch immer
den Pilger auf seiner goldenen Reise zur Tugend.

Erst wenn von ganz oben das blakende Rad
dem Tagwagen abfällt, wenden ohne Andacht
die ehrvollen Augen vom holprigen Pfad
sich ab und schauen zweifelnd in die Nacht.

Paß auf, du! So schnell ist dein Tag dir entflohn
und keiner hat dich gesehen, wenn nicht dein ...!

Etwa zur gleichen Zeit gewähren kurz hinter Troyes zwei Herren einem dritten die Mitfahrt in ihrem Vierspänner.

«Steig Er zu, junger Mann. Vorausgesetzt, Er hat einen Beruf, über den sich causieren läßt.»

«Ich bin Uhrmacher.»

«Dann wird Er uns die Zeit nicht lang werden lassen. Denn wir wollen in kürzester Zeit nach Paris. Aber ...», damit beugt der Jüngere der beiden sich zu Damien, «verratet es nicht dem Kutscher, daß wir es eilig haben, sonst verlangt er von uns ein Doppeltes, ohne unsere Reisezeit zu halbieren!»

Damien drückt sich neben den gewaltigen Koffer des eleganten Herrn, der sich als Marquis de Varenne vorstellt, Beamter im Ministerium Necker, und der andere ist offensichtlich ein Pfarrer aus dem Schweizer Glarnerland. Beide Herren wirken sehr aufgeräumt, haben sie doch auf Anraten des Dienstherrn de Varennes mit Aktien der Ostindischen Compagnie ihre Vermögen vervielfacht. Der Glarner verfügte allerdings nur über einen kärglichen Einsatz, und ihm trug die Spekulation eben genug ein für ein Reislein ans Meer, während der Finanzbeamte die ansehnliche Barschaft seines Vaters aufs Spiel setzen konnte und sich dadurch zeit seines Lebens um nichts mehr zu sorgen braucht – statt dessen juckt es ihn, einen Teil seines Vermögens in die neuen Industrien zu investieren. De Varenne bereist deshalb die Lande, um nach lohnenden Objekten zu suchen, und so zeigt er sich auch sehr interessiert an der Uhrenherstellung.

Der Glarner Priester Trümpy reist ausschließlich zu seiner Bildung. Während ihm beim Reisen die Gedanken gerne in Fluß geraten, da sich alles um ihn herum auch bewegt, verspürt der Marquis den Drang, die Gedanken in seinem Innern stillzustellen.

«Wie glücklich Sie sich schätzen müssen, in einem so

interessanten Lande zu wohnen», sagt de Varenne zu den beiden Schweizern.

Es vergeht eine Weile, bis der Priester aus seinem leichten Burgunderrausch aufschreckt.

«Er meint die Schweiz?»

«Ja, unter einem so sanften Volke leben zu dürfen, das so wohlhabend ...»

Der Glarner seufzt. «Ach! Es ist ein abscheuliches Land! In dem man beim Reisen immerfort auf und ab steigen muß!»

«Aber man sagt doch, dieses Volk sei ungemein freigebig?»

«Mein Vorfahr im Amt bekam zum Neujahrsgeschenk noch einen hübschen Schinken. Aber heute! Mein Herr, es läßt sich kein Auskommen mehr finden. Was glauben Sie zum Exempel wohl, was die Butter kostet?»

«Man hat mir gesagt, daß sie ein wenig wohlfeiler sei als in den Städten.»

«Aber der arme Mann, der die Butter rührt, stirbt selbst vor Hunger», sagt der Pfarrer und verschränkt die Hände.

Die beiden Herren schweigen eine Weile, bis der Beamte neu ansetzt. «Man läßt die Butter ausführen?»

«Sie geht zu einem guten Preis ins Ausland.»

De Varenne staunt. «Wie kann das die Leute arm machen? Wenn ein Bauer aus seinem Land hundert Pfund Butter jährlich ausführt, und der Preis verdoppelt sich, ist es dann nicht ebensoviel, als ob das gleiche Land zweihundert Pfund nach dem vorigen Preis veräußert hätte?»

Der Pfarrer widerspricht. «Keineswegs! Fürs erste werden die einheimischen Handwerker ebenfalls die Butter kaufen wollen und ihren Arbeitslohn erhöhen. Vor dreißig Jahren kostete die Butter zu Rougemont sieben Kreuzer und heutzutage dreizehn und vierzehn. Aber wir können unsere Predigten nicht ...», der Pfarrer wird mit einemmal heftig, «... noch teurer lesen!»

«Ich würde Sie auf die Schinken Ihres Vorfahren verweisen!» lacht der Beamte.

Der Pfarrer lächelt gequält zurück, und beide verfallen ins Grübeln.

«Leute, die von Zinsen leben, werden dabei ohne Zweifel verlieren», führt der Marquis nachdenklich an.

«Das wäre aber kein Unglück», entgegnet der Pfarrer.

De Varenne glaubt sein Argument gewonnen. «Diese ganze Unterhaltung läßt sich auf die Frage zurückführen, ob es für ein Land zuträglich sei, seine Produkte teuer abzusetzen. Und diese Frage haben Sie dadurch entschieden, daß Sie ja selbst niemals zugeben würden, daß man auch die Käseausfuhr aus der Schweiz verbieten müsse.»

«Doch. Man sollte auch diese verbieten!» Der Priester streckt sich auf seinem Sitz. «Man müßte die Einfuhr sämtlicher Arten von Lebensmitteln und fremden Waren verbieten. Denn der Handel ist ein Tausch: Nehmen Sie auf der einen Seite, ohne etwas zu geben, so hat Ihr Geld auf der andern eine offene Türe, um aus dem Land zu gehen, und eine verschlossene, um wieder hereinzukommen.»

Wieder schweigen die beiden angesichts der schwierigen Fragen des internationalen Warenverkehrs, und erst der Duft einer nahen Feuerstelle weckt sie zu Appetit und neuer Streitlust.

«Man wird freilich klagen, wenn keine Waren mehr eingeführt werden dürfen ...», murmelt der Priester.

«Die Kaffeetrinker.»

«Eben! Lieber bleibt man arm. Denn was bringt es, reich zu sein? Reichtum erzeugt nur Schwelgerei und Laster!»

De Varenne kann sich ein Schmunzeln nicht verkneifen. «Ich meine mich zu erinnern, Sie hätten sich unlängst darüber beklagt, daß Ihre Pfründe von mittelmäßigem Ertrage sei?»

«Oh, ich rede ganz im allgemeinen.» Der Pfarrer blättert mittlerweile gedankenverloren in dem Buch auf seinen Knien, und es ist nicht die Bibel, sondern die ‹Theorie of Moral Sentiments› von Adam Smith. «Indessen ist nicht der Reichtum von Übel, sondern seine ungleiche Verteilung.»

«Nun aber begünstigen die großen Käse gerade dieses Mißverhältnis!»

«Wie das?» erkundigt sich der Priester.

Der Marquis weist auf sein Buch. «Lesen Sie in Ihrem Smith nach. Um große Käse zu machen, braucht man große Kapitalien, und um diese zu haben, muß man reich sein. Ein Reicher, der sieben bis acht Höfe vereinigen kann, gewinnt einen Achtteil oder Neunteil seiner Zinsen. Der Arme steht dagegen in Versuchung, ihm seine kleine Alb zu verkaufen. Dann aber kann er sein Leben nicht mehr in einem Lande fortbringen, wo keine Industrie herrscht, und wird es darum verlassen.»

«Sie wollen sagen: Hätte er die Butter ausführen können, würde er sein Grundstück behalten haben ...»

«... So aber kauft es ihm der Reiche um den wohlfeilen Preis ab. Und nun sagen Sie mir, lieber Herr, sind Sie noch nicht meines Sinnes geworden? Ich würde auf die Bekehrung eines Pfarrers stolz sein in diesen Zeiten.»

Aber der Glarner entscheidet sich jetzt dafür, in der Sache ganz neutral zu werden.

«Nun. Ich vielleicht schon, aber einer, der so denken wollte wie ich, wohl nicht!»

Damien hätte nur zu gerne gewußt, was in dem Büchlein des Glarners geschrieben steht. Eben will er sich mit einer Frage über die Uhrenmanufakturen in Paris ins Gespräch einbringen, als sich der elegante Herr an ihn wendet.

«Apropos: Was führt Sie nach Paris, junger Herr, etwa das da?» Er deutet auf das Kästchen, das Damien auf den Knien hält. «Es scheint weit interessanter als unser weitschweifiges Gespräch!»

Damien nestelt an dem Tuch, in das das Kästchen geschlagen ist, und erläutert den Herren, daß er eine Uhr für einen Wettbewerb nach Paris trage und dort mit Handwerkern eine Manufaktur für Dezimaluhren gründen wolle.

«Und wo nehmt Ihr das Kapital her?» fragt sofort interessiert der Beamte.

«Man braucht Handwerker, Herr, denn ihre Arbeit wird das Kapital erbringen ...», antwortet Damien selbstsicher.

Der Banquier lacht. «Seht her! Er hat unseren Diskurs verstanden: Nicht der Außenhandel, nicht der Geldvorrat und nicht der Boden allein schaffen den Reichtum, sondern die Ertragskraft der menschlichen Arbeit.»

De Varenne stellt noch einige Betrachtungen über den Nutzen der Zeiteinteilung in der Zinseszinsrechnung an. Auch sinnt er über die dreierlei Zeiterfahrungen des Reisenden: derjenigen des Kutschers, der alles auf sich zukommen sieht, der eigenen, vor dem im Rückfenster sich alles entfernt, und drittens jener des Passanten, an dem der Wagen vorüberrast – da springt das Gefährt mit einem gräßlichen Knirschen von Holz und Metall aus der Bahn, schießt über den Weg hinaus und kippt in den Straßengraben. Dabei werden der Pfarrer und der Finanzbeamte ordentlich durch die Kutsche geschleudert. Damien sieht eben noch, wie sich eine vermummte Gestalt über den benommenen Finanzmann beugt, da wird er selbst von kräftigen Händen hochgezerrt, und ein Wegelagerer greift sich die Uhr aus dem Beutel und will sie schon einstecken, da wird er des Zifferblattes gewahr und hakt mit zwei Fingern Damien an der Nase in die Höhe.

«Was soll das?» brüllt er.

«Ich habe sie selber gebaut!»

«Dann bau sie noch mal, und zähl nächstes Mal richtig! Du hast die Elf und die Zwölf vergessen!» spuckt der bärtige Kerl Damien an und drückt ihm die Uhr ins Gesicht.

«C'est la révolution?» hört Damien den Priester fragen.

«Non, Monsieur, c'est des bandits!» stöhnt der Banquier schwach. «C'est pas grave alors!»

Etwa zur selben Zeit wirft in der Manufaktur Mégevand der Alte die Tür zu seinem Kontor hinter sich ins Schloß. Fünf Nächte lang haben die Uhrmacher wie besessen gearbeitet. Schließlich tritt der Meister mit schwarzgeränderten Augen vor die Seinen und schnieft. In der Hand hält er eine Papierrolle, in der minutiös aufgezeichnet steht, wie die Dezimaluhr ausgesehen haben mag.

«Es hat keinen Sinn. Wir werden keine bessere Uhr bauen als die, die uns gestohlen wurde. Aber wir werden nicht aufgeben. Ich werde trotzdem nach Paris fahren. Ich will euch beweisen, daß ich mit dem Dieb nichts gemein habe! Wenn er sich traut, unsere Uhr bei dem Wettbewerb in Paris einzureichen, wird er am selben Tag verhaftet werden. Und meinetwegen ... hingerichtet!»

In seinen Augen funkelt müde der Zorn, und auch Damiens Geschwister können ihn nicht besänftigen.

«Glotzt nicht!» fährt er sie an. «Erst gilt es, einen Dieb zu überführen. Die Zukunft beginnt, wenn ich wiederkomme!»

Zum Abschied küßt er die Haarlocken seiner geliebten Frau, die seine Kinder um den Hals tragen.

Der Berufsstand des Räubers erfreut sich in den letzten Jahren großen Zulaufs. Die Berufstätigen der Branche sind bei der Bevölkerung durchaus beliebt, wissen sie doch einen Teil des Goldes, das sie den Reichen abnehmen, auf angenehme Weise unter den armen Leuten zu verteilen.

Ebenso ist das Metier des Banquiers in Mode gekommen, müssen doch Staatsanleihen und Aktien für die Reichen gewissenhaft verwaltet sein. Diese Herren verstehen es sehr gut, das Geld, welches sie den kleinen Leuten abnehmen, unter den Reichen zu verteilen, deren Vermögen die Räuber ihrerseits wieder in Umlauf bringen. Man kann sagen, daß die beiden Berufe sich in idealer Weise ergänzen, und es wird uns nicht erstaunen, daß, wo die einen auftauchen, auch die anderen nicht weit sind.

In unserem Fall treffen sich Räuber und Finanzmann in einer Scheune nahe des Wegs, von dem die Kutsche so unsanft abgekommen. Der mittellose Pfarrer senkt den Kopf und hofft, der Kelch möge nur beim adeligen Franzosen haltmachen. Der reiche de Varenne trägt siebzehn Louisdor auf sich. Der Räuber verlangt ein Passiergeld von sechzig Louisdor. Der Marquis erklärt sich bereit, die Summe aufzutreiben, allerdings erst in drei, vier Wochen.

«Was meint Er damit?»

«Was hat Er davon, wenn Er heute zuviel verlangt und es morgen nicht erhält? Gebt mir statt dessen einen Rabatt von fünfzig Prozent, dann bezahle ich noch heute», verhandelt der Finanzmann.

«Heute?» Der Räuber mustert mißtrauisch seine Gefangenen.

Der Pfarrer nickt. «Das macht dann dreißig Louisdor!»

Der Räuber überlegt. Die Chance, daß de Varenne heute noch zu mehr Geld kommt, scheint ihm gering. Also ist er mit dem Rabatt einverstanden, wenn er auch gierig bleibt. Der hohe Herr solle ihm auf die dreißig Louisdor lieber wieder die fünfzig Prozent draufschlagen.

De Varenne ist einverstanden. «Das macht dann fünfundvierzig noch diesen Abend.»

«Es gilt.»

«Da ich aber sofort bezahle, wieso darf ich nicht auf fünfzig Prozent Diskont bestehen?» gibt der Marquis zu bedenken.

Der Räuber zögert nicht lange. «Einverstanden!»

«Das macht dann zweiundzwanzigeinhalb.»

Schon klaubt der Finanzmann seine Louisdor hervor, da ist es dem Gauner plötzlich doch zuwenig und er fordert, der andere solle ihm die Hälfte wieder draufschlagen. «Das macht dann dreiunddreißigdreiviertel.»

De Varenne äußert Bedenken. «Ihr habt mir jetzt das Lösegeld bereits um zweimal fünfzig Prozent glatt verdoppelt! Da werdet Ihr mir gestatten, einen kleinen Diskont von fünfzig geltend zu machen, weil ich sofort bezahle.»

Der Schnapphahn überlegt hin und her. Lieber erhält er heute das Geld auf die Hand, als erst in Tagen aufs Dach, und spart sich Ärger, wenn auch nicht Geld. Also erklärt er sich mit einer sofortigen Bezahlung und dem vereinbarten Rabatt zufrieden, nimmt endlich die sechzehnsiebenachtel Louisdor in Empfang und läßt seine drei Geiseln frei – allerdings nicht bevor der Pfarrer ihm die Absolution für seinen Überfall sowie für eine Reihe von Verstößen gegen das vierte, sechste, achte und zweite Gebot erteilt hat.

Nach zwei Stunden können die Herren ihre Fahrt fortsetzen, wenn auch merklich wortkarger. Das Gespräch dreht sich nicht mehr um Reichtum und Armut, sondern um die neue Zeit, und es ist kurz.

«Eine Uhr?» Der Finanzbeamte würde nur zu gern das Kleinod in Damiens Händen betrachten. «Und Sie haben vor, sie in Paris herzustellen? Das klingt nach einer lohnenden Investition. Was ist es denn für eine Uhr?»

Damien will keinesfalls sein Kästchen noch einmal öffnen und entgegnet kurz: «Sie mißt die neue Zeit.»

Der Pfarrer mustert den jungen Mann neugierig und

klopft auf das Buch über die Nationalökonomie auf seinen Knien.

«Dann lesen Sie dieses Buch. Es erklärt die neue Zeit ...», er seufzt resigniert, «... leider.»

Die Rufe der aufgebrachten Menge mischen sich in Schläge der Uhr der Bastille. Beim zehnten Schlag fliegt ein Stein durch eine Scharte der Uhrenkammer. Eine Stunde später wird heftig gegen die Dachlukentür des Glockenwerkes gehämmert. Vor der Tür der Uhrenkammer steht der Erbauer der Uhr selbst: Gerome Quillet. Vor drei Jahren bestand er beim Gouverneur des Königs vergeblich auf Entlöhnung und bezahlte teuer dafür: Er wurde in den eigenen Ketten gefesselt in die Bastille geworfen, verbrachte drei Jahre damit, dem Stundenschlag seiner eigenen Uhr zuzuhören, und die Zeit scheint ihm heute kürzer, da er sie hinter sich hat, als sie ihm war, da er sie vor sich hatte.

Bevor die Uhr das Viertel schlägt, dringen die Revolutionäre unter der Führung des Uhrenbauers in das Werk und lösen die Gewichte. Das Rasseln der Zahnräder und Knacken der Kettenführungen der königlichen Uhr erlahmen. Nach alter Zeitrechnung zweiundfünfzig Minuten vor Tagesmitte bleibt die Uhr über den Toren des Gefängnisses von Paris stehen. Während unten die Schweizer Wachen in der Masse untergehen, ziehen die Erbauer dem Symbol des königlichen Hochmuts die Zähne.

«Kein Gefangener soll je wieder durch eine Uhr des Königs verhöhnt werden!» schreien sie und werfen die Einzelteile auf den Platz hinunter.

Seit dem 14. Juli im Jahre I der Freiheit ist die Uhr an der Bastille ohne Zeiger.

Die Gestalt, die mit verbundenen Händen in den Nachtstunden durch die Pariser Gassen schleicht, spürt die Aufregung der Bürger fast so leibhaftig wie die Schmerzen der eigenen Verletzungen. Er humpelt als einziger zurück zur Bastille.

Keiner beachtet ihn weiter. Nur zwei elegante Frauen stecken ihm zwei Livres in die Hand, machen ihm Mut und entfernen sich lachend. Laurent streift an den Wandzeitungen entlang, in denen das Neueste von heute bereits verblaßt: Die Ehescheidung wird erlaubt. Der ‹Moniteur› titelt: ‹Wird das Jahr der Freiheit das Jahr I der Gleichheit?› Die Flugblätter veralten auf den nassen Straßen mit dem Neuesten von gestern. ‹Stürmt die Tuillerien!› – ‹Das Parlament tagt in Permanenz!› Die Menschen hasten in den Straßen umher, und jeder weiß etwas anderes und Neueres, und das Allerneueste wissen nur die, die es gleich selbst tun.

Für den Jungen aus den Fluten der Saane ist es, als betrete er eine neue Zeit: all die Schritte, Lieder, das Maschinengeklapper, die Schreie, das Räderrumpeln, das Knallen der Fensterläden, das Gewirr der Schritte und Schreie – die ganze Großstadt rast in wilder Bewegung, als sei all das Gewimmel und Gesause die erste billionstel Sekunde des Universums, in dem sich ein kirschkerngroßer Energieklumpen zum Kosmos ausdehnen will und in Laurents Kopf zur Berechnung drängt. Sechsundzwanzig Millionen Franzosen leben in der bevölkerungsreichsten Nation Europas. Mehr als Russen in Rußland, aber nur halb so viel, wie es bewohnbare Planeten in der Milchstraße gibt. Wie sollte er sich nicht über alles den Kopf zerbrechen, was jetzt eben seinen Anfang nimmt?

Die Bastille taucht vor ihm auf in der Nacht. Feierlich erheben sich die Front des État-Major und die Türme de la Chapelle und de la Liberté. Das graue Licht des Gefängnisses beleuchtet die Gestalten der Fassade, die noch jetzt, ohne die steinernen Ketten, die sie vormals hielten, sich mit aller Kraft zu befreien suchen.

In der Uhrenkammer über ihnen hat Laurent einen sicheren Unterschlupf gefunden. Über den Dächern von Paris legt er sich unter das gewaltige Uhrwerk an der Ostseite, zieht sein Wollhemd über die Knie und wartet auf die Wärme des Tags und auf den Schlaf.

Etwa zur selben Zeit trägt der Anatom Doktor Curtius einen halben Frauenkörper aus einem Schuppen im Palais Royal. Die Haare hängen der Frau ungeordnet über die Schulter und ihr Gesicht scheint von einer schrecklichen Krankheit zerfressen. Curtius bemüht sich nicht besonders, sie unter einem Tuch zu verstecken, drängt sich durch die Marktstände am Ende des Palais und schafft den Torso im Boulevard du Temple 20 die Treppe hoch. Dort wirft er ihn im ersten Stock achtlos auf einen Haufen anderer Körper, und damit hat er auch die letzte seiner Wachsfiguren in ihr neues Domizil gebracht.

Curtius mußte sein Kabinett im Palais Royal schließen. Die Pariser wollten seinen Diogenes nicht mehr sehen, langweilten sich im Zimmer des Archimedes und zeigten nicht die geringste Ehrfurcht vor seinem Magellan. Seit neuestem zittern ihm die Hände, wenn er eine Frauenbrust berührt, und er muß sich schon lange darauf beschränken, die alten Figuren nur aufzubessern. Es gelingt ihm kaum mehr ein neues Wachsgesicht, zumal er tagsüber als Assistent im Unternehmen Sanson hart arbeitet. Die Geschäfte des Scharfrichters sind von den Launen der Gerechtigkeit abhängig und in diesen Tagen nicht flau. Sanson obliegen nicht nur sämtliche Hinrichtungen jeder Art. Auch öffentliche Auspeitschungen und kleine Folterungen bei Verhören gehören in den wachsenden Zuständigkeitsbereich des Unternehmens und verursachen nicht wenig Handarbeit, auch für den Assistenten Curtius. Wenn seine Hand nachts noch ruhig ist, modelliert er eine schöne Mädchenschulter, eine Halsbeuge oder gar die Nase eines Philosophen.

Seit sich allerdings das Arbeitstempo in der Firma ‹Sanson & Frères› verschärft, findet Curtius kaum mehr Zeit für seine nächtliche Liebhaberei im Wachsfigurenkabinett. Dafür bringen ihn die vielen Hinrichtungen auf eine Idee.

Etwa zur selben Zeit hinterlegt im Büro an der Avenue de Breteuil der Uhrmacher Bertrand Mégevand aus Neufchâtel, Schweiz, eine Papierrolle. Der einäugige Beamte Cugnot nimmt das Papier entgegen und legt die Rolle gleichgültig in ein Holzbehältnis.

«Kein Prototyp?»

Mégevand schüttelt nur traurig den Kopf.

Cugnot mustert den Alten mit seinem einen Auge, schiebt einen Deckel über das Kistchen, versiegelt es mit Lack und rezitiert mit gelangweilter Stimme: «Ich bestätige den Empfang und informiere Sie, daß Ihre Pläne an das Institut von Sèvres überbracht werden und Sie dann Bescheid erwarten dürfen. Noch Fragen?»

Der Beamte setzt routiniert sein Siegel auf die Umschläge.

«Kann es sein, daß auf den Namen Mégevand bereits eine Uhr eingereicht worden ist?»

Cugnot schiebt ein Lorgnon vor sein Auge und überfliegt seine Notizen.

«Ein Lockenkopf? Der Ihnen ähnelt, sagen Sie? Er ist angemeldet, wollte aber die Uhr nicht hierlassen.»

Der Beamte zieht die Augenbraue hoch und fängt sein Lorgnon mit elegantem Schwung, als er Mégevand wieder fixiert.

Der Uhrmacher nickt unmerklich und flüstert: «Dann ist er also hier ... Wann war das?»

«Keine Zeit für Antworten auf Fragen zum Wettbewerb!» fährt der Beamte ihn an.

«Wann erhalten wir Bescheid?»

«Die Wettbewerbsteilnehmer werden zu gegebener Zeit benachrichtigt.»

«Es handelt sich aber darum, daß wir keine Uhr einreichen ... vielmehr die Beschreibung des Diebes ...»

«Ach?» entfährt es dem Beamten, als er zum Antrag greift und das Siegel wieder erbrechen will.

«Das Papier enthält eine präzise Beschreibung der in Besançon gestohlenen Dezimaluhr ... in der Annahme, daß sie hier zum Wettbewerb vorgelegt wird.»

«Und warum übergeben Sie den Dieb mit Ihrem Namen nicht der Polizei?»

Der Alte seufzt. Seine Stimme erhält jetzt einen dringlichen Ton. «Wir möchten nur im Falle einer siegreichen Teilnahme jenes bewußten ... Diebes habhaft werden! Um sicherzustellen, daß ...» Mitten im Satz verstummt er beschämt, zögert und fährt kleinlaut fort: «Seine Geschwister würden es mir nie verzeihen.»

Cugnot starrt den Alten mitleidig an.

«Ihr Sohn wird entsprechend bestraft werden! Freiheit heißt nicht, daß jeder stiehlt, was er will! Und Brüderlichkeit nicht, daß jeder verschwendet, was er hat! Und Gleichheit heißt ...» Der Beamte fuchtelt mit den Händen in der Luft herum, stapelt kopfschüttelnd das Behältnis zu den anderen fünfzehn, die bereits aus ganz Frankreich eingetroffen sind, und ruft in die Amtsstube: «Der nächste. Na los! Die Zeit läuft.»

Mégevand ist, als hätte er seine Seele dem Teufel verkauft. Anstatt direkt hinüber zum Stadttor zu gehen, wandert er um das Carré der Rue Théatins und murmelt unablässig: «Ich habe meinen Sohn dem Henker ausgeliefert!» Viermal unterbricht er seinen Trott mit einem Abstecher in dieselbe Weinstube, bleibt jedesmal länger und versucht vergeblich seinen Kummer zu ertränken.

«Das Unglück kann besser schwimmen als ich!» ruft er am Tisch des ‹Chateau Rouge› und beschließt, sich mit seinem Elend in der Seine zu ertränken, hat aber nicht mit den guten Leuten in der Schenke gerechnet. Sie pflichten dem Schweizer bei, obwohl sie seinen Sarcenotten-Dialekt nicht verstehen. Sie schütten ihm ihren Cidre in seinen leeren Krug, trinken mit ihm auf Helvétius und lassen ihn weiter nicht gehen als bis zu seiner Nasenspitze, das heißt gar nicht.

Schließlich hat der Alte genug getrunken, und das Wasser läuft ihm aus den Augen. Die Citoyens an seinem Tisch können sich die Traurigkeit des Schweizers nicht anders erklären, als daß er an der ‹Maladie Suisse› leide, jener geheimnisvollen Schwermut, die in den französischen Heeren nur die Schweizer befällt. Wie man den Alten auch versucht aufzuheitern, verfällt er in immer tieferen Trübsinn. Als die angeheiterte Gemeinde beschließt, hinüber ins ‹Théâtre Voltaire› zu gehen, zerrt man den tränennassen Gesellen kurzerhand mit.

Das Publikum drängt in den Saal. Der Betrunkene wird vor der Menge hergetrieben, dorthin, wo alle stehen wollen, an der Rampe. Immerhin soll es sich bei dem Theaterstück um einen Tyrannenmord handeln! Da will man gerne in der ersten Reihe stehen. Es lockt aber nicht nur die politische Brisanz in die Nähe der Bühne, sondern auch die neue Freizügigkeit im Zuschauerraum: Nirgendwo sonst in Paris stehen Mann und Frau derart dichtgedrängt in ihrem Schweiß und pressen sich im Licht der Lüster aneinander.

Bereits vor Beginn der Aufführung wird im Parkett jede Silbe für oder gegen die Revolution gewogen. Der unglückliche Uhrmacher mischt sich in jede Debatte heftig ein. Bald ruft er, man möge die Todesstrafe für Söhne verbieten. Bald verlangt er, daß man alle Diebe freilasse. Außerdem bezweifelt er, daß die Erklärung der Menschenrechte das Leben seiner Gattin hätte retten können, und stiftet mit seinem unverständlichen Patoi einige Verwirrung. Man will leicht glauben, er wolle die Königin hochleben lassen. Würde nicht der Vorhang rechtzeitig hochgezogen, wäre es wohl bereits vor Beginn der Aufführung zu einem Tumult gekommen.

«Melchthal, Freund!»

Die Schauspieler beginnen ihr Spiel, wie sie es von den Versen Corneilles gewohnt sind: mit theatralischem Singsang. Schon beim ersten Wort fährt der Uhrmacher wie vom Donner gerührt hoch, als habe man seinen Namen gerufen. Als der Sprecher oben fragt: «Bist du's?», will er schon antworten: «Jawohl, Ich bin's. Mégevand aus Folbédiot!»

Mit hölzernem Schritt tritt oben auf der Bühne der Mann an die Rampe. «Was für ein Fest, dich hier zu sehen!» – «Wie? Man kennt hier nicht mein Leid?»

Mégevand schüttelt den Kopf und beißt sich auf die Lippen, um nicht zu schreien: «Nein!» Melchthal stellt sich an die Rampe und deklamiert: «Erzähl, was dich bedrückt. Der Ort ist sicher. Sprich nur frei und ohne Furcht. Hier treffen sich nur Freunde!», und blickt bedeutungsvoll ins Publikum.

Das Publikum nickt, und Melchthal behauptet in pathetischem Singsang: «Mein Freund! Du siehst die Verzweiflung eines Sohnes!»

Eine Frau greift nach dem Brusttuch ihrer Nachbarin und wischt sich die Augen. Mégevand starrt mit offenem Mund ins Geschehen dort oben. Zwischenrufe der Umstehenden unterbindet er per Kopfnuß. Nichts, nichts soll die Worte stören, mit denen Melchthal dort oben ein Leid beschreibt, das dem Uhrmacher ins Herz gebrannt ist.

«Der Grauenhafte, der über unser Land sich hebt, er hat in

meinen Tränen sich gebadet, er hat mein Blut getrunken. Er hat an keinem seinen Mut gekühlt, wie just an mir.» – «Mach deinem Herzen Luft!» – «Am Fuß der Berge lenkt mein Vater seinen Pflug. Da taucht ein Scherge Gesslers auf, betritt den Acker und entreißt mit Eisenhand die Zügel! Und führt vom Pfluge weg die Tiere ihm vom Feld! Da hilft kein Bitten! Ich eile mit dem Eisen in der Hand dazu. ‹Wenn dir mein Leben lieb ist›, ruft mein Vater, ‹flieh! Mein Sohn, bring deinen Kopf in Sicherheit.› Und gegen meine innere Stimme laß ich ihn allein in seiner Angst und seinen Tränen. Welch schicksalsschwere Flucht! Ich irre lange Tage durch die Bergenketten!»

Bei «Ketten» legt der Schauspieler eine bedeutungsvolle Pause ein, die er nutzt, um seinen Hut etwas zu richten. und auch die Hose scheint zu zwicken. Dann fährt er fort: «Welch trauriges Exil über der Schweiz! Denn unten dürstet Gessler nur nach Blut und Rache. Mein Vater wird ihm vorgeführt. ‹Was macht dein Sohn?› sagt Gessler, ‹sprich! Die Folter wartet schon!› Mein Vater bietet ihm zum Tausch sein Leben an. Für meines. Doch der Tyrann ... oh welch ein Greuel! Er greift das Schwert, und in die Augen meines Vaters! ... sticht er ... mit Glut! Oh Barbarei! Das Blut gefriert mir bis ins Herz!»

Es scheint, als hielten alle Zuschauer gemeinsam die Luft an, als der Verzweifelte oben innehält. Büglerinnen und Bäcker, Schneider und Wäscherinnen sind gebannt verstummt.

Da mischt sich ein Schluchzen in die Stille, ein Wimmern fast, und als die ersten die Revolution hochleben lassen wollen, da ruft im tiefen Schweizer Dialekt eine Männerstimme: «Und was hat er der Frau angetan?»

Mégevand packt den Fuß des Tellen und zieht ihn zu sich an die Rampe. «Der Frau! Der Mutter seiner Kinder! Du blöder Hund! Ist sie davongekommen?»

«Psst!»

Der Schauspieler, handgreifliches Mitspiel offenbar wenig gewohnt, will sich nicht beirren lassen und spricht auch in Schieflage in perfektem Singsang weiter, während er sich von dem aufsässigen Zuschauer versucht zu befreien.

«Der Vater unterwirft sich dieser letzten Qual von seinem Sohn getrennt – im Sterben hat er ihn vielleicht verflucht ...!»

Aber Mégevand will nicht lockerlassen. «Nein! Nein, hat er nicht! Er hat die Frau im Stich gelassen!», schreit er, zerrt den Bühnenhelden noch fester zu sich und brüllt: «Und der Sohn hat den Vater verraten!», ehe er selbst an der Rampe zu Boden sinkt. Da liegt er für den Rest der Vorstellung und schnarcht, und erst als es still geworden ist und die Rampenlichter gelöscht werden, schreckt er hoch.

Entschlossen verläßt er das Theater Richtung Institut für Maße und Gewichte, besteigt den Gitterrost vor dem Fenster, rüttelt und ruft nach Cugnot, doch der sitzt nicht im Dunkeln hinter seinem Tisch und beantwortet keine Fragen. Auch der bellende Hund rückt Mégevand keine Papiere heraus.

Am Morgen findet man den Schweizer in einen zerschundenen Mantel gehüllt unter der Eingangstür im Dreck. Man bescheidet ihm, daß die Wettbewerbsunterlagen nicht wieder ausgehändigt werden. Er habe sich zu gedulden. Die Bekanntgabe der Sieger sei außerdem verschoben. Cugnot hebt sogar seine Augenklappe, um dem armen Mann aus Folbédiot sein Mitgefühl zu erweisen.

«Sie dürfen sich aber täglich erkundigen», schnauft er väterlich.

Am Abend steht Mégevand wieder in der ersten Reihe des ‹Théâtre Voltaire›. Nüchtern diesmal. Und beißt sich auf die Zunge. Seine Lippen bewegen sich mit jeder Silbe. Er schwitzt und schnauft und lebt mit jedem Wort das Drama mit. Verwirft. Verfolgt. Vertraut. Und schlägt zurück! Und blutet auch und teilt den Jubel. Und greift erleichtert nach dem Tuch der Nachbarin, um sich die Tränen auszuwischen. Wieder rennt er nachts zum Institut und begehrt dort Einlaß, und wieder bleibt sein Bitten ohne Antwort.

Am Abend steht der Schweizer erneut in der ersten Reihe des ‹Théâtre Voltaire› und fiebert mit und schlägt und haut und zielt und trifft. Er kann die Verse Melchthals und Tells bald auswendig, und auch den Gessler spricht er ohne Akzent mit. Als die Rampenlichter ausgeblasen werden, ist er bereits unterwegs zum Institut und erfährt dort auch am Morgen nichts Neues.

Als Mégevand am vierten Abend Richtung Théâtre geht, murmelt er die Verse bereits, bevor er in die Rue Voltaire tritt, und findet die Tore verschlossen.

«Die Vorstellung fällt aus», verkündet die weinende Gattin Ragnots, des Gessler. Der Saukerl, ihr Mann, habe sich in die Siebzehnjährige, die Tells Buben spielt, verliebt, der Hurenbock, und sei mit ihr nach Rouen durchgebrannt, zu einem Bürgerpriester, der Scheidungen sofort vollzieht und jede Ehe segnet. Das habe man jetzt von der Freiheit: sie seien gezwungen, die Zuschauer nach Hause zu schicken.

Mégevand findet das keine gute Idee.

«Laß mich den Gessler spielen!» schlägt er dem Tell vor.

«Wir dürfen keine Zeit verlieren», gibt der zu bedenken.

Zeit sei wie Geld. Jedoch besitze Geld ein jeder nur ein wenig. Er aber habe im Leben schon zuviel Zeit verloren.

Aber Mégevand bleibt hartnäckig. «Laßt mich spielen. Ich gäbe das größte Vermögen.»

Das hört der Melchthal, und es interessiert ihn.

«Wenn du uns das größte Vermögen nennen kannst. So groß, wie ein Mensch sich kein größeres denken kann. Dann wollen wir die Sache bedenken!»

Das kommt dem Tell, als wär's schon seins, und hat gleich das größte parat: Es sei das Theater mit Nadeln zu füllen und an jede Nadel ein Schneider zu hängen, der einen Sack zu nähen habe, der wiederum mit Louisdor zu füllen sei. Dies und nicht weniger schätze er als das größte denkbare Vermögen ein. Melchthal ist beeindruckt, aber nicht verlegen: er wolle die ganze Kathedrale von Notre-Dame bis unter die Glocken füllen lassen mit Wechselbriefen aus allerfeinsten englischen Postpapieren, wobei jeder Staatswechsel einer amerikanischen Schuldverschreibung von tausend Louisdor entspreche. Und wenn Mégevand ihnen ein größeres Vermögen nennen könne, dürfe er morgen mitspielen.

Der Uhrmacher überlegt und schlägt bescheiden vor, er wolle nicht mehr als einen Louisdor auf dem ersten Feld eines Schachbretts, zwei auf dem nächsten, vier auf dem dritten, acht auf dem vierten, das Doppelte auf dem fünften und so weiter, bis zum vierundsechzigsten Feld. Das genüge reichlich, die Herren zu übertreffen.

Die beiden Schauspieler lachen und loben des Uhrmachers Bescheidenheit und wollen ihn belehren: ein Sack allein enthalte tausend Louisdor. Und Nähnadeln ließen sich gut und gerne eine Million ins Theater schaufeln. Und es seien leicht hunderttausend Millionen Staatspapiere in einer Kathedrale unterzubringen. Wohingegen ein Schachbrett doch nur vierundsechzig Felder aufweise. Schon wollen sie es dabei bewenden lassen, da schlägt der wackere Uhrmacher dem Tell vor, er wolle es mit einem Kirsch aus Fougerolles beweisen. Die drei stellen sich vor das Schachbrett im ‹Republicain› und trinken auf A1 einen und auf B1 zwei und auf C1 vier Kirsch und sollen nur bis E1 gekommen sein, dann mußte der Wirt es ihnen schon anschreiben, und sie wollten es ausrechnen und konnten nicht genügend Nullen mehr auf die Tafel schreiben für alle vierundsechzig Felder. Damit war es beschlossene Sache – der Uhrmacher spielt ab morgen den Gessler, da er ein unermeßliches Vermögen mitbringt: rechnen zu können.

Ungefähr zur selben Zeit fällt dem Anatomen Curtius bei seinem täglichen Gang zur Kathedrale Notre-Dame-de-Bonne-Veuille vor dem ‹Café de Chartres› eine junge Frau auf. Sie sitzt zitternd auf dem Steinsims, streckt aber nicht wie die anderen Bettler ihren Arm aus, sondern fleht mit einer Stimme, der auch das hartgesottenste Männerherz nicht hätte widerstehen können, um ein Livre.

Curtius sieht ihren Blick und ist gefangen von ihrer Schönheit, der selbst dieser Dreck und diese elende Kleidung nichts anhaben können. Der Doktor sieht nicht die zerkratzte Haut. Er riecht nicht den Alkoholdunst, der von der jungen Frau ausgeht. Er hört nicht die Flüche, die sie murmelt. Der alleinstehende Henker übersieht die lebhafte Verachtung im Gesicht der jungen Frau, als er ihr eine Münze in die Hand legt und mit gesenktem Kopf in der Kathedrale verschwindet. Die junge Frau erinnert ihn an seine Geliebte in Straßburg. An diesem Tag betet er sein Ave-Maria besonders innig.

Wer wie er als Gehilfe des Scharfrichters eigenhändig die Lebenszeit von Menschen im Auftrag der Allgemeinheit verkürzt, darf nicht erwarten, daß eine Frau mit ihm leben will, und da er nun in die Jahre gekommen, hat er die Hoffnung aufgegeben. Aber die Hoffnung nicht ihn. Curtius verläßt täglich beim ersten Schlag der Glocken seine einsame Wohnung, betritt pünktlich beim letzten Schlag die Kirche, verläßt sie wieder beim nächsten Viertelschlag, und so geschieht es auch an diesem Tag: Die Bäckerin am Eck richtet ihre Pendule nach den Schritten des exakten Mannes. Keiner in der Stadt ist so pünktlich wie er.

Damien ist verzweifelt, als er erfährt, daß sich die Bekanntgabe der Sieger des Wettbewerbs um die Horlogerie Nationale verzögert, da die Nationalversammlung über der Frage des neuen Kalenders heillos zerstritten ist. Die Revolutionäre wollen den Einfluß der Kirche auf Wochentage und Feiertage unverzüglich brechen. Aber wann? Die Zehntagewoche muß eingeführt werden, der Jahresbeginn muß neu festgelegt werden. Aber wonach? Während die einen den Anfang der neuen Zeit rückwirkend auf den Jahresbeginn 1789 festlegen wollen, sehen andere den 14. Juli als den Beginn der neuen Rechnung. Eine Minderheit der Jakobiner will die neue Zeit überhaupt erst erkämpfen.

«Die Zukunft liegt vor uns!» – «Die Zukunft hat längst begonnen!» – «Die Zukunft gehört uns!» – «Die Zukunft ist bereits Vergangenheit!» – «Es lebe die Zukunft!»

Erst muß geklärt sein, wann im neuen Kalender das Jahr beginnt. Nach dem Sonnenstand böten sich die Mittsommerwende oder die Tagundnachtgleiche an. Welche Heldentat ließe sich mit einem 22. März feiern? Juden und Muslime, ja sogar Chinesen werden konsultiert. Bereits liegt ein Entwurf für den neuen Kalender vor, der die Monate in dreißig Tage einteilt und zum Jahresende mehrere Feiertage zu Ehren der Revolutionäre vorsieht. Für die Monatsnamen wird ein Wettbewerb unter den Lyrikern der Nation ausgeschrieben. Man erwartet Namen, die der Liebe des französischen Volkes zur Poesie gerecht werden! Man einigt sich darauf, daß zumindest sämtliche amtlichen Schreiben und Bekanntgebungen sofort mit dem Jahr I der Republik zu datieren sind.

Der Deputierte Maréchal wird beauftragt, mit den Astronomen der Akademie der Wissenschaften gemeinsam einen Vorschlag auszuarbeiten. Der Wohlfahrtsausschuß besteht weiterhin eisern auf der Einführung der Dezimalzeit.

Die Tagesstunden verbringt Laurent im Uhrwerk der Bastille. Eifrig kritzelt er Formeln und Zeichnungen ins Holz und gönnt sich nur wenige Augenblicke Ruhe. Die Öffnung über dem Uhrwerk gibt nur einen kleinen Blick auf den Pariser Morgenhimmel frei. Bei klarer Sicht kann er durch die Ziegelritzen auf den Champs du Mars die frei schwebenden Luftschiffe der Gebrüder Mongolfière in den Himmel steigen sehen. Trotzdem verliert er sich selten in der Betrachtung der Außenwelt, da ihn die Uhr mit einem Paradox fesselt. Er vertieft sich in seine Berechnungen und versucht die Folgen der Lorentz-Transformation rechnerisch zu erfassen: Seit Tagen beschäftigt ihn die Idee, daß zwei Raumkoordinatensysteme aufeinander zurasen könnten, in denen dasselbe Gesetz der Lichtausbreitung gelten muß. Führt man eine imaginäre Zeitkonstante ein, dann enthält die folgende Koordinatentransformation eine mathematische Merkwürdigkeit und es müßte, übertragen in eine physikalische Wirklichkeit, folgendes geschehen: Ein Maßstab, wenn er gegen ein mit dem Beobachter ‹ruhendes› Bezugssystem in Bewegung ist, erfährt eine Kontraktion um die Wurzel aus eins minus Beta im Quadrat! Demnach muß angenommen werden, daß sich das Volumen eines Körpers im gleichen Verhältnis verringert. Was wiederum für eine bewegte Uhr hieße, daß das Umgekehrte gilt: Sie geht langsamer als die Uhr des Betrachters, auf den sie zurast!

Erst wenn die Tageshitze unter dem Dachstuhl nachläßt, unterbricht Laurent seine Kritzeleien und macht sich bereit, über die Glöcknertreppe in die Stadt hinunterzuklettern.

Kurz vor Ende des Jahres II legt der Poet Fabre Damien d'Églatine der Nationalversammlung einen Entwurf für den neuen Kalender vor. Wieder zerstreiten sich die Deputierten über den Zeitpunkt der Einführung. Außerdem sollen die Monatsnamen nach den Helden der Revolution benannt werden, ohne daß sie sich auf zwölf Namen einigen könnten, im Gegenteil, sie wollen mehr Monate. Da die Zehntagewoche eingeführt werden soll, diskutieren sie die Möglichkeit, jeder Woche einen Monatsnamen zu geben. In Anbetracht der internationalen Gültigkeit eines Kalenders einigen sie sich schließlich auf vier Jahreszeiten mit je drei Monaten, deren Namen nach Philosophen benannt werden sollen, geraten aber bei Kant in Streit und wollen schließlich die Monate nach Sternen benennen, die in den letzten Jahren von Franzosen entdeckt wurden, wollen es aber wiederum vermeiden, darüber mit den Engländern in Konflikt zu geraten, die einige Entdeckungen von Planeten für sich reklamieren. Schließlich räumen sie den Abgeordneten David, Chénier, Fabre d'Églatine und Gilbert Romme weitere Zeit ein, um die neue Zeitordnung zu planen. Alle Heiligennamen sollen durch Pflanzen, Tiere oder kulturelle Errungenschaften wie Tugend, Gleichheit, Jeu de Paume, Bastille, Kanone, Sansculotte oder Gerechtigkeit ersetzt werden.

Am nächsten Morgen geht Curtius wie immer vor einer Hinrichtung pünktlich zur Frühmesse. Er umkreist gegen seine Gewohnheit die Kathedrale zweimal, ohne die junge Frau zu sehen. Auch am folgenden Tag betet er länger als üblich, da sie wieder fehlt, und die Bäckerin verstellt erneut ihre Pendule. Erst eine Woche später sitzt die junge Frau wieder an ihrem Platz. Er legt ihr eine Münze in die Hand und verschwindet wortlos und pünktlich in der Kirche. Die junge Frau macht einen Knicks in die Richtung des stillen Manns, ehe sie hinüber in die Weinschenke eilt, um sich Schnaps zu kaufen. Dieser Ablauf wiederholt sich in den folgenden Tagen. Curtius tritt pünktlich zum Stundenschlag vor Marie, legt ihr im Abstand der Glockenschläge Münzen in die Hand, betritt mit dem letzten Klang der Glocke die Kirche und erscheint beim Viertelschlag wieder, bereit für eine Hinrichtung.

Das Arbeitstempo der Scharfrichter verschärft sich in diesen Tagen zusehends. Hatten Sanson und Curtius früher nur an Montagen und im Morgengrauen das Fallbeil vorzubereiten, müssen sie jetzt bereits fast täglich den komplizierten Mechanismus einfädeln. Sie verrichten ihre Arbeit mit Akribie. Curtius notiert alle Vereinfachungen, versucht jeden einzelnen Arbeitsgang zu verkürzen. Er ersetzt Ösen durch Flügelmuttern. Er wachst die hölzernen Zugräder. Er untersagt den Verbrechern das letzte Gebet auf dem Podest. Er läßt mehrere Fallbeile im voraus schärfen, um sie nicht vor Ort schleifen zu müssen. Er vergrößert den Korb für die Köpfe, um nicht jeden Schädel einzeln abtransportieren zu müssen. Der alte Sanson dankt es ihm und läßt ihn hin und wieder auch eine Hinrichtung selbst ausführen.

Der Henkersposten wird seit Generationen von den Vätern an die Söhne Sanson vererbt. Und der Scharfrichter rechnet sich die Zeit, die seine Familie in dem Gewerbe tätig ist, als Verdienst an und leitet daraus Vorrechte ab. Die Familie, die den Beruf einmal innehat, behält ihn auf ewig. Sie ist auch auf ewig geächtet, und dagegen will Sanson etwas unternehmen. Deshalb arbeitet er seit Jahren an der Weiterentwicklung der Louisette und will nur eins: daß man in ganz Frankreich dieses Fallbeil nach ihm benennt. Die Sansonette! Seit Wochen arbeitet er an einer fortgeschrittenen Version, das einem Verurteilten das Rückgrat präzise zwischen dem dritten und vierten Halswirbel durchtrennt, ohne daß der Kopf vom Rumpf fällt.

Curtius beugt die Vermummten über die Bank, legt sie auf den Schragen, zurrt sie fest, zieht ihnen die schwarze Mütze vom Kopf und gibt Sanson das Zeichen. Er vermeidet es, seine Hand frei zu halten, damit niemand sein Zittern bemerkt. Wie in Trance führt er die Verrichtungen aus, die eine zeitsparende Hinrichtung erfordert: Halteholz lösen, Fallbeil sichern, Kopf einlegen, Hände festzurren, Fußfessel prüfen, Hals frei machen, Holzkufe senken, Halterungsstift einsetzen, Arretierung lösen und Sanson ein Zeichen geben. Er hört nicht das Johlen der Menge, er achtet nicht auf die Drohgebärden der Soldaten. Er hat nur Augen für den Kopf. Daß er ihm nicht verbogen wird. Daß er keinen Schaden nimmt im Gesicht. Daß ihm die Haare nicht ausgerissen werden. Daß er sanft in den Korb plumpst. Der Korb selbst ist immer gut gepolstert, immer frisch geputzt.

Abends, wenn Curtius pünktlich nach Hause geht, ist der Korb im Atelier Sanson leer. Dafür sind die Ledertaschen des Anatomen deutlich ausgebeult. Oft verkündet das Kabinett Curtius bereits für den folgenden Sonntag eine neue Sehenswürdigkeit.

Auch an diesem Abend trägt Curtius seine Last pünktlich nach Hause, als er die junge Frau vor der Kirche entdeckt. Er folgt ihr und sieht sie in der Schenke verschwinden. Eben will er in die Rue des Fuis-d'amour einbiegen, da hört er den schrillen Schrei seiner schönen Fremden, die am Arm eines widerlichen Gesellen aus dem Wirtshaus taumelt und hinfällt, worauf der Kerl sich über sie beugt und sie unanständig berührt. Als Curtius ihr zu Hilfe eilen will, erkennt sie den bescheidenen Mann wieder, der ihr am Morgen immer eine Münze in die Hand legt. Sie rappelt sich auf, lacht verzweifelt und verschwindet, ihren Begleiter am Arm mit sich ziehend, im Dunkel der Rue Mondetour.

Laurent muß bis unter den gewaltigen Federaufzug kriechen, um eine freie Stelle im Holz zu finden, die er noch nicht beschrieben hat. Konzentriert setzt er mit der Messerspitze Berechnung hinter Berechnung. Wenn ich die Kritzeleien richtig deute, Madame, muß sich Laurent etwa folgendes gedacht haben:

Wenn also ein Raumkoordinatensystem sich auf ein anderes zubewegt, entstünde in dem einen System eine ortsunabhängige Zeitordnung. Das heißt, es könnten unterschiedliche Feststellungen über das, was gleichzeitig ist, entstehen. Zwei Ereignisse a und b, die räumlich zu weit auseinander und zeitlich zu nahe beieinander erfolgen, stünden hiermit in keinem kausalen Zusammenhang.

Das Messer rutscht ihm aus der Hand, als er hierzu die Formel ins Holz ritzt. Ist es sinnvoll, unterschiedliche Meinungen über Gleichzeitigkeit zuzulassen? Die Kausalordnung verlangt, daß eine Ursache stets vor ihrer Wirkung stattfindet. Die physikalische Kausalordnung der Dinge scheint eine allgemein anerkannte Geltung der Gleichzeitigkeit zu fordern. Außer man setzt für die Zeit t eine Zeitkoordinate u = ct ein. Was der Begrenzung der maximalen Geschwindigkeit gleichkommt. Dann sind verschiedene Meinungen über zeitliche Reihenfolgen tatsächlich möglich! Laurent hält erschöpft inne. Er kann jetzt nicht mehr ausschließen, daß er sterben könnte, ehe er geboren wurde.

Schlag zwölf sitzt Mégevand am Bühnenrand und besteht auf pünktlichen Probenbeginn. Dann tritt er auf, mit Blick auf die Uhr, von rechts. Notiert jede Verspätung seiner Mitspieler. Spricht die Verse flüssig. Hält die Anschlüsse präzise ein. Läßt keine Sekunde unnötig verstreichen. Kürzt Pausen. Streicht Wiederholungen. Repetiert exakt jeden Schritt. Um Punkt vier sind Melchthal und Tell samt Gattin begeistert von der glasklaren Schärfe der neuen Gesslerdarstellung.

Die Aufführung am Abend verläuft zufriedenstellend. Der

einzige Patzer Gesslers entsteht durch seine Art, sich die Einsätze zu merken: Er notiert sich für jeden Auftritt einen Sekundenwert. Dabei hält er sich streng an seine Taschenuhr. Vier Sekunden vor Auftritt räuspert er sich. Drei Sekunden zuvor setzt er den Hut auf. Zwei. Eins. Und los! Da die Inszenierung schon eingespielt ist, fällt seine Pünktlichkeit den anderen Darstellern nicht weiter auf. Man gewöhnt sich an die Eigenart des Schweizers.

Das Publikum ist begeistert. Daß Gessler zum Schluß heftige Buhrufe erhält, werten die erfahrenen Künstler der Truppe als besondere Auszeichnung seiner Leistung.

«Je besser du den Tyrannen spielst, desto weniger werden sie dich bejubeln», versichern sie Mégevand, der seine Tage damit verbringt, im Institut oder in der Handwerkskammer Neuigkeiten über den Wettbewerb zu erfragen.

Je nach den Geschehnissen draußen im Land werden die Szenen im Theater unterschiedlich bewertet. Mal wird unten im Parkett der Apfelschuß bejubelt, mal der Mord an Gessler, mal die Ausrufung der Republik, mal die Niederwerfung der feindlichen Armee. Keine Taschenuhr könnte zu Boden fallen, so dicht gedrängt stehen die Menschen.

Der Uhrmacher gibt den Gessler kühl. Um so mehr überrascht es, wenn er an einer Stelle völlig unmotiviert mit tränennassen Augen auftritt, und kurz danach ist hinter den Kulissen regelmäßig ein deutliches Weinen hörbar, wenn die Frau ihrem Wilhelm Tell zu Füßen sinkt: «Zitterst du? Ach! Lieber Tell, weichst mir aus? Hältst du dich fern der Gattin, die dich liebt?»

Das deutliche Schluchzen Mégevands in den Kulissen ist nicht zu überhören und erhöht sogar den dramatischen Effekt der Liebesszene, wenn Tells Frau Kleofé ihren Mann zur Rede stellt. «Hast du Geheimnisse vor deiner Frau? Wie vor einer Fremden? In einem andern Staat mag eine Frau ganz ohne Rechte sein. Doch hier! Ist hier nicht jede Frau auch Bürgerin und frei! Und teilt mit euch die Rechte wie die Arbeit, auf Feld und Hof! Und wenn ihr uns zu den Versammlungen nicht ruft, so wohnt darin die feinste aller Sitten: daß in der Ehe, der Verbindung zweier Herzen, in euerm Willen unser Wille auch sich zeigt: Der Gatte billigt, was die Gattin mit beschließt!»

Die Entgegnung Tells wird ebenfalls allabendlich von einem Weinen begleitet: «Was? Sklavenhalter? Wir? Gestützt auf Recht und Ordnung ist die Liebe uns der gleiche Maßstab wie die Pflicht und Ehre! Wie könnte man je unterdrücken, was man liebt?»

Auch die Männer im Publikum jubeln gerührt, wenn Kleofé schließt: «Unser Unglück ist kein Zufall! Der Staat verkommt! Doch wenn der allgemeine Geist erkrankt, ist das der Fehler aller! Also kommt ein Mittel ihn zu heilen nur von uns allen! Mann wie Frauen!»

Die tränennassen Augen Gesslers fallen den Zuschauern meist erst dann auf, wenn er sich höhnisch bei Melchthal erkundigt: «Weinen Eure Augen immer noch Blut?»

Die Kritik lobt die Perfidie des Bösen, während das Publikum Mégevand allabendlich stürmischer mit Buhrufen überschüttet. Er nimmt es als Beweis seiner schauspielerischen Überzeugungskraft.

Heute läßt sich die Sonne über Laurent besonders viel Zeit, den Himmel zu räumen. Aus der Stadt dringt den ganzen Tag über eine eigenartig giftige Mischung aus Schüssen und Schreien und Jubel in den Dachstock empor.

Als Laurent sich nach Einbruch der Dunkelheit fast völlig vermummt den Häuserwänden entlang in den Boulevard Henri IV drückt, scheinen ihm die Menschen mit doppelter Geschwindigkeit unterwegs. In den Gesichtern steht Entsetzen oder Enthusiasmus, oder etwas wie Ewigkeit, als seien sie auf der Flucht, ohne zu wissen, vor wem. Alle machen einen kopflosen Eindruck. Und keiner beachtet den Humpelnden in seinen Lumpen.

Mitten unter all den jubelnden Menschen schaukelt auf einem langen Stock ein Kopf. Die Umstehenden spucken nach ihm, als wäre sein Besitzer noch in toto anwesend, und lachen ihn aus. Die Frechsten strecken die Arme nach ihm. Die Frauen zeigen ihm schamlos ihre Beine von hinten. Die Kinder werfen mit Steinen danach. Ein jeder rechnet ihm auf seine Art vor, wie er der Menschheit die Freiheit zurückgeben will. Und in jedem Gesicht leuchtet ein anderer Haß auf den König.

Nur der Mann mit den scharfgeschnittenen Gesichtszügen scheint die Erregung der anderen nicht zu teilen. Er geht unberührt der Menge voran und trägt den blutigen Kopf auf der Stange wie ein heiliges Banner. Sobald das Gedränge sich etwas lichtet, senkt er den Stab, pützelt den Schopf und reinigt ihn, pudert und trägt etwas Tomatensaft auf und hievt dann den Kopf wieder hoch über die Schaulustigen.

Während alle anderen «Freiheit» und «Verräter» brüllen, ruft er jedem, der es hören will, eine Adresse zu: «Kommt an den Boulevard du Temple, Nummer 20!» – «Besuchen Sie das Kabinett Curtius!» – «Seht den Weinbauern beim Frühstück!» – «Besucht den weisen Aristophanes!» Er läßt dabei den Kopf auf der Stange nicht aus den Augen. «Tretet in das Zimmer Voltaires!» – «Kommt noch heute. Die Wachspuppen erwarten euch!»

Laurent ist dem Zug bereits seit einer Weile gefolgt, als Curtius ermattet den Stecken sinken läßt. Sofort macht sich der umstehende Haufen über den Schädel her, löst ihn von der Spitze und wirft ihn in die Menge zurück. Curtius stürzt hinterher, und wenig später tauchen seine schlohweißen

Haare und der Kopf abwechselnd aus der Menge empor. Erst als sich der Haufen etwas lichtet, bahnt sich Curtius mit dem Stock einen Weg durch die Menschen, unter dem Arm den zerbeulten Kopf, stellt sich auf die steinernen Nabenquader im Tor der Nummer 20 und schreit: «Folgt mir in die Galerie Curtius!» Dann steigt er allen voran die Treppe hinauf.

Laurent läßt sich in dem jubelnden Haufen treiben. Erst drängt ihn die Menge hinter Curtius her. Einige der begeisterten Gaffer steigen auch die Treppe hinauf. Ein paar wenige werden noch in den Hausgang gespült, einer betritt sogar das Kabinett und schaut sich ehrfürchtig im Zimmer des Aristophanes um, ehe ihn andere Ereignisse wieder auf die Straße locken.

Laurent bleibt fasziniert in der still gewordenen Galerie stehen. Während draußen die Gesänge – «Aristokraten an die Laterne!» – sich entfernen, sieht sich Laurent, mittlerweile an das dustere Licht gewöhnt, der Königin Marie-Antoinette gegenüber. Sie scheint vom Besuch etwas überrascht, erstarrt mitten in der Abendtoilette, in der Linken die Puderquaste, in der Rechten den Kajalstift, schürzt dabei elegant ihre Finger, und in ihren Augen blitzt Fröhlichkeit. Ihr Mund ist frech geöffnet, als möchte sie jedem, der kein Brot bekommt, zurufen: «Dann essen Sie doch Kuchen!»

Laurent wagt nicht zu atmen, als er sich lautlos zurückzieht und in der Kammer des Louis Bernard Guyton de Morveau wiederfindet. Dem Mann scheinen mitten in einer anstrengenden Bewegung die Kräfte zu schwinden. Halb vornübergebeugt, gießt er einen Sud in den Brenner. Der Schweißrand unter dem Arm scheint einen beißenden Geruch zu verbreiten. Die Flamme unter dem Kupfer flackert. Der Dampf aus der Kupferwindung scheint gefroren und die Flüssigkeit verglast. Der Chemiker schaut mit leeren Augen, als ob seine Gesichtszüge sich auf etwas gänzlich Außerirdisches konzentrierten.

Im Nebenzimmer hockt Curtius, den Kopf in die Hände gestützt. Auch er ist, wie all seine Mitbewohner, in dieser Haltung für eine Weile versteinert. Dann greift er im flackernden Kerzenlicht mit einer Zange in die Haare des abgehackten Kopfes auf dem Arbeitstisch. Das Kinn ist etwas aufgeschwommen. Der Kiefer halb geöffnet. Die Augen nach oben gerichtet. Konzentriert beugt sich Curtius über seine Arbeit. Nicht einmal die Flaumhärchen an den Ohren fehlen. Sogar die Wimpern sind erkennbar präzise gefädelt. Erst als Laurent neben den Anatom tritt, murmelt er unwirsch: «Das Geld für den Eintritt legen Sie bitte in die Schatulle beim Eingang!»

Als Laurent nicht reagiert, schaut Curtius ihn an.

«Wenn du wegen der Anstellung gekommen bist – bitte. Eröffnung am Montag. Fang gleich damit an, den Müll hier wegzuräumen!»

Curtius ersetzt das Tomatenpüree am Halsansatz durch rote Wachstropfen, fettet die Schweinsblase am Hinterkopf neu ein und zieht über alles die Wachsfirnis. Er kontrolliert das Netz über den Ohren, knüpft sorgfältig Kopfhaare, zieht die Hinrichtungsmütze wieder schräg über den Haaransatz, und ohne sich umzudrehen sagt er: «Sieh dich ruhig um. Im ersten Zimmer die Höhle des Platon. Im zweiten Zimmer besucht Dante Beatrice. Galilei vor seinem Fernrohr. Diderot in seiner Schreibstube. Will keiner mehr sehen. Arbeit gibt's viel. Bezahlung nur dann, wenn der Laden läuft.»

Als Curtius sich umdreht, sieht er gerade noch, wie der stumme Kerl aus der Tür huscht.

Die Krone

Damien neigt den Kopf, um dem Regen möglichst wenig Angriffsfläche zu bieten. Seit Tagen strebt er jeden Morgen hinaus in die Ateliers von Neully-sur-Seine, informiert Verbündete, debattiert mit Zauderern, unterrichtet Gleichgesinnte, kontaktiert Geldgeber. Er unterrichtet Gesellen im Schneiden, Treiben, Feilen und Stanzen. Entwirft Zufahrtswege. Organisiert Transporte. Entwirft eine mechanische Großproduktion. Rund um die Uhr. Alles mit dem Ziel vor Augen, die Horlogerie Nationale soll mit der Siegprämie des nationalen Wettbewerbs in Neully de Paris entstehen. Es ist unter den jungen Revolutionären beschlossene Sache: Die Horlogerie soll von Paris aus Europa mit der neuen Zeit versorgen.

Erst wenn er spätnachts allein über glänzende Straßen in seinen Verschlag zurückkehrt, fährt die Unruhe seiner Umgebung auch ihm in den Kopf und läßt ihn nicht schlafen. Vor zwei Wochen ist ihm unten an der Seine Marie entgegengekommen. Sie verschwand Richtung Marais, ehe er sie ansprechen konnte. Jetzt steht er nachts meist bis in den früheren Morgen im ‹Pince-Cul› und versucht sich mit immer kühneren Unwahrscheinlichkeiten zu beweisen, daß er Marie durchaus nicht gesehen haben konnte: Eher brächten sämtliche Affen der Welt, ließe man sie mit Bleibuchstaben und Setzkästen zehn Jahre lang spielen, die Frontseite einer Tageszeitung zustande, als daß er hier in Paris Marie wiedersehen würde.

Genau das aber trifft in dieser Nacht ein. Drei fahrende

Zimmermänner sind für einen Tag nach Paris gekommen, um eine Kopie des Metermaßes zu holen, und weil sie morgen weiterreisen, wollen sie heute nacht noch einmal maßlos sein.

Zu diesem Zweck möchten die drei, die aus drei unterschiedlichen Ländern stammen und verheiratet sind, eine lebensfrohe junge Dame kaufen – für drei fehlt die Barschaft –, und da sie mit der Stadt nicht vertraut sind, wenden sie sich mit der delikaten Frage an den Wirt des ‹Pince-Cul›. In dem Moment, als Damien dazustößt, sind Ort, Zeitpunkt, Summe und einige andere Details mit einer Dame des Gewerbes bereits verabredet, auf französisch, spanisch und etwas griechisch. Die drei haben eine Kammer über dem ‹Pince-Cul› gewählt, und für Alkohol ist auch gesorgt.

Als der spanische Handwerker ins Zimmer der jungen Frau tritt, weist es sich, daß er weit gereist, aber nicht weit gekommen ist: Er weiß nicht, wie man es anfängt mit einer Frau, oder vielleicht nur, wie man es anfängt, und nicht, wie man es weitermacht. Er steht also wieder vor der Tür, ehe die anderen ihre Gläser geleert haben.

Da hört Damien das Lachen der Frau durch die Tür.

Endlich nimmt Curtius sich vor, die Bettlerin von Notre-Dame-de-Bonne-Nouvelle anzusprechen. Er legt sich auf dem Weg eine Reihe von Komplimenten ohne Zischlaute zurecht, um die junge Frau nicht mit seinem Lispeln zu brüskieren. Auch einige Antworten hat er parat, wie: «Ich habe die richtige Frau für die Ehe noch nicht gefunden», oder: «Wie gern ich Ihnen in meinen Träumen begegne», und nähert sich leichten Schrittes der Kirche, wie immer pünktlich, und sieht schon von weitem: Der Platz am Seitenportal ist leer. Auf dem ganzen weiten Platz ist kein Mensch zu sehen. Der Stein des Seitenschiffs wirkt kalt und abweisend.

Mit leerem Blick sinkt Curtius in der Kirche nieder, betet sein Ave-Maria und läßt die Kirche gedankenverloren hinter sich. Erst jetzt bemerkt er, wie sehr er sich in den letzten Tagen an das sanfte Lächeln der jungen Frau gewöhnt hat.

Teilnahmslos führt er einen Verurteilten auf das Podest. Matt gibt er das Zeichen für das Fallbeil.

Als der französische Zimmermann die Tür hinter sich schließt, ist sich Damien sicher. Er kennt die Stimme der jungen Frau hinter der Tür, und er versucht eine noch größere Unwahrscheinlichkeit zu finden, als daß der Mond wieder zur Erde zurückkehrt – vergeblich! Es ist Marie. Jedes Kichern und Stöhnen aus der Kammer reißt ihm das Herz entzwei. Der zweite Zimmermann ist noch gar nicht fertig geworden bei ihr, da will der dritte sich nicht lumpen lassen, und auch der erste will es gerne noch einmal genießen. Da packt Damien den Arm, der nach der Schapsflasche greift, zerrt ihn weg und schlägt auf den zugehörigen Besitzer ein. Er hat aber nicht mit allen drei Zimmerleuten gerechnet, sie fackeln nicht lange und werfen sich auf ihn. Die junge Frau versucht, ihren Rock vor ihre Blöße zu halten, als die Männer sie auf die Straße zerren, stürzt halbnackt davon, vor den Augen der Schnepper, Schächer und Schwindler, die ihre Stände im alten Palais Royal gerade öffnen, zum Ergötzen all der heruntergekommenen Adeligen, die ihre Habseligkeiten feilbieten, und zum Spaß der Geldhändler und geschäftstüchtigen Bürger, die Schminke und Duftwasser verhökern und hinter ihr herjohlen.

Als vor der zweiten Hinrichtung eine Frauenstimme in seinem Rücken erklingt, geht für den Anatomen die Sonne auf. «He, bist du Curtius, der mit den Wachspuppen und Masken?»

Curtius nickt, ehe er sich umdreht. Er riecht ihren Alkoholdunst nicht. Er hört nicht, wie schwer ihr die Zunge ist. Für ihn klingt es, als hätte sie gesagt: «Ich bitte um die Erlaubnis, Sie heute abend besuchen zu dürfen.»

Anstatt zu antworten: «Darf ich Ihnen eröffnen, wie umwerfend ich Ihre Augen finde?», lispelt er bloß: «Sie?», als er sich ihr zuwendet und erschrickt, wie er in das bleich gewordene Pfirsichgesicht blickt. Die Haare liegen wirr unter einem Stirnband. Um ihren Mund spielen Lebenslust, Angst und eine Portion Leichtsinn ein entzückendes Spiel. Ihre Hand greift nur kurz nach seiner, als sie ihm zuraunt: «Ich warte heute abend bei Ihnen im Kabinett. Ich brauche Ihre Hilfe.»

Darauf hüllt sich die junge Frau rasch in ihren Mantel, dreht sich mit leicht übertriebenem Schwung ab und rennt, bemüht, ihre Schritte schön gerade auf die Nut der Steine zu setzen, davon, in dem Augenblick, da Sanson das Messer für die zweite Hinrichtung hochziehen läßt und Curtius anweist, den Verurteilten festzubinden. Augenzwinkernd fügt er hinzu: «Auf die Schöne muß Er bis heute Abend warten!»

Jetzt fliegt der Tag vor Curtius davon. Jetzt rasen die Wolken über ihn hinweg. Jetzt bläst der Wind die Menschen über den Platz. Nur die Kirchenuhr kriecht. Wann immer Curtius zum Zeiger hinaufsieht, will ihm scheinen, er habe sich nicht bewegt. Sanson muß seinen Gehilfen mehrmals ermahnen, den Hebel zu legen, das Zeichen zu geben, den Korb zu richten. Zum ersten Mal holt Curtius an diesem Nachmittag im Atelier Sanson nicht den Besen. Er reinigt die Messer nur nachlässig. Er vergißt sogar, den Korb zu leeren. An diesem Abend verläßt Curtius zum ersten Mal seine Arbeit vor der Zeit. Er stürzt besinnungslos durch die Rue Fuis-d'amour, durch das Eingangstor die Treppe hinauf und sieht – sie.

Madame, was sich an diesem Abend im Kabinett des Doktor Curtius im einzelnen abgespielt hat, läßt sich mit Gewißheit nicht rekonstruieren. Tatsache ist, daß man am nächsten Morgen einen parfümierten Liebesbrief, eine Leiche, eine rätselhafte mathematische Aufzeichnung und vier leere Flaschen Kirsch aus Fougerolles vorfindet, wovon drei zertrümmert. Das Opfer ist offensichtlich mit den Flaschenteilen zu Tode gebracht worden, denn im Schulterblatt, am Halsansatz und unter dem Analbereich findet man Schnittwunden und Scherben im Körper.

Wie Marie Grossholtz-Curtius in die Wohnung am Boulevard du Temple 20 gelangt, wissen wir nicht. Sicher ist nur, daß sie nicht mehr in der Lage gewesen sein kann, vier Flaschen Kirsch in den ersten Stock zu tragen.

Der Anatom findet am selben Abend die Tür unverschlossen. Aus dem Innern des Kabinetts hört er ein Wimmern. Im Korridor liegen vier leere Schnapsflaschen. Im Zimmer der Kindsmörderin Gillet herrscht ein heilloses Durcheinander. Der wächserne Henker, der für gewöhnlich auf den Knien darum fleht, man möge ihn an ihrer Stelle hinrichten, liegt mit verrenkten Armen und zerbrochenem Wachsgesicht in der Blutwanne, und die Mutter der Kindsmörderin steckt mit beiden Beinen auf dem Hackklotz aus Papiermaché.

Im Boudoir der Marie-Antoinette findet Curtius endlich die Bettlerin. Marie Curtius-Grossholtz sitzt, mit dem Rücken zum Eingang, neben der Österreicherin und bläst verspielt in die Kerzenflamme vor ihr. Mit den Fingern verreibt sie den Ruß des Dochtes und zieht damit ihre Augenbrauen nach. Im goldgerahmten Spiegel kann Curtius ihre Züge gut erkennen. Das Flackern des Lichts verleiht ihrer Schönheit einen zusätzlichen Glanz. Erst als sie sich ihm zuwendet, sieht er, daß sie perfekt geschminkt ist. Als sie aufzustehen versucht, torkelt sie leicht und wirft sich ihrem Vater in die Arme.

Wer will es dem alten Mann nicht nachfühlen, daß er in diesem Augenblick, da sie ihm in den Armen liegt, wie Wachs dahinschmilzt? Er spürt, wie ihre Brust sich hebt, wie ihre Schenkel sich an seine schmiegen. Er hört ihre Worte, mit denen sie ihren Vater begrüßt, und hört es nicht wie ein Vater, wenn sie ihm gesteht, wie ungeduldig sie auf ihn gewartet hat ein Leben lang.

Madame, Sie müssen es dem Alkohol oder der verzauberten Stimmung unter all den Wachsfiguren oder aber auch der Verzweiflung der jungen Frau anrechnen, daß sie in diesem Augenblick vielleicht glaubt, ihrem geliebten Damien gegenüberzustehen. Es kann auch sein, daß sie im Rausch einfach einen Halt sucht, um nicht der Länge nach hinzufallen. Wie dem auch sei, Curtius kann, ohne den innigen Liebesbrief, den er neben ihr findet, gelesen zu haben, deutlich spüren, daß die junge Frau ihr Leben in seine Hand legt.

Mehr als einmal versucht er die Erschöpfte zu Bett zu bringen, um sie ihre Müdigkeit ausschlafen zu lassen. Mehr als einmal will sie ihn nicht gehen lassen, sondern flüstert, sie brauche ihn, und klammert sich an ihn, wenn er ihr einen Kuß auf die Stirn setzt, wie Väter es tun, und so wird es wohl geschehen sein, daß der alte Mann zuletzt all das Flehen der jungen Frau grundsätzlich mißversteht und nicht mehr widerstehen kann.

«Nein, nicht. Ich bin Marie! Ich bin's», mag die junge Frau vielleicht noch gerufen haben, ehe die Kräfte sie verließen, ehe sie in der Verzweiflung die Arme um ihn schlingt, und es vergeht zuviel Zeit, bevor ihr Vater versteht, was er nicht verstehen darf: daß er ihre Verzweiflung fälschlich als Hingabe gedeutet hat – so gräßlich ist der Augenblick, als er begreift, daß er nicht einmal von ihr heruntersteigen will, sondern sich noch fester in sie krallt und sie hält, seine Tochter, festhält, um ihre Vergebung zu erbitten, und doch weiß, es kann keine geben.

Es ist schwer zu sagen, welches Bild sich Laurent bietet, als er in derselben Nacht das verwüstete Kabinett Curtius betritt: Ob ihm als erstes die Flaschen auffallen? Oder ob er zuerst den Leinenrock Marie-Antoinettes sieht, doppelt mit Seide unterlegt? Oder das einfache Beinkleid aus zerrissenem Leinenstoff, den schmalen zerfetzten Damenschuh, den löcherigen hellen Zwirnstrumpf, die blaue, zarte Wade, die zerdrückte Hand, den Hut, das Band, blau, weiß, Rot auf Rot, bare Haut und Haare, und drei Elfenbeinknöpfe mit eingebranntem Siegel, einen Oberschenkel, männlich, verschwitzt, das südliche Ende eines Frauenkörpers, drei Finger, ineinandergekrallt, Schweißperlen, die über einen nackten Rücken rinnen, über eine Wölbung feinster Haut, eine Haarnadel, eine abgedrückte Brust und Fingernägel, die sich in einem Oberarm festhaken, der selbst von Haaren umschlungen ist?

Tatsache ist, daß Laurent, als er das Kabinett betritt, die Rufe Maries in seiner Rechenart durchaus richtig deutet. Er spürt ihre Not. Er zieht seinen Schluß und findet kein Ende der Folgerung als dieses: Er greift zum erstbesten harten Gegenstand – es ist die erste Schnapsflasche – und hindert den Unhold, sein böses Werk fortzusetzen, zieht ihm die Flasche über den Schädel, sticht auf den stöhnenden Curtius ein und rettet Marie und läßt auch mit dem zweiten Flaschenhals nicht ab, ehe jedes Jammern und Schluchzen erstirbt.

In den folgenden Nächten zerstört Laurent in der Uhrenkammer der Bastille sämtliche Aufzeichnungen und beginnt eine neue Berechnung. Ein System kann sich von einem

Zustand 1 (Anfangszustand) in einen Zustand 2 (Endzustand) und in den Zustand 1 zurückentwickeln. Es ist also durchaus möglich, einen Vorgang umzukehren, wenn dessen Entropieänderung gleich null ist.

In der Thermodynamik läßt sich die zunehmende Entropie beweisen, doch spricht die kinetische Theorie dagegen, wonach die Zunahme der Entropie nur mit mehr oder weniger Wahrscheinlichkeit eintritt. Was sich mit der Mechanik leicht beweisen läßt – daß alles rückgängig gemacht werden kann –, läßt sich auch durch die Molekularbewegung feststellen. Früher oder später muß nach der Wahrscheinlichkeitsrechnung jedes System wieder in den gleichen Zustand fallen, in dem es sich einst befand. Wenn ein System von einem niedrigen Entropiewert ausgegangen ist, wird es denselben niedrigen Entropiewert nach einiger Zeit wieder erreichen. Ein Ding nach dem anderen könnte also in die andere Zeitrichtung gebracht werden. Es muß nur ein unwahrscheinlicher Zufall eintreffen.

Am 4. Frimaire des Jahres II setzt der Konvent den republikanischen Kalender und damit die neue Zeitrechnung in Kraft. Unter der Federführung der von Gilbert Romme und Fabre d'Églatine von den Montagnards schaffen die neuen astronomischen Berechnungen nach dem Dezimalsystem den alten kirchlichen Kalender und die alte kirchliche Zeit ab. In einem Dekret hält der Konvent außerdem für die Beamten fest, daß sie nur mehr am 10., 20. oder 30. des Monats einen Ruhetag wahrnehmen dürfen, entsprechend den neuen Ruhetagen am Ende der Zehntagewochen.

«Citoyens! Das ist der Beginn der neuen Zeit! Ab dem Jahre I der Republik soll, wie für Meter und Gramm, auch für die Zeit die dezimale Ordnung gelten! Alles wird fortan unter der Herrschaft der Zehn stehen. Rückwirkend auf den

1. Vendémiaire, den 22. September 1792, wie er früher hieß, gilt ab sofort die neue Zeit.»

Die Monate werden nach Ereignissen des Jahreszyklus benannt, wie Nebel (Brumaire), Ernte (Vendémiaire) oder Frucht (Messidor). Die neue Zeit gilt ab sofort für alle öffentlichen Mitteilungen und Dekrete, ebenso wie für alle öffentlichen und privaten Uhren, und ist nach einer Übergangszeit von einem Jahr strafrechtlich verbindlich. Die Sieger im Wettbewerb um die Herstellung der neuen Dezimaluhr sollen am nächsten Tag um halb drei Uhr neuer Zeit bekanntgegeben werden.

Damien legt die Dezimaluhr neben sich aufs Kissen. Es ist jetzt Mitternacht. Die Uhr zeigt zehn. In zweieinhalb neuen Stunden wird er aufbrechen müssen, nach alter Zeitrechnung sechs Uhr. Erst findet er keine Ruhe, wälzt sich hin und her. Was, wenn er nicht pünktlich erwacht? Besser, er schläft gleich ein. Er lauscht dem Ticken der Uhr, das ihn beruhigen sollte, nun aber immer nervöser macht. Er legt die Uhr auf das Fenstersims und vergräbt sich unter der Wolldecke. Jetzt hört er seinen eigenen Atem. Er wirft die Decke von sich und starrt ins Dunkel. Eine Bettfeder quietscht bei jedem Atemzug. Dann beunruhigt es ihn, daß er die Uhr nicht mehr hören kann. Und wenn sie nicht richtig geht? Er springt auf, wartet auf den Glockenschlag einer Uhr draußen in der Stadt und holt sich die Uhr ans Bett. Sie läuft. Er zieht sie bis zum Anschlag auf. Er muß morgen pünktlich sein! Was, wenn sie morgen nicht mehr läuft? Wenn er die Feder überzogen hat? In fiebriger Eile öffnet er den rückseitigen Deckel und starrt in das Uhrwerk. Alles scheint in Ordnung. Er schließt den Deckel wieder und lauscht den Glockenschlägen draußen. Jede Kirche, jedes Amt, jede öffentliche Uhr scheint ihre eigene Zeit behaupten zu wollen.

Schließlich springt er auf. Er zieht sich an und setzt sich auf den Bettrand. Wenn er der Uhr glauben darf, dann ist es jetzt zwei. Er verläßt das Haus in der Rue Coquillaire und macht sich auf den Weg. Im Morgengrauen sehen die Straßen plötzlich alle gleich aus. Die Straßenschilder fehlen. Und niemand ist da, den er fragen könnte. Er steht bereits zwanzig neue Minuten vor dem Institut und stellt mit wachsender Panik fest, daß sich im Innern nichts rührt. Kein Cugnot. Kein Buchhalter. Kein Archivar. Vielleicht ist der Termin überhaupt gestern gewesen? Vielleicht hat er die Termine verwechselt? Er beschließt, sich zu vergewissern und in das Haus einzudringen. Ein Nachtwächter wird sich doch finden, der ihm Auskunft geben kann!

Damien klettert über den Gitterzaun und läßt sich auf der anderen Seite fallen. Da fällt ihm ein, daß die Ernennung des Preisträgers ja im Konvent stattfinden müßte. Daß die acht Experten sich zwar hier treffen, den Sieger aber im Wohlfahrtsausschuß bekanntgeben werden. Dort, wo Carnot, Barrère, Robespierre und Prieur sitzen! Er klettert also wieder über den Zaun, und just in dem Augenblick, als er sich hinüberschwingt, sieht er den Mann, der in einem schwarzen Mantel vor dem Tor des Instituts wartet. Damien erstarrt. Er hält den Atem an. Fast eine neue Minute.

Es ist sein Vater.

Erst bleibt Damien neunzig weitere Sekunden reglos auf dem Boden liegen, dann zählt er nicht mehr. So nahe hat der Sohn den Vater schon lange nicht mehr gespürt. Und doch ist er ihm nie ferner gewesen als jetzt in diesem Augenblick. Er rechnet im Geist noch einmal die ganze Anlage durch. Einsatz der Arbeiter. Einkauf des Materials. Verkauf in den neuen Kantonen. Dann ist es soweit. Damien erhebt sich und bleibt im Schatten des Zauns abwartend stehen.

Mégevand hat die Nacht schlaflos auf der Seitenbühne des Theaters verbracht und sich pünktlich 2,7700 Uhr neuer Zeit zum Institut für Maße und Gewichte aufgemacht. Als die Uhr sieben schlägt – zwei Stunden einundneunzig Minuten und sechsundsechzig Sekunden nach Mitternacht –, steht er zuvorderst in der Schlange der Bewerber und wagt es nicht, sich umzuschauen. Er schließt die Augen, zuckt bei jedem hinzukommenden Bewerber, der hinter ihn tritt, zusammen, und fürchtet sich weniger davor, Damien könnte ihn ansprechen, als davor, die Beherrschung zu verlieren beim Anblick seines Sohns.

Als das Nationale Institut für Maße und Gewichte die Türen für die Teilnehmer des Goncours d'Horloges öffnet, warten vierzehn Bewerber in der Hoffnung, mit der Medaille d'Or ausgezeichnet zu werden und die Mittel zu erhalten, in ihrer Gemeinde eine Horlogerie Nationale aufzubauen.

Damien huscht als letzter durch die Tür und drückt sich an die Rückwand. Für einen Augenblick treffen sich die Blicke des Vaters und des Sohns. Mégevand errötet bis unter die ergrauten Haarwurzeln und schiebt seinen Kiefer leicht vor, wie er es auch als Gessler zu tun pflegt.

Eine eigenartige Mischung aus Schweiß und Parfum verleihen dem Augenblick eine besondere Feierlichkeit, als Cugnot endlich, flankiert von zwei Gendarmen, um 3,1002 Uhr in den Salon neben seinem Büro tritt, um den Namen des Siegers aus einem versiegelten Couvert zu ziehen. Vier weitere Gendarmen stellen sich an die Türen. Mégevand reckt seinen Kopf unruhig nach vorne, und es scheint, als wolle er Cugnot ein Zeichen geben. Der Beamte läßt sein Auge über die Anwesenden schweifen, mustert jeden Uhrmacher, Schlosser und Astronomen einzeln, aber den Uhrmacher aus Neufchâtel scheint er zu übersehen.

Als nächstes ruft er einzeln jeden Namen auf. Die Teilnehmer melden sich mit einem: «Présent!». Nur nach dem Namen Mégevand entsteht zweimal eine Pause. Beim ersten Mal meldet sich die heisere Stimme des Alten. Beim zweiten Mal die des Jungen. Die heisere Stimme räuspert sich, aber ehe der alte Mégevand etwas sagen kann, eröffnet Cugnot die Zeremonie.

«Ich fasse zusammen. Alle Bewerber bis auf Citoyen Lasept sind anwesend. Damit schreite ich zur Verkündung des Siegers.»

Der Beamte bricht das Siegel, entfaltet ein Papier und liest den Beschluß der Experten vor. «Mit einhelliger Meinung und überzeugt von unserer Mission verkünden wir, die Unterzeichnenden des Wohlfahrtsausschusses Carnot, Barrère, Robespierre, Prieur, Lindet und Billaud, folgendes Ergebnis: Medaille de Bronze: kein Gewinner.»

Ein Flüstern geht durch die kleine Gruppe, als der Einäugige seine Klappe richtet und fortfährt: «Medaille d'Argent: geht ex aequo an die Hersteller der Uhr Nummer drei und Uhr Nummer acht.»

Damien bewegt sich nicht. Vorsichtig schaut er sich unter den Anwesenden um. Mégevand sitzt ganz vorne rechts und hält seinen Blick gesenkt. Cugnot räuspert sich ungeduldig.

«Sind die Genannten anwesend, dann mögen sie vortreten.»

Wieder beginnen die Uhrmacher zu tuscheln. Dann steht der Alte auf. Mit schwerem Schritt tritt er vor Cugnot, als schleppe er sich zu seiner eigenen Verhaftung. Mit flackernden Augen sucht er nach dem Blick des Beamten, aber der schaut weiter in die Reihen der Bewerber. Dort hat sich mittlerweile Damien erhoben und tritt ebenso langsam und mit gesenktem Kopf vor den Beamten.

«Nummer acht?»

Mégevand nickt beklommen.

«Nummer drei?»

Auch Damien nickt, fügt aber sofort leise hinzu: «Ich habe die Uhr zum Beweis dabei.»

Er will dem Beamten die Uhr überreichen, da hält der Vater Damien am Arm zurück.

«Die Uhr stammt von mir, Herr, seht selbst nach! Die Ziffer 15716 ist in der Schale eingestanzt!»

Cugnots Augenbraue hüpft auf seine Stirn. Als sei es ein Lupenmonokel, schiebt er seine Augenklappe hoch und beugt sich vom Podest herab zu den beiden Männern.

«Wessen Eigentum hier vorliegt, ist in diesem Fall für die Kommission unerheblich. Es verhilft Ihnen nicht zum Sieg, Citoyen Mégevand, wenn Sie stehlen, und Ihnen nicht, Citoyen Mégevand, wenn Sie nicht teilen, denn der Gewinner ... ist die Nummer ...»

Die restliche Zeremonie geht an den beiden Mégevands vorüber. Während Cugnot seinen Satz beendet und den glücklichen Sieger nach vorne bittet, fängt Mégevands rechte Faust an zu zittern und senkt sich langsam an die Hosennaht. Die Finger mahlen, als wollten sie Baumnüsse knacken. Auch Damiens Brust hebt sich schwer. So stehen die beiden nebeneinander, und ihre Köpfe werden immer röter. Als der Sieger verkündet ist und Cugnot die schriftliche Begründung der Experten vorliest, reißt sich Damien aus dem Griff seines Vaters los. Noch ehe Cugnot begreift, was vor sich geht, fallen Vater und Sohn übereinanderher.

In den Reihen jener, die leer ausgegangen sind, kommt die Rangelei gerade recht, und als sich alle endlich auf die beiden Kampfhähne stürzen, teils um sie zu trennen, teils um selbst ihr Mütchen zu kühlen, gerät allseitig jeder in Hitze, und es dauert über zwei Stunden, bis der Sieger ausgemacht ist. Der Gewinner des Wettbewerbs, ein gewisser Citoyen

Laurent Desept, soll die Urkunde wortlos und von allen unbeachtet abgeholt haben, und niemand außer Cugnot hat den Mann je zu Gesicht bekommen.

Hinter den Kulissen des Theaters herrscht richtungslose Hektik. Die Rampenlichter brennen bereits. Der Vorhang ist schon gesenkt. Die Schauspieler warten in ihren Kostümen vor der geschlossenen Garderobentür Mégevands.

«Er weigert sich!» verkündet die Gattin Tells.

«Warum?»

«Seine Uhr ist stehengeblieben!»

«Monsieur Mégevand? Hören Sie mich?»

Kleofé kratzt vorsichtig an der Garderobentür. Das eigenartige Wimmern aus dem Innern verstummt. Melchthal summt aufgeregt vor sich hin, und Tell räuspert sich in Sekundenabständen. Die Gardisten kichern.

«Das darf doch nicht wahr sein!» flucht Tell.

«Doch! Es ist die Uhr», bestätigt Tells Gattin und klopft noch einmal an die Tür. Doch es rührt sich nichts.

Von draußen ist bereits das Murmeln der Zuschauer zu hören. Tell erkundigt sich nervös: «Wieviel sind verkauft?»

«Neunhunderteinundsiebzig!» Melchthal ruft es, als wolle er den Apfelschuß verhindern. «Ich lasse sie jetzt herein.» Er verschwindet Richtung Eingang.

Eine merkwürdige Anspannung liegt über den Zuschauern, die an diesem Abend vor den Toren des ‹Théâtre Voltaire› auf den Einlaß warten. Als folgten sie wider Willen einem Befehl, drängen die Menschen zum Eingang und schieben sich gehässig gegenseitig voran.

Damien steht ganz vorne an den Portalen. Er hat schon zweimal beim Bühneneingang versucht, seinen Vater zu sprechen. Zweimal ist er abgewiesen worden. Jetzt steht er zuvorderst in der Menge, und wie sehr er sich auch Platz zu verschaffen versucht, wird er doch immer wieder gegen das Tor gedrückt. Der dicke Herr hinter ihm knöpft sein Hemd auf, um sich Luft zu machen. Die Dame neben ihm tritt von einem Fuß auf den anderen.

Auf der Straße strömen die Passanten vorbei. Einige fragen neugierig, ob hier eine Hinrichtung stattfände. Oder was hier sonst los sei. Oder sie schließen sich der Schlange einfach an, wie Marie.

Ruhelos ist sie in den letzten Tagen durch die Straßen gestreift. Hat ihr früher der Alkohol geholfen zu vergessen, erinnert er sie jetzt um so deutlicher an die schreckliche Nacht, an die kurze Zeit ihrer Kindheit mit ihrem Vater. Nach den Wanderungen schließt sie sich nachts in das Kabinett Curtius ein und wacht unter wächsernen Philosophen, Königinnen und Mördern, bis sie sich am Morgen wieder in die Stadt stürzt. Als ihr zu Ohren kommt, daß ein Mégevand aus der Schweiz im ‹Théâtre Voltaire› spielt, zögert sie keinen Augenblick. Sie versucht heute schon zum vierten Mal, ohne Bezahlung in das Theater zu gelangen. Vom Seitenfenster der angrenzenden Cartoucherie hat man sie gestern kurz nach Gesslers Auftritt verscheucht.

Als der Schauspieler des Melchthal die Flügeltüren öffnen will, muß er sie gegen die Wartenden stemmen.

«Es ist noch genügend Zeit!» ruft er in die Menge, vergeblich – eine Menschenwand schiebt ihn vor sich her und drängt ihn zurück ins Theater.

Damien drückt ihm eine Taschenuhr in die Hand, jene Uhr, um die er sich heute mit seinem Vater geprügelt hat, und flüstert dem Schauspieler zu: «Geben Sie das bitte Herrn Mégevand», ehe er selbst in den Zuschauerraum geschwemmt wird. Ein Raunen und Lachen und Trampeln füllt das Parkett mit der atemberaubenden Gewalt einer Staublawine.

Im Hintergrund der Bühne ist die Hektik unterdessen in Resignation übergegangen. Nur der Darsteller des Tell hastet pausenlos zwischen Vorhangguckloch und Garderobentür hin und her und rennt Melchthal fast über den Haufen, als er mit der Uhr zurückkommt.

«Monsieur Mégevand! Eine Uhr!»

Die Tür wird einige Finger breit geöffnet. Eine Hand erscheint im Spalt, und Melchthal legt die Uhr hinein. Die Tür schließt sich, wird aber kurz darauf heftig aufgerissen. Gessler steht mit hochrotem Kopf im Türrahmen. Man weiß nicht, ist es der Zorn oder die enge Garderobentür, die ihn groß und furchtbar erscheinen läßt.

Er holt tief Luft, bevor er hervorpreßt: «Wo kommt die Uhr her?»

«Von einem Zuschauer», antwortet Melchthal wahrheitsgetreu. «Er hat mich gebeten, dir die Uhr …»

Als würde ihn die Antwort nicht weiter interessieren, stößt Mégevand den Urner Bauern beiseite, kniet am Vorhangguckloch nieder und mustert jeden sichtbaren Kopf im Zuschauerraum. Er scheint nicht ganz zufrieden zu sein, als er wieder aufsteht, die Soffitte zurückwischt und dreimal mit der Breitseite der Axt in die Bühnenriemen schlägt, ehe er brüllt: «Worauf wartet ihr? Anfangen!»

Die Vorstellung des ‹Guillaume Tell› vom 5. Frimaire des Jahres II werden die Zuschauer nicht so schnell vergessen, wenn auch viele in ihrem Leben nicht mehr daran erinnert werden möchten. Vom ersten Wort auf der Bühne an blicken alle gebannt zu, mit welch vibrierender Energie Tells Frau sich um ihren Mann bemüht, mit welch ergreifendem Schmerz Melchthal die Blendung des Vaters ausmalt, mit welch brennender Hitze Tell die Freiheit herbeisehnt. Als Gessler die Bühne betritt, mit haßerfüllten Augen in die Zuschauer starrt und mit giftigen Worten die Untertanen in alle verfügbaren Höllen wünscht, verstummt unten im Parkett jedes Flüstern, und im Rang preßt man sich in die Stuhllehnen zurück.

Zwei Zuschauer erstarren in ganz besonderer Art, wenn auch aus unterschiedlichen Gründen: Damien spürt mit dem ersten Blick seines Vaters, daß er die Uhr erhalten hat. Es steckt in dem herrschsüchtigen Räuspern keine Milde, und als der Despot oben auf der Bühne den Sohn für den Vater leiden läßt, steht Damien unten frierend im Publikum.

Marie erkennt den Uhrmacher von ihrem Klappsitz in der Türsteherloge aus, und ihr wird ganz warm ums Herz. Mit jedem Vers, den der Alte oben auf der Bühne hersagt, wächst die Hoffnung in ihr, daß, wo der alte Mégevand mitspielt, vielleicht auch der Sohn nicht weit sei. Sie reckt ihren Kopf mal rechts, mal links an dem Vordermann vorbei.

Mégevand bemerkt Marie jedoch nicht, die hinter den Zuschauern in der letzten Reihe wie ein Ball auf unruhigen Wellen auf und ab hüpft.

Die Zuschauer folgen den Wortgefechten zwischen Vogt und Rebell mit steigendem Unmut und stellen sich ganz auf die Seite des Urners. Bald steht Gessler nicht nur gegen Tell, sondern gegen alle Anwesenden, und es verstärkt seine empathische Wirkung zusätzlich, daß Gessler immer wieder zornig die Köpfe im Zuschauerraum absucht. Die Vernunft Tells gießt weiteres Öl ins Feuer der Ungeduld der Mitfiebernden, und als sie sich in heller Verzweiflung an die Füße ihres Kindes klammert und ihren Mann anfleht, den Männerstolz nicht über die Vaterliebe zu stellen, da schlagen Gessler aus dem Publikum die ersten Buhrufe entgegen.

Auch Tell wird nicht gnädig beurteilt, wie er mit dem Leben seines Sohns hasardiert, und ein erleichtertes Raunen geht durch den Raum, als der Apfelschuß den Jungen nicht trifft.

Mégevand selbst fliegt von Auftritt zu Auftritt. Er wechselt hinter der Bühne mit niemandem ein Wort. Um so reicher schwingt in jeder Geste des Unterdrückers sein eigenes Schicksal mit, und er verleiht der Figur des Tyrannen eine ungeahnte Wahrheit in ihrer Wut. Die Uhr in seiner Hand nährt zusätzlich seine Rage: einerseits entfacht die Anwesenheit seines Sohns den Zorn immer wieder neu, andererseits bringt die Uhr mit der ungewohnten Zählweise sein ganzes Zeitkorsett durcheinander. Mal tritt er zu früh auf, mal verpaßt er sein Stichwort, mal rennt er Kleofé bei einem Abgang um, mal bleibt er allein auf der Bühne zurück. Den Zuschauern fällt auf, daß Gessler häufig auf seine Uhr schaut, als ob die Zeit ihn zu seiner Grausamkeit dränge. Die Kritik erwähnt es später als einen sublimen Hinweis auf die verrinnende Zeit der Tyrannen.

Der Unmut im Parkett stachelt den Landvogt der Österreicher zusätzlich an. Er spuckt die Verse voller Abscheu, sucht sich plötzlich in der ersten Reihe ein Opfer und faucht ihm glühend den Tod ins Gesicht. Just als er bei seinem vierten Auftritt endlich das Augenpaar Damiens im Dunkeln schimmern sieht, trifft ein überreifer Apfel aus dem Publikum ihn an der Schulter, zerplatzt und hinterläßt eine breiige Wunde an seinem Hals, während eine Stimme brüllt: «Da hast du deinen Apfelschuß!»

Für einen Augenblick herrscht auf der Bühne und im Zuschauerraum ratlose Spannung. Dann reißt der Landvogt seiner Garde die Kampfaxt aus dem Gürtel und wirft sie mit Wucht in Richtung der dritten Reihe. Dieser Wurf wird nun zum wirklichen Apfelschuß. Die Axt ist zwar nur aus dünnem Papiermaché und flattert harmlos über den Köpfen an die Wand. Aber als würde eine Schleuse geöffnet, wirbelt erst die Papieraxt zurück, dann folgt ihr ein weiterer Apfel, dann eine Sellerie, und schließlich hagelt es Flüche und handfeste Geschosse der Mißbilligung auf die Bühne.

Die Gardisten an Gesslers Seite erweisen sich nun durchaus nicht als wackere Österreicher, sondern als das, was sie sind, Statisten, die lieber im Leben Deckung suchen als auf der Bühne den Tod. Sie verschwinden sofort in den Soffitten, und hätte nicht Tell eben an der Stelle seinen umjubelten Auftritt, wer weiß, ob Gessler den letzten Akt noch erleben würde. Zumindest geht er noch einmal pünktlich ab.

Aber es hilft nicht. Das Publikum ist gereizt. Selbst Tell, der feuriger als sonst seinen Schlußmonolog in die Reihen schmettert, kann sich kaum mehr Gehör verschaffen. Es nützt nichts, daß der Vorhang über seinen letzten Worten fällt: «Wer in den Kampf zieht und ruft: lieber tot als frei! Der hat falsch geschworen! Unser Schwur gilt der Freiheit, nicht dem Tod. Und diesen Schwur werden wir halten!»

Wie tausendfaches Echo braust ein wütender Applaus gegen den Vorhang. Die Truppe tritt wie in einen heftigen Wind in das Rauschen hinaus, erst das ganze Ensemble, dann die Schauspielerinnen einzeln, dann verneigen sich die Männer in der Begeisterung. Alle werden frenetisch bejubelt. Nur Gessler weht das Buh wie ein Sturm ins Gesicht.

Was sich in der Folge ereignet, weiß später auch von den Beteiligten keiner mehr genau zu schildern. Wohl schließt sich der Vorhang noch einmal. Immer heftiger verlangt das Applaudieren und Schreien der Meute die Darsteller auf die Bühne zurück, und als nach Tell auch Gessler sich noch einmal allein vor den Vorhang wagt, warten an der Rampe zwei besonders mutwillige Priesterschüler auf ihn und zerren ihn mit dem Ruf: «Unser Schwur gilt der Freiheit!» zu Boden. Andere wiederum wollen den Schauspieler hochleben lassen und drängen auch herbei. Jetzt machen sich die Empörten zu mehreren über den Uhrmacher her. «Tod dem Tyrannen!» wird gebrüllt, und die Stimme der Vernunft wird nicht gehört. Das schwächliche «Er ist nicht Gessler» geht im Getümmel unter, und wer sich für den Schauspieler einsetzt, gerät als Konterrevolutionär zwischen die Fronten.

Ein Bürger schreit: «Tod den Tyrannen Europas», andere schüren ihren Haß gegen die Jakobiner. Bald hat jeder seine Enttäuschung hinausgebrüllt über die Raffgier der neuen Reichen, die Herrschsucht der alten Machthaber, die Lieblosigkeit der Nachbarin, die Rechtlosigkeit der Armen, die steigenden Preise oder die Ausbeutung der Handwerker – alles soll der Vogt jetzt büßen, und man läßt sich nicht davon beirren, daß Gessler bereits sein Kostüm vom Leib zerrt und fleht: «Ich heiße Mégevand!» Die Fäuste finden ihren Weg. Und der endet auf Mégevands Nase.

Damien erkennt die verzweifelte Lage seines Vaters und will nicht zusehen, wie man den Unschuldigen nach der Methode von Charles Lynch richtet. Er versucht, sich durch die Menge nach vorne zu wühlen, ruft mehrmals: «Er ist mein Vater!» und bringt damit den Mob noch mehr gegen sich auf. Man vermutet einen Konterrevolutionär in ihm, und nur wenige Faustschläge später liegt er gleichfalls am Boden.

Auch Marie versucht, sich gegen die Horde zu stellen. Man riecht ihre Alkoholfahne durch den Männerschweiß hindurch, als sie sich in das Getümmel wirft, Gessler samt Sohn zu verteidigen. Aber sosehr die wunderschöne Frau mit den blaugrünen Augen auch um sich beißt und kratzt und kneift – kein Österreicher hilft ihr, die Meute zurückzuhalten.

Erst ein Gewehrkolben, der auf den jungen Mann niederfährt und blutig wieder über den Köpfen der Menge auftaucht, läßt den Atem der Zuschauer stocken, wie es während der Aufführung auch dem schönsten Vers nicht gelang. Die

Blutgierigen halten inne, und als Damien getroffen über seinen Vater sinkt, lassen sie ihn erschrocken fallen. Jetzt erwachen auch die letzten aus dem Rausch, und es dauert keine fünf neue Minuten, da ist der Zuschauerraum leer bis auf eine einzige Zuschauerin.

Auf der Bühne liegt der sterbende Sohn in den Armen des Vaters und wartet vergeblich auf Erlösung. Der Vater findet kein Wort der Verzeihung. Wortlos legt er die Dezimaluhr in die Hand seines Sohns. Erst als Damien vor seiner Zeit seinen letzten Seufzer tut, drückt Gessler ihn an seine Brust.

Wenn der Vorhang sich über dem größten Elend schließen möchte, dann müßte es jetzt geschehen. Wäre da nicht die letzte Zuschauerin. Marie sitzt im Zuschauerraum und greift verloren mit den Händen in die Luft, als könne sie endlich ihren Geliebten streicheln. Benommen wartet sie darauf, daß der Vorhang sich senkt, die Vorstellung zu Ende ist und die Schauspieler sich endlich zum Schlußapplaus erheben.

«Treten Sie näher! Sehen Sie in unserer ersten Abteilung den schrecklichen Fall Gillet: wie ein Scharfrichter es nicht übers Herz bringt, die junge Silvie Gillet hinzurichten, da er von ihrer Unschuld überzeugt ist, und wie er statt dessen um seine eigene Hinrichtung fleht! Sehen Sie in der zweiten Abteilung den Fall des Belgiers Grunault, der mehrere Weiber in seine Stube lockt und sich gräßlich an ihnen vergeht und sie in seinem Keller aufbewahrt, bis man ihn dabei ertappt. Lassen Sie sich nicht die dritte Abteilung unseres Kabinetts entgehen, in der der schreckliche Mesrine in fünf verschiedenen Städten ein Weib heiratet und ihnen schließlich allen den Hals aufschneidet und auch deren Hunde nicht schont!»

Seit Marie Grossholtz-Curtius das Erbe ihres Vaters übernommen hat und das Wachsfigurenkabinett unter dem Namen Tussaud weiterführt, erfreut sich der Boulevard du Temple 20 eines geradezu sensationellen Zuspruchs. Die Pariser strömen zu den Wachsfiguren und lassen sich die Neuigkeiten der Woche drastisch vor Augen führen. Niemand schildert so handgreiflich wie Madame Tussaud, was die Menschen bewegt: La bête humaine. Keiner bringt ihnen die Geschehnisse des Alltags so nahe wie das Kabinett, und es stört niemanden, daß die Frauenmörder und Kinderschlitzer alle ein bißchen aussehen wie zuvor Platon und Dante und Alexander und die Ehebrecherinnen Marie-Antoinette ähneln und Lukrezia Borgia. Wer immer im Tagesgespräch ist, kann sich bald im Kabinett bewundern, und auch wenn die Gesichter meist eher den Hingerichteten des Tages als denen der Prominenten gleichen, sammeln sich immer mehr Schaulustige im ‹Cabinet Madame Tussaud›.

Eine Kammer allerdings wird von den Zuschauern nur in grandioser Ehrfurcht betreten: Darin steht ein junger Mann mit schwarzen Locken und einem kecken Gesicht. Er beugt sich liebevoll über ein Stehpult, in seinen Augen glänzt eine wehmütige Träne. Neben der Tinte liegt eine Uhr, über die in diesen Tagen in Paris viel geredet wird. Es ist die Dezimaluhr der Horlogerie Nationale Besançon. Sie zeigt Damien Mégevand die neue Zeit an. Und wer glaubt, das einzige, was sich im Zimmer des Uhrmachers bewege, sei der Zeiger seiner Uhr, der täuscht sich. Denn nachts, wenn die Türen des Kabinetts geschlossen sind, setzt sich Madame Tussaud neben ihren gelbäugigen Assistenten, der drückt einen Hebel und setzt die Wachsfigur in Gang. Der Arm der Puppe senkt sich und schreibt lächelnd:

Warum zückst du im Krieg der Zeit
Gegen den Bluttyrann' nur dein Schwert?
Und wappnest gegen Vergänglichkeit
Dich nicht mit Bess'rem als meinem Vers!

Am Gipfel stehst du im Glück deiner Tage
Da öffnet ein unbestellter Mädchen-Hain
Die Blume dir um deine Saat zu tragen
Mit mehr Ähnlichkeit als mein Reim!

Sollten die Zeilen dein Leben am Leben
Erhalten? Vergeblich, wie ein Zahnrad die Zeit?
Nicht Wert noch Glanz werden wiedergeben
Was in den Augen der Menschen bleibt.

Gib dich weg, du wirst dich selbst erhalten
Am Leben und in der Kunst zu gestalten.

Mégevand kehrt als trauriger Sieger nach Besançon zurück. Der Wohlfahrtsausschuß beschließt mit Robespierre, das Preisgeld des Wettbewerbs der Horlogerie Nationale in Besançon zur Verfügung zu stellen. Den Zuwanderern werden politisches Asyl sowie freie Unterkunft und Produktionsmittel von der Republik gewährt. Die Herstellung der Dezimaluhr läuft erfolgreich an. Noch im Jahre II werden 5734 Uhren, im Jahre III bereits 18 000 Uhren gebaut. Erst der Materialmangel läßt die Produktion erlahmen.

«… als er meine Stuhllehne losläßt und den Hebel des Écrivain betätigt … will der Nebel, der von London her in die Mole zieht, Laurent ganz verschlucken. Er bleibt stehen, wendet sich langsam um, zum Abschied. Dann senkt er seinen Blick und dreht sich wieder dem Nebel zu, in unendlicher Langsamkeit, und ich sehe, wie er einen Fuß vor den anderen setzt, und ich kann in dieser Geschwindigkeit nicht mehr erkennen, ob er sein rechtes Bein noch immer etwas nachzieht. Der Nebel legt sich langsam um ihn, immer unschärfer werden seine Konturen. Noch als der Dunst ihn gänzlich verschluckt hat, sehe ich seinen Umriß vor mir im milchigen Weiß, und nur der Zeigefinger der rechten Hand bewegt sich weiter und winkt zum Abschied.»

Der Écrivain hebt seine Feder vom Papier, neigt seinen Kopf leicht nach rechts, setzt noch einmal die Spitze aufs Papier, das jetzt vor Ihnen liegt und schreibt den letzten Satz: *«J'écris – ne suis-Je donc pas?»*

Dann erlischt das Licht.

Und ein Strahl aus Wellen oder Teilchen in ungefähr 7,3 mal 10^6 m/s entfernt sich. Eine ungeheure Geschwindigkeit, Madame, aber sie genügt eben, um den Laplaceschen Dämon zu bannen, der behauptet: Ein überragender Geist, der Ort und Impuls jedes einzelnen Atoms kennt und die Auswirkung der vielfältigen Wechselwirkungen zu berechnen in der Lage ist, kann die Zukunft quantitativ vorherbestimmen.

Gelassene Nachbemerkung

Madame, was ich Ihnen vor langer Zeit prophezeit habe, trifft nun ein: Als hätten Sie zu einem Buch gegriffen, in dem Ihr Leben aufgeschrieben steht, und hätten es nur lesen müssen, um endlich zu einem Ende zu finden, passiert es mir, daß ich dort ankomme, wovor ich von Anfang an gewarnt habe – in der Zukunft. Hier.

Der Zeitpunkt sei mir Anlaß zu einem letzten Geständnis. Der vorliegende Bericht mag in vielen Stellen übertrieben oder drastisch anmuten, ich habe Namen verwechselt und Daten durcheinandergebracht, bin schließlich ganz meiner Unzulänglichkeit verhaftet – und Sie haben mir hoffentlich nicht alles geglaubt, was ich dazuerfunden habe. Da Sie mir ans Herz gewachsen sind, will ich Ihnen sagen, wie Sie es halten können, nämlich wie die Bewohner der kleinen Walliser Berggemeinde Rutsch-Zmatt, die eines Tages beschlossen, an nichts mehr zu glauben – nichts zumindest, was ihnen aus der Welt berichtet wird –, sondern nur noch für wahr zu nehmen, was im eigenen Dorf geschieht und was sie mit eigenen Augen sehen.

Die Rutsch-Zmatter zogen sich mit diesem Beschluß in ihre Kapelle zurück und weigern sich seither, die Bibel zu lesen. Oder den Bauernkalender! Oder überhaupt Gedrucktes! Man will lieber zurückdenken. Vielleicht hat sich alles gar nicht ereignet, was der ‹Walliser Bote› berichtet von der Welt. Der Messias ist vielleicht in Jerusalem aufgetaucht, vielleicht auch nur in seiner näheren Umgebung oder einfach in Palästina. Aber kein Rutsch-Zmatter hat ihn gesehen. Und auch keinen Cäsar, keinen Hannibal, von dem behauptet wird, er habe Rutsch-Zmatt vor Urzeiten besucht! Woher sollen wir die Gewißheit nehmen, daß nicht alles, was in Rutsch-Zmatt von der Weltgeschichte erzählt wird, die reinste Erfindung ist?

Hat nicht der Gewürzhändler aus Brig behauptet, das Weihnachtskaninchen sei ein seltenes Flugkaninchen gewesen und ein besonders hartnäckiger Fang aus der Rhône! Und die Familie Heinen kam ihm erst zu Ostern darauf, als er ihnen auch das Fell des Flugkaninchens verkaufen wollte, das die rheumatischen Schmerzen des Großvaters lindern sollte: Es war ihre eigene Katze! Sie erkannten sie am weißen Fleck auf der Brust. Dabei hatte der Braten, entbeint und mit Rosmarinzweigen gespickt, vorzüglich geschmeckt.

Im Gegenzug wird die Welt allerdings auch nicht erfahren müssen, ob in Rutsch-Zmatt je ein Messias geboren wird. Die Einwohner haben sich geschworen, es in jedem Falle geheimzuhalten, um keine lästigen Pilger in die Walliser Berge zu locken. Sonst wimmelt es im Dorf bald von Propheten, die hinauseilen wollen in die Welt, um anderen das Hirn mit Geschichten zu verdrehen, die sie selbst gar nicht erlebt haben.

Hinweise

26 *Laurentius:* Christlicher Märtyrer, der nach der Legende am 10. August 258 von den Römern auf einem eisernen Gitter zu Tode geröstet wurde, und Patron der Bibliothekare. Die Sternschnuppen der Perseiden tauchen zu dieser Jahreszeit am Himmel auf und werden auch Laurentiusschwarm genannt.

30 *Chaos und Ordnung:* Da nach dem Energieerhaltungssatz der Gesamtvorrat an Energie im Weltall unveränderlich ist, endet jede Arbeit, sei es Kuhmelken, Brückenbauen, Fortpflanzen oder Schreibtischaufräumen, früher oder später in einer Energieform, die Wärme genannt wird. Der Uhrmacher Huygens wendete den Energiesatz schon 1673 in der Mechanik an.

33 *Hirzel:* Es muß sich hier um Kaspar Hirzels ‹Kleinjogg› handeln, einen Mann, der überregionale Berühmtheit erlangte: Klopstock soll ihn besucht haben. Goethe lobte seine Weisheit. Im ‹Kleinjogg› schildert Hirzel die Naturauffassung des philosophischen Bauern, der damals die Grundlagen einer naturnahen Landwirtschaft propagierte.

41 *Unlösbar:* Carl Friedrich Gauß soll die Aufgabe mit acht Jahren gelöst haben, hatte aber zu der Zeit nicht mit den Verwirrungen der Verliebtheit zu kämpfen.

44 *Gräfinnengesichter ...:* Es gibt in dieser Zeit dreiunddreißig Münzherrschaften auf dem Gebiet der Eidgenossenschaft. Luzerner Schilling, Berner Pfund (zu je 7,5 Batzen) oder Genfer Florins (zu 12 Sols) unter anderen. Hätte nicht Napoleon der Lust, Münzen zu prägen, einen Riegel vorgeschoben, die Eidgenossen möchten noch heute ein jeder sein eigenes Geld drucken und dessen Wert festsetzen.

45 *Citronensalat:* Hier die Umstände, die nötig sind, einen Citronensalat zu fertigen: Man nimmt feine, saftige Citronen, so viele man nötig zu haben glaubt, schneidet an jeder oben so viel Schale ab, bis man zum Saft kommt, und schneidet dann die Citrone in schöne Scheibchen, alle in gleicher Dicke, ungefähr

wie ein Messerrücken. Das Unterste an jeder Citrone, wo sich kein Saft mehr findet, läßt man wie den oberen Anschnitt weg. Sind die Citronen nun alle verschnitten, arrangiert man sie in dem Saladier, in dem man sie auftragen will, bestreut sie reichlich mit gesiebtem Zucker und gießt eine kleine Tasse frischen Wassers daran, deckt sie mit einem Teller zu, läßt sie wenigstens vier bis fünf Stunden stehen und begießt sie gelegentlich mit einem silbernen Löffel voll Jus. Kann man diesen Salat schon am Abend zuvor auf solche Weise zurüsten und läßt man ihn an einem kühlen Ort stehen, dann ist er noch besser, und wird zur Zeit gerne so genossen. Übrigens war das Pfund damals in Bern 520 Gramm = 32 Lot; 1 Lot = 4 Quentchen (ca. 16 Gramm; 1 Quentchen = 4 Pfennige).

64 *Brennesselcreme:* Sie nehmen junge Brennesseln, stoßen sie im Mörser, bis Sie den Saft durch ein Tuch ausdrücken können. Dann geben Sie diesen Saft in eineinhalb Schoppen süße Sahne (soviel es bedarf, der Creme eine schöne, grüne Farbe zu geben) und setzen dann diese gefärbte Sahne mit einem Vierling Zucker aufs Feuer. Wenn sie warm ist, werden vier wohlgeklopfte Eigelb dareingegeben und weitergerührt, bis die Creme anfängt zu kochen, dann wird sie sogleich angerichtet.

67 *Champagne:* Ist ein kleines Neuenburger Dorf mit einigen Rebbergen. Man stellt dort einen vorzüglichen Weißwein her, eben den Champagner.

68 *Wo der Vogel des Sees …:* Aus einem Gedicht von Friedrich Hölderlin, dem Freund Hegels.

75 *Friedrich der Große:* 1789 wird in Basel die Verbreitung eines posthumen Werks von Friedrich verhindert, weil es die Religion verspotte. In Bern war Voltaires ‹Dictionnaire philosophique› im Jahre 1764 verboten und durch den Scharfrichter verbrannt worden. Jean-Jacques Rousseaus ‹Contrat social› war auf den Index gesetzt.

76 *Sonnenzeit:* Die Differenz zwischen empfundener und mittlerer Sonnenzeit (zwischen –14,3 und +16,4 min.) wurde in Genf in Tabellen mit der ‹Zeitgleichung› publiziert.

77 *Das Glockenspiel St. Paul's:* Eine ungenaue Angabe (wohl eines Uhrmachers) berichtet von siebzehn Stunden konzentrierter Aufzugsarbeit, die erforderlich ist, das komplizierte Glocken-

spiel wieder für einen Monat in Gang zu halten. Ungeklärt ist, um welches Glockenspiel es sich in London handelt.

84 *Bei der Zahl 2305843009213693951:* Möglicherweise eine Distanzangabe zum Vega-Nebel, je nach Maßeinheit. In Frage kämen hier die amerikanische Meile oder der englische Fuß oder der französische Zoll oder die deutsche Elle.

86 *Jakob aus Wermatswil:* Auch bekannt als ‹Kleinjogg›.

141 *Topinambur:* Die Wurzelknolle eines Sonnenblumengewächses, das nach Einführung der Kartoffel vor allem als Schweinefutter verwendet wurde. Heute gilt es als Delikatesse, mit einem Geschmack zwischen Nuß und Artischocke.

190 *Das Rauschen der Stille:* Die älteste pythagoreische Planetenharmonik hat im 2. Jh. Nikomachos von Gerasa überliefert: zwei Tetrachorde. Zwischen dem oktavierten Ton Saturns, e, und des Mondes, d', stehen die Töne Jupiter, f, Mars, g, Sonne, a, Merkur, b, Venus, c'. Plinius entwickelte daraus ein neungliedriges Modell mit sechs Ganztönen, die auch die Mönche für die Gregorianik übernahmen. Kepler entdeckte es wieder *(Mysterium Cosmographicum).*

Einer gewaltigen Grundtonart: Ausschlaggebend für die Schwingungen sind die Extrempunkte ihrer Ellipsen – dem Perhel (Sonnennähe) und dem Aphel (Sonnenferne).

219 *Finger werfen:* Ein italienisches Spiel, bei dem zwei Spieler mit den fünf Fingern eine Zahl zwischen 0 und 5 ‹werfen› und dabei die Summe raten – eine Summe zwischen 0 und 10, die sich natürlich bei mehreren Spielern erhöht.

222 *Leidener Flasche:* Auch Kleistsche Flasche genannt, Kondensator zur Erzeugung intensiver Funken, bis zu 20 kv belastbar. Der Domdechant zu Cammin entdeckte sie 1745, da Paris aber erst 1746 von derselben Erfindung erfuhr, die Cunäus in Leiden gemacht hatte, nannte man sie die Leidener Flasche und nahm dem früheren Entdecker seinen Ruhm.

235 *Zu sich ins Zimmer:* Es ist keineswegs ein Gerücht, sondern entspricht den Gepflogenheiten an europäischen Höfen, daß Frauen, die mit ihren Gatten den Hof besuchen, vom König nach dem Abendessen vorerst allein im Séparée empfangen werden. Hat der König dann mit der Gattin das Dessert genossen, wird auch der Gatte dazugebeten, um die höfische Etikette zu erfüllen. Es sind in der Regel eher die Ehefrauen, die Wert auf

die strikte Einhaltung dieser Sitte legen. Die Ehemänner sind genötigt, so lange in der Antichambre zu warten, bis das Dessert verzehrt ist, und manchmal länger, und wer so lange ausharrt, verzichtet danach nur ungern auf die Chance zur persönlichen Fürbitte beim König (wenn auch ein mancher sein Anliegen durch die gegebenen Umstände heftiger vorbringt als angebracht).

265 *Nadler Perronet:* R. A. Ferchault de Réamur, ‹L'art de l'Épinglier›; dt.: ‹Der Nadler, oder die Verfertigung der Nadeln. Nebst Zusätzen von den Herren du Hamel de Monceau und Perronet›. Berlin, Stettin, Leipzig 1762.

266 *Zeit ist Geld:* Der Satz stammt von Benjamin Franklin, einem Schweizer Uhrmacher im Geiste.

286 *Während er die steilen Hügel der Himmel ...:* Es ist das siebte von Shakespeares Sonetten, das in regelmäßigen Abständen auf verschiedenen Frequenzen gesendet wird. Das fehlende Wort heißt ‹Sohn›.

290 *Adam Smith:* ist der Begründer der modernen Nationalökonomie. Er bereiste 1764–66 Frankreich und die Schweiz. In seinem Hauptwerk ‹An Inquiry into the Nature and Causes of the Wealth of Nations› vertritt er die Ansicht, nicht Boden, nicht Geldvorrat, nicht Außenhandel machten den Reichtum eines Landes aus, sondern die Arbeit, deren Ertrag durch die Arbeitsteilung gesteigert werden könne.

295 *Die Uhr an der Bastille ohne Zeiger:* Der Hof hat die Uhr dem Schlosser Quillet nie bezahlt. Der Schlosser rächte sich, indem er die Teile als Trophäe verkaufte und mit seiner Kenntnis schließlich den König selbst zu Fall brachte: Niemand kann dem König seinen Hochverrat beweisen, bis der Handwerker den Standort eines geheimen Stahlschranks in der Wand verrät und ihn aufbricht. Darin finden sich die Briefe, in denen der Monarch einen Krieg gegen sein eigenes Volk anzettelt. Vier Wochen später wird der Hochverräter hingerichtet.

298 *Cugnot:* Leicht zu verwechseln mit Joseph Cugnot, der etwa zur selben Zeit einen automobilen Ladewagen mit Dampfantrieb baute, der, beladen mit einer .48er Kanone, eine Geschwindigkeit von sehr wohl um die 2000 Klafter (entsprechend 12000 Pariser Fuß oder ca. 4 km) pro Stunde erreichten. Der Ladewagen funktionierte tadellos, bis auf die fehlerhafte Steuerung (der

Wagen rammte leider eine Mauer) und die fehlenden Bremsen (da er die Mauer ungebremst niederwalzte, riß er auch drei Begleitpersonen in den Tod). Cugnot verliert ein Auge und den Mut zur Weiterentwicklung der Maschine.

300 *Helvétius:* Claude Adrien, 1715–1771, sensualistisch-mechanistischer Moralphilosoph. Er vertrat die Auffassung, die natürlichen Unterschiede der Menschen seien für die Ungleichheit verantwortlich. Sein Hauptwerk ‹De l'Esprit› (1758) wurde öffentlich verbrannt.

301 *Melchthal:* Es scheint sich offensichtlich um den ‹Guillaume Tell› von Lemierre zu handeln, allerdings müssen die Quellen hier irren: die Aufführung der Oper von Grétry wurde im ‹Théâtre Italien› gegeben. Die Uraufführung des Stücks fiel 1766 in Genf durch. Am 21. Fructidor des Jahres II wurde das Stück vom Nationalkonvent unter diejenigen aufgenommen, die von den Theatern aufgeführt werden mußten, bei Strafe der Schließung, wenn sie es unterließen. Interessant ist hier die Basler Aufführung, in der der Apfelschuß zum ersten Mal leibhaftig vorgeführt wurde.

307 *Maréchal:* Hat den republikanischen Kalender bereits 1787 entworfen. Er scheint selbst ein herrschsüchtiger Mensch gewesen zu sein und hat zumindest in seinem Leben die Zeit besiegt: Ein Jahr nach der Einführung des Kalenders brachte er sich um.

308 *Lorentz-Transformation:* Es ist Ihnen, Madame, gewiß rätselhaft, wie Laurent an die Informationen des holländischen Physikers gelangen konnte, der erst ein halbes Jahrhundert später in Arnheim geboren wird. Der Verfasser selbst glaubt, daß wir es mit einem Uhrenparadox zu tun haben könnten.

309 *Gilbert Romme:* Geboren 1750 in Carcassonne, auf der Guillotine hingerichtet am 11. Germinal des Jahres III, wird von Robespierre folgendermaßen charakterisiert: «Unermüdlich und intrigant: Ein Mann mit starren, tugendlosen Prinzipien und seelenlosen Talenten.»

310 *Louisette:* Der Arzt Louis gilt als Urheber des modernen Fallbeils. Es war schon im Mittelalter in Italien als ‹Mannaja› und in England als ‹Maid› bekannt. Erst die technisch perfekte Bauweise des deutschen Klavierbauers Tobias Schmidt hat dem Arzt Guillotin erlaubt, die Tötungsmaschine zu vollenden.

316 *Louis Bernard Guyton de Morveau:* Der Burgunder Chemiker läßt

sich in den Nationalkonvent wählen und unterstützt die Hinrichtung des Königs (es muß allerdings hier erwähnt werden, daß sein Gesicht eher dem des Schmieds Guy Laforge gleicht, der seine Frau mit dem Amboß erschlug und acht Wochen zuvor enthauptet wurde).

325 *Denselben niedrigen Entropiewert nach einiger Zeit wieder erreichen:* Der Umkehreinwand gegen den II. Hauptsatz der Thermodynamik von Loschmidt und Poincaré gilt allerdings in der Praxis nicht. Sind nämlich Anfangs- und Endzustand des Umkehrvorgangs auf der Wahrscheinlichkeitsskala weit voneinander entfernt, ist die Rückkehr äußerst erdrückend unwahrscheinlich.

329 *Kein Gewinner:* Die Mitglieder der Jury werden hier eigenartigerweise nicht genannt, die da heißen: Jean-Baptiste Lepaute (Präsident), Ferdinand Berthoud, Jean-François de Belle, Antide Janvier, Jean-Antoine Lépine und Claude Mathieu (alle Uhrmacher) sowie die beiden Physiker Charles und Lagrange.

335 *Als der Apfelschuß den Jungen nicht trifft:* Hier muß der Chronist abgelenkt gewesen sein: In der Pariser Aufführung wird vom Apfelschuß nur berichtet. Bieler erzählt zwar von der Basler Aufführung, bei der der Apfel von der Hand weggestupst wird, aber erst die Truppe von Dejean Leroy führt den Schuß auf den Jungen vermittels eines gespannten Drahts tatsächlich vor den Augen der Zuschauer aus (seine Tournee 1787 in der Schweiz ist uns entgangen, Madame).

337 *Charles Lynch:* Richter in Virginia zur Zeit der bürgerlichen Revolution.

339 *Warum zückst du im Krieg der Zeit …:* Am 4. Oktober 1961 senden die Astronome des Hubble-Instituts mit der stärksten Sendeanlage der Welt ein Sonett Shakespeares ins All. Zehntausend Tage später fällt einer Wissenschaftlerin ein Rauschen in der nördlichen Hemisphäre auf, das aus dem Vega-Nebel stammen könnte, und das den präzisen Rhythmus des Shakespeareschen Sonetts wiedergibt, allerdings nach hundert Sekunden wieder verstummt. Es kann sein, daß das Rauschen erst in weiteren zehntausend Tagen wieder zu hören ist.

340 *Im Jahre III bereits 18000 Uhren:* Tatsächlich hat die achtköpfige Jury aus Uhrmachern und Physikern niemandem den ersten Preis zugedacht, da keine Uhr die Erwartungen erfüllte.
Erst der Materialmangel läßt die Produktion erlahmen: Die Nation

benötigt das Metall für die Waffenproduktion. Im Jahr XIII schafft Napoleon den republikanischen Kalender wieder ab, um vom Papst die Segnung als Kaiser des Reiches zu erlangen. Die Schweizer Uhrmacher kehren verarmt in ihre Heimat zurück, die in der Zwischenzeit von den Franzosen politisch neu geordnet wurde.

341 *Eine ungeheure Geschwindigkeit:* Wenn sie auch nur um eine Größenordnung höher liegt als die ungeordnete thermische Geschwindigkeit des Elektrons bei Zimmertemperatur!

Der Laplacesche Dämon: Marquis Pierre Simon de Laplace, frz. Mathematiker, Physiker und Astronom (1749–1827). 1799 Minister des Innern und 1803 Kanzler des Senats. Er lieferte als erster den Nachweis des dauernden Bestands des Planetensystems. Er stellte eine Nebular-Hypothese über die Entstehung des Sonnensystems auf und eine erste Theorie der Kapillaritätserscheinungen. Eins seiner Hauptwerke ist die ‹Mécanique Analytique›.

Der Ort und Impuls jedes einzelnen Atoms kennt: Die Unbestimmtheitsbeziehung (oder Unschärferelation) zwischen Ort und Geschwindigkeit ist nicht die einzige Unbestimmtheitsbeziehung der Quantenmechanik. Häufig genannt wird auch die Unbestimmtheitsbeziehung zwischen Zeit und Energie.

Die Zukunft quantitativ vorherbestimmen: Falsch. Die Quantenmechanik hat es bewiesen: Es ist eben prinzipiell nicht möglich, Ort und Impuls eines atomaren Systems gleichzeitig exakt zu kennen. Das liegt nicht daran, daß wir nicht genau beobachten können. Das liegt in der Sache, die sich nicht durch sich selbst beobachten läßt.